Bärenrebell

Aloha Shifters: Perlen des Verlangens

von Anna Lowe

Inhaltsverzeichnis

Kapitel 1

Hailey strich die seidigen Konturen ihres Kleides mit den Händen glatt und blickte stirnrunzelnd in den Ganzkörperspiegel.

Ihre Mutter tippte ihr auf die Schulter. „Zieh keine Grimassen, Schätzchen. Davon bekommst du Falten."

Haileys Stirnrunzeln vertiefte sich, während sie sich selbst betrachtete. „Ich dachte immer, bei einer Hochzeit sollte nur die Braut weiß tragen."

„Es ist cremefarben", beharrte ihre Mutter.

Hailey blinzelte in den Spiegel. War es ein Trick des hellen Oberlichts? „Es ist trotzdem noch zu nah dran."

Ihre Mutter zuckte mit den Schultern. „Es ist Isabelles Hochzeit und wenn sie ihre Brautjungfern in cremefarbenen Kleidern haben will, bekommt sie das auch. Außerdem bringt es das Blau deiner Augen wunderbar zur Geltung."

Hailey drehte sich hin und her. Das Kleid sah gut aus. Mit ihrem langen, goldenen Haar, das über den seidigen Stoff hinunterfloss, fast sogar zu gut. Aber sie war nur eine Brautjungfer, um Himmels willen. Eine widerwillige noch dazu, denn sie kannte die Braut kaum. Andererseits war Isabelle dafür bekannt, einen eigenwilligen Geschmack zu haben.

„Ich glaube, dass sie mich nur zur Brautjungfer gemacht hat, um höflich zu sein."

„Blödsinn, Schätzchen. Sie mag dich. Du bist ihre zukünftige Schwägerin."

Ihre Mutter zwinkerte.

Hailey hätte fast mit dem Fuß aufgestampft. „Würdest du damit aufhören? Nur weil ich Jonathan ein paar Mal getroffen habe, heißt das noch lange nicht, dass ich ihn heiraten werde."

Beinahe hätte sie noch hinzugefügt *Tatsächlich war es eher so, dass er mich sehen wollte.* Ihre kurze Fernbeziehung hatte ihnen kaum Zeit gegeben, sich persönlich zu unterhalten, und es schien unhöflich, am Vorabend der Hochzeit seiner Schwester mit ihm Schluss zu machen. Sie wollte Isabelle kein Unglück bringen.

Ihre Mutter murmelte ein vages *mmm-hmm* Geräusch vor sich hin und zupfte den Träger von Haileys Kleid über ihre Schulter hinunter.

Hailey zog ihn sofort wieder hoch. „Mom... "

Ihre Mutter schnaufte. „Weißt du, früher hast du nicht so viel Theater gemacht. "

Fast hätte Hailey herausgeplatzt *Damals war ich noch ein Kind und hatte keine andere Wahl.* Aber das hätte nur dazu geführt, dass ihre Mutter mit ihrer gewöhnlichen *Wie kannst du nur so undankbar sein, wo ich doch so viel für dich getan habe*-Rede angefangen hätte, also biss Hailey sich auf die Zunge und knirschte stattdessen mit ihrem Kiefer hin und her.

„Mach das nicht. Das ist nicht hübsch. "

Früher war ihr ihre Mutter nicht so sehr auf die Nerven gegangen. Aber in letzter Zeit...

„Ich bin nicht bei der Arbeit, Mom. "

„Die Leute werden dich trotzdem beobachten. " Ihre Mutter lächelte, als wäre das eine gute Sache.

Hailey verzog das Gesicht. Irgendwer beobachtete sie immer. Sie kommentierten. Erschlichen sich Fotos und flüsterten *Das ist sie! Das ist sie! Hailey Crewe!* Sie hatte bereits die letzten drei Jahre damit leben müssen, seit ihre Modelkarriere durchgestartet war.

Eine ungeplante Karriere, die sie eigentlich immer wieder beenden wollte, ganz ähnlich wie ihre Beziehung zu Jonathan. Sie musste nur den richtigen Zeitpunkt finden, um diese Nachricht publik zu machen. Hailey starrte aus dem offenen Fenster auf die Surfer hinaus, die sich im Wasser vor Waikiki tummelten und auf die perfekte Welle warteten. Sie sahen so entspannt aus, so frei. So spontan. All das, was sie nicht sein konnte.

Zumindest nicht in ihrem jetzigen Leben. Sie fingerte an ihrer Halskette herum und ließ ihren Blick über die Tuffsteinformation von Diamond Head schweifen. Möglicherweise war Hawaii genau der richtige Ort, um diese Veränderung umzusetzen und etwas Neues zu beginnen. Sie schloss die Augen und malte es sich aus.

Langsam wurde es zu einer kleinen Fantasie von ihr – ihr Karriereende zu verkünden, einen Freudentanz aufzuführen und alledem den Rücken zuzukehren. Oder besser gesagt, vor alledem *wegzulaufen*. Vor dem strengen Zeitplan. Den ständigen Diäten. Den sexistischen Produzenten. Der permanenten Oberflächlichkeit.

Natürlich würde ihre Mutter einen Herzinfarkt erleiden, wenn Hailey dies täte – oder sie würde einen vortäuschen. Ihr Agent würde ausflippen und die Medien würden sich überschlagen, wenn sie den Zeitpunkt nicht perfekt wählte. Vielleicht, während ein anderes Topmodel mit einem rekordbrechenden Vertrag oder schockierenden Neuigkeiten, wie einer brisanten Scheidung oder einer Verhaftung wegen Drogenmissbrauchs in den Schlagzeilen wäre. Hailey wünschte das alles niemandem, aber verdammt. Wenn eines dieser Dinge einträfe, würde sie die Chance für einen ruhigen Abgang nutzen, ohne viel Aufsehen zu erregen.

Sie musste bei diesem Gedanken gelächelt haben, denn ihre Mutter kicherte. „Aha, ich sehe, du träumst bereits von deiner eigenen Hochzeit."

Das riss sie mit einer Wucht aus ihrer Fantasie heraus, als wäre sie mit einem Fahrzeug gegen eine Mauer gedonnert. „Zu heiraten ist nicht mein Hauptziel im Leben, Mom."

„Was ich nicht verstehen kann, wenn du einen so guten Mann wie Jonathan hast."

Gut bedeutete *reich*, das wusste Hailey. Milliardenschwer. Am Anfang war es ihr gar nicht aufgefallen, aber je besser sie Jonathan kennenlernte, desto mehr war ihr bewusst geworden, wie sehr das Geld sein Leben regierte.

„Er ist nur wenige Jahre älter als du", fuhr ihre Mutter fort und pries seine Vorzüge an. „Er ist in guter Form und ihr seht toll zusammen aus…"

Hailey rollte mit den Augen. War das wichtig?

Ihre Mutter seufzte. „Würdest du endlich aufhören, an diesem hässlichen Ding herumzufummeln?"

Hailey sträubte sich. Die Perle war ein Familienerbstück, aber da sie nicht von der runden, glänzenden Sorte war – nur eine längliche, unebene Perle – war sie in den Augen ihrer Mutter nicht gut genug.

Ihre Mutter zog ihren Träger erneut hinunter. „Du hast so hübsche Schultern, Schätzchen. Es spricht nichts dagegen, ein wenig Haut zu zeigen."

„Bei einer Hochzeit?"

„Um Eindruck zu schinden." Ihre Mutter grinste.

Nein, das wollte sie nicht. Wann würde ihre Mutter das begreifen? Sie hatte Glück gehabt und war groß rausgekommen. Das Modeln hatte sie und ihre Mutter aus der Armut geholt. Warum verlangte ihre Mutter immer noch mehr?

„Es ist eine Hochzeit, Mom. Keine PR-Veranstaltung."

„Alles ist eine PR-Veranstaltung." Ihre Mutter strahlte förmlich.

„Das muss es aber nicht sein. Ich würde dieser Hochzeit gern als ich selbst beiwohnen und nicht als Vision von jemand anderem."

Ihre Mutter stieß einen theatralischen Seufzer aus. „Wenn ich dich das tun ließe, würdest du in zerrissener Jeans und einem T-Shirt auftauchen. Und deine Haare würden aussehen, als wärst du mit dem Skateboard zu der Veranstaltung gefahren."

Hailey schnaubte. Nicht weil ihre Mutter unrecht hatte, sondern weil die astronomische Versicherungspolice, die ihr Agent ausgehandelt hatte, nichts erlaubte, was Spaß machte. Sie durfte kein Skateboard fahren, und auch nicht Reiten gehen. Nichts. All der einfache Spaß, den sie als Kind geliebt hatte, war plötzlich tabu. Zur Hölle, sie konnte noch nicht einmal zum Strand gehen und sich für eine Stunde ein Surfbrett mieten. Und außerdem würde sie belästigt werden, wenn sie dies täte.

„Groß rauszukommen sollte einen eigentlich so leben lassen, wie man leben will", murmelte sie.

Ihre Mutter schüttelte den Kopf. „Du hast bestenfalls noch zehn Jahre in diesem Geschäft. Du musst diese Zeit so gut wie möglich nutzen."

Ich oder du, dachte Hailey bitter. Sie fühlte sich wie der Goldesel, der auf Befehl Goldstücke fallen ließ. Wie viel würde sie wohl verdienen müssen, um ihre Mutter zufriedenzustellen?

„Nun zu deinem Haar...", sagte ihre Mutter, bevor Hailey diese Worte laut äußern konnte.

Sie spitzte die Lippen und zählte bis zehn. Eigentlich sollte eine Frau mit achtundzwanzig Jahren ihrer Mutter bereits die Grenzen aufgezeigt haben. Aber die ersten Jahre von Haileys rasanter Karriere hatten sich wie ein Sturz in ein Haifischbecken angefühlt und ihre Mutter hatte tatsächlich nur ihr Bestes im Sinn gehabt. Für jeden Erfolg hatte es jedoch eine weitere Stufe gegeben, die es auf der Leiter zu erklimmen galt. Und Hailey hatte sich zu sehr auf ihren Teil der Aufgabe konzentriert, um sich mit ihrer Mutter anzulegen.

Aber jetzt... Hailey seufzte. Sie würde in Kürze zwei schwierige Gespräche führen müssen. Eins mit Jonathan und eins mit ihrer Mutter. Sie wusste ihre Mutter zu schätzen – das tat sie wirklich – aber es war an der Zeit, sich von ihr zu lösen und ein eigenes Leben zu ihren eigenen Bedingungen zu schaffen.

Sie wandte sich von ihrer Mutter ab und strich sich über die Haare. „Das kann ich selbst machen."

„Du willst doch, dass sie für die Hochzeit gut aussehen, Liebes."

„Nicht meine Hochzeit."

„Man kann nie wissen", murmelte ihre Mutter leise. „Ich meine, wann der große Tag kommen könnte."

Hailey warf ihrer Mutter einen Seitenblick zu und fing damit an, eine gedrehte Hochsteckfrisur zu formen.

„Du brauchst mehr Volumen", sagte ihre Mutter.

Und so ging es weiter, bis sie ihre Penthouse-Suite verließen und in die Hotellobby gingen, wo Jonathan bereits wartete. Oder besser gesagt, wo er in sein Handy sprach. Er hob seinen Finger als kleinen Gruß nach oben und wandte Hailey dann den Rücken zu, um sein Gespräch zu beenden.

„Ja, sechsundzwanzig. Und prüfe die ETFs." Er musterte sein Haar in einer Reihe geneigter Spiegel, die eine unendliche Anzahl von Spiegelbildern zu ihm zurückwarfen. „Wie sehen die Zahlen aus Nagoya aus?"

Hailey knirschte mit den Zähnen. Was hatte sie nur jemals in ihm gesehen?

Sie starrte auf den Springbrunnen, der in der Lobby des Strandhotels fröhlich vor sich hin sprudelte, aber ihre Gedanken waren Tausende Kilometer weit entfernt. Sie hatte Jonathan in der Nähe seiner Hobbyranch in Montana kennengelernt und damals war er anders gewesen. Entspannter, naturverbundener. Vielleicht sogar sportlich, mit Haaren, die nicht geföhnt worden waren. War das alles nur Show gewesen? Vielleicht hatte sie verzweifelt versucht, ihn in einem besseren Licht zu sehen – oder wollte unbedingt von ihrer Mutter wegkommen, die sie wie ein Adler vor Männern beschützt hatte. Aber als Jonathan auftauchte, hatte ihre Mutter nur noch mit den Wimpern geklimpert und glücklich gegurrt.

Drei Journalisten stürmten durch die Lobby, um Fotos zu schießen, was ihre Mutter dazu veranlasste, einen Arm durch Haileys Ellbogen zu schieben und zu strahlen.

„Miss Crewe! Miss Crewe!"

Hailey versuchte, nicht die Stirn zu runzeln. Warum mussten alle Journalisten immer zur gleichen Zeit sprechen?

„Was denken Sie über diesen großen Tag? Sind sie aufgeregt? Nervös?"

Es war doch nur eine Hochzeit. Was war denn schon dabei?

„Zurück. Zurücktreten."

Lamar, Jonathans Sicherheitschef, pirschte sich mit seinem üblichen grimmigen Blick heran und drängte sie alle zurück, aber das machte die Sache nicht viel besser. Lamar ließ Hailey stets erschaudern, auch wenn sie nicht genau sagen konnte, warum. Seine tiefe, bellende Stimme und der stetig finstere Blick ließen sie an alle möglichen bösen Taten denken. Als hätte er noch vor einer Stunde jemanden im Wald erwürgt. Und es war schrecklich, so über jemanden zu denken, aber irgendwie war es das Einzige, was Hailey in Bezug auf ihn stets in den Sinn kam.

Jonathan hingegen himmelte seinen Sicherheitschef geradezu an. „Kann es losgehen, Mann?" Er stieß Lamar gegen den Arm, als wären sie enge Kumpels und nicht Boss und Auftragskiller.

Lamar nickte genauso genervt wie immer und knurrte. „Bereit zum Losgehen."

Jonathan drehte sich zu Hailey um und strahlte sie an, als wäre sie gerade erst aufgetaucht. „Schatz, du siehst wunderschön aus!"

Hailey hielt ihm die Wange hin, bevor Jonathans Lippen ihre treffen konnten. Fiel diesem Mann jemals etwas anderes als ihr Aussehen auf? Kein *Ich habe dich vermisst* oder *Wie war dein Morgen?*

Jonathan wandte sich an ihre Mutter. „Mrs. Crewe. Sie beide könnten Schwestern sein."

Ihre Mutter schluckte es, aber Hailey rollte mit den Augen. Nein, sie sahen überhaupt nicht wie Schwestern aus. Man sah ihrer Mutter an, dass sie die meiste Zeit ihres Lebens darum gekämpft hatte, über die Runden zu kommen. Sie war eine Frau, die jahrelang am Herd eines Diners gestanden und Burger und Pommes zubereitet hatte, weil es das war, was man tun musste, um die Miete zu zahlen. Vor allem, wenn man jung verwitwet wurde und mit einem Kind, einer erdrückenden Hypothek und einem Wagen zurückgelassen wurde, der kaum noch fuhr. Für Hailey waren es die Falten und die gebeugten Schultern, die ihre Mutter schön machten, nicht das gestylte Haar oder die Designerkleidung, in die sie sich gehüllt hatte, seit Hailey Geld als Model verdiente.

Hailey seufzte über ihre eigenen Gedanken. Gott, sie war wirklich in der falschen Branche, nicht wahr?

„Sie sehen toll aus, Jonathan", gurrte ihre Mutter.

Jonathan ließ sein Country-Club-Lächeln aufblitzen, strich sich mit der Hand über die perfekt sitzende Krawatte und zwinkerte. „Es ist der große Tag."

Haileys Mutter zwinkerte zurück, was sie kurz stutzig machte. Die beiden führten etwas im Schilde. Aber was? Jonathan sah tatsächlich gut aus, das musste sie zugeben. Natürlich, es war schließlich die Hochzeit seiner Schwester und seine Familie hatte keine Kosten gescheut. Eine leicht überstürzte Hochzeit, aber egal. Es ging Hailey nichts an, also hatte sie nie wirklich danach gefragt.

„Sollen wir gehen?", fragte sie.

Jonathan grinste, als wäre sie eines der bezaubernden kleinen Blumenmädchen, die vorbeisprangen, und keine erwachsene Frau, die selbstständig denken konnte. „Bald." Er gab Lamar ein kryptisches Zeichen und ließ ihn vorgehen. „Lass uns dafür sorgen, dass alle bereit sind."

Jonathan *liebte* es, einen großen Auftritt hinzulegen – noch eine Sache, die er ihr in Montana verschwiegen hatte. Als Hailey ihn in Kalifornien zwischen zwei Jobs getroffen hatte, war sie schockiert über den billigen Nervenkitzel gewesen, den ihm Limousinen und rote Teppiche bereiteten. Manchmal fragte sie sich, ob er wohltätige Projekte nur der öffentlichen Aufmerksamkeit wegen unterstützte.

Der Brunnen sprudelte leise vor sich hin wie eine Oase der Ruhe, die Hailey jedoch nicht im Geringsten spürte.

Wenigstens hatte sie nie mit Jonathan geschlafen. Gott sei Dank dafür. Es war bei Abendessen und einem kurzen Kuss auf der Türschwelle ihrer Wohnung in Brentwood geblieben.

Willst du mich nicht hineinbitten? hatte Jonathan jedes Mal mit einem Funkeln in den Augen gefragt.

Sie hatte davon gefaselt, es langsam angehen und eine bedeutungsvolle Beziehung aufbauen zu wollen, bevor sie den nächsten Schritt taten. Und einen Haufen anderen Unsinn, der ihn auf Abstand hielt. Bis jetzt hatte sie es dabei belassen. Und weiter würde es auch nicht gehen, denn sie hatte nicht die Absicht, sich weiterhin mit Jonathan zu treffen. Er hatte für Hailey und ihre Mutter eine Suite gegenüber seiner eigenen gebucht und sie wollte auch, dass er auf der anderen Seite des Flures blieb, bis sie den richtigen Zeitpunkt gefunden hatte, um sanft mit ihm Schluss zu machen.

„Eine Sache noch." Jonathan griff in seine Tasche. „Ich habe dir ein Geschenk mitgebracht."

Hailey starrte entgeistert, als er ihr ein Schmuckkästchen mit einer prächtigen Perlenkette entgegenstreckte. Daran befanden sich mindestens zwanzig Perlen. Jede einzelne von ihnen war rosa, glänzend und perfekt rund.

„Oh, die sind wunderschön." Ihre Mutter drückte eine Hand auf ihre eigene Brust, als würde sie sich die Perlen dort vorstellen.

„Ja, das sind sie." Jonathan grinste.

Hailey biss sich auf die Lippe. „Vielen Dank, aber das kann ich unmöglich annehmen."

Jonathan runzelte die Stirn. „Natürlich kannst du das. Sie sind wunderschön."

Als wäre Schönheit das Einzige, was zählt. Hailey seufzte und duckte sich weg, bevor er sie ihr um den Hals legen konnte.

„Ich verstehe nicht, warum du sie nicht haben willst. Sie sind viel besser als deine." Jonathan kniff die Augen zusammen.

Sie hätte ihm ein Dutzend Antworten geben können, angefangen bei, *Weil sie dir das Gefühl geben würden, dass ich dir gehöre* bis hin zu, *Weil mein Großvater mir meine Kette geschenkt hat und ich sie liebe.* Aber Jonathan würde sowieso nicht zuhören und er würde es auch nie verstehen.

Er starrte sie mit eisigem Blick an, bis ihre Mutter dazwischen ging. „Bitte verzeihen Sie ihr, Jonathan. Es muss der ganze Stress sein. Sie wird schon wieder zur Vernunft kommen."

Hailey biss die Zähne zusammen. Wenn ihre Mutter nur wüsste.

Jonathan steckte die Halskette ein, fing sich langsam wieder und sprach dann in einem seltsam flachen Tonfall „Oh, ich bin mir sicher, dass sie das wird."

Das bin ich bereits, wollte Hailey unbedingt sagen. Aber das würde Jonathan nur aufregen und es noch schwieriger machen, ein ruhiges und vernünftiges Gespräch zu führen, wenn die Zeit gekommen war. Je früher, desto besser.

„Oh, das ist so aufregend", zwitscherte ihre Mutter und fächelte sich Luft zu.

Hailey schaute nach draußen. Das Royal Hawaiian war ein Wahrzeichen von Waikiki an einem goldenen Strand mit türkisfarbenem Wasser, der von einer Reihe leuchtend pinkfarbener Sonnenschirme umrahmt wurde.

Wo würdest du deine Hochzeit feiern? hatte Jonathans Schwester Isabelle sie vor ein paar Wochen am Telefon gefragt. *Irgendwo auf Hawaii, nicht wahr?*

Fast hätte Hailey gesagt *Zuhause in Montana,* aber okay. Hawaii wäre auch nett. Irgendwo in kleinem Rahmen und abseits der ausgetretenen Pfade, wie in einer dieser winzigen Kapellen aus der missionarischen Zeit, die sie im Bord-Magazin im Flieger gesehen hatte.

Aber natürlich würde ein Mitglied von Jonathans Familie eine Veranstaltung inmitten des beliebten Waikikis organisieren.

Sicher, hatte sie zu Isabelle gesagt. Es war ja sowieso nicht ihre Hochzeit.

Draußen ertönte eine Glocke und die Menge drängte zu den weißen Stühlen, die in zwei langen Reihen aufgereiht waren. Alle schwiegen und neigten erwartungsvoll die Köpfe. Auch Hailey sah sich um. Isabelle musste jeden Moment mit ihrem Liebsten hier auftauchen.

„Okay.“ Jonathan plusterte die Wangen auf. Sie waren rosiger, als sie sie je zuvor gesehen hatte. Jonathan war ganz aufgeregt wegen der Hochzeit seiner Schwester, was wirklich niedlich war. „Sie sind bereit für uns.“

Siehst du? sagte sie sich selbst. Er hatte doch ein paar gute Eigenschaften. Nicht genügend, um bei ihm bleiben zu wollen, aber sie reichten, um ihr ein besseres Gefühl darüber zu geben, sich überhaupt erst auf ihn eingelassen zu haben. Sie erlaubte Jonathan, ihren Arm zu nehmen und sie auf den Rasen hinauszuführen.

„Nett“, murmelte sie und neigte ihr Kinn nach oben, als sie in die Sonne traten.

Sie war am Vorabend erst spät angekommen und hatte den ganzen Morgen in ihrer Suite verbracht.

Eine Welle der Aufregung fuhr durch die Menge, was Hailey im Anbetracht der Dinge für normal hielt. Isabelle würde schließlich die Nächste sein – darauf warteten sie doch alle, oder?

Aber alle Augen waren fest auf sie gerichtet – Hunderte von Augenpaaren, von denen sie allerdings nur wenige erkannte, denn sie gehörten alle Jonathans Familie, Freunden und Geschäftspartnern. Ihr Schritt stockte und ihr Magen drehte sich um, denn irgendetwas fühlte sich falsch an. Wirklich falsch.

Sie berührte ihr Haar. Saß es richtig? Oder, oh Gott – sie hatte gewusst, dass sie dieses Kleid nicht hätte tragen sollen.

Alle lächelten, aber es lag eine Stimmung in der Luft, bei der sie sich am liebsten umdrehen und davonlaufen wollte. So als wüssten alle etwas, was sie nicht wusste. Sie griff mit einer Hand nach oben und berührte ihre Perle, um sich zu beruhigen. Jonathan hingegen strahlte wie ein Mann, der vier Asse im Ärmel hatte.

Hailey machte noch drei Schritte und blieb dann plötzlich stehen. Isabelle, die Braut, saß in einem gelben Kleid in der ersten Sitzreihe und ihr Verlobter war nirgendwo zu sehen.

„Ähm, Jon. . . “, begann Hailey, hielt dann aber inne, als Jonathan auf ein Knie sank und zu ihr aufblickte.

Kameras blitzten. Palmen raschelten und ihre Mutter quietschte. Die Gäste schienen den Atem anzuhalten und Hailey tat es ihnen gleich. Was war hier los?

Jonathan räusperte sich und sprach so laut, dass jeder es hören konnte. „Ich weiß, du liebst Überraschungen, mein Schatz. . . “

Sie hasste Überraschungen – so sehr, dass sie weder sprechen noch sich bewegen konnte. Sie stand da wie ein Reh im Scheinwerferlicht, das wusste, dass das Verhängnis nur den Bruchteil einer Sekunde entfernt war, begriff aber immer noch nicht ganz, was genau vor sich ging.

Die Menge kicherte wie aufs Stichwort und Jonathan fuhr fort. Er umklammerte ihre Hand mit seinen klammen Fingern. „An dem Tag, an dem ich dich traf, wusste ich sofort, dass du die Eine bist. Meine Eine. Meine Einzige. Meine Prinzessin.“

Hailey wollte ihn wieder auf die Beine ziehen, aber in ihrem Kopf gingen zu viele Alarmglocken los, als dass sie irgendetwas hätte unternehmen können.

Jonathan streckte ihr eine kleine schwarze Schachtel entgegen und lächelte sie an. Nein, Moment. Er lächelte die Schachtel mit einem dieser *Bin ich nicht fantastisch*-Blicke an, die er von Zeit zu Zeit aufblitzen ließ. Die Menge keuchte, als er die Schachtel öffnete und ein riesiger Diamantring zum Vorschein kam.

„Ich weiß, wir kennen uns noch nicht so lange, aber ich brauche keine Zeit mehr, um mich zu entscheiden", verkündete er.

Großer Gott, Jonathan, wollte sie bellen. *Aber ich vielleicht.* Oder besser gesagt, sie brauchte auch keine Zeit, um sich zu entscheiden, weil sie bereits verschwinden wollte. Wirklich verschwinden.

„Bist du verrückt geworden?", zischte sie so leise, wie sie konnte.

Die Frauen auf den nächstgelegenen Plätzen kicherten. *Ist das nicht niedlich?*

Nein, es war überhaupt nicht niedlich. Es war entsetzlich. Warum würde Jonathan sie derart in Verlegenheit bringen?

Er grinste, als fände er es ebenfalls niedlich. „Du hast gesagt, du wolltest mehr Spontanität in deinem Leben."

„Aber das habe ich nicht gemeint." Sie deutete mit der Hand auf die Szene. „Was hast du dir nur dabei gedacht?"

Jonathans Grinsen wurde breiter. Offensichtlich war ihm nicht in den Sinn gekommen, dass sie bei seinem verrückten Plan nicht mitspielen würde.

„Ich habe an *für immer* gedacht, mein Schatz. Ich habe daran gedacht, wie sehr ich dich liebe."

Die Menge seufzte hörbar, aber für Hailey klangen die Worte abgestanden und einstudiert.

„Hailey Crewe", fuhr er fort. „Willst du mich heiraten?"

Kapitel 2

Nein, wollte Hailey schreien. Sie wollte Jonathan nicht heiraten. Niemals.

Sie entschied sich stattdessen für: „Was – hier? Jetzt?"

Als sie sich hektisch umschaute, sah sie viele strahlende, hoffnungsvolle Gesichter in der Menge, aber keines davon gehörte ihren Freunden. Einige der Gäste lachten – manche von ihnen nervös, als ihnen langsam bewusst wurde, dass das Spektakel, dessen Zeuge sie waren, vielleicht nicht ganz nach Plan verlief.

Jonathan sprach mit Zuversicht weiter – und ein wenig energischer. „Natürlich, hier und jetzt." Er drückte ihre Hand ein wenig zu fest und sie konnte einen Ausdruck der Warnung in seinen Augen sehen.

Sie kannte diesen Blick, aber er schenkte ihn normalerweise nur Leuten, mit denen er geschäftlich verhandelte. Kein Wunder, dass Jonathan bereits in jungen Jahren so viel Geld gemacht hatte. Er hatte das Gründungsdarlehen genutzt, das sein Vater ihm gegeben hatte – eine nette Million, wie sie gehört hatte – und es in ein Geschäftsimperium verwandelt, das sich von einer Küste zur anderen erstreckte.

Ein Imperium, dem er sie als seine Beute hinzufügen wollte. Als sie sich umsah, wandelte sich das flaue Gefühl in ihrem Magen zu einem regelrechten Absturz. Alle um sie herum hatten von dieser Überraschungshochzeit gewusst, nur sie nicht.

Sie wandte sich ihrer Mutter zu, deren steifes Lächeln unter ihren Schlangenaugen zu sagen schien, *Vermassle das nicht.*

Hailey zuckte zusammen, denn sie kannte diesen Blick nur zu gut. Sie hatte ihn ihr zugeworfen, als sie mit zwölf Jahren das erste Mal Tische abräumte. *Vermassle das nicht.* Ihre Mutter hatte sie mit demselben Blick durchbohrt, als der durchreisende Fotograf Hailey an diesem schicksalhaften Tag, der ihr Leben verändern sollte, an seinen Tisch rief. Ganz zu schweigen von dem Tag, als Hailey ihren ersten sechsstelligen Vertrag unterzeichnete oder als sie für ihren jüngsten Modelauftrag bei einer Parfümlinie interviewt worden war.

Vermassle das nicht, befahl ihre Mutter, ohne dabei auch nur ein Wort zu sagen.

Die ersten paar Male hatte es noch Sinn ergeben. Sie hatten das Geld dringend gebraucht und Hailey wollte helfen, so gut sie konnte. Aber jetzt ging es schon lange nicht mehr darum, nur ein Dach über dem Kopf zu haben.

Hailey versuchte, selbst mit den Augen zu antworten. *Es geht hier nicht mehr darum, zu überleben, Mom. Es geht um meinen Stolz. Meine Unabhängigkeit. Mein Leben, verdammt noch mal.*

Aber ihre Mutter blinzelte nicht einmal. Im Gegenteil, ihr Blick wurde noch intensiver.

Haileys Kinnlade klappte auf. Moment mal. Ihre Mutter hatte die ganze Zeit gewusst, dass Jonathan dies plante?

Mom, wollte sie heulen. *Wie konntest du nur?*

Ein Gast räusperte sich und Jonathan runzelte die Stirn, so wie er es tun würde, wenn sein Steak nicht genau nach seinem Geschmack gebraten worden war.

„Ich weiß, es ist eine Überraschung, Prinzessin. Aber ich liebe dich", sagte er in einem Ton, der halb Gurren und halb Befehl war.

Liebte er sie wirklich oder liebte er die Vorstellung, sie zu lieben? Sie musterte seine Augen und fand mehr *Ich* als *Dich* in seinem Blick.

„Jonathan", flüsterte sie und versuchte, sich loszureißen.

Sein Blick wurde härter. Als Lamar, der Sicherheitsmann, näher trat, wurde Hailey blass. Wie weit würde Jonathan dies treiben? Was passierte, wenn sie nein sagte?

„Lass mich nur kurz mit meiner Mutter sprechen", quietschte sie, um Zeit zu gewinnen.

Es brauchte einen kräftigen Ruck, um sich von Jonathan loszureißen, aber Hailey benutzte den Schwung für eine schnelle

Drehung in die Richtung ihrer Mutter. Der Versuch, ihre Mutter zu bewegen, war jedoch, als würde man versuchen, einen Felsbrocken zu verschieben. Also eilte Hailey zu einer Seite und zwang ihre Mutter so, ihr zu folgen.

„Bist du verrückt geworden?", zischte ihre Mutter, als die Menge in schockiertes Gerede ausbrach.

„Wie konntest du nur?" Hailey rieb sich die Augen. „Du wusstest, was Jonathan vorhatte, und hast kein Wort gesagt."

„Natürlich nicht. Sonst hättest du nein gesagt."

Hailey starrte sie an. „Und du glaubst wirklich, dass ich jetzt ja sagen werde?"

„Natürlich wirst du das. Vor all diesen Leuten – wie könntest du das alles verderben?"

Hailey riss die Augen weit auf. Das konnte doch nicht wahr sein.

Aber das war es, wie ihre Mutter ihr verdeutlichte, als sie Haileys Schultern packte.

„Denk nach. Denke zur Abwechslung einfach mal nach."

Hailey riss den Kopf nach oben. Zur Abwechslung?

„Das ist unsere Chance. Ich meine, deine Chance", korrigierte ihre Mutter sich schnell.

„Chance auf…?"

„Deine Zukunft zu sichern. Groß herauszukommen. Jonathans Bruder kandidiert für den Senat und du weißt, dass es nicht lange dauern wird, bis Jonathan dies auch tut."

Hailey blinzelte. Offensichtlich war ihre Mutter nicht nur gierig nach Geld. Sie war auch gierig nach Macht.

„Aber ich liebe ihn nicht", protestierte Hailey.

„Liebe?", spie ihre Mutter regelrecht. „Liebe hält die Zwangsvollstrecker nicht fern. Liebe bringt kein Essen auf den Tisch. Liebe sichert keine Zukunft."

Hailey spürte, wie ihre ganze Energie dahinschwand. Bedeutete das, dass ihre Mutter sie auch nicht liebte?

„Aber du hast Dad geliebt…", versuchte sie einzuwerfen.

Ihre Mutter schnaubte. „Ich war jung. Dumm."

Es schnürte Hailey die Kehle zu. Sie konnte sich kaum an ihren Vater erinnern, aber ihr Großvater hatte diese Lücke gefüllt, so gut er konnte. Er las ihr Gute-Nacht-Geschichten vor und erzählte ihr von der Großmutter, die gestorben war, bevor Hailey geboren wurde. Er nahm sie auf lange Spaziergänge mit und ließ sie so tun, als würde der Hund auf ihre Befehle gehorchen und nicht auf seine. Er rannte mit ihr auf den Feldern um die Wette und ließ sie jedes Mal gewinnen, während er sie anfeuerte, *Lauf, Hailey! Lauf!*

Hailey senkte den Kopf, als die harsche Wahrheit in ihrem Kopf aufblitzte wie die alte Küchenlampe, die stets brummte und blinkte, bevor sie sie mit ihrem grellen Leuchtstoffröhrenlicht blenden würde. Alles, was sie über Liebe wusste, hatte sie von ihrem Großvater gelernt. Alles, was sie über das Überleben wusste, hatte ihre Mutter ihr beigebracht.

„Wir können unsere eigene Zukunft sichern", sagte sie und versuchte, eine Sprache zu benutzen, die ihre Mutter verstehen würde. „Dafür brauchen wir niemand anderen."

Ihre Mutter fletschte praktisch die Zähne. „Jetzt hör' mir einmal gut zu."

Hailey wich zurück, aber ihre Mutter ließ sie nicht los.

„Du wirst dich jetzt umdrehen und ja sagen… ", forderte ihre Mutter.

Die Haare in Haileys Nacken stellten sich auf. Jonathan näherte sich ihnen von hinten. Schon bald würde sie in der Falle sitzen.

Hilfe, wollte sie schreien. *Hilfe!*

„Du wirst das Richtige tun… ", fuhr ihre Mutter fort.

Hailey zuckte zusammen und brannte darauf, sich aufzurichten und den Ausbruch herausprudeln zu lassen, der ihr auf der Zunge lag. *Nein, ich werde Jonathan nicht heiraten, nur weil du verrückt genug bist, zu glauben, dass ich es sollte.* Dann würde sie sich zu Jonathan umdrehen und ihm ein knappes *Nein heißt nein, hast du das verstanden?* zurufen und von dannen ziehen.

Das Problem war, dass sie bei einem Fotoshooting vor Kurzem einen ähnlichen Ausbruch hatte, als ihre Mutter nicht aufhören wollte, den Fotografen, die Caterer und sogar den Friseur zu bedrängen.

Genug, Mutter! Das reicht! hatte Haileys schließlich gebrüllt.

Leider hatte ein Reporter sie dabei erwischt und sie hatte wochenlang die Kolumnen der Klatschpresse gefüllt. Fette Schlagzeilen wie *Hailey flippt aus* und *Undankbare Göre* inklusive. Also zwang sie sich jetzt, den Mund zu halten. Alles, was sie jetzt sagte, würde wahrscheinlich verdreht und falsch interpretiert werden. Aber Gott. Was sollte sie nur tun?

Verzweifelt schaute sie sich um. Der Strand schien meilenweit entfernt zu sein, aber die Lobby befand sich direkt hinter ihr und war fast menschenleer. Der Springbrunnen plätscherte leise und die Marmorfußböden schimmerten.

„Hailey", sagte Jonathan mit derselben festen, kompromisslosen Stimme, mit der er Befehle wie *Setzen sie das Meeting für fünfzehn Uhr an* oder *Buchen Sie mich erster Klasse für den Sieben-Uhr-Flug* erteilen würde.

Ihr Herz klopfte schneller und das Geräusch der tosenden Brandung füllte ihre Ohren. Oder war es das panische Rauschen in ihren Adern?

Das hier passiert nicht wirklich, wollte sie schreien.

Aber es passierte und wenn sie nicht schnell handelte, wer wusste dann schon, wie es enden würde?

„Du wirst sofort wieder dort hinausmarschieren...", fuhr ihre Mutter fort.

Jonathan berührte Haileys Schulter und sie zuckte zusammen.

Nein, Moment. Sie tat mehr, als nur zu zucken. Sie wirbelte herum und stieß Jonathan weg – hart genug, dass er rückwärts stolperte und ihr gerade genug Platz ließ, um...

Ihr halber Verstand war von Angst gelähmt, aber die andere Hälfte ihrer Gedanken wurde von der Stimme ihres Großvaters erfüllt.

Lauf, Hailey! Lauf!

Es war keine verspielte Stimme. Eine panische, genau wie an jenem Tag draußen auf den Feldern, der so schön begann und so schrecklich endete. Der Tag, an dem er starb.

Und genau wie damals rannte sie los. Das dumpfe Geräusch ihrer Schuhe auf dem Gehweg wandelte sich zu einem scharfen Klackern auf dem gemusterten Marmorboden einer langen

Durchgangshalle. Rosafarbene Rundbögen verschwammen auf einer Seite und Schreie brachen aus.

„Warte doch", schnappte Jonathan.

„Hailey!", bellte ihre Mutter.

Hailey stoppte nur lange genug, um sich die Schuhe auszuziehen, bevor sie weiter durch den Eingang stürmte und auf den belebten Bürgersteig hinaus sprintete.

Sie lief nach rechts und warf einen Blick zurück. Zwei Reporter sprinteten ihr hinterher. Ihnen folgte Lamar, der genauso mörderisch wie immer aussah. Sie schnappte nach Luft und rannte weiter. Gott, sie hatte alles nur noch schlimmer gemacht, indem sie weggelaufen war. Sie hätte es einfach besprechen müssen.

Jonathan, ich werde dich nicht heiraten. Mom, ich werde nicht auf dich hören.

Aber Tyrannen wie sie hörten nicht auf Worte und sowohl Jonathan als auch ihre Mutter waren Tyrannen auf ihre ganz eigene Art.

Also rannte sie weiter, wich Fußgängern aus und verlor mit jedem Schritt noch mehr Hoffnung. Wohin sollte sie gehen? Zur Polizei? Zum Flughafen? Konnte sie sich in einer Gasse verstecken und hoffen, nicht gefunden zu werden?

Ein Blick zurück verriet ihr, dass Lamar aufholte. Jonathan hatte sich dem Trupp angeschlossen, der die Verfolgung aufgenommen hatte. Ihre Mutter stürmte als Nächste auf den Bürgersteig hinaus und schrie aus vollem Halse:

„Hailey, komm sofort hierher zurück!"

Es war Wahnsinn. Und es war sogar noch verrückter, dass es sich so anfühlte, als ginge es um Leben und Tod. Als wäre sie das Kaninchen und die anderen die Wölfe, die es auf sie abgesehen hatten.

Die breiten Bürgersteige der Kalakaua Avenue erstreckten sich vor ihr. Der Verkehr war zu dicht, als dass sie in ein Taxi hätte springen und schnell fliehen können.

„Der beste Schlussverkauf aller Zeiten", sagte ein Mädchen im Teenageralter zu ihrer Freundin und hielt eine Einkaufstasche hoch, die gegen Haileys Arm stieß.

Hailey wich ihnen aus und bog in das Einkaufszentrum zu ihrer Rechten.

„So unhöflich", murmelte das Mädchen, während Hailey weiterrannte.

Hailey runzelte die Stirn. Sie war nicht unhöflich. Sie rannte um ihr Leben.

Der raue Beton unter ihren Füßen wich kühlen Fliesen, bevor sie direkt vor drei großen, kräftigen, jungen Männern und ihren kichernden Freundinnen auf eine Rolltreppe sprang.

„So unhöflich", schnauzte eines der Mädchen.

Hailey rollte mit den Augen. Konnte denn niemand etwas Nachsehen mit ihr haben?

Wie es der Zufall wollte, sorgte die Gruppe von Teenagern dafür, dass sie eine Verschnaufpause bekam, denn sie verstopften die Rolltreppe und versperrten Lamar den Weg. Hailey kämpfte sich nach oben, nutzte ihre Gelegenheit und bog um eine scharfe Kurve, um in die nächste Etage zu gelangen. Dann rannte sie einen langen Korridor entlang und über einen offenen Fußgängersteg, der ihr einen viel zu guten Blick auf den Trubel in der unteren Etage bot. Dutzende von Hochzeitsgästen wuselten dort unten herum und suchten nach ihr.

Denk nach, Hailey. Denk nach! schrie sie sich gedanklich selbst an.

An der nächsten Rolltreppe blieb sie stehen und traf innerhalb von Sekundenbruchteilen eine Entscheidung. Sie befand sich in der dritten Etage mit Blick auf einen Gastronomiebereich. Ein Bereich mit vielen Ecken und Winkeln, in denen sich eine Frau auf der Flucht verstecken könnte. Sie stürmte also auf die Rolltreppe zu, die nach unten führte und duckte sich. Lamar und die anderen waren weit genug zurückgefallen, um ihre letzten Schritte nicht gesehen zu haben, also konnte sie vielleicht einfach von der Bildfläche verschwinden. *Wenn* das Touristenpaar vor ihr nur endlich aufhören würde, Selfies zu schießen, damit sie vorbeikommen konnte. Schließlich drängelte sie sich einfach hindurch.

Unhöflich, ich weiß, hätte sie fast gesagt, aber zu diesem Zeitpunkt schnaufte sie schon zu schwer.

Sie sprang, lange bevor ihre Stufe unten ankam, von der Rolltreppe ab und macht eine scharfe Wende, als ihr der Geruch von chinesischer Küche in die Nase stieg. Dann duckte sie sich hinter einer Topfpflanze und schaute nach oben. Lamar und mehrere andere Personen sprinteten auf der oberen Etage entlang. Sie würden sich wahrscheinlich nicht lange von ihr täuschen lassen, aber sie hatte sich eine Minute Zeit verschafft. Was nun? Zur Straßenebene hinunterzugehen würde sie mitten in die Menschenmenge führen. Wo konnte sie sich verstecken?

Ihr Herz hämmerte wild, als sie die Gegend mit den Augen absuchte. Plötzlich erstarrte sie, als sie einen Fremden an einem Tisch in der Nähe dabei ertappte, wie er sie anstarrte. Ein großer, breitschultriger Mann, der an einem der lächerlich kleinen Tische im Gastronomiebereich saß und ein Getränk durch einen Strohhalm schlürfte. Aber er hatte in dem Moment aufgehört, als sich ihre Blicke trafen und er anfing, sie anzustarren. Er schaute regelrecht in sie *hinein.*

Zuerst ließ sein Stirnrunzeln ihn geradezu furchterregend erscheinen. Aber anstatt vor Angst zu erstarren, wurde es Hailey ganz warm und sie nahm in den nächsten zehn Sekunden nichts anderes als die Farbe seiner Augen wahr. Haselnussbraune Augen, tief und dunkel wie ein Wald. Ein Wald, durch den Sonnenstrahlen strömten, denn je länger er sie ansah, desto mehr schienen seine Augen zu funkeln und zu glühen.

Ihre Beinmuskulatur zuckte mit dem Instinkt, weiterzulaufen. Aber etwas in ihr sagte ihr, sie solle warten. Also wartete sie und starrte weiter in seine immer strahlenderen Augen. Tiefe, gefühlvolle Augen, die alles bewirkten, was der dumme Springbrunnen in der Hotellobby nicht vermochte. Ihr Herzschlag wurde langsamer und sie erhob sich aus ihrer halben Hocke, ohne zu verstehen, wieso. Der Mann trug keine Polizeiuniform und sie kannte ihn nicht. Aber irgendetwas an ihm rief sie zu sich, so wie ein Leuchtturm ein Boot in einen sicheren Hafen lotste, und sie ertappte sich dabei, sich ihm einen Schritt zu nähern.

„Dort ist sie!"

Sie riss den Kopf nach oben, als Jonathans Schrei ertönte und fing sofort an zu rennen.

Nein, heulte etwas tief in ihr. *Noch nicht...*

Was verrückt war, denn dieser Mann war ein Fremder und sie hatte es eilig. Also stürmte sie weiter und schlängelte sich an einem Sushi Stand vorbei, an einer Eisdiele und einem Burger Laden, wo der Geruch von brutzelndem Fett sie an das Diner erinnerte, in dem sie früher gearbeitet hatte. Diese Erinnerung ließ sie noch schneller laufen und in die eine oder andere Richtung biegen, bis sie selbst nicht mehr wusste, wo sie war. Jemand verkaufte Uhren. Eine andere Person sammelte Geld für einen wohltätigen Zweck. Eine dritte Dame arbeitete an einem Stand mit Parfumproben, um den sich ein Haufen Mädchen im Teenageralter drängten. Hailey eilte um sie herum und durch einen schmalen Korridor mit ein paar spärlich bevölkerten Geschäften, ein paar Toiletten und...

„Scheiße", platzte sie heraus und starrte in die Sackgasse.

Sie drehte sich um, um zurückzuweichen, blieb dann jedoch stehen. Wenn sie dort hinausging, könnte sie Jonathan oder Lamar direkt in die Arme laufen. Sie wich zurück, wirbelte herum und versuchte es mit einer Seitentür. Verschlossen. Die nächste Tür war ebenfalls verriegelt und die dahinter auch. Schließlich stürmte sie in das vorletzte Geschäft auf der rechten Seite – ein Sportgeschäft. Das Mädchen am Verkaufstresen blickte kaum auf, als Hailey hineingehetzt kam und durch die beiden Flügeltüren am Eingang zu den Umkleidekabinen stürmte. Der schmale Gang hatte Kabinen auf beiden Seiten und am Ende befand sich ein Fenster. Ein großes, breites Fenster, durch das sie leicht hindurchpassen könnte, wenn es nur nicht zu weit oben wäre, um es zu erreichen. Ganz zu schweigen von den zwei Stockwerken Höhe. Von unten aus dem Einkaufszentrum drangen Geräusche hinauf – Schritte, Geplapper, das Rattern eines Lieferwagens.

Unschlüssig erstarrte Hailey. Im nächsten Augenblick huschte sie in eine der Umkleidekabinen. Der Vorhang quietschte, als sie ihn zuzog und sie zuckte zusammen.

Verdammt. Jetzt saß sie wirklich in der Falle. Bis auf die entfernten Geräusche von Einkaufenden wurde alles still. Hailey vergrub ihr Gesicht in ihren Händen. Dies war einer dieser *Ich wünschte, ich könnte mich in ein neues Leben teleportie-*

ren-Momente, die sie in letzter Zeit immer öfter erlebte. Aber dieser hier übertraf sie alle.

Großer Fehler. Ein großer Fehler...

Sie schnaubte. In eine Umkleidekabine zu stürmen war der kleinste von vielen Fehlern der letzten Zeit. Sie schloss die Augen und schwor sich, ihr Leben so schnell wie möglich in den Griff zu bekommen.

In den nächsten Minuten blieb alles still, obwohl ihr Herz immer noch nicht langsamer schlug. Es würde einen gewaltigen Glücksfall brauchen, um von Jonathan, Lamar und allen anderen unbemerkt zu bleiben. Vielleicht hätte sie in der Öffentlichkeit bleiben sollen, denn wer wusste schon, was passieren würde, wenn sie sie hinter verschlossenen Türen fanden? Jonathan war ihr gegenüber nie gewalttätig gewesen, aber sein scharfer Blick hatte sie sich fragen lassen, wie weit er gehen würde, um zu bekommen, was er wollte. Und Lamar ... sie erschauderte. Lamar hatte ihr schon immer Angst eingejagt.

Vielleicht sollte sie es mit dem Fenster versuchen. Vielleicht gab es auch einen Feueralarm, den sie auslösen könnte. Vielleicht könnte sie...

Die Schwingtür quietschte und sie schlug sich eine Hand auf den Mund, um ein Keuchen zu unterdrücken. Schnell zog sie ihre Füße hoch, um nicht gesehen zu werden.

Sie konnte nichts sehen außer dem kleinen Bereich ihrer Kabine, aber sie konnte hören, wie die Schwingtür in ihren Angeln schwang, als jemand hereinkam. Langsam stoppten die Türen und nichts bewegte sich mehr – auch nicht derjenige, der sie aufgestoßen hatte. Diese Person musste direkt hinter der Tür stehen und genauso lauschen wie sie.

Offensichtlich war es keine Frau, die hereingekommen war, um etwas anzuprobieren. Die Schritte hatten schwer geklungen, was auf eine Person mit schwerem, festem Schuhwerk hindeutete.

Ihre Gedanken überschlugen sich. Es war also nicht Jonathan. Er wäre hereingeplatzt und hätte einfach ihren Namen gebrüllt. War es Lamar?

Jedes kleine Härchen an ihrem Körper stellte sich auf, als die Schritte vorwärtsgingen. Ein sicheres Stapfen nach dem anderen. Links. Rechts. Links. Rechts. Die festen Schuhe kamen vor der Kabine neben ihr zum Stehen und der Vorhang bewegte sich leicht.

Ihre Hände zitterten, als sie nach oben blickte. Sie würde niemals in der Lage sein, über die Trennwand zu klettern, ohne entdeckt zu werden. Sie würde erwischt werden. Entlarvt. Hilflos.

Die Schritte bewegten sich zur Seite und sie erhaschte einen kurzen Blick durch den Spalt zwischen dem Vorhang und dem Rand der Kabine. Ein Stück grauer Kleidung blitzte auf, prall gefüllt von muskulösem Fleisch. Sie konnte Kampfstiefel sehen. Dicke Beine und riesige, wohlgeformte Arme.

Ihre Gedanken überschlugen sich. Hatte Lamar etwas Kurzärmeliges getragen?

Die Schritte blieben direkt vor ihrer Kabine stehen, bis sie die abgenutzten Kanten der Stiefel sehen konnte. Der Vorhang raschelte und sie zuckte zusammen. Der Raum wurde noch stiller – eine Stille, von der sie sich sicher war, dass sie jeden Moment von einem Brüllen unterbrochen werden würde.

Ich habe sie gefunden, würde, wer auch immer es war, schreien und die anderen herbeirufen. Dann würde er den Vorhang zur Seite ziehen, sie herausreißen und...

Hailey kniff die Augen zusammen und machte sich auf das Schlimmste gefasst.

Kapitel 3

Es kam nicht jeden Tag vor, dass Tim eine Damenumkleide betrat. Aber in der Sekunde, in der er die Frau mit den strahlend blauen Augen entdeckt hatte, hatte sich etwas in seiner Seele gerührt. Als sie sich im Einkaufszentrum erschrocken umgesehen hatte, war sein innerer Grizzly zum Leben erwacht. Und als sie anfing zu rennen, wäre er fast mitgerannt.

Hilf ihr. Rette sie. Beschütze sie, schrie etwas tief in ihm.

Was verrückt war, denn Bären stürmten nicht einfach los, ohne vorher alles zu durchdenken. Bären fuhren noch nicht einmal ihre Krallen aus, ohne alle Optionen, mögliche Auswege und Notfallpläne zu bedenken. Sie waren die stillen Beobachter, diejenigen, die einem hinterher sagten *Ich habe es dir ja gesagt.*

Nun, in Ordnung – vielleicht war er trotzdem in ein paar brenzlige Situationen geraten. Aber das war während seiner jüngeren, wilderen Tage gewesen. Seine ersten beiden Einsätze hatten ihm das ziemlich schnell ausgetrieben und wann immer er danach in Schlamassel geraten war, war es das Ergebnis der Nähe zu seinen Brüdern und nicht seiner eigenen Hitzköpfigkeit. Er war stets derjenige, der mitging, um sicherzustellen, dass die Dinge nicht völlig außer Kontrolle gerieten. Und auch derjenige, der ihnen den Arsch rettete, wenn irgendeine dumme Idee, die sie mal wieder hatten, nicht nach Plan verlief.

Was zur Hölle tat er also, hier den Lanzelot für eine Frau zu spielen, die er nicht einmal kannte?

Bleib sitzen, verdammt, hatte er seinen Bären zurückgepfiffen, als er sie zuerst entdeckt hatte. *Beruhige dich.*

Es gab keinen Grund, sich in fremde Angelegenheiten einzumischen. Nach allem, was er wusste, konnte die Frau Ladendiebstahl begangen haben. Aber sein innerer Bär hatte gebrüllt und getobt und wollte ihn in Stücke reißen. Seine menschliche Seite hatte vielleicht gelernt, sich an die Regeln zu halten, aber das Tier in ihm neigte immer noch dazu, von Zeit zu Zeit zu rebellieren. Das Biest ließ sich nicht leicht reizen, aber wenn es geschah...

Beweg dich endlich, knurrte es.

Nein, das würde er nicht tun. Er war mehr Mensch als Bär und er lebte in einer von Menschen dominierten Welt. Er befand sich im Gastronomiebereich eines Einkaufszentrums, verdammt noch mal, und nicht in einem Kriegsgebiet. Und offen gesagt, musste er auch kein Held mehr sein. Er wollte kein Held sein, weil er auf die harte Tour gelernt hatte, dass es keine schöne Gerade zwischen dem Guten und dem Bösen gab. Es war eher eine verschwommene Linie und wenn ein Mann nicht aufpasste, könnte es passieren, dass er plötzlich für die falsche Seite kämpfte.

Er verschränkte die Arme. Der Bär konnte rebellieren, so viel er wollte. Er würde jetzt nicht bekommen, was er wollte.

Aber verdammt. Die Bestie brüllte und trat um sich wie nie zuvor.

Sie braucht uns und wir brauchen sie.

Das war der absurdeste Teil daran. Er brauchte keine völlig Fremde. Und er hatte auch nicht vor, hinter einer Frau herzulaufen, als wäre er ein läufiges Tier. Also hatte er sich gezwungen, an dem kleinen beengten Tisch im Gastronomiebereich sitzen zu bleiben und wegzusehen.

Das gelang ihm etwa drei Sekunden lang, bis sein Bär ihn zwang, sich sofort wieder umzudrehen.

Beobachte sie! Hilf ihr!

Er gab das winzigste Stückchen nach. Gerade genug, um seinen Bären zu beruhigen. *In Ordnung, also gut.*

Aber er hatte nicht auf die Frau geachtet. Er beobachtete stattdessen das, wovor sie davonlief. Ein Mann brüllte vom oberen Stockwerk und begann, die Rolltreppe drei Stufen auf einmal hinunterzustürzen. Ein Mann mit rücksichtslosem Blick und geballten Fäusten, der so aussah, als ob er auf Blut aus wäre. Bei dieser schnellen, zielstrebigen Art, wie er sich bewegte, konnte sich Tim gut vorstellen, wie er durch eine Kampfzone stürmte.

Tim setzte sich ein wenig aufrechter hin. Was auch immer diese Frau getan hatte, sie hatte nicht verdient, was dieser Mann ihr antun wollte.

Zwei weitere Männer folgten dem ersten. Sie alle waren überaus elegant gekleidet und einer von ihnen schimpfte.

„Verdammt noch mal, Hailey... "

Tim blickte zu dem Korridor hinüber, in den sie verschwunden war. Hailey? War das ihr Name?

Der Bärenteil seines Verstandes wurde ganz verträumt, als hätte er gerade einen ganzen Topf Honig ausgeschleckt oder wäre über eine Wiese voller Frühlingsblumen gelaufen. Der menschliche Teil in ihm versuchte derweil, zu enträtseln, warum eine Frau in einem hübschen, weißen Kleid barfuß durch ein Einkaufszentrum lief.

Tim schob seinen Rucksack mit einem Fuß zur Seite, um einen kleinen Gang zu schaffen, sollte er sich doch noch entschließen, sich einzumischen. Eine Frau konnte rennen, wann und wohin auch immer sie wollte; das ging ihn nichts an. Aber eine Frau, die vor zwei... drei... vier Typen flüchtete? Dabei *würde* er sich einmischen, verdammt noch mal.

Der erste Mann – der gefährliche – erreichte das Ende der Rolltreppe, ging ein paar Schritte weiter, blieb dann stehen und schnupperte. Er *schnüffelte* richtig wie ein Tier und richtete seine Nase leicht nach oben. Seine Nasenlöcher bebten und die Augen waren halb geschlossen.

Tim erstarrte. Wie ein Tier – oder ein Gestaltwandler?

Er atmete tief ein, aber das Gemisch der Gerüche im Gastronomiebereich war schwer zu entwirren.

Der Mann mit den mörderischen Augen zögerte an der Ecke, an der die Frau nach links abgebogen war, und Tim ertappte sich dabei, wie er sich an den Tisch krallte. Aber der Mann winkte den anderen, die hinter ihm folgten, zu und ging nach rechts weiter. Seine Komplizen verteilten sich in verschiedene Richtungen, wobei der Mann mit dem schicken grauen

Anzug in den Gang hineinging, in den die Frau verschwunden war.

Connor, bellte Tim seinem Bruder zu, indem er die gedankliche Verbindung nutzte, die alle sich nahe stehenden Gestaltwandler teilten.

Aber Connor befand sich auf der anderen Seite von Honolulu und war zu beschäftigt, um zu antworten.

Jetzt geh schon, grunzte sein Bär.

Tim fluchte, stand auf und gab schließlich nach. Nach einer kurzen Prüfung der Umgebung folgte er.

„Probieren Sie das hier. Das ist ein neuer Duft von Chanel." Eine Verkäuferin sprühte Parfum auf die Handgelenke von sechs begeisterten Mädchen.

Für einen Menschen mochte dieser künstliche Blumenduft dezent riechen, aber für eine empfindliche Bärennase...

Tim rümpfte die Nase und versuchte, nicht zu würgen. Die gute Nachricht war, dass dieser Geruch die Spur der Frau wahrscheinlich vor dem Mann, der in der Luft geschnuppert hatte, verdecken würde.

Er fixierte den Rücken des Mannes, der in den linken Abzweig stakste, mit seinem Blick. Videospiele tönten und piepsten aus einer Spielhalle und vor dem nächsten Geschäft stand ein Tisch mit Sportschuhen. Daneben befanden sich ein Billigladen und ein Telefonanbieter, bevor der Korridor mit einer Reihe von Doppeltüren mit der Aufschrift *Notausgang. Alarmgesichert* endete. Offensichtlich war die Frau nicht in diese Richtung gegangen. Wo war sie also?

Der Mann in dem grauen Anzug spähte in jedes Geschäft und Tim folgte ihm. Seine Bärenkrallen drängten gegen die Unterseite seiner Fingernägel und wollten unbedingt ausgefahren werden. Er ballte die Fäuste, um die Krallen sicher zu verbergen, während er...

Er wirbelte linksherum. *Dort,* brüllte sein Bär. *Sie ist dort drin.*

Er schaute an den Tennisschlägern und reduzierten Schuhen des Sportgeschäftes vorbei. Was ließ seinen Bären so sicher sein? Er konnte ihren Geruch nicht wahrnehmen und es gab nichts, was darauf hindeutet, dass sie sich in diesem Geschäft befand.

Glaube mir, sie ist da.

Es war seltsam, wie sicher er sich war. Genauso, wie er immer wie durch einen sechsten Sinn, der nur schwer zu erklären war, wusste, wo sich seine Brüder aufhielten.

Ein Handy klingelte und Tim beobachtete, wie der Typ im grauen Anzug innehielt, um seine Tasche abzutasten.

„Verdammt", murmelte der Typ und zog ein Handy heraus. „Hallo? Ja. Ich meine, nein. Noch kein Zeichen von ihr. Was?"

Tim tat so, als würde er sich die Baseballkappen ansehen, während er lauschte.

„Nein. Sie kann hier nicht durchgekommen sein. Ruf mich zurück", bellte der Mann im grauen Anzug in sein Handy. Dann ging er zurück in die Richtung des Gastronomiebereichs und warf Tim im Vorbeigehen einen verärgerten Blick zu, als wäre es seine Schuld, dass die Frau weggelaufen war.

Du bist derjenige, vor dem sie wegläuft, Arschloch, wollte Tim am liebsten sagen.

Aber selbst wenn er etwas gesagt hätte, bezweifelte er, dass der Mann auf ihn hören würde. Er kannte diese Art Typ. Die hochnäsige *Du bist nicht wichtig genug, um in meiner Welt zu existieren, und deshalb werde ich dich ignorieren*-Art. Der Manier nach zu urteilen, wie er Befehle bellte – ganz zu schweigen von seinem maßgeschneiderten Anzug, der glatten Rasur und den perfekt manikürten Fingernägeln – ein Mann von Reichtum und Privilegien.

Ja, Tim fielen die Fingernägel auf. Seinem Bären machte es immer Spaß, winzige menschliche Fingernägel mit seinen eigenen klingenartigen Krallen zu vergleichen. Was sollte er sagen? Jede Gestaltwandlerspezies hatte ihre eigenen kleinen Macken.

„Ich bin in der zweiten Etage", sagte der Mann im grauen Anzug und ging zurück in den Gastronomiebereich.

Tim legte die Baseballmütze zurück und betrat das Sportgeschäft, wobei er kräftig schnupperte. Dort drinnen war der Geruch der Frau leichter zu verfolgen. Er führte ihn zu einem schmalen Flur mit Schwingtüren und einer Reihe von Umkleidekabinen mit Sichtschutzvorhängen dahinter. Er sah sich noch einmal im Laden um, aber die beiden Angestellten nahmen keine Notiz von ihm. Sie waren so sehr damit beschäftigt, sich gegenseitig Bilder auf ihren Handys zu zeigen. Also ging er durch die Schwenktür und blieb stehen, weil er sich fragte, was zur Hölle er tun sollte. Die Frau befand sich in der letzten Kabine auf der rechten Seite, wenn seine Nase richtig lag. Eine Sackgasse innerhalb einer Sackgasse. Wie wollte sie dort jemals wieder herauskommen?

Hailey. Ihr Name ist Hailey, grunzte sein Bär.

Großer Gott, er hätte niemals auf das Biest hören sollen. Jetzt, wo es seinen Willen bekommen hatte, würde es nicht mehr nachgeben.

Hailey braucht uns. Beeile dich, beharrte der Bär.

Er setzte ein möglichst ausdrucksloses Gesicht auf – eine Kunst, die er in Jahren des Aufenthaltes in militärischen Brennpunkten verfeinert hatte – und ging auf die letzte Kabine zu. Ihre Füße waren unter dem Vorhang nicht zu sehen, also konnte er sich vorstellen, wie sie mit angezogenen Beinen auf der Bank kauerte und ihr der Atem in der Kehle stockte.

Er atmete tief ein und prägte sich ihren Duft in seinem Kopf ein. Ein blumiger Duft, der dem der höchsten Bergwiesen an frühen Sommertagen glich, wenn überall die Bienen summten und die ersten Beeren zu sprießen begannen. Aber er war auch mit Angst vermischt und das machte seinen Bären wütend.

Wenn ich diese Typen in die Krallen kriege...

Tim ballte seine Hände und erinnerte sich selbst daran, dass es hier nicht darum ging. Er musste dieser Frau – Hailey? – helfen, von ihnen wegzukommen.

Er trat vor die letzte Kabine, blieb stehen und kratzte sich an der Stirn. Er hatte mit seiner Spezialeinheit schon viele Gebäude gestürmt, ganz zu schweigen von Bunkern, Militäranlagen und Tunneln. Aber wie genau holte man eine einzelne Frau aus einer Umkleidekabine?

Es kam ihm ganz kurz in den Sinn, dass sie eine Waffe haben könnte. Dass sie der Bösewicht war, der von den Guten gejagt wurde, nicht umgekehrt. Aber einen Sekundenbruchteil später verwarf er den Gedanken wieder. Die Frau war diejenige mit der Angst in den Augen, während die Männer so aussahen, als ob sie darauf aus wären, zu töten. Was bedeutete, dass er seine *Operation Einkaufszentrum verlassen* besser schnellstmöglich beginnen sollte.

„Also..." Er versuchte, seine Stimme leicht zu halten. Er scheiterte kläglich, denn das tiefe Grollen durchdrang die Stille des Umkleidebereichs. „Sie können dort drin bleiben, solange Sie wollen. Es geht mich wirklich nichts an."

Abgesehen davon, dass es sich so *anfühlte*, als würde es ihn allerhand angehen, obwohl er keine Ahnung hatte, warum.

„Aber dort draußen sind mindestens vier Typen hinter Ihnen her", fuhr er fort. „Und ich schätze, Sie haben höchstens fünf Minuten, bevor sie herausfinden werden, in welche Richtung Sie gegangen sind."

Etwas bewegte sich hinter dem Vorhang und eine Sekunde später antwortete sie: „Nur vier Typen?"

Tim grinste. Sie war ein feuriges kleines Ding, nicht wahr? Hinter der Bissigkeit in ihrer Stimme klang jedoch das ungleichmäßige Kratzen der Angst mit.

„Es ist nur eine Schätzung." Er blinzelte den Vorhang an und wünschte sich, er könnte hindurchsehen, denn er hatte vergessen, wie sie aussah. Ihre Augen waren das Einzige, was ihm im Gedächtnis geblieben war – ein reines, sattes Blau, wie der Frühlingshimmel über den Rocky Mountains. „Mindestens vier Typen und das nur auf dieser Etage des Einkaufszentrums. Und ja, ich würde sagen, Sie haben ungefähr fünf Minuten, mehr oder weniger."

„Und Sie sind...?"

Er neigte den Kopf. Selbst in die Enge getrieben, schaffte sie es noch, einen kühlen Kopf zu behalten. „Timber Hoving", sagte er. „Sie sind Hailey, nicht wahr?"

Es wurde ganz still. „Woher wissen Sie das?"

Er rollte mit den Augen. Wenn sie wüsste, was er alles herausfinden könnte, wenn er sich jemals entschließen sollte, wirklich nachzuforschen, würde sie ausflippen.

„Ich habe gehört, wie einer von denen es gesagt hat. Der Typ im grauen Anzug, der in sich selbst verliebt ist – und möglicherweise in sein Handy."

Die Frau schnaufte. „Jonathan. Natürlich.“

Natürlich? Sie klang ziemlich genervt von dem Kerl. War er ihr Chef?

Er starrte auf den Vorhang und dann auf seine Uhr. „Hören Sie, kommen Sie oder nicht?“

Ein nachdenkliches Schweigen folgte. „Kommen … wohin? Mit wem?“

„Kommen Sie mit mir mit. Um von hier zu verschwinden.“

„Sie kennen einen Ausweg?“ Ihre Stimme erhob sich voller Hoffnung. Und er fürchtete sich jetzt schon davor, diese Hoffnung zu zerschlagen, sollte er es irgendwie vermasseln.

Er kratzte sich das Kinn. Ja, er wusste einen Ausweg, aber er bezweifelte, dass ihr gefallen würde, was er vorhatte.

Eine Hand erschien an der Kante des Vorhangs und sie spähte hinaus, bevor sie sich sofort wieder versteckte. Er keuchte bei den Details, die soeben vor seinen Augen aufgeblitzt waren. Blaue Augen. Blondes Haar. Hohe, markante Wangenknochen, die mit Sommersprossen bedeckt waren. Er wünschte sich, er hätte Zeit, sie zu zählen.

„Warum sollte ich Ihnen vertrauen?“

Sie versuchte, hart zu klingen, aber ihre Stimme schwankte ein wenig und die Einsamkeit, die darin mitschwang, brach ihm das Herz.

Er fuhr sich mit der Hand durch sein Haar. Warum *sollte* sie ihm vertrauen?

Er zuckte mit den Schultern. „Das können Sie einfach. Ich verspreche es.“

Und außerdem, so vermutete er, hatte sie auch keine andere Wahl.

Die Sache war, dass es sich so anfühlte, als hätte auch er keine Wahl gehabt. Er musste ihr einfach helfen, weil … weil…

Schicksal, flüsterte sein Bär.

Er holte tief Luft und beschloss, diesem Gefühl nicht genauer nachzugehen. Nicht jetzt, während ihm so viele andere Dinge durch den Kopf gingen.

Ein paar stille Sekunden vergingen. Dann öffnete sich der Vorhang mit einem metallischen Klimpern der Ringe über einer Stahlstange und die Frau schaute ihn an. Sie hatte die Hände in die Hüfte gestemmt, das Kinn nach oben gestreckt und funkelte ihn an, als wäre er der Kerl, der sie dort hineingejagt hatte, und nicht der, der sie herausholen wollte.

Enttäuschen Sie mich nicht, funkelten diese Augen. *Wagen Sie es ja nicht, mich im Stich zu lassen.*

Seine Brust zog sich zusammen und er drückte die Schultern durch, so wie er es tat, wenn seiner Einheit einer dieser *Mission: Impossible*-Aufträge zugewiesen worden war. Eine dieser Missionen, von denen niemand sonst auch nur hoffen konnte, sie erfolgreich abschließen zu können. Dies fühlte sich ebenso an, als ginge es um Leben und Tod – und die Last ruhte genauso schwer auf seinen Schultern.

Was verrückt war. Sie war eine völlig Fremde. Und trotzdem traf ihr Vertrauen die einzige verbleibende weiche Stelle seines Herzens direkt ins Schwarze.

Sie war schlank – eigentlich zu schlank – und mindestens zehn Zentimeter kleiner als er. Trotzdem funkelte sie ihn an, als wäre er derjenige, der besser aufpassen sollte.

„Nehmen wir an, ich entscheide mich, Ihnen zu vertrauen", sagte sie. „Was dann?"

Er holte tief Luft und versuchte, sich nicht in ihren unglaublichen Augen zu verlieren. Dann ließ er seinen Kiefer ein paarmal zucken. *Konzentriere dich, verdammt noch mal. Konzentriere dich darauf, sie hier herauszuholen.*

In Gedanken ging er ein letztes Mal ihre Optionen durch und dieselbe Reihe von Schritten erschien ihm wie der beste Plan.

„Warten Sie einen Augenblick hier", sagte er. „Ich bin gleich wieder da."

Kapitel 4

Die Frau – Hailey – quietschte protestierend, aber Tim ging trotzdem in den Hauptbereich des Sportgeschäftes zurück. Seine Auswahl war begrenzt, aber egal. Er schnappte sich einen Pullover von einem Regal und mehrere kurze Hosen von einem anderen. Dann eilte er zurück in den Umkleidebereich. Er streckte sie ihr entgegen.

„Suchen Sie sich etwas aus. Beeilen Sie sich.“

Sie starrte ihn an. „Was?“

Er wedelte mit den Händen durch die Luft. „Sie suchen nach einer Frau in Weiß.“

Sie blickte an ihrem Kleid hinunter und murmelte: „Ich wusste doch, dass es nicht cremefarben war.“

Er hatte keine Ahnung, was das bedeuten sollte, aber er beschloss, es darauf beruhen zu lassen. „Wie ich schon sagte, werden sie sich darauf konzentrieren, eine Frau in Weiß zu finden. Nicht zwei Personen in dunkler Kleidung.“

Sie starrte auf das Kleiderbündel. „Glauben Sie, das wird funktionieren?“

Er nickte. Er hatte selbst ausreichend Überwachungsarbeit geleistet, um zu wissen, wie schwer es war, diese Art von Gedankensprung zu machen. „Nicht garantiert, aber es besteht eine gute Chance. Welche Schuhgröße tragen Sie?“

Sie hatte die Klamotten bereits an ihre Brust gepresst wie den dünnsten Schutzpanzer der Welt. „Ähm … achtunddreißig.“

Ein paar Minuten später standen sie an der Kasse und zogen die Preisschilder von den Kleidungsstücken ab, die sie bereits angezogen hatte – ein blauer Pullover und eine rosa

Sportshorts, die eine Nummer zu groß war. Aber verdammt. Es funktionierte.

„Ich zahle es Ihnen zurück", sagte Hailey entschieden, als er seine Brieftasche zückte.

Fast hätte er gesagt, dass dies im Moment seine geringste Sorge wäre, aber die Worte blieben ihm im Halse stecken, als sie sich vorbeugte und ihre Hochsteckfrisur öffnete. Lange, seidige, blonde Strähnen fielen über ihre Schultern und wippten, als sie sie mit den Fingern durchkämmte und fragte: „Besser?"

Er schluckte. Schlimmer, denn wie sollte er sich denn darauf konzentrieren, sie hier herauszuholen, wenn er nur dastehen und sie anstarren konnte?

Er räusperte sich und setzte ihr eine pinkfarbene Baseball-kappe auf den Kopf. „Das ist besser."

Sie nahm sie wieder ab und zog eine Grimasse, als sie die große verschnörkelte Aufschrift auf der Vorderseite sah „Aloha?"

„Aloha", knurrte er und setzte sie ihr wieder auf.

Die Verkäuferin schob das weiße Kleid in eine Tüte, zog seine Kreditkarte durch und winkte ihnen mit einem herzlichen *Mahalo* hinterher, bevor sie sich wieder ihrem Handy widmete.

„Ich vertraue Ihnen nur vorübergehend, wissen Sie", flüsterte Hailey, als er nach ihrer Hand griff und in Richtung Ausgang ging.

„Ich helfe Ihnen nur vorübergehend", schoss er zurück. Es war gleichzeitig eine Mahnung an seinen inneren Bären.

Er spähte den Flur hinunter. Keiner der Männer, die er zuvor gesehen hatte, waren in Sicht, also ging er hinaus und versuchte, zu schlendern und nicht zu hetzen. Als sie in den Gastronomiebereich kamen, rückte Hailey näher an seine Seite.

Schön, brummte der Bär in ihm.

Nun, unter anderen Umständen wäre es schön gewesen und in Gedanken schwelgte er in allen möglichen Fantasien, wie das aussehen könnte. Er und sie auf einem Sonntagsspazier-gang, ohne ein bestimmtes Ziel und ohne jemanden, vor dem sie weglaufen mussten. Sie würden sich kennenlernen, gemein-sam lachen und einfach eine schöne Zeit verbringen.

Besteck klapperte und riss seine Aufmerksamkeit zurück in die Gegenwart.

Vorübergehend, zischte er seinen Bären an.

„Was jetzt?", flüsterte Hailey in sein Ohr.

So nah. So schön. Sein Bär schloss die Augen und träumte immer noch vor sich hin.

Tim zeigte auf die Rolltreppe. „Dort drüben. Sobald wir uns auf Straßenebene befinden, können wir uns ein Taxi nehmen oder in der Menge untertauchen."

Was an und für sich ein guter Plan war, aber als die Rolltreppe hinunterfuhr, rollte die gegenüberliegende Seite nach oben und kreuzte sie diagonal. In dem Moment, als Hailey nach unten schaute, verkrampfte sie sich.

„Oh Gott…"

Drei Reporter fuhren nach oben und hielten ihre Kameras bereit. Was hatte das alles zu bedeuten?

Ohne Zeit sie zu fragen, drehte sich Tim zur Seite, um ihren Körper zu verdecken. Dann schlang er einen Arm um ihre Schulter, wie es ein Mann mit seiner Freundin tun würde, und flüsterte ihr ins Ohr.

„Wir schaffen das. Machen Sie sich keine Sorgen. Schauen Sie einfach nach unten. Sehen Sie dort unten noch jemanden?"

Sie nickte mit kurzen, abgehackten Bewegungen und gestikulierte in Richtung Bürgersteig. „Dort drüben. Und dort."

Die Personen, auf die sie zeigte, waren dank ihrer schicken Kleidung und glänzenden Schuhe leicht zu erkennen. So als wären sie gerade aus einer Kirche gekommen oder als wäre eine Galaveranstaltung zu Ende gegangen.

Er machte mit den Augen eine Route aus und zog Hailey nach vorn, sobald die Rolltreppe unten ankam. Der Gehweg war nicht weit, aber er schlängelte sich langsam von einem Schaufenster zum nächsten und hielt vor Schaufensterauslagen inne oder begutachtete Gegenstände, als ob er sie kaufen wollte. Sein Herz begann schneller zu schlagen, weil sie fast draußen waren. Noch ein paar Schritte und…

Hailey blieb plötzlich stehen und machte eine abrupte Kehrtwendung. „Die beiden."

Tim suchte nach einer neuen Möglichkeit, aber verdammt. Drei Männer und eine Frau standen hinter ihnen und musterten die Menge.

„Oh Gott", murmelte Hailey. „Das ist Isabelle… "

Tim hatte zwar keine Ahnung, wer Isabelle war, aber sie bedeutete offensichtlich nichts Gutes. Er und Hailey waren von drei Seiten umzingelt und auf der vierten befand sich ein Geschäft. Sie hatten also keinen Ausweg. Außer einem…

„Bitte verstehen Sie das nicht falsch", flüsterte er, bevor er Hailey an einen Pfeiler drückte und sich dicht an sie lehnte.

Sie riss die Augen weit auf, als er sich ihr wie für einen Kuss näherte. *Ganz* nah, bis nur noch wenige Millimeter sie trennten. Ihr frischer Atem kam in schockierten kleinen Atemzügen.

„Psst", flüsterte er, legte seine Hände um beide Seiten ihres Kopfes und versperrte jedem den Blick auf ihr Gesicht. Alles, was die Leute sehen würden, war ein Kerl, der seine Freundin küsste.

Und fast wäre es auch dazu gekommen. Er war so nah dran und trotz der Dringlichkeit der Situation begann sein Gehirn abzuschalten. Ihr Heckenkirschenduft stieg in seine Nase und sein Blut rauschte. Ihre Beine stießen aneinander und ihre Oberkörper berührten sich mit jedem tiefen Atemzug. Als Hailey zaghaft ihre Arme um seine Taille schlang, hätte er fast geseufzt.

Es war kein Kuss, aber es war nah dran.

So gut, stöhnte sein Bär.

Verdammt ja, das war es. So gut, dass es ihn alle Mühe kostete, diese letzten Millimeter nicht zu überwinden und ihre Lippen mit seinen zu bedecken. Der Art nach zu urteilen, wie ihre Augen von erschrocken zu verträumt und entrückt übergingen, hätte es Hailey vielleicht noch nicht einmal gestört. Seine mussten genauso aussehen – oder schlimmer noch, sie könnten regelrecht glühen.

Gefährtin, murmelte sein Bär. *Sie ist meine Gefährtin.*

Hinter ihnen fegten zwei Männer so schnell vorbei, dass einer von ihnen gegen die Einkaufstüte stieß, in der sich Haileys Kleid befand.

„Entschuldigung", murmelte der Mann und eilte ohne einen weiteren Gedanken weiter.

Los! Jetzt, schrie eine Stimme in Tims Kopf. Der Ausgang war offen; es war ihre Chance, zu entkommen.

Aber so wie Hailey ihn ansah und bei der Wirkung des Wortes, das wieder und wieder durch seinen Kopf hallte, hörte er es kaum.

Gefährtin...

Er schluckte. Jeder Gestaltwandler wusste, was das bedeutete. Eine zufällige Begegnung mit einem Seelenverwandten, die vom Schicksal eingefädelt worden war. Ein einziger Blick, der das Leben eines Mannes verändern konnte.

Aber dass *ihm* das passierte? Hier? Und jetzt?

Haileys Lippen zuckten und berührten seine. Eine Hitzewelle rollte durch seinen Körper gepaart mit einem unbändigen Gefühl der Hoffnung.

Ja, knurrte eine Stimme aus den Tiefen seines Geistes. *Sie ist die Eine.*

Ihre Augen blitzten auf und er fragte sich, ob sie gerade dasselbe gehört hatte, nur entgegengesetzt und auf ihn bezogen. *Ja. Er ist der Eine.*

Aber verdammt. Hinter ihnen bellten die Leute Befehle und stürmten umher.

„Versuch es in diese Richtung", zischte ein Mann dem anderen zu. „Wir müssen sie finden."

Ich muss sie beschützen, knurrte sein Bär.

Tim hätte fast auch geknurrt. Er hatte soeben seine Schicksalsgefährtin gefunden. Konnte die Welt ihn das nicht erst einmal verarbeiten lassen?

Dann traf ihn ein anderer Duft und er zuckte zusammen.

Gestaltwandler? Er griff nach Haileys Hand und führte sie zum Ausgang. Ihre ersten paar Schritte waren schwankend, er hielt sie also dicht bei sich und widerstand dem Drang, sich umzusehen.

War der Mann, der sie zuerst verfolgt hatte, ein Gestaltwandler? War er in der Nähe?

Tim eilte weiter. Der Ausgang war direkt vor ihnen und er war frei. Eine Sekunde später waren sie draußen und Hailey blinzelte heftig. Tim wollte ebenfalls blinzeln. Das Gefühl, geblendet worden zu sein, war nicht nur in seinen Augen und es stammte auch nicht vom plötzlichen Hinaustreten ins helle Sonnenlicht. Es war in ihm und erfüllte ihn mit einem warmen Glühen.

Gefährtin... murmelte sein Bär, der von dem Gedanken ebenso überwältigt war wie er selbst.

„Los." Er stieß Hailey regelrecht in ein Taxi. Der Verkehr hatte sich gerade genug gelichtet, um das Taxi durchzulassen, wenn sie sich beeilten.

„Wohin?", fragte der Fahrer.

Tim starrte Hailey an. Er hatte Angst, dass sie ihm eine Adresse nennen würde, an der er sie für immer verlassen müsste. Aber sie starrte mit ebenso leerem Blick zurück.

„Ähm ... Pearl Harbour." Er nannte den ersten Ort, der ihm in den Sinn kam. Seine Gedanken überschlugen sich mit neuen Optionen und Ideen, denn ein Bär musste immer einen Plan haben.

Der Fahrer hatte das Radio an und eine freundliche Stimme berichtete über das sonnige Wetter in Honolulu, den schrecklichen Verkehr und von einem Kanurennen. Tim schmiegte sich näher an Hailey und sprach mit leiser Stimme.

„Wo ist Ihre Unterkunft?", flüsterte er.

Sie zeigte hinter sich. „Hinter uns."

Er warf einen Blick aus dem Heckfenster. Bislang war niemand aufgetaucht, der sie verfolgte – noch nicht.

„Ich muss von dort weg", sagte sie heiser. „Weit weg. Ich muss mich verstecken."

Er dachte darüber nach. Weißes Kleid. Reporter. Männer, die ihr nachjagten. Was genau war hier los?

„Hören Sie, wenn Sie Ärger mit dem Gesetz haben... "

Sie schüttelte schnell den Kopf. „Das ist es nicht. Ich schwöre, ich werde es Ihnen später erklären." Sie richtete einen strengen Blick auf den Fahrer des Taxis. „Im Moment muss ich einen Ort finden, an dem ich mich für ein paar Tage verkriechen kann. Irgendwo abseits der Touristengegend."

Tim saß regungslos da, denn er kannte genau den richtigen Ort. Die Koakea Plantage, sein Zuhause auf Maui, war so weit von den Touristenorten entfernt, wie man es nur sein konnte. Aber er konnte keine vollkommen Fremde zu seinen Gestaltwandlerkollegen nach Hause bringen. Sie lebten aus gutem Grund isoliert, um ihre Geheimnisse vor neugierigen, menschlichen Augen zu schützen.

Trotzdem gab es auf Maui alle möglichen kleinen Verstecke. Er würde doch sicher ein Örtchen finden, an dem sie bleiben konnte.

Sein Bär nickte eifrig. *Irgendwo, wo wir auf sie aufpassen können.*

Er holte tief Luft und kämpfte gegen das Gefühl an, dass sein sorgfältig geordnetes Leben immer mehr außer Kontrolle geriet. Er war mit einem klaren Plan nach Oahu gekommen und Hailey war kein Teil davon.

Jetzt ist sie es, knurrte sein Bär.

Er schaute Hailey an und war unfähig, Ja oder Nein zu sagen.

„Wie klingt Maui?", flüsterte er schließlich.

Hoffnung strahlte in Haileys Augen auf, bevor Zweifel sie wieder trübten. „Maui wäre großartig, aber wie komme ich dorthin? Meine Handtasche liegt im Hotel. Ich habe weder eine Kreditkarte noch einen Ausweis."

Tim spürte ein kleines, lustiges Ziehen in seinen Wangen. Ein Lächeln? Warum zum Teufel musste er in einem solchen Moment lächeln?

Schicksal, gluckste sein Bär. *Das muss es sein.*

Er beugte sich zum Vordersitz und sprach mit dem Fahrer. „Können Sie uns bitte zum Hubschrauberlandeplatz bringen?"

Der Fahrer nickte, aber Hailey packte Tims Arm. „Hubschrauberlandeplatz? Meinen Sie einen Hubschrauber? Sie haben einen Hubschrauber?"

Er grinste. Nein, er hatte keinen. Aber sein Bruder hatte einen.

„Vertrauen Sie mir?", fragte er und hielt den Atem an. Auch wenn ihre Möglichkeiten begrenzt waren, brauchte sie ihn nicht unbedingt. Sie könnte genauso gut zur Polizei gehen, einen Verwandten um Hilfe bitten oder sich irgendwo auf Oahu verstecken, bis ihr Problem gelöst war, nicht wahr?

Und doch wollte er, dass sie ihm vertraute. Unbedingt.

Sein Herz schlug heftig, als er ihre Lippen beobachtete. Formten sie ein Nein? Sie sah ihm lange in die Augen, bevor sie schließlich langsam nickte. „Ja. Zumindest vorübergehend."

Er brach in ein breites Grinsen aus. Ihr *ja* fühlte sich so gut an wie die Sonne, die an einem bewölkten Tag hinter den Wolken hervorkam, egal, wie *vorübergehend* es auch sein mochte.

„Also gut." Er versuchte, cool zu bleiben. „Maui." Er zeigte auf den Horizont.

Hailey folgte seiner Hand mit ihrem Blick. Maui war vielleicht nicht ganz zu sehen, aber der Ozean glitzerte zwischen den Gebäuden hindurch, an denen sie vorbeifuhren.

„Maui", flüsterte sie und ihre Kehle wippte sichtlich.

Für den Rest der Fahrt war sie still, aber ihre Finger hörten nie auf, mit der einzelnen Perle zu spielen, die an ihrer Halskette hing. Ein unförmiges, längliches Ding, das nicht zu dem schicken Kleid passte, das sie getragen hatte, als er sie das erste Mal sah. Als sie am Hubschrauberlandeplatz aus dem Taxi stiegen, klammerte sie sich an ihre Einkaufstüte, als wäre es ihre Schutzmauer. Wahrscheinlich war sie das auch. Die Frage war, was machte eine Frau verzweifelt genug, alles hinter sich zu lassen?

Was zur Hölle? knurrte eine tiefe Stimme in seinem Kopf.

Tim wirbelte herum und entdeckte seinen Bruder Connor, der neben einem braunen, mit roten und gelben Streifen verzierten Hubschrauber stand.

„Hailey, das ist Connor", sagte Tim mit seiner kompromisslosesten Stimme.

Connor nickte höflich. „Schön, Sie kennenzulernen." Gleichzeitig knurrte er in Tims Kopf.

Wer zum Teufel ist das?

Darauf hatte Tim nicht wirklich eine Antwort, aber er hatte nicht vor, nachzugeben. Der Hubschrauber hatte vier Sitzplätze und nur zwei davon waren besetzt, nicht wahr?

Sie braucht Hilfe. Und hör' auf, Sie einzuschüchtern.

Ich schüchtere überhaupt niemanden ein, erwiderte Connor, während er ihn anfunkelte.

Hailey schluckte und beäugte die Entfernung zum Parkplatz.

Du bist für deine Bauunternehmerlizenz nach Oahu gekommen und hast stattdessen eine Frau aufgegabelt? Connor klang nicht beeindruckt.

Tim konnte es selbst nicht ganz glauben. In den letzten Monaten hatte ihn nichts von seinem Ziel, diese Lizenz zu erhalten, ablenken können. Jetzt konnte er nur noch an Hailey denken. Wie genau war das passiert?

In Gedanken spielte er die erste Hälfte des Morgens noch einmal durch. Er war früh aufgestanden und mit Connor nach Oahu geflogen. Der Hubschrauber war für eine Inspektion fällig gewesen, also hatte Tim die Gelegenheit ergriffen, mitzufliegen. Das Büro des Amtes für Handel und Verbraucherangelegenheiten in Honolulu hatte Sprechzeiten, was bedeutete, dass er seine Lizenz dort schneller bekommen konnte, als würde er auf den monatlichen Termin auf Maui warten. Er war außerdem so aufgeregt gewesen – der Gedanke, alle Anforderungen abzuhaken und bereit, sich selbstständig zu machen, wieder herauszukommen. Timber Hoving, Bauunternehmer. Stück für Stück wurde der Traum von seiner eigenen Firma wahr. Er konnte sein eigener Boss sein und vielleicht eines Tages sogar ein paar zusätzliche Leute einstellen.

Alles war nach Plan verlaufen, bis zu dem Zeitpunkt, an dem er für ein paar Besorgungen ins Einkaufszentrum gegangen war und sich zum Mittagessen im Gastronomiebereich niedergelassen hatte. Dann war Hailey wie ein Taifun, den niemand im Wetterbericht hatte kommen sehen, in sein Leben gewirbelt.

Ich helfe ihr. Vorübergehend, sagte er zu Connor. Dann fügte er laut hinzu: „Hailey muss nach Maui und wir sind ihre Mitfluggelegenheit."

Er hoffte, dass er sie beruhigen würde, aber Connor bewirkte das Gegenteil, als er die Arme verschränkte und breitbeinig dastand.

„Und was wird Hailey tun, wenn sie auf Maui ankommt?"

Bei mir bleiben, hätte sein Bär fast geflüstert. *Für immer.*

Tim schob den Gedanken beiseite und ganz weit in den hintersten Teil seines Kopfes. „Das werden wir uns unterwegs überlegen. "

„Das werdet ihr euch unterwegs überlegen?", wiederholte Connor in einem gedämpften, ungläubigen Ton. *Ein Bär, der nie etwas tut, ohne vorher die nächsten fünf Schritte zu planen, wird plötzlich spontan?*

Sein Bruder funkelte ihn vielleicht an, aber Haileys Blick strahlte mit Dankbarkeit. Plötzlich raste ein Wagen auf den Parkplatz des Hubschrauberlandeplatzes und sie verzog das Gesicht. Es war jedoch nur irgendein Touristenpilot, der zu spät zu seiner Schicht kam. Tim gab Connor trotzdem ein Zeichen, sich zu beeilen.

„Wir werden unterwegs darüber sprechen, in Ordnung?"

Connor rührte sich jedoch nicht und starrte ihn eine Minute lang an. Er funkelte ihn so richtig an und sie führten einen inneren Kampf, der so intensiv war, dass er zu schwitzen begann.

Wir müssen sie mitnehmen, beharrte er.

Sag mir, warum, schnappte sein Bruder. Es war ein Befehl, keine Bitte, was Tim dazu brachte, die Fäuste zu ballen.

Sein Bruder war Alpha ihres kleinen Rudels und obwohl Tim immer seine Meinung sagte, widersprach er nur selten einem direkten Befehl. Das war auch nie nötig gewesen. Connor war der Älteste; er hatte schon immer das Sagen gehabt. So war es nun einmal.

Nur dass sein Bär plötzlich rebellierte und sich gegen Regeln auflehnte, die ihn bislang nie gestört hatten.

Hailey schwankte nervös von einem Fuß auf den anderen und beobachtete sie beide.

Also gut, murmelte Connor schließlich. *Aber du solltest dir besser zügig einen gottverdammten Plan ausdenken.*

Innerhalb von zehn Minuten saßen sie alle angeschnallt im Hubschrauber. Sie hatten sich die Kopfhörer aufgesetzt und schauten zu, wie sich der Blick auf Pearl Harbour unter ihnen immer weiter ausbreitete. Hailey hob eine Hand an das Fenster und starrte mit unergründlichem Blick auf die Gedenkstätte hinunter. Dann schwenkte Connor den Hubschrauber herum und ihre Augen wanderten über den belebten Streifen von

Waikiki und dann zur Hügelkette, die zum Diamond Head hinaufführte. Was konnte er nur sagen, um sie zu beruhigen?

Nur für den Fall, dass du verrückt genug bist, zu glauben, dass sie bei uns bleiben kann, das kommt nicht in Frage, bellte Connor in seine Gedanken. *Du weißt, dass Cynthia mir in dieser Sache zustimmen wird.*

Tim starrte geradeaus. Cynthia war die Co-Alpha ihres Gestaltwandlerclans – eine junge Drachenwitwe mit einer mysteriösen Vergangenheit, einem kleinen Sohn und einem äußerst kompromisslosen Führungsstil. Aber sie hätte doch sicher ein Herz für Hailey, eine Frau auf der Flucht?

Tim schaute sie an, gerade als Hailey zu ihm aufblickte. Diese klaren, blauen Augen so voller Angst und Hoffnung. Diese vollen Lippen, die das kleinste bisschen zitterten. Er bemerkte es kaum, als seine periphere Sicht enger wurde und seine Welt sich allmählich auf Hailey und nichts anderes beschränkte. Seinem Verstand ging es genauso. All seine sorgfältig ausgearbeiteten Pläne und Träume verschwammen. Alles hörte auf zu existieren – alles, außer ihr.

Schicksal, murmelte sein Bär.

Er schluckte. Schicksal? Konnte es das wirklich sein?

Kapitel 5

Hailey klammerte sich an ihren Sitz und spähte über das Wasser hinaus, während die schroffen Berge von Maui immer näher kamen. Der Hubschrauber war bereits über den langen, niedrigen Landrücken von Molokai geflogen und sie konnte die Aussicht kaum fassen. Natürlich wäre es ihr verdammt viel leichter gefallen, den atemberaubenden Anblick zu genießen, wenn sie nicht gerade in einer solch misslichen Lage stecken würde.

Ihr Blick huschte zwischen den beiden Männern im vorderen Teil des Hubschraubers hin und her. Auf der rechten Seite saß der Mann, der ihr zur Flucht aus dem Einkaufszentrum verholfen hatte. Tim – der Mann mit den faszinierenden Augen und der sanften, aber kraftvollen Stimme, die eher auf Resonanz als auf schiere Lautstärke setzte, um seinen Punkt zu vermitteln. Sie konnte immer noch nicht glauben, dass sie ihm vertraut hatte, aber etwas an ihm ließ sie ruhiger fühlen. Etwas, das sie sich nicht erklären konnte. Außerdem fiel es ihr immer schwerer, anzunehmen, dass er irgendetwas Schändliches im Schilde führen könnte. Jonathan hätte Tim auf gar keinen Fall im Einkaufszentrum auf sie ansetzen können. Nicht, wenn er sich so sicher gewesen war, dass sie seinen Antrag annehmen würde.

Sie verkniff sich ein Stöhnen und lehnte ihren Kopf gegen das Fenster. Jonathan. Was hatte sie je in ihm gesehen? Wie hatte sie nur so dumm sein können?

„Geht es Ihnen gut?", fragte Tim.

Er war zu weit weg, um sie zu berühren, aber es fühlte sich so an, als hätte er sich ausgestreckt und sie umarmt. Eine Umarmung, die sich nicht so gut anfühlen sollte, da er ein vollkommen Fremder war. Und doch schrie etwas an ihm Ehre, Gerechtigkeit und *Du kannst mir vertrauen.*

Vorübergehend, erinnerte sie sich selbst.

Sie seufzte und starrte auf das glitzernde Wasser hinaus. Der Ozean funkelte an manchen Stellen tief dunkelblau und um die Ufer der Insel herum in einem helleren, freundlicheren Türkis.

„Es geht mir gut. Ich fühle mich nur dumm."

„Wollen Sie uns erzählen, was los ist?", fragte Connor mit seiner härteren, schrofferen Stimme.

Sie blickte auf. Tim hatte ihr Connor als seinen Bruder vorgestellt und man konnte es sehen. Nicht so sehr in den Details, aber in ihrer gesamten Wirkung. Sie hatten die gleichen haselnussbraunen Augen, das gleiche ausgeprägte Maß an Autorität und die gleiche vorsichtige Haltung.

Wollte sie ihnen erzählen, was passiert war? Nicht wirklich, nein. Aber nach allem, was sie für sie getan hatten, schuldete sie diesen Männern eine Erklärung.

„Ich bin wegen einer Hochzeit nach Honolulu gekommen. Wie sich herausstellte, war es meine eigene Hochzeit." Sie rollte mit den Augen. „Oder zumindest dachte Jonathan das."

Die Männer sahen sich verwirrt an, also erklärte sie weiter:

„Ich kenne Jonathan erst seit etwa zwei Monaten. Wir haben uns gelegentlich getroffen. Ehrlich gesagt, nicht sonderlich oft. Als er mich zu der Hochzeit seiner Schwester einlud, schien es mir nicht richtig, in dem Augenblick mit ihm Schluss zu machen." Sie stieß ein bitteres Kichern heraus. „Aber es stellte sich heraus, dass es gar nicht die Hochzeit seiner Schwester war. Es war eine Überraschungshochzeit, die er für uns geplant hatte." Ihre Stimme wurde lauter, als sie sich an die entsetzliche Szene erinnerte. „Er ist vor allen Leuten auf die Knie gefallen." Sie schüttelte den Kopf. „Er hat tatsächlich gedacht, ich würde ja sagen."

Connor zog die Augenbrauen zusammen. „Ich schätze, er hat sich geirrt?"

Hailey stieß ein weiteres freudloses Kichern aus. „Darauf können Sie Gift nehmen. Zu versuchen, mich zu einer Hochzeit zu drängen? Niemals." Sie knirschte mit den Zähnen. „Aber bei all den Zuschauern ... ich schätze, ich bin in Panik verfallen. Seine Sicherheitsleute kamen immer näher und... "

„Moment, was?", unterbrach Tim sie. „Seine Sicherheitsleute wollten Sie zwingen?"

Hailey richtete ihren Blick weiter auf das Wasser hinaus, denn es fiel ihr zu schwer, ihm in die Augen zu sehen und zu erklären, wie naiv sie gewesen war. Wie unbedarft, wie ein dummer Teenager. Aber als sie die Szene in ihrem Kopf noch einmal durchspielte, sah sie Lamar erneut mit diesen großen, erbarmungslosen Augen auf sie zukommen und ihre Mutter – ihre eigene Mutter! – die versuchte, sie dazu zu drängen, zuzustimmen. Vielleicht war sie also gar nicht so verrückt gewesen, wegzulaufen. Vielleicht waren *sie* die Verrückten.

„Ehrlich gesagt, bin ich mir nicht sicher, was Lamar getan hätte. Aber als ich weglief, ist er mir gefolgt. Er und die anderen Sicherheitsleute verfolgten mich, als wäre ich eine Verbrecherin, nur weil ich *Nein* gesagt habe." Ihre Stimme zitterte und ihre Hände ebenfalls. „Jonathan schloss sich ihnen an und dann konnte ich einfach nicht mehr aufhören, wegzulaufen. Ich wollte nur noch von ihnen wegkommen."

Eine unangenehme Stille folgte, bis Tim sie mit einem leisen, geknurrten Kommentar überraschte. „Ich schätze, ich wäre auch weggelaufen."

Fast hätte sie laut gelacht. Sie konnte nicht eine Sekunde lang glauben, dass Mister *Meine Brust ist ein Felsen und meine Arme sind Baumstämme* jemals so etwas in Erwägung ziehen würde. Aber es war süß von ihm, das zu sagen.

„Also, wie lautet der Plan?" Connor warf Tim einen Seitenblick zu, als erwarte er, dass sein Bruder bereits eine ganze Strategie im Kopf hatte. Aber Hailey hatte das Gefühl, dass Tim genauso ratlos war wie sie selbst, und er bewies es, als er sich mit der Hand über das Kinn rieb.

Sie sprach, bevor er es konnte. Es war nicht Tims Aufgabe, ihren Schlamassel zu lösen. Sie würde selbst einen Ausweg finden müssen.

„Ich hatte noch keine Zeit, mir einen Plan zu überlegen. Aber das hier ist ein guter Anfang – von Oahu und Jonathan wegzukommen." *Ganz zu schweigen von der Presse,* hätte sie beinahe hinzugefügt. Aber weder Tim noch Connor schienen sie erkannt zu haben und die Dinge waren bereits kompliziert genug, ohne dass sie dies auch noch erwähnen musste. „Ich muss nur einen Ort finden, an dem ich ein paar Tage untertauchen kann."

„Untertauchen?" Connor starrte sie an. „Haben Sie denn niemanden, den Sie anrufen können?"

Sie spitzte die Lippen. Sie hatte nur ihre Mutter. Keine Brüder, Schwestern oder nahen Cousins oder Cousinen, die sie um Hilfe bitten konnte. Die einzige Person, die sie wirklich gern angerufen hätte, war ihr Großvater. Aber der war schon vor Jahren gestorben. Und was Freunde anging – nun, sie hatte in der Modewelt nicht allzu viele gefunden. Die Freunde, mit denen sie aufgewachsen war, hatte sie schon seit Jahren nicht mehr gesehen.

Stirnrunzelnd starrte sie auf ihr Spiegelbild im Fenster. Hatte ihre Mutter sie die ganze Zeit vor diesen Freunden abgeschirmt?

Ich tue nur, was das Beste für dich ist, Schätzchen, würde ihre Mutter sagen.

Hailey schlug sich mit einer Faust auf den Oberschenkel. Also gut. Sie hatte ein Bankkonto, das gut gefüllt war. Sie musste nur einen Weg finden, wie sie darauf zugreifen konnte. Vielleicht könnte sie ihren Anwalt anrufen. Sie hatte ihr Handy und seine Nummer war darin gespeichert.

Sie schaute finster. Ihre Mutter hatte diese Nummer auch. Tatsächlich hatte ihre Mutter alle Nummern, da sie sich stets um alle Details gekümmert hatte. Um zu viele Details im Nachhinein betrachtet.

Hailey dachte darüber nach. Hoffentlich konnte sie zur Bank gehen und beweisen, wer sie war. Sobald sie Zugriff auf ihr Geld hatte, könnte sie nach Hause fliegen. Dann könnte sie eine öffentliche Erklärung abgeben, dass sie mit dem Modeln aufhören wollte. Und was Jonathan betraf...

Sie erschauderte. Er hatte ihr noch nie zuvor gedroht, aber die Art und Weise, wie er die Augen zusammengekniffen hatte, als sie sich anschickte, wegzulaufen... Wie weit würde er wirklich gehen?

Sie holte tief Luft. Eins nach dem anderen. Wenn nötig, könnte sie eine einstweilige Verfügung erwirken. Und wenn es hart auf hart käme, ebenfalls gegen ihre Mutter. Dann würde sie sich ein nettes, ruhiges Plätzchen weit weg von ihrem alten Leben suchen und einen kompletten Neuanfang starten.

„Haben Sie Geld? Eine Kreditkarte? Jemanden, den Sie anrufen können?", fragte Tim.

Sie schluckte und versuchte, den Kloß in ihrem Hals zu verdrängen. Dann schüttelte sie den Kopf. Nein, sie hatte nichts von alledem.

„Ich bin mir sicher, dass wir einen Weg finden können, um Ihnen für ein paar Tage zu helfen", sagte Tim.

Connors Kinnlade klappte auf und obwohl er nichts sagte, konnte sie die Worte auf seinen Lippen lesen.

Ein paar Tage? Bist du verrückt geworden, Mann?

Aber Tim zeigte nach vorn und lenkte ihre Aufmerksamkeit auf den Horizont.

„Maui", flüsterte sie und starrte auf die Aussicht.

Oahu war schön, aber Maui war viel ursprünglicher. Die Berge waren höher und wilder. Sicherlich gab es darin irgendwo einen Ort, an dem sie sich für ein paar Tage verstecken konnte.

Danach sprach niemand mehr und Hailey versuchte, ihren Kopf freizubekommen. Es gelang ihr auch fast, während sie die smaragdgrünen Farben des Landes und die türkisfarbenen Töne des Meeres bewunderte. Aber je näher sie dem goldenen Küstenstreifen kamen, desto mehr Zweifel gingen ihr durch den Kopf. Wohin würde sie gehen? Was sollte sie tun?

Connor manövrierte den Hubschrauber zu einem betonierten Landeplatz auf einem verdammt schönen Anwesen in einer ruhigen Ecke der Insel. Sie konnte zwischen den Palmen drei oder vier Dächer erkennen, aber der Rest bestand aus gepflegten gestutzten Rasenflächen und dichten Baumbeständen. Es gab auch eine große Garage – eine richtig lange mit Platz für mindestens acht Wagen. Hailey schaute zwischen den beiden Männern auf den Vordersitzen hin und her. Sie lebten auf einem solchen Anwesen?

Ihre Gedanken mussten auf ihrem Gesicht sichtbar gewesen sein, denn Tim zeigte in eine Richtung. „Der Typ, dem der Hubschrauber gehört, wohnt auf diesem Anwesen." Dann zeigte er weiter nach rechts. „Wir wohnen nebenan und arbeiten ein klein wenig als Hausmeister und ein klein wenig als Sicherheitsleute."

Sicherheitsdienst passte zu Tim und Connor wie die Faust aufs Auge. Aber *ein klein wenig?* Das auf gar keinen Fall.

„Nett." Sie tat ihr Bestes, um sich keine Hoffnungen zu machen. Menschen mit so viel Land hätten doch ganz sicher eine kleine Ecke, in der sie sich verstecken konnte. Vielleicht könnte sie im Gegenzug etwas arbeiten.

Dann schnaubte sie leise. Ihre Art von Arbeit war nicht gerade nützlich, zumindest nicht in einem praktischen Sinne. Es wäre am besten, wenn sie sich genügend Geld für ein Taxi zu einem Hotel lieh, wo sie versuchen könnte, den Rest zu regeln.

Der Hubschrauber setzte auf dem Boden auf und ein Mann und eine Frau traten hinter einer Reihe von Palmen hervor. Sie schützten ihre Augen mit den Händen vor der Sonne. Waren sie die Besitzer? Hailey stählte ihre Nerven und versuchte, sich zu überlegen, was und wie sie es sagen sollte.

Tim beugte sich hinüber. „Sie kümmern sich um das Anwesen. So wie es aussieht, sind die Besitzer gerade nicht da. Aber keine Sorge, sie sind Freunde von uns."

Connors gespitzte Lippen verrieten, dass ihm das Ganze immer noch nicht gefiel, aber Tim sprang auf den Boden und half Hailey auszusteigen, bevor sein Bruder ein Wort sagen konnte. Die Rotorblätter verlangsamten sich über ihren Köpfen und Tim führte sie zu dem wartenden Paar.

„Das ist Hunter Bjornvald." Tim deutete auf den großen, stämmigen Mann. „Ein Bä–ähm... Kumpel aus unserer Zeit in der Spezialeinheit beim Militär."

Hailey fragte sich, was es mit dem *Bä–ähm... Kumpel*-Gestammel auf sich hatte, aber als Tim die Spezialeinheit erwähnte, warf sie das um. Kein Wunder, dass sie alle so knallhart aussahen.

Die Frau hingegen war eine hinreißende Inselschönheit mit langem, seidigem Haar. Sie hätte neben dem großen Mann zerbrechlich wirken müssen, aber sie hatte ihre eigene unterschwellige Aura der Autorität.

„Dawn Meli", sagte Tim und fuhr mit der Vorstellungsrunde fort. „Darf ich vorstellen... "

„Hailey Crewe", sagte Dawn sofort.

Haileys Magen krampfte sich zusammen, als Tim sie anstarrte. Gott, sie hasste es, wenn das passierte. Manche Leute erkannten sie, anderen war es völlig egal. Beides war ihr recht, aber sie kam sich stets wie eine Lügnerin vor, weil sie es nicht im Voraus erwähnt hatte. Andererseits wollte sie auch nicht herumlaufen und jedem, den sie traf, verkünden *Ich bin übrigens ein erfolgreiches Model.*

Connors Mund blieb offen stehen und der Mann namens Hunter sah genauso verwirrt aus. „Wer?"

Dawn lachte und gab Hunter einen Klaps zwischen die Schulterblätter. „Hailey Crewe, das Model. Du musst wirklich öfter mal ausgehen."

„Genau genommen heiße ich Hailey Crusak", sagte Hailey, als ob es helfen würde. „Mein Agent dachte, Crewe würde besser klingen."

„Und was führt Sie hierher?", fragte Dawn.

Hailey schaute Tim an und überlegte, wie viel sie erzählen sollte.

„Es ist eine lange Geschichte", seufzte sie schließlich.

Die Männer sahen sich einen Moment lang an und Hunter rieb sich mit einer Hand über das Kinn. Er war sich offensichtlich unsicher, was er tun sollte. Aber als ein kleines Kaliko-Kätzchen mit einem kläglichen Miauen vorbeikam, brach er in ein breites Grinsen aus und hob es in seine Arme.

„Hey, Keiki." Er kraulte es unter seinem Kinn.

Hailey lächelte, als das Kätzchen sie mit einem Ausdruck ansah, der sagte, *Habe ich es nicht gut?*

Doch, das hast du allerdings, dachte sie. Sie schaute sich auf dem Gelände um und auf die überschwängliche Liebe, mit der das Kätzchen überschüttet wurde.

„Machen Sie sich keine Sorgen. Wir kriegen das schon hin." Tim warf Connor einen strengen Blick zu. „Kommen Sie mit zu uns hinüber."

Er leitete sie zu einem langen, gewundenen Fußweg, der zum Nachbargrundstück führte. Es war offensichtlich, als sie die Grundstücksgrenze überschritten – nicht so sehr wegen des klapprigen, alten Zaunes, sondern angesichts der Art, wie das manikürte Gelände des Anwesens dem Gewirr dessen wich, was nach einer Art verlassener Farm aussah.

„Wir sind immer noch dabei, alles herzurichten", murmelte Tim entschuldigend.

Hailey schaute sich wehmütig um. Renovierungsprojekte hatten ihr schon immer gefallen, aber seit ihre Karriere in Schwung gekommen war, hatte ihre Mutter nur noch auf das Beste bestanden. Wenn sie nicht gerade für die Arbeit unterwegs war, lebte sie in einer hochmodernen, schachtelähnlichen Eigentumswohnung ohne jeglichen Charakter. Aber das hier...

Sie sah sich um und nahm alles in sich auf. Der Mittelpunkt der Plantage war ein großes, altes Haus, das bis hin zu den Zierleisten an den Dachtraufen detailgetreu restauriert worden war. Ein freundlicher, einladender Ort – ganz im Gegensatz zu der reservierten Frau, die sie auf der Veranda empfing.

„Hailey Crewe, das ist Cynthia ... Brown", sagte Connor, als sie die Stufen erklommen.

Seine Stimme klang neckend und die Pause zwischen dem Vor- und Nachnamen veranlasste die Frau, Connor einen spitzen Blick zuzuwerfen. Cynthia hatte eine königliche Ausstrahlung – nicht hochnäsig, aber definitiv unnahbar. Zumindest bis ein kleiner Junge mit rotem Haar und wunderschönen grünen Augen mit einem aufgeregten „Mommy! Mommy! Wer ist das?" auf sie zustürmte.

Cynthia wurde sofort weicher und sie griff nach seiner Hand. „Das wollte ich auch gerade herausfinden, mein Schatz."

Hailey schüttelte Cynthias Hand und ging dann in die Hocke, um auch dem kleinen Jungen die Hand zu reichen. „Ich bin Hailey."

Er riss die Augen weit auf. „Wie der Komet?"

Sie lachte. Sie war wie ein Komet in das Leben dieser Leute gestürzt, aber sonst... „Nicht wirklich, aber ich habe die Monde des Jupiters gesehen", bot sie an. „Mein Großvater hat sie mir immer gezeigt."

Ihr Herz wurde warm und schmerzte dann, so wie es das immer tat, wenn sie an ihn dachte.

„Oh! Ich kann dir mein Kometenbuch zeigen." Der Junge rannte zurück ins Haus.

„Joey…", rief Cynthia und gab dann seufzend auf.

„Hailey Crewe!" rief eine lebhafte, junge Frau, als sie auf die Veranda sprang.

„Hallöchen, Jenna", sagte Tim.

Connor, der bis dahin schroff und reserviert gewesen war, brach beim Anblick von Jenna in ein breites Lächeln aus. Als sie sich küssten, war es lange und intensiv. Dann kam eine Frau daher, die Jenna sehr ähnlich sah, und dieses Mal klappte Hailey die Kinnlade hinunter.

„Jody Monroe?", fragte sie.

Die Blondine lächelte und griff nach ihren Armen. „Hailey Crewe. Wow. Noch ein Flüchtling aus der Modelwelt?" Sie lachte und Hailey wurde es warm ums Herz. Vielleicht war sie gar nicht so verrückt, weil sie diese Welt hinter sich lassen wollte.

„Ihr kennt euch?", fragte Connor.

„Wir haben für konkurrierende Werbekampagnen gemodelt", erklärte Jody den anderen. „Hailey für *Boundless* und ich für *Elements*."

„*Elements* ist wirklich gut geworden", sagte Hailey und meinte es ernst. Die Modelwelt war ganz wild auf das frische, neue Gesicht in der Branche gewesen. Aber Jodi hatte mit dem Modeln genauso schnell wieder aufgehört, wie sie damit angefangen hatte.

Kluges Mädchen, entschied Hailey. Klüger als sie selbst, weil sie sich so tief hatte hineinziehen lassen.

Jodi lachte. „Ich habe herausgefunden, dass das Modeln nicht wirklich mein Ding ist. Surfen – und Cruz – aber schon." Sie zeigte auf den dunkelhaarigen Mann an ihrer Seite. „Aber *Boundless* lief auch sehr gut. Soweit ich weiß, war die Chefin der Firma, für die ich damals gearbeitet habe – Moira – richtig sauer darüber. Als ob ihr Duft der Einzige wäre, der Erfolg haben durfte. Ha."

Hailey kicherte, aber bei der Erwähnung des Namens Moira runzelten die anderen die Stirn und tauschten angespannte Blicke aus. Worum ging es denn dabei? Moira LeGrange hatte zwar einen Ruf, der ihr vorauseilte, aber trotzdem.

Cynthia räusperte sich. „Also gut, alle zusammen. Setzen Sie sich, damit Miss Crewe erzählen kann, worum es hier geht."

Alle nahmen rund um den großen Tisch auf der Veranda Platz und Hailey atmete zur Beruhigung tief ein. Dann erzählte sie ihnen die ganze Geschichte von dem Zeitpunkt an, als sie Jonathan vor zwei Monaten kennengelernt hatte, bis hin zu dem Moment, als sie ihren Fuß auf das Anwesen nebenan setzte.

Zwei weitere Männer kamen hinzu und stellten sich leise vor – ein lässiger Mann mit einem goldenen Bart namens Dell und ein weiterer Bruder von Tim – Chase, der stillschweigend zuhörte. Cynthia tippte mit den Fingern auf den Tisch und hörte aufmerksam zu, während Hailey mit ihrer Geschichte fortfuhr. Chase pirschte auf und ab und Dell wanderte mit Joey davon und las mit ihm Bücher. Dawn und Hunter hatten sie begleitet und hörten genauso aufmerksam zu wie der Rest. Immer wenn Hailey eine Pause machte, entstand ein langes Schweigen, und sie hatte das seltsame Gefühl, dass sie irgendwie miteinander kommunizierten. Die kleinen Mienen und Handgesten entsprachen denen von Menschen, die miteinander sprachen – aber niemand bewegte die Lippen und niemand gab einen Laut von sich. Keiki, die Katze, wanderte unter dem Tisch entlang und rieb sich an ihren Beinen, während sie voller Liebe schnurrte.

Als Hailey zu Ende erzählt hatte, nickte Jenna ihr grimmig zu. „Ich war auch schon mal auf der Flucht. Ich weiß, wie sie sich das anfühlt."

Connor zog Jenna näher an seine Seite. „Du musst nie wieder flüchten", flüsterte er und strich ihr sanft eine Haarsträhne hinter das Ohr.

Cynthia blickte zu der Stelle hinüber, wo Joey saß, und etwas Gequältes blitzte in ihren Augen auf.

Hailey schaute sich um. Hunter und Dawn waren die Art von warmherzigem, liebevollem Paar, das man schon aus weiter Entfernung erkennen konnte. Connor und Jenna auch. Tim hingegen richtete seinen Blick fest auf den Boden, als ob er sich in der Nähe solch offener Liebesbekundungen unwohl fühlte. Dell und Chase wirkten glücklich alleinstehend, während Cynthia einen Hauch von Trauer wie einen Umhang um ihre Schultern trug. Jeder von ihnen hatte eine andere Geschichte, aber es war klar, dass sie darüber hinaus auch eine eingeschworene

Gemeinschaft waren.

Hailey schaute nach unten, als sich Keiki um ihre Knöchel schmiegte und schnurrte, um sie zu trösten. Sie griff nach unten und streichelte den weichen, dreifarbigen Schwanz der Katze.

„Leider können Sie nicht hierbleiben", sagte Cynthia sanfter, als Hailey es erwartet hätte. Sie zerstörte Haileys Hoffnungen, bis sie schließlich hinzufügte „Aber ich glaube, ich weiß, wo Sie unterkommen können."

„Wo?", platzte Tim heraus, bevor Hailey auch nur erleichtert piepsen konnte.

Cynthia schaute Hunter an. „Wie heißt dieser Ort? An dem Sie aufgewachsen sind?"

Hunter nickte sofort. „Pu'u Pu'eo. Ein kleines Häuschen auf der anderen Seite von Maui."

Dawns Augen funkelten. „Pu'u Pu'eo. Das wäre perfekt!"

„Pu'u was?", fragten Connor und Tim gleichzeitig.

„Das ist hawaiianisch für Eulenhügel", erklärte Hunter. „Das Haus meiner Pflegemutter. Ich bin dort aufgewachsen." Seine Augen nahmen einen wehmütigen, entrückten Ausdruck an.

„Es ist ein wundervoller Ort", fügte Dawn hinzu. „Weit weg von allen Straßen und völlig von der Außenwelt abgeschnitten. Niemand – und ich meine wirklich niemand – würde jemals auf die Idee kommen, dort nach Ihnen zu suchen."

„Ganz genau", sagte Cynthia und vermittelte Hailey den Eindruck, als wüsste sie alles darüber, wie man von … etwas wegkommt.

Hailey spielte nervös mit den Fingern. Ein *von der Außenwelt abgeschnittener* Ort klang ganz genau nach dem, was sie im Moment brauchte.

„Sind Sie sich sicher? Ich möchte mich nur ungern aufdrängen." Dann korrigierte sie sich schnell. „Verdammt. Ich habe mich bereits aufgedrängt. Sehr sogar. Ihnen allen."

Sie schaute Connor an und richtete ihren Blick dann auf Tim. Er hatte ihr von Anfang an einen Vertrauensvorschuss gegeben. Und nicht nur das, er hatte sich selbst in eine schwierige Situation gebracht, indem er sie zu seinen Freunden geführt hatte, um sie um Hilfe zu bitten. Aber sein unerschütterlicher Blick sagte ihr, dass er es auf der Stelle wieder tun würde.

Sie schluckte. Sie kannte ihn kaum und doch verdankte sie ihm schon so viel.

„Es wäre uns ein Vergnügen", versicherte Dawn ihr. „Glauben Sie mir. Wir wollen, dass der Ort öfter benutzt wird, damit er nicht vom Dschungel verschluckt wird." Ihr Grinsen verblasste und ihre Stimme wurde leiser, als sie fortfuhr. „Und außerdem helfen wir gern. Wir waren auch schon in Situationen, wie Sie es jetzt sind, wissen Sie. Und wir sind stärker und glücklicher daraus hervorgegangen."

Jenna nickte und verschränkte ihre Finger mit denen von Connor. Dachte sie an die schlimmen Umstände, die sie hierhergetrieben hatten?

„Es wäre perfekt", sagte Tim vorsichtig. „Aber dort draußen gibt es keinen Schutz. Wenn es jemandem gelänge, Hailey aufzuspüren... "

Hailey verzog das Gesicht. Sie konnte sich das Medienspektakel schon vorstellen, das dann folgen würde.

Cynthia kratzte sich am Kopf. „Ich wüsste nicht, wie das passieren sollte. Niemand von uns würde ein Wort sagen. Aber Sie haben recht. Es wäre besser, Hailey nicht völlig allein dorthin zu schicken." Sie schaute sich um. „Sie wird jemanden brauchen, der sie dorthin begleitet, nur für alle Fälle."

Dawn musste Haileys Besorgnis gespürt haben, denn sie meldete sich in einem beruhigenden Tonfall zu Wort. „Nur, damit Sie sich einleben können. Wie ich schon sagte, es ist von der Außenwelt abgeschnitten. Sie müssen Wasser vom Bach holen, Kerosinlaternen benutzen und all das. Oh – oder gefällt es Ihnen vielleicht nicht, in der Wildnis zu bleiben?"

Hailey lachte laut. Wildnis? Davon hatte sie in den letzten drei Jahren immer nur geträumt. In den Wald zu gehen, ein Zelt aufzuschlagen und die Sterne anzustarren. Ein einfaches Leben zu führen, weit weg vom Glanz und Glamour, in den sie hineingezogen worden war.

Sie stoppte sich dann. Diese Welt hatte sie gut bezahlt und das würde sie nie vergessen. Aber sie war inzwischen mehr als bereit, weiterzuziehen.

„Die Wildnis ist kein Problem", sagte sie, während Erinnerungen an ihre Kindheit in ihr aufstiegen. An die paar Male, als der Strom abgestellt worden war, weil ihre Mutter die Rechnungen nicht bezahlen konnte. An den besonders kalten Winter, in dem sie um Feuerholz betteln mussten. An die Secondhandkleidung und die abgetragenen Schuhe.

Und das waren nur die Dinge, die sie mitbekommen hatte. Sie konnte sich nicht einmal vorstellen, wie schwer dies alles für ihre Mutter gewesen sein musste. Kein Wunder, dass die Frau so entschlossen war, voranzukommen.

Hailey schloss die Augen. Sie könnte ihr doch sicher irgendwie vergeben. Schließlich wollte ihre Mutter sie nur vor der Art von Leben schützen, der sie selbst entkommen war.

„Tim kann mit ihr gehen."

Sie riss die Augen weit auf. Was hatte Connor gerade gesagt?

Tim sah genauso überrascht aus wie sie selbst. „Ich?"

„Sicher" Connor ließ ein schiefes Lächeln aufblitzen. „Du bist perfekt dafür."

Hailey starrte ihn an. *Perfekt* war genau das Problem. Diese warmen Augen, dieser harte Körper. Diese Aura eines Ritters in glänzender Rüstung und seine Bereitschaft, ihren Wünschen nachzukommen.

Der schmutzige Teil ihrer Gedanken überschlug sich mit all den Wegen, wie er möglicherweise bereit sein könnte, ihre Wünsche zu erfüllen. Sie griff nach ihrem Glas. Fast hätte sie nicht einmal ihren Mund getroffen, so aufgewühlt – und aufgeregt – war sie bei dieser Idee.

„Das Haus braucht ein paar Reparaturen, nicht wahr?" Connor klopfte Tim auf den Rücken. „Warum überlassen wir das nicht unserem Bauunternehmer hier?"

„Nun, ich schätze...", murmelte Tim.

Was nicht besonders enthusiastisch klang, aber das Strahlen in seinen Augen sagte etwas anderes.

„Ich könnte helfen", sagte Hailey schnell. „Es ist das Mindeste, was ich tun kann, um meinen Teil beizutragen."

„Perfekt", schloss Connor. „Na dann mal los."

Mindestens zwei verschiedene, schroffe Stimmen antworteten mit einem festen *Roger*. Und bevor Hailey auch nur *Buh* sagen konnte, setzten sich bereits alle in Bewegung. Es war wie eine kontrollierte Art von Energie, die den Eindruck einer gut geölten Eliteeinheit vermittelte, die sich für einen Einsatz bereitmachte. Tim, Hunter und Connor kauerten sich wie ein Trio von Feldmarschällen zusammen und schmiedeten einen Plan. Dawn und Jody schrieben eine Einkaufsliste und machten sich in einem Land Rover auf den Weg zum Supermarkt. Jenna klatschte vor Aufregung über eine tolle Idee in die Hände.

„Wir müssen Ihnen ein paar Klamotten besorgen. Ich könnte Ihnen ein paar von meinen Sachen leihen, wenn es Ihnen nichts ausmacht." Sie ließ ein breites Lächeln aufblitzen. „Dann kann ich später Leuten erzählen, dass ich Klamotten an Hailey Crewe vererbt habe." Sie kicherte. „Es tut mir leid. Ich bin die Jüngste in meiner Familie. Sie sehen sicher, dass ich einen Komplex wegen vererbter Kleidungsstücke habe."

Hailey lachte. „Ich habe damit kein Problem."

„Eine Sache noch", sagte Cynthia. „Es macht wahrscheinlich Sinn, jemanden anzurufen." Sie hielt eine Hand hoch, als Hailey protestieren wollte. „Nur damit niemand denkt, Sie wären entführt worden oder, Gott bewahre, ertrunken."

Hailey runzelte die Stirn, aber es machte Sinn. Jemand reichte ihr ein Telefon, von dem sie behaupteten, es könnte nicht zurückverfolgt werden, und sie wählte nervös die Nummer ihres Agenten. Zum Glück antwortete der Anrufbeantworter, sodass eine kurze Nachricht genügte.

„David? Ich bin es, Hailey. Hör zu, ich wollte nur sagen, dass es mir gut geht. Ich nehme mir eine Auszeit. Ich melde mich bald."

Und *piep* – sie trennte die Verbindung mit einem heftigen Ausatmen und schaute sich um. Sie wurde weder vom Blitz getroffen, noch kam eine Heuschreckenplage über sie. Natürlich wäre ein wirklicher Ausstieg aus dem Geschäft schwieriger zu bewerkstelligen. Aber dies war ein guter Anfang. Eine winzige Welle der Erleichterung strömte durch sie hindurch.

„Alles geklärt?", fragte Cynthia. „Gut."

Alle setzten sich in Bewegung, als hätten sie nur auf diesen Befehl gewartet. Jenna verschwand quer über das Grundstück und versprach, bald wiederzukommen. Joey holte eine ganze Reihe von Sternen- und Planetenbüchern heraus – und zur Sicherheit auch noch eins über Dinosaurier – und zeigte Hailey seine liebsten Dinge. Alle waren so nett, so hilfsbereit, und niemand stellte die Art von bohrenden Fragen, die Hailey noch nicht beantworten wollte. *Wie konntest du nur so dumm sein? Was hast du jemals in Jonathan gesehen? Warum hast du nicht früher Schluss gemacht?*

Es war, als würde ein Wirbelwind um sie herum wüten, der ihr keine Zeit zum Nachdenken ließ, bis alle diese Kräfte wieder aufeinandertrafen und sie in ein Fahrzeug schoben. Ein zerbeulter, weißer Pick-up Truck mit Tüten voller Essen auf der Ladefläche, einem Seesack mit Kleidung auf der Rückbank und einer kalten Flasche Wasser im Getränkehalter. Wie es schien, hatten sie an alles gedacht. Hailey stieg auf dem Beifahrersitz ein, während sich Tim ans Steuer setzte. Sie knallten die Türen zu und schauten einander an.

Alles wurde still und sie schluckte. Tim schluckte ebenfalls.

„Gute Fahrt." Dawn winkte von draußen. „Passt gut auf das Haus auf."

Hailey blinzelte ein paar Mal. Passierte das wirklich? Sie hatte einen Ort gefunden, an dem sie sich verstecken konnte – zusammen mit ihrem ganz eigenen privaten Sicherheitsmann. Ein attraktiver, wenn auch etwas grüblerischer, Sicherheitsmann mit massiven Unterarmen und einer Brust, die einen Kilometer breit war.

Sie schaute zu Tim hinüber. Wenn dieser Mann die Stirn runzelte, war er geradezu furchterregend. Wenn er lächelte, war es jedoch so, als würden die Wolken nach einer langen Regenperiode wieder aufbrechen. In diesem Moment schien er nachdenklich zu sein. Und wer konnte es ihm verdenken, wenn er Zweifel hatte?

Aber als er sie ansah, funkelten seine Augen und da war es wieder. Dieses unerklärliche Gefühl, dass alles in Ordnung kommen würde. Dass, was auch immer als Nächstes geschah, so sein sollte.

Sie schluckte schwer. Sie hatte ihrer Mutter vertraut. Am Anfang hatte sie auch Jonathan vertraut. Konnte sie sich jetzt selbst vertrauen, wenn es darum ging, Tim einzuschätzen?

Vorübergehend, versuchte sie, sich selbst zu erinnern.

„Geht es Ihnen gut?", murmelte er, als der Pick-up Truck die unbefestigte Auffahrt hinunterholperte.

Hailey biss sich auf die Lippe. Nun, das würde sie noch früh genug herausfinden. „Ja, es geht mir gut." *Denke ich.*

Kapitel 6

Die Fahrt nach Pu'u Pu'eo dauerte eine Stunde und in dem Augenblick, als Timber vor dem winzigen Häuschen anhielt, seufzte Hailey.

„Niedlich."

Es war niedlich, dem musste er zustimmen – eines dieser winzigen Häuschen auf einem riesigen Grundstück versteckt in einem üppigen Teil des Regenwaldes. Hunter hatte nicht gescherzt, als er sagte, der Ort sei von der Außenwelt abgeschnitten.

„Perfekt." Tim nickte und fuhr durch das offene Tor.

Die Haustür war unverschlossen und seine und Haileys Wege kreuzten sich mehrfach bei der Erkundung des Hauses. Ein großes Wohnzimmer, mit einem breiten Panoramafenster und einer abgenutzten, aber gemütlichen Couch, nahm die Vorderseite ein. Eine lange Theke an der Seite diente als Küche. Es gab einen Herd, einen Kühlschrank und ein paar Schränke. Ein schmaler Flur führte zur Rückseite des Hauses, wo sich zwei quadratische Zimmer auf der linken Seite und ein langes, schmales Zimmer auf der rechten Seite befanden.

Unsere Pflegemutter, Georgia Mae, hatte das vordere Zimmer, hatte Hunter gesagt. *Kai und ich haben uns ein Zimmer geteilt und Ella gehörte der hintere Raum. Es war nicht viel, aber es war ein Zuhause.*

Ein Zuhause, das heiß geliebt gewesen war. Das war für Tim noch immer offensichtlich, auch wenn es regelrecht nach einem frischen Anstrich schrie. Das Plumpsklo befand sich im hinteren Bereich und die Dusche war der Bach, aber das alles schien Hailey nicht im Geringsten zu stören. Sie nahm das hintere Schlafzimmer – das mit den großen Fenstern und den

Fensterläden, die einen Blick auf den Dschungel mit seinen riesigen, roten Blumen boten. Er nahm den Raum auf der rechten Seite. Nachdem sie die zwei Zimmer gefegt und die Betten mit sauberen Laken bezogen hatten, machten sie sich über die Sandwiches her, die Dawn für sie eingepackt hatte. Die Sonne war schon längst untergegangen.

„Nun, ich schätze, ich sollte schlafen gehen." Hailey zwang sich zu einem Lächeln. „So früh bin ich schon seit Jahren nicht mehr ins Bett gegangen."

„Möchten Sie sonst wirklich niemanden anrufen?"

„Nein, danke."

Es brachte ihn schier um, zu sehen, wie sie ein Lächeln aufsetzte und weitermachte. Hatte sie wirklich niemanden, auf den sie zählen konnte?

Sie kann auf mich zählen, sagte sein Bär.

Er schaute zu, als sie sich abwandte. Wenn er in Schwierigkeiten steckte, konnte er jederzeit seine Brüder oder Dell anrufen und sie würden kommen. Aber Hailey...

„Ich schätze, dann werde ich mich auch hinlegen", flüsterte er, weil er nicht wusste, was er sonst sagen sollte.

Während sie sich durch das Haus bewegte und zum Schlafengehen bereitmachte, ging er ihr aus dem Weg und dachte über alles nach. Über die verrückten Ereignisse, die sie zusammengeführt hatten. Die Flucht. Die Angst. Und darüber hinaus über das Vertrauen, das Hailey in ihn gesetzt hatte.

Es war ein höllischer Tag gewesen.

Schicksal, flüsterte sein Bär. *Was soll es denn sonst sein?*

Nachdem Hailey ins Bett gegangen war, machte er sich ebenfalls zum Schlafen bereit, und verbrachte eine ganze Minute damit, seine linke Schulter am Türrahmen seines Zimmers zu reiben. Es war eine instinktive Bärenangewohnheit, um sein Revier zu markieren. Beinahe wäre er hinübergeschlendert und hätte das Gleiche an Haileys Tür getan, bevor er sich wieder fing.

Würdest du damit aufhören? schnaufte er seinen Bären an. *Sie gehört uns nicht. Sie ist ein Mensch. Sie weiß noch nicht einmal, wer wir sind.*

Noch nicht vielleicht, sagte sein Bär verträumt. *Aber eines Tages...*

Eines Tages passte nicht sonderlich gut zu *vorübergehend* und doch beschäftigte es seine Gedanken, als er vom Bett aus an die Decke starrte. Die Tür zu Haileys Zimmer stand offen, genau wie seine eigene, und er verbrachte eine lange Zeit damit, auf irgendwelche Geräusche zu lauschen. Er wünschte sich, sie wäre ihm näher und hoffte, dass es ihr gut ging. Er grübelte über das Schicksal nach.

Tim tippte seine Finger aneinander. Sein Bruder Connor hatte vor Kurzem seine Gefährtin gefunden. Ließ der Gedanke an sie Connors Brust anschwellen und seinen Bauch mit Schmetterlingen kribbeln? Hatte er es von Anfang an vermutet, so wie Tim vermutete, dass Hailey seine Gefährtin war?

Ich vermute es nicht, brummte sein Bär. *Ich weiß es.*

Er hatte nie eine Gefährtin gewollt. Es machte keinen Sinn. Er hatte alle Unterstützung, die er brauchte, in seinen Brüdern und seinem Kumpel Dell. Warum das Leben mit all diesen Emotionen und Kompromissen verkomplizieren, die eine Gefährtin mit sich brachte?

Aber wie aus dem Nichts hatte sich ein hohles Gefühl in seinem Bauch eingenistet und es wollte nicht verschwinden. Eine Leere, die er noch nie zuvor gespürt hatte. So als hätte ihn jemand von *zufrieden alleinstehend* zu *Ich brauche unbedingt eine Gefährtin, mit der ich mein Leben teilen kann,* gestoßen.

Was gefährlich war – äußerst gefährlich, denn das Schicksal hatte eine Art, die tierische Seite eines Gestaltwandlers gegen den rationaleren, menschlichen Teil seines Verstandes rebellieren zu lassen.

Als er schließlich einschlief, übertrug sich der Gedanke an *eines Tages* in seine Träume. Schöne Träume – und ganz anders als die üblichen rauen, hektischen Träume, in denen er lange Aufgabenlisten, Notfallpläne und Ausrüstungsinventare erstellte. Ganz im Gegenteil. Seine Träume waren sanft, langsam und ein wenig verschwommen, aber sie alle waren schön. Wie er mit Hailey auf der Veranda saß oder barfuß mit ihr über den Rasen lief. In einem anderen Traum vollendete er den Beinahe-Kuss im Einkaufszentrum. Ihre Lippen waren weich und voll unter seinen und sie hatte ihre Hände fest um seine Taille geschlungen. Und als sie ihre Augen öffnete und ihn verwundert ansah, sagte ihr Ausdruck *Wow, ich glaube, du könntest mein Gefährte sein.*

Was natürlich dumm war. Menschen wussten nichts über Schicksalsgefährten. Außerdem war Hailey gerade vor einem Mann weggelaufen, der ihr die Ewigkeit angeboten hatte. Warum zum Teufel sollte sie einen anderen Kerl wollen, der ihr das Gleiche vorschlug?

Als er im Morgengrauen erwachte, zuckte seine Nase und sein erschöpfter Verstand erinnerte sich langsam daran, wo er sich befand. Dann fiel ihm alles wieder ein. Er setzte sich schnell auf und schnupperte alarmiert in der Luft herum. Aber der Duft, der seine Nase kitzelte, war kein Geruch von Ärger. Es war das satte Aroma von frisch gemahlenem Kaffee, das von einem leisen, melodiösen Klang begleitet wurde. Als er sich ins vordere Zimmer begab, stand Hailey am Herd und summte vor sich hin. Das orangefarbene Nachthemd, das sie trug, musste eine Leihgabe von Jenna gewesen sein und es reichte ihr bis knapp über die Knie.

Am Tag zuvor hatte er eigentlich nur ihre Augen so richtig wahrgenommen. Jetzt blieb sein Blick an ihren langen, schlanken Beinen hängen. Sie schwang ihre Hüfte hin und her, während sie auf der Stelle wippte und die Bewegung ließ ihr Haar springen und glänzen. Er hätte sie vielleicht ewig angestarrt, wenn sie sich nicht umgedreht und ihn angelächelt hätte.

„Guten Morgen", murmelte sie.

„Guten Morgen." Seine Stimme klang genauso brummend, wie es immer der Fall war, wenn sein Bär auch gehört werden wollte.

„Ich hoffe, es macht Ihnen nichts aus." Sie gestikulierte auf die Vorräte, die sie auf dem Tresen ausgebreitet hatte.

Er schüttelte den Kopf. „Hunter hat gesagt, wir sollen es uns gemütlich machen." Er trat näher und atmete das himmlische Aroma von frischem Kaffee gemischt mit Haileys Heckenkirschenduft ein. „Wow. Das riecht wirklich gut."

Sie drehte die Kaffeemühle ein paar Runden weiter, wodurch der Duft noch intensiver wurde. Es war eine dieser altmodischen Kaffeemühlen und sie öffnete die kleine Schublade ganz unten, die den frisch gemahlenen Kaffee enthielt.

„Ich hoffe, Sie wissen, wie man diesen Herd benutzt." Sie lachte. „Ich habe es nicht geschafft, ihn einzuschalten."

Er näherte sich, um es ihr zu demonstrieren, und zog ein Streichholz aus der großen Schachtel auf dem Regal über ihnen. „Sie drehen den Knopf in diese Position und halten ihn gedrückt."

Der Herd begann zu klicken und er senkte das Streichholz. Ein Zischen ertönte, als die Flamme sich um den Brenner ausbreitete. Als er das Streichholz wieder anhob, fiel ihm auf, dass Hailey nahe genug war, dass ein jeder von ihnen es ausblasen könnte. Und *zisch*! Eine zweite Reihe von Flammen schien auf genau dieselbe Weise durch seine Adern zu zischen. Der Instinkt schoss durch seine Seele und deutete auf Hailey. Er hatte das Gefühl, als würde er zum zweiten Mal erwachen. Es war wie das langsame, grollende Gefühl eines Tieres, das aus einem tiefen Winterschlaf erwachte.

Gefährtin, flüsterte sein Bär. *Sie ist unsere Gefährtin.*

Er schloss die Augen und wagte es nicht, sich zu bewegen, um diesen seltenen Moment völligen Friedens nicht zu stören. So etwas hatte er in seinem gesamten Jahrzehnt beim Militär noch nie verspürt und auch nicht in der Nähe irgendeiner anderen Person.

Hailey beengte ihn nicht. Sie gab ihm lediglich das Gefühl, lebendig und frei zu sein.

Er war einen Tick langsamer als Hailey, als er sich vom Herd abwandte, so dass sie sich direkt gegenüberstanden. Haileys Augen strahlten und er hielt den Atem an, weil er ihr so gern über die Wange streicheln wollte. Oder besser noch, ihren Beinahe-Kuss vollenden wollte.

Hailey sah so aus, als würde sie das nicht im Geringsten stören, und fast hätte er es getan. Aber dann kam er abrupt wieder zur Besinnung und trat zur Seite. Verdammter Bär, der ihn dazu brachte, dumme Dinge zu tun.

„Alles bereit", sagte er ein wenig zu schnell.

Hailey biss sich auf die Lippe und wandte ihren Blick ab, bevor sie sich zu einem schnellen Lächeln zwang. „Also dann, weisen Sie mir etwas Arbeit zu, Sergeant. Wie ich schon sagte, will ich meinen Beitrag leisten."

Er sah sich um. „Was ist mit Frühstück?"

Sie hielt ein trockenes Stück Toast in die Luft und er starrte sie an. Kein Wunder, dass sie so abgemagert war. Sie war wirklich zu dünn.

Also überredete er sie zu einer zweiten Scheibe Toast mit Butter und Marmelade. Sie aß mit geschlossenen Augen und einem Ausdruck völliger Glückseligkeit, der seinen Bären lächerlich zufrieden machte – sogar noch zufriedener, als er es mit seinem eigenen, mit Honig bestrichenem Toastbrot war. Aber in der Sekunde, als Hailey aufgegessen hatte, sprang sie schon wieder auf die Beine und schaute sich um.

„Also gut – wo fangen wir an?"

Das war einfach, denn ein Teil seiner Gedanken hatte sich über Nacht mit diesem Thema beschäftigt und er hatte bereits einen ganzen Plan ausgearbeitet.

„Zuerst das Haus. Dann die Zisterne, damit wir nicht andauernd Wasser vom Bach holen müssen."

Hailey nickte und *schwups* – schon schrubbte sie Fenster und Böden und schleppte sämtliche Polstermöbel hinaus in die Sonne. Sie hatte keinen Witz gemacht, als sie sagte, dass sie ihren Beitrag leisten wolle. Er kroch in der Zwischenzeit unter das Haus, klopfte die Fundamentpfosten ab, prüfte die Querbalken und erstellte eine Prioritätenliste und einen Zeitplan für alles, was repariert werden musste.

Irgendwann entfernte er sich rückwärts vom Haus, um die Ausrichtung des Daches zu begutachten. Er wollte prüfen, wie gerade es war. Hailey musste sich ihre Arbeit im gleichen Moment angesehen haben, denn auch sie war auf dem Rasen unterwegs. Sie stießen rückwärts gegeneinander.

„Entschuldigung." Er wirbelte herum und riss die Hände hoch, denn dieser Hintern-an-Hintern Zusammenstoß war nicht geplant gewesen.

Aber er war schön. Sein Bär grinste.

Hailey wirbelte ebenso schnell herum und errötete ganz entzückend. „Meine Schuld."

Und eine Sekunde lang standen sie ganz in die Augen des anderen versunken regungslos da. Sie waren sprachlos und lächelten, fast wie in einem Tagtraum.

Tim entriss sich schließlich ihrem Bann, wich zurück und stammelte etwas von Dachziegeln.

Hör auf damit!

Wer, ich? fragte sein Bär viel zu unschuldig.

Ja, richtig. Die Bestie hatte eine Art, ihn auf subtile Weise zu Hailey zu lenken, wann immer sie es konnte.

Es liegt nicht an mir, seufzte sein Bär verträumt.

Sein großer, böser innerer Bär, der sich einst gegen alles und jeden für immun erklärt hatte, wurde ganz weich und wanderte mit dem Kopf in den Wolken herum.

Ich schwöre, es liegt nicht an mir, beharrte das Biest. *Es ist das Schicksal.*

Und verdammt, vielleicht war es das auch, denn er konnte in Haileys Nähe kaum noch geradeausschauen.

Hailey eilte davon. Ihr Gesicht war immer noch rosa. Ein Farbton, den sein eigenes Gesicht widerspiegeln musste, denn er spürte, dass seine Wangen heiß waren. Er musste ein paarmal gegen den Boden treten und eine Weile blinzeln, um sich wieder zu fangen.

Der ganze Tag verlief so. Wie eine Achterbahnfahrt zwischen völlig angenehmen bis hin zu leicht unangenehmen Momenten, die aufeinander folgten. Sie stießen noch zweimal draußen im Garten zusammen und ein weiteres Mal auf dem Weg ins Haus. Hailey trat zur gleichen Zeit vor wie er und fast wären sie beide im Türrahmen stecken geblieben. Jedes Mal trafen sich ihre Blicke und er brannte darauf, dicht bei ihr zu bleiben. Aber jedes Mal kam Tim zur Besinnung und wich zurück.

Verdammter Bär! Das Biest rebellierte auf subtile und heimliche Weise und tat sein Bestes, um seinen Widerstand gegen die brennende Anziehungskraft, die er spürte, zu zermürben.

Er murmelte vor sich hin und versuchte, sich an seine nächste Aufgabe zu erinnern. Aber die mentale Aufgabenliste, die sonst stets so klar und geordnet in seinem Kopf war, war völlig leer. Es brauchte fünf Minuten des Herumirrens, bevor er sich schließlich daran erinnerte, was als Nächstes zu tun war. Nämlich die verstopften Dachrinnen zu reinigen. Dies dauerte fast den ganzen Nachmittag, aber der Vorteil war, dass er Haileys Kommen und Gehen von dort aus der Vogelperspektive beobachten konnte. Sie schien sich an der Arbeit zu erfreuen und summte vor sich hin, während sie in jeder Hand einen Eimer trug. Sie hatte ihr Haar zu einem lockeren Pferdeschwanz hochgesteckt und trug die sportliche Kleidung und die rosa *Aloha*-Kappe, die sie im Einkaufszentrum erstanden hatten.

Eine kleine Schleiereule hatte sich auf einem nahen Ast niedergelassen und rief anerkennend.

Ja, wollte Tim sagen. *Sie ist etwas Besonderes, nicht wahr?*

„Schauen Sie nicht so überrascht", schimpfte Hailey und hielt lange genug inne, um zu ihm aufzublicken. „Ich bin keine Prinzessin. Ich weiß, was richtige Arbeit ist."

Ups. Auf frischer Tat ertappt.

„Daran zweifle ich nicht", rief er und zauberte damit ein kleines Lächeln auf ihr Gesicht. Abgesehen von einem schnellen Mittagessen zwischendurch arbeiteten sie beide den ganzen Tag weiter, bis die Sonne tiefer sank. Einer der ruhigsten und schönsten Tage, den Tim seit sehr langer Zeit erlebt hatte, neigte sich seinem Ende zu.

„Ich bereite das Abendessen zu. Gehen Sie sich duschen." Er winkte zum Bach hinüber. Es fiel ihm schwer, seinen Blick von ihr abzuwenden, als sie mit einer Flasche Duschgel in einer Hand und einem Handtuch in der anderen durch den Garten marschierte. Während sie ging, drehte sie den Kopf in diese und jene Richtung und nahm den dichten Bewuchs des Regenwaldes in sich auf. Die Eule rief von Neuem und Tim hätte ihr fast geantwortet.

Ja, ich finde sie auch wundervoll.

Die Eule war keine Gestaltwandlerin, sondern lediglich eine Freundin von Hunters Pflegemutter, die immer noch ein Auge auf den Ort behielt. Tim widmete sich erneut dem Abendessen, bevor der Vogel ihn dabei erwischte, wie er Hailey zu genau beobachtete.

Uhu, uhu. Sie gluckste, flatterte davon und ließ ihn wissen, dass es bereits zu spät war.

Er kochte Lasagne – eines von etwa drei Gerichten, die er hinbekommen konnte, ohne dabei etwas zu vermasseln – und während er sich waschen ging, bereitete Hailey Knoblauchbrot zu und deckte zwei Plätze auf dem Verandatisch ein. Sie hatte sogar eine Kerze gefunden, die für ein wenig Stimmung sorgte. Als er sie entdeckte, errötete sie.

„Nett", sagte er, was sie noch mehr erröten ließ.

Cynthia, die Drachengestaltwandlerin, die das Plantagenhaus leitete, legte großen Wert auf Kerzen, vornehme Servietten und dergleichen, aber er hatte nie einen Sinn darin gesehen. Er war ein praktischer, schnörkelloser Typ und wenn er mit einem seiner Brüder gegessen hätte – sagen wir mal, mit Chase, dem ruhigsten Wolfsgestaltwandler der Welt – hätten sie sich wahrscheinlich nur hingesetzt, wortlos ihr Essen verschlungen und wären damit vollkommen zufrieden gewesen. Wer brauchte schon eine Kerze?

Aber jetzt verstand er es. Die Kerze verlieh dem Ort einen warmen, vertrauten Schein, der ein Plätzchen für zwei in der Weite des sie umgebenden Waldes schuf. Ein nettes, gemütliches, intimes Plätzchen.

Ich bin definitiv nicht mit Chase hier, gluckste sein Bär.

Haileys Haar glänzte nach ihrem Bad und ihre Haut strahlte förmlich im Kerzenschein.

„Knoblauchbrot?" Sie streckte ihm den Korb entgegen.

Ihre Fingernägel waren mittlerweile ruiniert, denn sie hatte den ganzen Tag lang hart gearbeitet. Aber sie schien zufrieden zu sein, genau wie er.

Er ließ es sich schmecken, hielt nach ein paar Bissen inne und schloss die Augen. Er hatte so lange durchgearbeitet und der gelegentliche Blick auf den Sonnenuntergang oder das Eintauchen im Wasser des Flusses schienen ihm eine ausreichende Pause zu sein. Aber jetzt spürte er, wie sich etwas in ihm entspannte. Der Frieden, der ihn umgab, sickerte direkt in seine Seele.

Sein Bär liebte es auch. Den Platz. Die Bäume. Das Rauschen des Baches.

Die Gesellschaft, fügte das Biest hinzu und war wie benebelt von ihrem Duft.

„Das war so lecker", seufzte Hailey, während sie die winzige Portion verspeiste, die sie sich selbst aufgetan hatte.

„Ist das alles, was Sie essen?"

Ihr Blick schweifte zum Rest der Lasagne und sie wandte ihn schnell wieder ab. „Das war reichlich."

Er hatte große, gierige Bissen verschlungen, aber sie hatte wie ein Mäuschen geknabbert. Er bezweifelte, dass es mit Nervosität zu tun hatte – nicht nach der Anzahl der Kalorien, die sie an diesem Tag verbrannt haben musste. Also schob er ihr die Auflaufform zu und nickte. „Nur zu."

Sie spitzte die Lippen und kniff die Augen zusammen, als sie eindeutig gegen die Versuchung ankämpfte.

Er lachte. „Ich verkaufe Ihnen keine Drogen, wissen Sie. Es ist nur Essen. Sie wissen schon, Nahrung?"

Sie lachte. „In meiner Branche ist es das nicht."

Er runzelte die Stirn. Wie es sich wohl anfühlte, hungern zu müssen, um einen neuen Vertrag zu bekommen? Schaute ihr Manager – oder schlimmer noch, ihre Mutter – stets über ihre Schulter und zählte jede Kalorie?

„Genau genommen schon." Er deutete über den ordentlichen Garten und das enorm verbesserte Haus. „Zumindest in Ihrer neuen Branche."

Sie lachte, gab schließlich nach und ließ sich eine zweite Portion von ihm auf den Teller häufen. Sie schlang sie sofort hinunter und er musste sich ein Lächeln verkneifen.

„Es muss sich doch sehr vom Modeln unterscheiden", murmelte er zwischen zwei Bissen Knoblauchbrot.

Sie verzog das Gesicht. „Ja, es ist anders. Aber das hier ist das Hotel Ritz im Vergleich zu dem Haus, in dem ich aufgewachsen bin." Ihr Blick wanderte über die abgenutzten Dielen und die abplatzende Farbe. Dann schlug sie sich mit der Hand auf den Mund. „Entschuldigung – das war nicht böse gemeint. Dieses Häuschen ist wunderbar und ich helfe gern dabei, seinen Charakter zur Geltung zu bringen."

Seine Brust wurde ganz warm. Ihm gefiel es auch. Alte Häuser zu restaurieren und sie wieder zum Leben zu erwecken. Sie vielleicht sogar besser zu machen, als sie es jemals waren.

„Wo sind Sie aufgewachsen?"

Sie lächelte. „Montana. Meine Mutter hat in einem Diner in Fort Benton gearbeitet. Mein Dad in der Forstwirtschaft." Ihr Gesicht strahlte einen Moment lang, bevor das Glück auf eine Weise verflog, bei der er es nicht wagte, nachzufragen. „Sobald ich alt genug war, habe ich auch im Diner geholfen. Ich habe angefangen, mich um die Tische zu kümmern. Sie wissen schon, Besteck eindecken, Wassergläser füllen. Meine Mutter arbeitete in der Küche." Ihr Blick schweifte in die Ferne und ihre Stimme schwankte ein wenig, sodass er sich nicht sicher war, wie er es deuten sollte.

In diesem Leben konnte er sich Hailey vorstellen. Als *Supermodel* nicht so sehr. Jenna hatte ihm eine Werbeanzeige in einer Zeitschrift gezeigt und er hatte Hailey kaum wiedererkannt. Die Frau auf dem Bild sah so ... gemalt aus. So entrückt. Sie hatten ihr die Sommersprossen wegretuschiert, was ihn fassungslos machte, und ihr Haar in alle möglichen Richtungen gestylt. Sie sah überhaupt nicht aus wie die lebhafte – wenn auch nachdenkliche – Frau, die jetzt vor ihm saß.

Hailey holte tief Luft und begegnete seinem Blick. „Ich kann Ihnen gar nicht sagen, wie sehr ich es schätze... "

Er unterbrach sie, indem er mit der Hand abwinkte. „Vielleicht sollte ich öfter entlaufene Bräute finden. Das Häuschen sieht toll aus."

Sie schenkte ihm ein breites Lächeln. „Es ist auch ein tolles Gefühl, zur Abwechslung einmal richtige Arbeit zu leisten. Mir die Hände schmutzig zu machen. Sie wissen schon... "

Eine Sekunde lang sah sie besorgt aus, dass er sie nicht verstehen würde, aber er grinste nur. Das Arschloch, vor dem sie weggelaufen war, hatte vielleicht keine Ahnung von richtiger Arbeit gehabt, er aber schon.

„Oh, das verstehe ich gut. Glauben Sie mir, ich verstehe es. "

Sie lächelten einander eine Minute lang an und sein Grinsen verblasste erst, als das sehnsüchtige Gefühl in seiner Brust wieder auftauchte. Als würde sich das verrostete Tor zu einem geheimen Teil seiner Seele langsam und knarrend öffnen, bereit, sie hereinzulassen. Ein Tor, von dem er sich nicht einmal selbst sicher war, ob er es überhaupt öffnen wollte. Denn dahinter gab es mit Sicherheit alle möglichen verbotenen Gefühle.

„Oh, schauen Sie mal!“ Hailey zeigte auf ein Glühwürmchen, das im Garten blinkte. Ein weiteres gesellte sich dazu und dies, gemeinsam mit den Vogelstimmen, die aus den umliegenden Wäldern klangen, verstärkte das friedliche Gefühl. Eine Gelassenheit, die noch tiefer war als die an Koakea, einem Ort, den er zu lieben gelernt hatte.

Der Ort ist egal, sagte sein Bär. *Es ist die Person. Es ist sie.*

„So friedlich“, flüsterte Hailey.

In der nächsten halben Stunde wechselten sie nicht mehr als ein paar Worte, aber es war überhaupt nicht unangenehm. Es fühlte sich einfach schön an. Zuzusehen, wie der Dschungel dunkler wurde und der Tag ausklang. Selbst der Abwasch schien keine lästige Pflicht zu sein. Nicht, wenn er ihn mit ihr gemeinsam erledigen konnte. Und als die Nacht schließlich stockdunkel war und die Grillen lautstark zirpten, gingen sie schließlich ins Bett.

„Gute Nacht“, rief Hailey leise und hielt an ihrer Schlafzimmertür inne, um sich noch einmal umzudrehen.

„Gute Nacht“, flüsterte er.

Zirpten die Grillen in diesem Moment tatsächlich lauter oder bildete er sich das nur ein? Hatte das Licht der Sterne irgendwie einen Weg ins Innere des Hauses gefunden, um ihre Augen so hell erstrahlen zu lassen? Und dieses warme, glückliche Gefühl in seinem Magen – war das nur die Lasagne, die ihn satt gemacht hatte?

Er räusperte sich und nickte schnell, bevor er in die Dunkelheit seines eigenen Zimmers trat. „Gute Nacht.“

Kapitel 7

Die nächsten Tage vergingen auf ähnliche Weise – mit stundenlanger Arbeit unterbrochen von Momenten schierer Glückseligkeit, wann immer Hailey in seiner Nähe war. Hailey bereitete den Kaffee jeden Morgen ein wenig anders zu und schaffte es stets vor Tim in die Küche. Er wachte langsam auf und versuchte jedes Mal, das Aroma zu erraten.

„Kaffee mit einem Hauch von Zimt", sagte sie zu ihm, als sie ihm am zweiten Tag die Tasse reichte.

Ein anderes Mal fügte sie einen Spritzer Sahne hinzu, einen Hauch von Ahornsirup oder seine Lieblingsvariante, ein Tröpfchen Honig. Jedes Mal glitt das warme Getränk wie ein Elixier in seiner Kehle hinunter und er schmatzte am Ende mit den Lippen wie ein Bär über einem Honigtopf.

„Also, wo fangen wir heute an?", fragte Hailey jedes Mal, nachdem sie beide gefrühstückt hatten – in ihrem Fall handelte es sich dabei um Toast mit Marmelade *und* Butter und das war ganz sicher ein Fortschritt.

Sie genoss es, sich ins Zeug zu legen und zu arbeiten, ganz ähnlich wie er selbst auch. Er machte damit jedoch Jahre als Militäringenieur, in denen er mehr abgerissen als aufgebaut hatte, wieder wett. Was kompensierte Hailey?

Die große Aufgabe des zweiten Tages war es, die Zisterne zu entleeren, die das Wasser vom Dach auffing. Es war ein riesiger Knochenjob. Er stand in der schulterhohen Zementzisterne und schaufelte den Dreck vom Boden in Eimer, die er dann an Hailey weiterreichte, die den Dreck in eine Schubkarre schüttete. Sobald die Schubkarre voll war, schob er sie hinunter zum Komposthaufen im Wald. Wenn er nicht schnell genug handelte, lief Hailey bereits mit der Schubkarre davon und bestand darauf, dass sie es selbst schaffen würde. Wenn sie zurückkam, war sie verschwitzt und ihr Gesicht mit Schmutz beschmiert. Aber ihr Lächeln strahlte noch breiter und ihr Gesicht sah noch frischer aus als zuvor.

Was ihn zu derselben Frage zurückbrachte: Welches brennende Bedürfnis erfüllte diese Arbeit für sie? Fehlte ihr etwas in dem, was sie zuvor getan hatte? „Wie sind Sie von einem Diner zum Modeln gekommen?", fragte er sie, während sie arbeiteten.

Sie verzog das Gesicht, als wäre es nicht die beste Erinnerung. „Nach der Highschool habe ich angefangen, Vollzeit zu kellnern. Ich hatte vor, genügend Geld für das College zu sparen. Ich hatte einen Plan und alles." Ihr Lächeln wurde wehmütig. „Wie viel ich bis wann sparen musste, um nebenbei das Community College besuchen zu können. Aber eines Abends kamen auswärtige Besucher vorbei und einer der Kerle schaute mich immer wieder an. Er *starrte* regelrecht. Es war mir damals richtig unheimlich. Die Frau, die mit ihm dort war, rief mich zu sich und fragte, ob ich schon einmal gemodelt hätte. Ich hätte sie fast abgewimmelt, um ehrlich zu sein." Sie lachte. „Sie blieben bis zum Feierabend und sprachen mit meiner Mutter. Eins führte zum anderen und..." Sie wirbelte mit einer Hand durch die Luft. „Irgendwann haben wir im Diner aufgehört und Montana verlassen." Ihre Stimme wurde mit jedem Satz trauriger. „Wir zogen nach L.A. und ... nun ja. So ist es passiert."

Er schaute sie über den Rand der Zisterne hinweg an. Ihr Ton klang nicht gerade enthusiastisch.

„Wie ist es so?"

„Das Modeln?" Sie schnaufte. „Jede Menge Warterei, bis das Licht perfekt ist oder Requisiten kommen. Hunderte von Aufnahmen, wieder und immer wieder, bis ich mich nicht einmal mehr daran erinnern konnte, welches Produkt ich überhaupt repräsentierte. Gott sei Dank hatte ich meine Mutter, die mich von – sagen wir mal – all den schlechten Einflüssen fernhielt."

Zum ersten Mal fand Tim einen Grund, Haileys Mutter umarmen zu wollen, anstatt sich zu wünschen, sie zu erwürgen.

Dann seufzte Hailey und zeigte auf seine Füße. „Wir sollten uns besser an die Arbeit machen, Mister. Wir haben noch eine Menge zu tun."

Sie brauchten einen ganzen Tag für die Zisterne und für kleinere Arbeiten rund um das Grundstück einen weiteren. In kürzester Zeit waren sie in eine schöne Routine verfallen. Jeder Tag begann mit einer Tasse von Haileys wundervollem Kaffee und Tim hatte sich sogar angewöhnt, ein paar Minuten mit geschlossenen Augen im Bett liegen zu bleiben und den Duft zu genießen. Das hatte er schon seit Jahren nicht mehr getan und Gott wusste, dass die anderen Jungs ihn auslachen würden, wenn sie es herausfänden.

Er und Hailey fühlten sich in der Nähe des anderen immer wohler – zu wohl manchmal, was es ihm allzu leicht machte, zu vergessen, wie vorübergehend ihr Arrangement war. Einmal war er sogar hinter Hailey getreten, als sie gerade Kaffee kochte, und hatte, ohne nachzudenken, seine Arme auf beiden Seiten des Tresens von ihr abgestützt. Sie hatte einfach weiter gesummt, als ob es für sie zu einem perfekten Morgen gehörte, ihn in ihrer Nähe zu haben. Er selbst war so berauscht von ihrem Duft, dass er ihr fast einen Kuss auf den Hals gedrückt hätte.

Kuss, hatte sein Bär in diesem Moment gemurmelt. *Gute Idee.*

Er hatte sich gerade noch rechtzeitig gefangen. Hailey drehte sich in seinen Armen um und war nicht im Geringsten überrascht, ihn so nah bei sich zu sehen. Tatsächlich war ihr Blick auf seine Lippen gefallen und er fragte sich, ob sie sich den Kuss auch vorgestellt hatte. Seine Haut kribbelte auf die gleiche Weise, wie wenn er sich in seine Bärenform verwandelte. Sein Herz klopfte heftiger und er konnte schwören, dass er spürte, wie Haileys dasselbe tat.

„Spüren Sie das?", flüsterte sie.

Wenn sie damit das Gefühl zweier tektonischer Platten meinte, die sich nebeneinander schoben und sich für einen großen Schicksalsschlag ausrichteten, dann verdammt noch mal, ja.

„Das tue ich."

Sie ließ ihren Blick an seinem Körper auf und ab wandern. Ihre Augen wärmten ihn, als sie über ihn schweiften.

„So etwas habe ich noch nie gespürt", sagte sie, als hätte sie gerade ihr erstes Erdbeben live erlebt.

Aber es war kein Erdbeben und er wusste es. Es war das Schicksal. Die Frage war, was sollte er tun? War es das Beste, dem Schicksal Zeit zu geben, sich in seinem eigenen Tempo zu entwickeln, oder sollte er die Chance ergreifen, solange er konnte?

„Ich habe es auch noch nie gespürt", sagte er.

Aber dann stieg der Geruch von etwas Verbranntem in die Luft und Hailey winkte mit den Händen.

„Ups. Wir sollten das Toastbrot lieber nicht noch einmal verbrennen", murmelte sie und dies war das Ende des magischen Momentes.

Nur, dass es kein Ende war. Ihre Arbeit, der himmlische Kaffee und Hailey selbst wirkten auf magische Weise zusammen, alle möglichen verborgenen Türen in seiner Seele zu öffnen. Tim lachte, dachte nach und träumte mehr und mehr. Er *fühlte* auch mehr, denn er hatte seine Emotionen für lange Zeit weggeschlossen. Auch die Hoffnung hatte er sich untersagt, aber jetzt stieg sie in ihm auf.

Vielleicht könnten er und Hailey länger zusammenbleiben. Vielleicht könnten sie sein Haus in Koakea gemeinsam restaurieren. Vielleicht könnten sie es sogar zu *ihrem* Haus machen und nicht nur zu seinem, weil alles besser war, wenn Hailey dabei war. Die Art, wie sie manchmal wehmütig in die Ferne starrte, ließ ihn in Gedanken versinken und über die Dinge, die *eines Tages* geschehen könnten, nachgrübeln. Die Art, wie sie jeden Bissen ihres Essens genoss, brachte ihn dazu, ebenfalls langsamer zu werden und es auch zu genießen. Und wenn sie innehielt und auf das Häuschen blickte, tat er dasselbe. Die Hütte machte große Fortschritte und er kam nicht umhin, sich vorzustellen, dass sich sein Häuschen auf Koakea auf die gleiche Weise verbessern würde. Er stellte sich sogar eine Vase mit Blumen auf der Terrasse und Kerzen auf dem Tisch vor, was *wirklich* bewies, wie sehr es um ihn geschehen war.

Dies und die Tatsache, dass er angefangen hatte, sich einhundert kleine Dinge über Hailey einzuprägen und es kaum abwarten konnte, noch mehr Informationen aufzudecken.

War sie mit Haustieren aufgewachsen?

„Auf gar keinen Fall." Sie lachte. „Meine Mutter ist allergisch gegen Tiere. Sie kann noch nicht einmal im selben Raum mit ihnen sein."

Geschwister?

„Einzelkind." Sie seufzte.

Lieblingshobbys?

Sie riss die Hände in Kampfstellung hoch. „Passen Sie auf. Ich kann Kickboxen. Wissen Sie, was das bedeutet?"

„Was? Wow!" Er duckte sich, als sie es demonstrierte.

„Ich kann richtig gut in die Luft treten. Und schlagen."

Sie machte Witze, aber sie war wirklich gut. Trotzdem missfiel ihm die Vorstellung eines großen, muskulösen Privattrainers, der sie durch jede Bewegung anleitete. Darüber wollte er lieber nicht nachdenken.

„Dann werde ich besser aufpassen, Sie nicht zu verärgern." Er zwang sich zurück an die Arbeit.

Schließlich ging ein weiterer schöner Tag zu Ende und sie verweilten nach dem Abendessen noch lange auf der Veranda. Er zog seinen Hocker etwas näher zu ihrem Schaukelstuhl hinüber, sodass sich ihre Füße berührten. Haileys schaute hinüber, lächelte und...

In diesem Moment rief die Eule und Tim blickte finster in die Nacht. Ein paar zusätzliche Wachen zu haben, war immer eine gute Idee. Aber Anstandsdamen brauchte er wirklich nicht.

Andererseits ließ sich die Tatsache jedoch nicht leugnen, dass die Realität dort draußen lauerte, gleich hinter dem verworrenen Gewirr der Vegetation um das Haus. Als Hailey darauf bestand, den Abwasch zu machen, ging er gerade weit genug die Straße hinunter, um Empfang auf seinem Handy zu haben. Er hatte es immer seltener geprüft, weil er die Verbindung zur Außenwelt nicht wirklich haben wollte. Aber Hunter und Connor hatten im Stillen Haileys Fall ermittelt. Und je mehr sie herausfanden, desto mehr fühlte sich Tim in seinem

Gefühl bestätigt, dass Hailey für das, was sie getan hatte, nicht verrückt genannt werden konnte.

Jonathan Owen-Clarke, stand in Connors Kurznachricht. *Ein echtes Arschloch, wenn du mich fragst.*

Das hatte sich Tim auch schon gedacht und er fragte sich, was ein nettes Mädchen wie Hailey nur mit so einem Typen zu tun hatte. Aber nachdem er es durchdacht hatte, ergab es einen Sinn. Eine junge Frau, die in eine intensive, isolierende Karriere gestolpert war und niemanden außer ihrer überfürsorglichen Mutter an ihrer Seite hatte. Dann kam Jonathan daher, der anfangs wahrscheinlich den guten Kerl gespielt hatte. Gut genug für ein oder zwei Verabredungen, nahm er an.

Jonathan Owen-Clarke stammt aus einer reichen Familie, fuhr Connor fort. *Kalifornisches Ölvermögen, das mehrere Generationen zurückreicht. Der Vater ist Richard Owen-Clarke – der Typ, der als Gouverneur kandidiert hat. Der ältere Bruder bereitet sich auf seine Kandidatur für einen Senatssitz vor und ich schätze, Jonathan selbst ist auch nicht weit davon entfernt. Die Ranch, die er in Montana gekauft hat, dient ihm als Wohnsitz dort. Wer weiß also, was er geplant hat?*

Dieser Teil gefiel Tim überhaupt nicht, aber es war nicht gerade Grund genug für eine strafrechtliche Untersuchung. Jonathan war also ein Arschloch. Hailey hatte einen Fehler gemacht. Na und? Hailey hatte Mut – und Verstand – bewiesen, als sie den Idioten verlassen hatte.

Lamar Dennison, sein Sicherheitschef, hingegen lässt sich viel schwieriger untersuchen, berichtete Connor. *Wir wissen, dass er seit zwei Jahren für Owen-Clarke arbeitet, aber davor gibt es so gut wie nichts. Es könnte ein Deckname sein. Das prüfen wir aber noch. In der Zwischenzeit wartet beide ab. Die Zeitungen sind voll von der Geschichte und jeder spricht darüber. Hailey hatte recht, sich eine Weile bedeckt zu halten.*

Tim wollte das Handy gerade ausschalten, als eine letzte SMS durchkam.

PS – kluges Mädchen, dass sie diesen Scheißkerl abserviert hat. Pass gut auf sie auf.

Tim starrte auf das Telefon. Und wie er auf sie aufpassen würde.

„Irgendwelche Neuigkeiten?", fragte Hailey, als er ins Haus zurückkam.

Er schaltete das Handy aus und wollte nicht lügen, sie jedoch auch nicht beunruhigen.

„Nicht wirklich. Die Story ist in allen Zeitungen, also sollten wir noch drei oder vier Tage hier draußen bleiben."

Sie zog eine Augenbraue hoch. „Sie haben es nicht genau geplant?"

Er grinste. „Sagen wir *in etwa*."

Sie lächelte zurück und wurde dann ernst. „Für mich ist das in Ordnung, aber ist es das für Sie auch?"

Er schaute auf. Natürlich war es das. Die letzten paar Tage waren ... anders gewesen. Besonders. Irgendwie wichtig.

„Ich meine, Sie haben doch sicher Arbeit, die Sie erledigen müssen", sagte sie. „Bauaufträge, nicht wahr?"

Er lächelte. In einer Zeit, in der ihr eigenes Leben völlig auf dem Kopf stand, erinnerte sie sich an dieses Detail über ihn.

Komisch, wie die Dringlichkeit verblasst war, die Gründung seines Geschäftes voranzutreiben, obwohl er es seit Monaten geplant hatte. Er hatte einen Kredit aufgenommen, sich nach den Preisen für seine Ausrüstung erkundigt, die besten Werbemöglichkeiten recherchiert – und alles nach einem detaillierten Zeitplan, den er selbst aufgestellt hatte. Er war sogar nach Oahu geflogen, um seine Lizenz zu beantragen. Aber in den letzten paar Tagen schien das alles nicht mehr so wichtig zu sein. Nichts war mehr wichtig.

Er zeigte um sich herum. „Nennen Sie das hier Übung."

Sie lächelte. Die darauffolgende Stille dehnte sich aus, wenn auch nicht auf unangenehme Weise. Sowohl er als auch Hailey beobachteten die Glühwürmchen im Garten. Es gab so viele beschissene Orte auf der Welt. So viel Krieg und Konflikte. Er war nach Pu'u Pu'eo gekommen, um Hailey eine Auszeit zu ermöglichen. Aber so wie es schien, hatte er sie selbst auch gebraucht.

Also genoss er jeden entspannten Morgen, verspürte Befriedigung nach jedem schweißtreibenden Arbeitstag und schätzte jeden ruhigen Abend auf der Veranda. Der einzige Teil des Tages, den er nicht genoss, war die Schlafenszeit. Denn sie bedeutete, sich von Hailey trennen zu müssen. So wie am sechsten Abend, als sie sich beide in ihre jeweiligen Zimmer zurückgezogen. Hailey blieb neben ihm stehen, als er am Türrahmen zu seinem Zimmer stand.

„Hey", flüsterte sie.

„Hey", wiederholte er und hielt den Atem an, während sich sein Herz überschlug.

Ihre Wangen färbten sich rot. „Ich hatte einen wirklich schönen Tag."

„Ich auch", war alles, was er zustande brachte.

Er dachte, sie würde es dabei belassen, aber Hailey blickte zunächst auf seine Füße hinunter, schaute dann zu seinen Augen auf und beugte sich schließlich mit einem *Was soll's*-Schulterzucken zu ihm vor und gab ihm einen Kuss auf die Wange. Ein winziger, kaum spürbarer Kuss, der sein Blut in Wallung brachte.

Sie zog sich zurück und hielt inne.

Bitte mach das noch einmal, wollte er betteln. *Bitte.*

Und, oh Wunder, sie tat es. Sie beugte sich zu einem weiteren Kuss vor und schaute ihm die ganze Zeit in die Augen. Aber dieser zweite Kuss zielte nicht auf seine Wange. Er landete direkt auf seinen Lippen.

In dem Augenblick, in dem sie sich berührten, schoss Feuer durch seine Adern und er schlang seine Hände um ihre Taille. Sein ganzer Körper seufzte vor Vergnügen, als er seine Lippen sanft auf ihren bewegte.

Es war ein weicher, gleichmäßiger Kuss. Die Art, die nicht heißer oder gieriger werden musste, weil sie genauso, wie sie war, richtig war. Ein erster Kuss, der ihm ausreichend Zeit gab, die Art und Weise zu genießen, wie Hailey ihren Körper an seinen schmiegte.

Als sie sich schließlich voneinander lösten, grinsten sie sich beide an. Haileys Augen strahlten und ihre Wangen waren ganz rot. Tims Brust schwoll an, denn diese Barriere der Unbeholfenheit, die immer wieder zwischen ihnen aufzutauchen schien, war endlich durchbrochen. Völlig verschwunden.

Langsam hob er seine Hand zu ihrem Gesicht und strich mit dem Daumen über ihre Wange.

„Schön", flüsterte er.

Hailey schenke ihm ein strahlendes Lächeln, das ihn fast umgehauen hätte. Nicht wie ein Supermodel, denn Models schienen immer schmollende Blicke zu haben. Nein, sie lächelte wie das Mädchen von nebenan, fröhlich und authentisch zugleich. Und ehe er sich versah, grinste auch er.

„Schön", stimmte sie zu.

Sie standen einen Moment lang ohne zu sprechen da, denn Worte waren nicht die einzige Möglichkeit der Kommunikation. Ihre Augen waren mit so vielen Botschaften gefüllt. Dann holte sie tief Luft und er tat es ihr gleich.

„Gute Nacht", flüsterte sie und ging in die Richtung ihres Zimmers.

Er nickte langsam und schaute ihr hinterher. „Gute Nacht."

Kapitel 8

Hailey versuchte, ihren Blick nach vorn zu richten, während sie im Pick-up Truck die Küstenstraße hinunter ratterten. Aber ihre Augen wanderten wie von selbst immer wieder zu Tim hinüber. Oder genauer gesagt zu seinen Armen. Der Mann musste die dicksten, muskulösesten Unterarme haben, die sie jemals gesehen hatte. Seine Hände waren ebenfalls riesig. Adern verliefen direkt unter seiner Haut, als ob sie zwischen all den Muskeln darunter keinen Platz hätten.

Sie riss ihren Blick von ihm los. Sie hatte ihn in den letzten Tagen schon viel zu oft heimlich angestarrt. Sechs der besten Tage ihres Lebens. So entspannt. So friedlich. Die letzten Jahre ihres Lebens waren ihr wie ein ständiges Gewusel vorgekommen – Meetings, Fotoshootings, Trainingseinheiten. Auf Maui verging die Zeit in einem ganz anderen Tempo.

Das lag zum Teil am Ort, aber hauptsächlich an Tim. Dieser Mann war so standfest wie ein Felsen. Ruhig und in sich gekehrt. Und aufmerksam ebenfalls, wie es sich zum Beispiel in der Art zeigte, dass er sicherstellte, ihr den am wenigsten klapprigen Stuhl und die nicht angeschlagene Kaffeetasse zu geben oder sie das Waschbecken als Erste benutzen zu lassen. Wenn sie es zugelassen hätte, hätte er auch immer gekocht *und* geputzt und stets das Wasser aus dem Bach für sie heraufgetragen. Er war geradezu lächerlich ordentlich – so sehr, dass selbst sie anfing, die Kissen auf der zerschlissenen alten Couch in exakten Winkeln zueinander auszurichten, genauso wie er es tat.

Und wow – konnte er küssen. Ihr schüchterner Gute-Nacht-Kuss auf die Wange hatte sich zum elektrisierendsten ersten Kuss gewandelt, den sie je bekommen hatte – und er hatte sich noch nicht einmal angestrengt. Wie würde es sich erst anfühlen, wenn er sie mit wilder Hingabe küsste?

Ihre Wangen wurden heiß und sie schaute zum Wagenfenster hinaus, damit er die Röte nicht sehen konnte. Es war verrückt, wie dieser Mann ihren Verstand durcheinanderbrachte – und ihren Körper.

„Geht es Ihnen - ähm, *dir* - gut?", fragte er. „Ist es okay, wenn wir uns duzen?"

Sie wurde sogar noch röter und griff nach ihrer Wasserflasche. „Das wäre wirklich schön, Tim. Und ja, es geht mir wunderbar."

„Hast du letzte Nacht gut geschlafen?"

Fast hätte sie einen Mundvoll Wasser durch die Kabine des Pick-up Trucks gespuckt. Nach diesem Kuss? Sie hatte die halbe Nacht damit verbracht, sich selbst zu berühren und so zu tun, als wäre er bei ihr gewesen.

„Gut, danke. Und du?"

Sie riskierte einen Blick hinüber und – wow. Stieg ihrem harten Soldaten tatsächlich Röte ins Gesicht?

Er rieb sich mit der Hand über sein unrasiertes Kinn und nickte schnell. „Gut, danke."

Sie verbarg ein Grinsen. Vielleicht war sie nicht die Einzige, die diese Anziehungskraft spürte. Dann seufzte sie, denn von allen möglichen Zeitpunkten, den Kopf zu verlieren...

Er sah sie mit geneigtem Kopf an. Er fragte nicht direkt *Was?*, aber indirekt fragte er trotzdem. Sie machte eine vage Bewegung mit ihren Händen. „Du hast jederzeit einen Plan. Und ich habe keinen blassen Schimmer, was ich mit meinem Leben anfangen soll."

Er lachte. „Zehn Jahre beim Militär geben einem eine Menge Zeit, um Pläne zu schmieden, das kann ich dir versprechen."

Sie stellte sich vor, wie er sich gegen einen Panzer lehnte und auf den Sonnenuntergang in die Wüste starrte. Oder wie er in einer Koje in der Kaserne lag, an die Decke starrte und grübelte.

Seine Stimme wurde leiser. „Es ist nicht immer eine gute Sache, weißt du. Manchmal ist es wie ein Zwang."

Seine Hände verkrampften sich über dem Lenkrad und ein völlig anderes Bild schoss Hailey durch den Kopf. Eines davon wie Tim durch eine Kampfzone sprintete, die von ohrenbetäubenden Explosionen und Schreien erschüttert wurde.

Sie schluckte schwer. Vielleicht war dieser Mann von den Kämpfen doch nicht so unberührt, wie er es vorgab. Vielleicht war sein Hang zu planen ein Weg, die Kontrolle zurückzuerobern, nachdem es einmal zu oft zu knapp gewesen war.

Sie berührte seinen Arm und das Lächeln, zu dem er sich gezwungen hatte, wurde allmählich lockerer. Die Farbe seiner Augen veränderte sich von einem tiefen, stumpfen Braun zu einer helleren, glänzenden Haselnussfarbe, und die Muskeln seines Unterarms wurden von steinhart zu ... okay, immer noch steinhart, aber nicht ganz so angespannt wie zuvor.

Er fuhr eine stille, behagliche Minute weiter, während Hailey Maui mit neuen Augen betrachtete. Es war leicht, die Aussicht für selbstverständlich hinzunehmen, aber wenn sie sich an andere Gegenden der Welt erinnerte...

Sie hob die Hand zu ihrer Perle und hielt dann inne. Sie hatte sie unter der Matratze in ihrem Zimmer gelassen, bevor sie geduscht hatte, und dann keine Zeit gehabt, sie wieder anzulegen. Was schade war, denn diese Perle hatte irgendwie etwas Tröstliches an sich.

„Architekturdesign", sagte Tim aus heiterem Himmel.

„Was?"

„Architekturdesign. Hast du schon jemals daran gedacht? Du hast ein Auge dafür." Er deutete über seine Schulter. „Wie deine Idee für einen Pavillon oben am Haus."

„Den habe ich doch nur so dahingekritzelt", protestierte sie. Eines Abends hatten sie von der Veranda aus in die Richtung des Baches geschaut und Tims Idee für eine überdachte Picknickstelle dort draußen diskutiert. In Windeseile hatte sie sich einen Bleistift geschnappt und einen achteckigen Pavillon skizziert.

„Das meine ich ja", sagte er. „Meine Idee hätte gewirkt wie eine Überdachung in einem öffentlichen Park. Deine würde großartig aussehen. Machst du so etwas oft?"

Sie lachte. „Glaube mir, meine Kunstfertigkeit beschränkt sich auf das Kritzeln auf Servietten. Es kommt nie viel dabei raus. "

„Wer weiß? Vielleicht wird es das eines Tages. " Er sagte *eines Tages* mit einer solchen Überzeugung, dass es ihre Seele wärmte. Dann lachte er. „Und wenn alles andere scheitert, könntest du immer noch Kaffee kochen. Wie nennt man das gleich – eine Barista werden. "

Sie lachte. „Willst du damit sagen, dass ich in einen Starbucks gehöre? "

Er lachte – und lachte wirklich –, denn sie hatten den Stolperstein dieses peinlichen Momentes so überwunden, wie sie bereits so viele andere in ihren ersten Tagen überwunden hatten. „Daran wäre nichts auszusetzen, aber nein, nicht so. Etwas gehobener. Dein Kaffee ist viel zu gut. "

„Ich bin froh, dass er dir schmeckt. " Sie grinste.

Für die nächsten paar Kilometer nahm sie die Landschaft in sich auf und grübelte über die Vorstellung von *eines Tages* nach. Tage, die genau so aussehen könnten. Geschäftigkeit. Ehrliche Arbeit. Ein guter Mann, mit dem sie alles teilen konnte.

Die kurvenreiche Straße wurde gerader und die schroffe Küstenlinie wich langen Strandabschnitten. Tim bog an einer Ampel links ab, parkte und deutete auf das Gebäude zu ihrer Rechten. „Der Baumarkt ist gleich dort drüben. Aber es ist vielleicht besser, wenn du im Wagen wartest. "

Sie zog ihre Baseballkappe tiefer – die rosafarbene Kappe, die er ihr damals im Einkaufszentrum gekauft hatte – und schüttelte den Kopf. „Machst du Witze? Jetzt wird mich doch niemand mehr erkennen. "

Ihr Haar war verfilzt, ihre Beine zerkratzt und die Fingernägel eine Katastrophe. Sie war das genaue Gegenteil der geschminkten, perfekt gestylten Puppe, in die sie sich am Set eines jeden Fotoshootings zu verwandeln pflegte. Und das Beste daran war, dass niemand die Stirn runzelte und losstürmte, um diese schrecklichen Mängel zu beheben.

Tim schaute sie zweifelnd an. „Du siehst immer noch zu gut aus. " Sie lachte unverhohlen und wurde dann rot. „Ich meine…" Er grummelte ein wenig und wühlte auf der Rückbank herum. „Hier. Zieh das an."

Es war ein kariertes Flanellhemd. *Sein* Flanellhemd. Sie zog es sich langsam über den Kopf und atmete im Inneren tief ein. Es war schön, in Tims Duft gehüllt zu sein. Sicher und geborgen, wo die Welt sie nicht erreichen konnte.

„Wie ist das?", fragte sie und zog das Hemd weiter nach unten.

Tim starrte sie an, ohne ein Wort zu sagen. Seine Augen blitzten auf und sie hatte den ganz klaren Eindruck, er führe ein komplettes Gespräch mit sich selbst. Er tat das manchmal, als wäre er halb Pfadfinder, halb böser Schuft, und Letzterer kämpfte darum, sich zu befreien.

Eine Sekunde später stieg er aus dem Wagen und murmelte: „Du siehst immer noch zu gut aus."

Hailey verbarg ein Lächeln, als sie ihm in den Baumarkt folgte. Die Art und Weise, wie die meisten Männer sie angafften, war ihr unheimlich. Aber Tim schaute sie so an, wie ein Mensch einen Wasserfall oder eine besonders beeindruckende Landschaft betrachten würde. So, als wäre sie etwas Besonderes, etwas, das er noch nie zuvor gesehen hatte.

Natürlich war sie in der Öffentlichkeit und sie musste vorsichtig sein. Also hielt sie ihr Kinn gesenkt und blieb dicht an Tims Seite. Sie war so aufgeregt wie ein Kind nach all den Tagen in ihrem Versteck, das erste Mal draußen zu sein. Sie hatte den Frieden in der abgelegenen, kleinen Hütte genossen, aber es war auch schön, einmal herauszukommen. Wirklich schön – bis ihr Blick an einem Zeitungsständer hängen blieb und sie erstarrte.

Entlaufene Braut verkriecht sich in Inselversteck? schrie die Schlagzeile.

Hailey starrte darauf. Es gab ein Foto von ihr, wie sie Jonathan bei der Hochzeit in Waikiki gegenüberstand, und ein weiteres Bild von einer Art Anwesen mit einer riesigen Mauer. Im ersten Moment geriet sie in Panik. War das Koa Point, wo Tims Freunde wohnten? Aber als sie sich genug zusammenriss, um die Bildunterschrift zu lesen, atmete sie auf.

Zeugen haben Ms. Crewe auf dem Anwesen einer prominenten Schauspielerin auf Kauai gesehen...

Immerhin etwas. Die Reporter hatten die falsche Insel und das falsche Anwesen – ganz zu schweigen von der falschen Freundin, denn sie kannte keine Prominenten. Sie eilte Tim hinterher und blieb ihm den Rest des Weges dicht auf den Fersen.

„Was hältst du von denen?", fragte er und hielt zwei Farbdosen hoch. „Dawn hat gesagt, sie denkt, dass der Flur in Gelb gut aussehen würde."

Langsam entspannte sich Hailey. Ein Baumarkt war so ziemlich der letzte Ort, an dem sie jemand erkennen würde, nicht wahr? Sie betrachtete die Farbdosen.

„Diese hier. Die Farbe ist zarter."

Er musterte das Etikett. „Zarter? Für mich sehen sie beide gelb aus."

Sie hätte fast gelacht und stellte sich vor, was ihr Visagist dazu sagen würde.

„Glaub mir, die hier ist viel besser."

Perplex schaute er sich beide Dosen noch einmal an und stellte dann schließlich eine zurück. „Ich verlasse mich auf dein Urteil."

Zehn Minuten später hatten sie alles, was sie brauchten – inklusive einer Ausgabe des *Architectural Digest*, die Tim ihr mit einem strengen Blick reichte, der sagte *Eines Tages, weißt du noch?*

Sie nahm sie entgegen und legte sogar noch eine zweite Zeitschrift dazu – ein Amateurmagazin namens *Hawaiian Horticulture*.

„Wer weiß?", scherzte sie bei seinem fragenden Blick. „Vielleicht baue ich eines Tages meinen eigenen Kaffee an."

Es war ein Scherz gewesen, aber Tim nickte so ernsthaft, dass sie nicht anders konnte, als über die Idee nachzusinnen. Schließlich suchte sie nach einer beruflichen Veränderung.

Auf der Rückfahrt fing sie an, durch die Zeitschriften zu blättern. Aber die Sonne ging bereits unter, also legte sie sie beiseite und schaute nach oben. Der Himmel war purpurn und blau und die Wolken färbten sich orange und rosa.

„Wunderschön", murmelte sie.

Tim blickte hinüber. „Von Koakea aus ist der Sonnenuntergang wirklich unglaublich. Aber ja. Das hier ist auch schön."

Sie schnaubte. „Du bist so verwöhnt."

Er lachte. „Vielleicht bin ich das." Dann tippte er mit den Fingern auf das Lenkrad und zeigte nach links. „Verwöhnt genug, um auswärts zu Abend zu essen, vielleicht. Ich meine etwas zum Mitnehmen. Bist du einverstanden?"

Sie nickte eifrig. Alles, was diese wunderschöne Fahrt mit Tim in die Länge ziehen würde, funktionierte für sie.

„Laut meinem Freund Boone befindet sich der beste Imbisswagen auf Maui hier an diesem Strand." Er lenkte den Wagen von der Straße auf den Parkplatz eines Strandparks. „Hoffentlich kommen wir nicht zu spät."

„Hoffentlich", wiederholte sie nicht im Geringsten besorgt. Das war noch so eine weitere Sache an Tim – dieses Gefühl, dass *alles gut ausgehen* würde. Seine felsenfeste, *Ich habe einen Plan und nichts ist ein Problem*-Einstellung, von der sie sich wünschte, sie könnte ihr nacheifern.

Durch die Bäume konnte sie den Strand sehen und die Wellen waren hoch – sehr hoch, so wie es aussah und auch klang. Ein großer, silberner Imbisswagen stand auf dem fast menschenleeren Parkplatz. Eine Familie bewegte sich mit einer Kühlbox auf Rädern und Strandspielzeug im Schlepptau auf ein Fahrzeug zu und zwei junge Männer luden ihre Kiteboards in einen ramponierten, alten Kombi.

„Hast du das schon einmal probiert?", fragte sie.

„Kiteboarding? Das ist nicht meine Art von Nervenkitzel."

Sie lachte, denn dies hatte sie schnell über ihn gelernt. Der Mann schien am zufriedensten, wenn er lange Tage harter Arbeit und ruhige Abende an einem knisternden Feuer verbringen konnte. War er schon immer so gewesen oder hatte ihn seine Zeit beim Militär gelehrt, die kleinen Dinge zu schätzen?

„Was ist mit dir?", fragte er.

Sie schüttelte schnell den Kopf. „Ich würde das Surfen gern einmal probieren, aber ich bezweifle, dass ich koordiniert genug bin, um Kiteboarding zu lernen."

Er schüttelte den Kopf. „Unterschätze dich nicht."

Es war nicht das erste Mal, dass er dies sagte, und die Worte blieben ihr im Gedächtnis haften. Unterschätzte sie sich tatsächlich? War dies ein Nebenprodukt davon, dass ihre Mutter ständig an ihr herummäkelte? Jedenfalls hatte sie angefangen, seine Worte zu ihrem Mantra zu machen. Wenn es an der Zeit wäre, sich der Welt wieder stellen zu müssen, würde sie dafür sorgen, stets daran zu denken.

Der Gedanke, sich wieder in den Trubel von L.A. zu stürzen, drehte ihr fast den Magen um. Also schob sie ihn beiseite. Sie hatte sich noch ein paar Extratage Zeit gegeben, um ihren Kopf freizubekommen, bevor sie irgendwelche Entscheidungen traf, und verdammt, sie wollte jede Minute dieser Zeit genießen.

„Jenny's Mixed Plate?" Sie las die aufgemalten Worte an der Seite des Imbisswagens.

„Das ist er."

In dem Augenblick, in dem Tim den Wagen geparkt hatte und sie beide ausgestiegen waren, rief die asiatische Frau hinter dem erhöhten Tresen des Imbisswagens.

„Letzte Runde, bevor ich Feierabend mache. Was darf es sein?"

Hailey eilte hinüber und musterte die Speisekarte. Sie hatte noch nie einen Fisch Taco gegessen und überhaupt keine Ahnung, was eine *Poke* Bowl sein könnte.

„Ähm ... was empfiehlst du?", fragte sie Tim.

Er zuckte mit den Schultern und flüsterte: „Ich bin mir nicht sicher. Es ist das erste Mal, dass ich auf Hawaii auswärts esse."

Irgendetwas daran brachte sie zum Strahlen. Sein erstes auswärtiges Abendessen und es war mit ihr?

„Was Ihnen die wenigsten Umstände macht", sagte sie zu der Frau hinter dem Tresen, da sie nur zu gut wusste, wie es war, ein Restaurant zu putzen, nur damit ein Kunde in letzter Minute durch die Tür stürmen konnte.

Tim nickte und die Frau im Imbisswagen schenkte ihnen ein dankbares Lächeln. „Ich kann Ihnen eine *Poke* Bowl und einen *Luau*-Teller machen. Klingt das gut?"

Hailey hätte fast gelacht. Wenn die Frau nur wüsste, wie gut es klang und wie gut sie sich fühlte. Ihre Mutter hatte sie jahrelang an der kurzen Leine gehalten und sie von netten, bodenständigen Typen wie Tim abgeschirmt. Deshalb fühlte sich ein Abendessen – selbst wenn es ein bescheidenes Abendessen an einem Imbisswagen war – mit einem süßen Bauarbeitertypen wie ein Abend auf einem königlichen Ball an. Sogar besser, denn niemand kümmerte sich um ihre Haare oder ihre Kleidung. Keiner zählte ihre Kalorien. Sie hatte die Freiheit, zur Abwechslung einmal sie selbst – und für sich selbst verantwortlich – zu sein.

Sie nahmen ihre Gerichte mit auf die Anhöhe einer Sanddüne und aßen sie mit den Fingern – ein weiterer Pluspunkt. Der marinierte Fisch war köstlich und während Tim sich immer wieder dafür entschuldigte, auf der falschen Seite der Insel für den Sonnenuntergang zu sein, hätte sie das nicht weniger stören können. Die Wellen rollten endlos auf den Strand zu und sie blieben noch lange sitzen, nachdem die letzten Kitesurfer bereits nach Hause gegangen waren.

„Der Park muss bald schließen", murmelte Hailey, obwohl sie nicht gehen wollte.

Tim schien nicht allzu besorgt zu sein. „Ja, aber ich bin mir ziemlich sicher, dass niemand vorbeikommt und uns rauswerfen wird."

Und so saßen sie da und beobachteten die Brandung, während die Farbe des Himmels langsam verblasste. Die Sonne ging irgendwo hinter ihnen unter, aber der Blick nach Osten war irgendwie symbolisch. Der Zukunft zugewandt, anstatt in der Vergangenheit zu verweilen.

Hailey zog das Flanellhemd enger um sich und drehte sich zu Tim um, um sich noch einmal zu bedanken. Aber noch bevor sie etwas sagen konnte, begegneten sich ihre Blicke wie schon so oft in den letzten Tagen. Und sie *begegneten* sich nicht nur, sondern *hafteten* aneinander, so dass sie sich nie wieder abwenden wollte.

„Du hast da einen Krümel", flüsterte er und strich mit dem Daumen über ihre Wange.

Danach behielt er seine Hand dort und streichelte ihre Wange weiter. Sie schloss die Augen und schmiegte sich in seine Hand. Sie konnte einfach nicht anders. Zum ersten Mal seit

Jahren fühlte sie sich ausgeglichen. Zuversichtlich, dass alles gut werden würde, ganz egal, was auch immer sie täte.

Der Wind spielte durch ihr Haar und ließ es über Tims Hand wehen. Als er es zurückstrich, hätte sie vor Freude fast gesummt. Sie öffnete die Augen und stellte fest, dass Tim ihr nun viel näher war. Er hatte den Blick auf ihre Lippen gerichtet und seine Augen schienen in einem schwachen Gelbgrün zu glühen, wie sie es in den letzten Tagen schon ein paar Mal getan hatten. War es ein Trick des Lichtes?

Als Tim aufblickte, konnte sie die Frage in seinen Augen lesen.

Darf ich dich küssen? Bitte?

Sie saßen so dicht nebeneinander, dass ihr Knie gegen seines stieß, und hatten sich mit den Armen nach hinten abgestützt, während sie die Aussicht genossen. Aber die einzige Aussicht, die sie jetzt sehen wollte, war Tim aus der Nähe.

Durfte er sie küssen?

Verdammt, ja. Sie wünschte sich nichts sehnlicher.

Kapitel 9

Hailey nickte und beugte sich vor. Sie konzentrierte sich auf Tims Lippen. Volle, weiche Lippen, die ganz leicht geöffnet waren. Tim zog sie näher an sich und die Zeit schien stillzustehen. Sie atmete seinen ledrigen Duft ein. Und dann küssten sie sich – ein leichter, zaghafter Kuss. Sie trennten sich für einen kurzen Atemzug und begegneten sich dann erneut. Dieser zweite Kuss war himmlisch. Sie schmiegte sich näher an ihn und strich mit den Fingerknöcheln über seine Wange.

Wenn sie mit der Hand in die eine Richtung rieb, war seine Haut rau von Stoppeln. Aber wenn sie in die andere Richtung strich, waren die Haare weich und geschmeidig. Ihr Körper wurde warm und jetzt, da sie die Augen geschlossen hatte, erwachten auch ihre anderen Sinne.

Langsam, ganz langsam, löste er sich von ihr und Hailey ertappte sich dabei, wie sie sich anspannte, um den Kuss in die Länge zu ziehen.

„Schön", flüsterte sie.

Er nickte und flüsterte zurück: „Wirklich schön. Darf ich das noch einmal machen?"

Sie grinste. Altmodische Manieren. Warum hatte sie so lange gebraucht, um einen Mann wie ihn zu finden.

„Natürlich darfst du das."

Seine Lippen zuckten und dann küsste er sie erneut, während er seine riesigen Hände um ihre Wangen legte und sich näher zu ihr beugte. Nicht nah genug, um das Verlangen zu löschen, das wie ein Lagerfeuer in ihr aufloderte, aber es war ein guter Anfang.

Sie ließ ihre Hand über seine Rippen gleiten und wollte mehr. Viel mehr, mit viel weniger Kleidung im Weg. Ihr Körper schrie nach ihm und ihr Geist wurde von sinnlichen Bildern durchflutet. Er, wie er sie nach hinten beugte, um über sie zu gleiten. Wie sie ihre Beine um seine Taille schlang. Wie er sie berührte. Sie begehrte. Sie liebte...

Sie wollte sich gerade noch näher an ihn schmiegen, als Tims Wange unter ihrer Hand zuckte und er sich zurückzog. Genau genommen, *riss* er sich von ihr los, und sie schnappte bei der abrupten Veränderung nach Luft. Was war los?

Tim rappelte sich auf und zog sie an einer Hand hoch, um sie sofort hinter sich zu schieben. Seine Nasenlöcher bebten und er schnüffelte in der Luft herum.

„Scheiße", murmelte er und starrte ins Landesinnere.

Haileys Kinnlade klappte auf, als ein mit der Nase über den Boden schnüffelnder Hund im Schatten auftauchte. Ein riesiger, struppiger Hund mit aufgestellten Ohren und grauem Fell. Als er aufblickte, fletschte er seine Zähne und ein langer Speichelfaden tropfte von seinen Lippen zu Boden.

Scheiße war das richtige Wort. Dieses Biest war groß genug, um ein Wolf sein zu können. Moment – das war ein Wolf. Sie wusste es; sie hatte schon viele Wölfe in Montana gesehen, aber noch nie so nah. Die meisten Wölfe blickten kaum auf, bevor sie sich in Deckung begaben. Dieser hier trat kühn aus den Schatten und direkt auf sie zu, während er leise knurrte. War er tollwütig?

Tim hielt ihre Hand fest, während er sie langsam in Richtung Wasser schob – ihr einziger Fluchtweg. Als er sprach, klang seine Stimme angespannt. „Keine plötzlichen Bewegungen."

Hailey schluckte. Das hatte sie auch nicht vor. Aber Gott – ein Wolf? Auf Maui?

„Was auch immer dich hierhergebracht hat, du musst verschwinden", zischte Tim. „Maui ist unser Revier."

Hailey starrte ihn an. Die meisten Menschen brüllten oder klatschen, um einen Wolf zu verjagen. Tim sprach mit ihm, als wäre es ein anderer Mensch.

„Tim...", flüsterte sie.

Er brachte sie mit einem knappen Händedruck, der sie anflehte, ihm zu vertrauen, zum Schweigen.

Nun, natürlich vertraute sie ihm. Aber was zum Teufel war hier los?

„Lass uns zum Wagen gehen. Langsam", flüsterte sie mit rasendem Herzen. Die meisten Wölfe wirkten eher vorsichtig; dieser hier hatte einen raubtierhaften Schimmer in den Augen.

Aber Tim blieb standhaft und winkte den Wolf davon. „Ich sage es dir ein letztes Mal. Du wirst das nicht tun. Verschwinde von hier und lass' sie in Ruhe."

Der Wolf schnaubte und blickte zu einem Scheinwerferpaar zurück. Der Imbisswagen war längst verschwunden und ein neues Fahrzeug hatte seinen Platz eingenommen. Hailey atmete aus. Sie dachte, es handle sich möglicherweise um die Polizei. Aber die beiden stämmigen Männer, die aus dem Geländewagen stiegen, machten nicht gerade einen hilfsbereiten Eindruck. Sie joggten zu dem Wolf hinüber und waren nah genug, um ihn wie einen streunenden Hund einfangen zu können. Aber sie machten keine Anstalten, die Bestie zu schnappen. Das Tier wich auch nicht zurück. Sie verschränkten einfach nur die Arme und starrten Tim an.

Hailey erstarrte. Das Einzige, was sie davon abhielt, wegzulaufen, war die Tatsache, dass Tim vor ihr so standhaft und breitschultrig war.

„Bitte sagt mir, dass einer von euch mehr Verstand hat als er", sagte Tim mit immer noch kontrollierter, gleichmäßiger Stimme.

Hailey wollte an seiner Hand zerren und davonlaufen. Wovon sprach er denn?

Einer der Männer streckte die Hand aus. „Sie müssen mit uns kommen, Ms. Crewe."

Sie starrte ihn an und erkannte ihn als einen von Jonathans Leibwächtern. Wie sie sie gefunden hatten, wusste sie nicht. Aber einen Augenblick später stieg ein Bild in ihren Gedanken auf. Jonathan, der jedem knackige Einhundert-Dollar-Scheine anbot, der Informationen über ihren Aufenthaltsort lieferte. Hatte er den Taxifahrer gefunden, sie nach Maui verfolgt und dann den Wolf auf ihre Fährte angesetzt?

Sie schüttelte den Gedanken ab. So verrückt war selbst Jonathan nicht. Oder doch?

„Nehmen Sie Ihren Hund an die Leine", schrie sie. „Und hauen Sie verdammt noch mal ab. Ich komme nicht mit Ihnen mit."

Der Wolf gab ein tiefes, bedrohliches Knurren von sich und Tim versteifte sich.

„Ich sage euch, ihr solltet ihn besser unter Kontrolle bringen. Wenn er auch nur ... scheiße." Tim unterbrach sich selbst. „Tu es nicht. Ich sage dir, du sollst es nicht tun." Seine Stimme war eindringlich – fast flehend – und seine Augen fest auf den Wolf gerichtet.

„Großer Gott, er wird es wirklich tun", murmelte einer der beiden Leibwächter dem anderen zu und schaute den Wolf an.

Hailey starrte nur. Was sollte der Wolf nicht tun?

„Tu es nicht, Boss." Der andere Sicherheitsmann griff nach dem Wolf.

Aber die Bestie schnappte nach ihm und fing an, hin und her zu laufen, während sie Tim herausfordernd ansah.

„Meine Güte", murmelte Tim. „Wie verrückt bist du denn?" Dann wandte er sich an Hailey und sprach in eindringlichem Flüsterton. „Mach die Augen zu. Schau nicht hin."

Wie sollte sie denn nicht hinschauen? Der Wolf stieß ein ersticktes Heulen aus, bäumte sich auf die Hinterbeine und krallte durch die Luft. Einen Moment später sank er auf alle viere hinunter, kauerte sich zusammen und grummelte vor sich hin.

„Was zum..." Hailey keuchte und wich zurück.

Sein Fell wurde dünner und seine Schulterblätter zogen sich zurück, bis sie quer über den Rücken anstatt seitlich verliefen. Der Schwanz wurde kürzer und die Füße flacher und strecken sich aus. Hätte Tim ihre Hand nicht so fest im Griff gehabt, wäre Hailey vielleicht vor Schreck davongelaufen.

„Oh mein Gott", flüsterte sie. „Nein."

Ihre Knie zitterten und sie schüttelte den Kopf, unfähig, ihren Augen zu trauen. Der Wolf verwandelte sich vor ihren Augen langsam zu einem zerzausten, dunkelhaarigen Mann, der steif aufstand und mit den Schultern rollte wie ein Boxer, der sich für einen Kampf bereitmachte. Er war nackt, aber das schockierte Hailey nicht halb so sehr wie ihr Blick auf sein Gesicht.

„Lamar?" Der Name kam ihr kaum über die Lippen, so geschockt war sie.

Tim schaute sie an und schien sogar noch beunruhigter als zuvor. Er hielt ihre Hand fest und zog sie rückwärts von den Dünen weg.

Lamar grinste und knackte mit den Fingerknöcheln, einen nach dem anderen. „Aber, aber. Was haben wir denn hier?" Seine Nasenlöcher bebten wie die eines wilden Tieres, als er Tim musterte. „Ms. Crewe und ihr neuer Freund, der zufällig ein… "

„Pass' auf", knurrte Tim und schnitt Lamar das Wort ab.

Lamar gluckste. „Aha, so ist das also? Jetzt verstehe ich. Sie weiß es nicht. "

Hailey wollte schreien. Nein, sie wusste nicht, was zum Teufel los war. Sie wollte einfach nur weg und das so schnell wie möglich.

„Wir haben nach Ihnen gesucht, Ms. Crewe", sagte Lamar spöttisch. „Wir haben uns schon gefragt, wo Sie wohl untergekommen sind. "

Hailey klammerte sich an die Rückseite von Tims Hemd und spähte in die Schatten hinter Lamar. Würde Jonathan als Nächstes auftauchen? Oder war das alles nur eine Halluzination?

„Und hier sind Sie auf Maui", fuhr Lamar fort. „Und Sie küssen einen Mann, der nicht Ihr Bräutigam ist. Welche Art Frau tut denn so etwas?"

„Eine Braut, die keinen Bräutigam hat, soweit ich weiß." Tims Stimme war tief und gefährlich. „Das hat der Esel davon, dass er nicht vorher gefragt hat. "

„Oh, aber er hat gefragt", beharrte Lamar.

„Ja, bei der Hochzeit, aber nicht vorher", rief Hailey. „Und ich habe Nein gesagt. "

„Und welchen Teil von *Nein* versteht ihr nicht?" Tim knurrte mit einem Ton der Endgültigkeit, der jeden anderen Mann in die Flucht geschlagen hätte.

Haileys Herz hämmerte wild und ihr Mund war trocken. Aber es schien gefährlich, Schwäche zu zeigen, also ballte sie die Fäuste und blieb standhaft. Sie könnte ihrem Nervenzusammenbruch später erliegen. Im Moment musste sie sich zusammenreißen.

„Vergessen Sie es, Lamar."

„Ihr befindet euch auf unerlaubtem Territorium", fügte Tim mit vollkommen gleichmäßiger Stimme hinzu.

Lamar lachte laut auf. „Dieser Strand ist nicht euer Territorium."

„Ganz Maui ist unser Revier", knurrte Tim.

Hailey warf ihm einen Blick zu. *Unser?* Meinte er damit seine Freunde an Koa Point? Niemandem konnte ganz Maui gehören. Was meinte er also damit?

„Wir sind auch nur kurz vorbeigekommen, um abzuholen, was uns gehört", spie Lamar.

Haileys Wangen wurden heiß. „Was Ihnen gehört? Ich gehöre niemandem, am allerwenigsten Ihrem Boss. Also verschwinden Sie von hier. Ich will weder Sie noch Jonathan je wiedersehen."

Lamar brach in ein gackerndes Gelächter aus. „Das haben Sie nicht zu entscheiden, Schätzchen. Nicht, wenn der Boss sich etwas in den Kopf gesetzt hat."

Ihre Kinnlade klappte auf. Für wen zum Teufel hielt sich Lamar?

Tim kam ihr mit einer Antwort zuvor. „Letzte Chance, eure Ärsche hier rauszubringen, bevor ich euch das Fell abziehe."

Lamar lachte. „Meinst du das wörtlich?"

Hailey zuckte zusammen. Gott, wollte er sich etwa in einen Wolf zurückverwandeln?

Sogar Lamars Männer sahen unsicher aus. „Du kennst die Regeln, Mann."

Hailey wollte schreien. Was für Regeln? Sie mussten doch ohnehin schon so ziemlich jedes Gesetz brechen, das es gab.

Tims Hände waren so fest um ihre geschlungen, dass sie zusammenzuckte. Aber seine Stimme blieb gleichmäßig und befehlend. „Das wird nicht passieren, Arschloch. Weder ihr noch ich. Jetzt verschwindet. Tut nichts, was wir alle bereuen werden."

„Du bist derjenige, der es bereuen wird, Arschloch", spottete Lamar. Dann wandte er sich an seine Männer. „Ich kümmere mich um ihn. Ihr schnappt euch das Mädchen."

Hailey wollte ihren Ohren nicht trauen. Glaubten sie etwa, sie könnten sie entführen? Sie zwingen, Jonathan zu heiraten? Wann würde dieser Albtraum enden?

Tim drehte sich leicht und flüsterte: „Ich kann sie aufhalten, Hailey. Du läufst los, wenn ich es sage."

Hailey rang mit den Händen und wusste nicht, was sie tun sollte. Es war wieder wie in ihrem alten Albtraum.

Lauf, Hailey! Lauf! hatte ihr Großvater an jenem schrecklichen Tag geschrien, als sie vierzehn Jahre alt gewesen war. Ein Tag, der so gut begonnen hatte – genau wie dieser – und so schrecklich endete. Mit einem Rudel wilder Tiere, die ihrem Großvater das Leben nahmen. Sie hatte sich in seinem Wagen eingeschlossen und stundenlang auf dem Rücksitz gekauert, bis die Polizei vorbeikam und sie nach Hause brachte. Sie war völlig aufgelöst gewesen.

Sie hätte ihrem Großvater nicht helfen können, aber die Scham, ihn zurückgelassen zu haben, verfolgte sie noch immer. Und jetzt sollte sie das Gleiche mit Tim tun?

„Ich gehe nirgendwo hin", sagte sie.

Die drei Männer sträubten sich und Tim tat es ebenso. Hailey hatte schreckliche Angst, dass es zu einem Kampf kommen würde – oder schlimmer noch, dass Lamar sich wieder in einen Wolf verwandeln und ihm die Kehle herausreißen würde. Aber Tim blieb standhaft und bewahrte einen kühlen Kopf.

„Mach' einen bereits verpfuschten Job nicht noch schlimmer", sagte er zu Lamar. „Ihr werdet sie nicht mitnehmen. Und jetzt verschwindet von hier."

Lamar runzelte die Stirn, als er sein Versagen andeutete, aber noch bevor er etwas erwidern konnte, bog ein weiterer Wagen auf den Parkplatz ein. Alle drehten sich um. Es war ein großer, kastenförmiger Wagen und Hailey schüttelte sich, als sie sich vorstellte, wie Jonathan mit ein paar weiteren Leibwächtern aussteigen würde.

Aber Tims Wange zuckte und seine Hand lockerte sich leicht um ihre, als ein großer Mann ins Blickfeld trat. „Connor."

Hailey atmete aus, hörte jedoch nicht im Geringsten auf zu schwitzen.

Connor schritt auf sie zu, ging um seinen Bruder herum und verschränkte die Arme. „Was haben wir denn hier?", knurrte Connor.

Tim allein war schon furchteinflößend, aber die beiden zusammen waren geradezu unheimlich. Hailey konnte kaum über sie hinweg sehen, als sie Schulter an Schulter nebeneinander standen und einen Schutzwall für sie bildeten. Sie erwartete, dass Tim Connor von dem Verrückten erzählte, der sich von einem Wolf in einen Menschen verwandeln konnte, aber er sagte nur: „Wir haben einen Narren. Einen dummen Mistkerl und seine beiden noch dümmeren Lakaien."

Connor schnaufte. „Ihr habt eine Minute, um in euren Wagen zu steigen und fünfzehn, um eure jämmerlichen Ärsche von Maui zu entfernen. Und wenn ihr nach Oahu kommt, nehmt ihr den ersten Flug zum Festland. Sollte es eine Verzögerung geben, seid ihr tot."

Seine Stimme war dunkel und tödlich und jagte Hailey Angst ein. Connor meinte es ernst, dessen war sie sich sicher. Tim stärkte ihm mit einem tiefen, brummenden Knurren den Rücken.

Der Mann auf der linken Seite schlug seine Hand auf Lamars Schulter. „Komm schon. Lass uns von hier verschwinden."

Lamar schüttelte ihn ab und Hailey machte sich Sorgen, dass er sich nicht fügen würde. Aber schließlich fletschte er die Zähne und trat zurück.

„Du hast uns nicht das letzte Mal gesehen, Arschloch."

Die drei drehten sich auf dem Absatz um und Connor folgte ihnen den ganzen Weg zu ihrem Wagen. Als der Geländewagen ansprang und rückwärts aus seiner Parklücke fuhr, wandte sich Connor für einen letzten hastigen Wortwechsel an Tim.

„Ich werde dafür sorgen, dass sie verschwinden." Sein Blick fiel auf Hailey und seine Stimme war grimmig. „Kümmere dich um sie."

Tim nickte. „Ich werde sie nach Koakea bringen", Connor sah so aus, als wollte er protestieren, aber Tim beharrte. „Ich muss es tun. Es ist sicherer dort."

„Wartet mal...", sagte Hailey.

Aber Connor murmelte etwas vor sich hin und stürmte zu seinem Wagen. Sekunden später verließ er den Parkplatz und folgte Lamars Geländewagen.

Die Grillen, die totenstill geworden waren, begannen wieder zu zirpen, und der Park kehrte langsam zu seiner früheren Ruhe zurück. Eine trügerische Ruhe, denn welche Kreatur würde als Nächstes aus den Schatten springen? Hailey bemerkte nicht, dass ihre Hände zitterten, bis Tim sie umklammerte und sie näher zu sich heranzog. Sie starrte ihm in die Augen und stotterte, als sich ein Dutzend Fragen in ihrem Kopf überschlugen.

„Bitte sage mir, dass das nicht gerade passiert ist. Sage mir, dass ich das nicht gesehen habe." Tim sagte für eine lange, qualvolle Minute überhaupt nichts. Dann rieb er seine Hände über ihre und küsste ihre Fingerknöchel.

„Lass uns von hier verschwinden. Ich erkläre es dir unterwegs."

Kapitel 10

Tim stieg in den Pick-up Truck, knallte die Tür zu und fuhr sich mit der Hand durchs Haar. Dann fluchte er zum hundertsten Mal vor sich hin. Jeder vernünftige Gestaltwandler wusste, dass man seine animalische Seite nicht vor einem Menschen zeigen durfte. Dieser Lamar war ein eingebildeter – oder psychotischer – Mistkerl, sich in aller Öffentlichkeit zu verwandeln. Schlimmer noch, er hatte es vor Hailey getan.

Tim klammerte seine Hände um das Lenkrad, während der Bär in seinem Kopf knurrte.

Wenn ich den in die Krallen kriege...

Ja, kein Scherz. Es hatte ihn all seine Kraft gekostet, sich nicht zu verwandeln und Lamar auf der Stelle in Stücke zu reißen. Ein Bär gegen einen Wolf – es wäre nicht leicht, aber Tim hatte keinen Zweifel daran, wer als Sieger hervorgehen würde. Unter anderen Umständen hätten er und Connor Lamar und die anderen beiden – einen Bären und einen Wolfsgestaltwandler, ihren Gerüchen nach zu urteilen – auf der Stelle getötet. Aber Hailey war dabei gewesen und ihre Sicherheit ging vor.

Jetzt ist sie in Sicherheit, murmelte sein Bär.

Ja, sie war in Sicherheit. Aber verdammt. Wie sollte er dies jemals erklären?

Ich bin auch ein Gestaltwandler. Und alle diese netten Leute, die du an Koakea kennengelernt hast? Hunter ist ein Bär, genau wie ich. Chase ist ein Wolf, aber ich schwöre, er ist überhaupt nicht so wie Lamar. Dell ist ein Löwe...

Hailey kauerte auf dem Beifahrersitz und vergrub das Gesicht in ihren Händen. Jeder qualvolle Schluchzer, den sie von sich gab, zerrte an seinem Herzen.

„Ganz ruhig. Schhh… Hailey… " Er lehnte sich über den Vordersitz und schlang seine Arme um sie.

Ihr Schluchzen wandelte sich zu gemurmelten Fragen, die noch keinen Sinn ergaben.

„Jetzt ist alles in Ordnung. Ich verspreche dir, dass es in Ordnung ist", flüsterte er wieder und wieder.

Als sie aufblickte, war ihr Gesicht von Tränen verschleiert und Angst schien aus ihren Augen. „Was war das? Gott, was für ein Monster ist er denn?"

Monster ließ Tims Herz schwer werden, denn er war ebenfalls ein Gestaltwandler.

„Gestaltwandler", murmelte er nach einem tiefen Atemzug. Er konnte sie schließlich nicht anlügen.

Hailey riss die Augen weit auf und griff nach seinen Händen. So vertrauensvoll. So völlig ahnungslos über die Tatsache, dass er selbst auch so ein Monster war.

„Gestaltwandler? Du meinst, so etwas wie ein Werwolf?"

Er nickte. „So ähnlich, nehme ich an. Nur etwas anders."

„Inwiefern anders?" Haileys Hände zitterten in seinen.

Als er den Motor anließ und losfuhr, hätte sein Herz genauso gut hinter ihnen auf dem Asphalt her schleifen können.

„Sie können sich hin und her verwandeln, aber nicht so, wie die Legenden es besagen. Nicht nur bei Vollmond, meine ich."

„Nein, sie verwandeln sich nur, wenn sie jemanden zu Tode erschrecken wollen", schnaubte Hailey. Dann schüttelte sie den Kopf. „Wie ist das überhaupt möglich?"

Tim dachte bei sich, dass dies sicher nicht der richtige Zeitpunkt war, um ihr zu erklären, wie gut es sich anfühlte, seine menschliche Haut abzulegen und von Zeit zu Zeit in die Wildnis zu verschwinden.

Hailey zog die Augenbrauen zusammen und starrte ihn an. „Moment mal. Woher weißt du überhaupt von ihnen?"

Einen Moment lang war sein Kopf völlig leer. Himmel, was sollte er sagen?

Sag ihr, dass nicht alle Gestaltwandler böse sind, knurrte sein Bär und sprang innerlich auf und ab. Er rebellierte gegen die Autorität seiner menschlichen Seite. *Erzähle ihr von mir.*

Es brauchte all seine Kraft, um das Biest unter Kontrolle zu halten. Hailey alles über Gestaltwandler zu erklären, würde niemals funktionieren, also entschied er sich für eine abgeschwächte Version der Wahrheit.

„Meine Mutter hat mir von ihnen erzählt.“

Sein Bär schnitt eine Grimasse, als Tim darauf bestand, dass er Hailey schützen wollte.

Du willst dich nur selbst schützen, du Idiot. Erzähle es ihr einfach.

„Ich bin in den Wasatch Mountains aufgewachsen. Dort draußen in den Wäldern gibt es eine Menge Typen, die für sich bleiben.“ *So wie ich,* wollte er hinzufügen, aber der Pick-up Truck raste bereits dahin und Hailey würde sich wahrscheinlich aus der Beifahrertür stürzen, wenn er das täte.

„Hast du vorher schon mal einen gesehen?“ Ihre Lippen zitterten.

Großer Gott, seine Mutter hatte recht, wenn sie sagte, dass eine Lüge stets zehn weitere im Schlepptau hatte. Man verstrickte sich zu schnell in ihrem Geflecht.

„Ja. Ein paar.“

Sein Bär schnaubte.

„Ein paar?“, kreischte Hailey und umklammerte den Türgriff so fest, dass er Angst hatte, sie würde sich tatsächlich aus dem Wagen stürzen.

„Sie sind nicht alle schlecht“, sagte er viel zu spät. „Die meisten bleiben einfach für sich, so wie es Bären tun.“

„Bären?“

Er schloss seine Augen für den Bruchteil einer Sekunde. Mist. Warum hatte er das erwähnt?

„Es gibt alle möglichen Arten von Gestaltwandlern. Wölfe, Bären...“

Sein eigener Bär verzog das Gesicht. *Willst du ihr auch noch von Löwen und Drachen erzählen?*

Nein, das wollte er nicht. Der Schlamassel war so schon groß genug.

Hailey verschränkte die Arme. „Lamar ist aber nicht gerade für sich geblieben, nicht wahr?“

Tim schaute sie aus den Augenwinkeln heraus an. Immerhin etwas – Hailey war stark genug, um sich dem Schock zu stellen. Aber was würde sie über ihn denken, wenn sie es wüsste?

Haileys Gesicht wurde ganz weiß. „Oh mein Gott. Er arbeitet für Jonathan. Weiß Jonathan davon? Moment – was ist, wenn Jonathan auch einer ist?" Ihre Stimme füllte sich mit Entsetzen.

Definitiv nicht der richtige Zeitpunkt, um ihr von uns zu erzählen, sagte er zu seinem Bären, bevor dieser auch nur Piep sagen konnte.

„Ich weiß es nicht. Aber du bist jetzt in Sicherheit, okay?"

Sie biss sich auf die Lippe und nickte schnell, was ihn fast um den Verstand brachte. Ihr den Rest der Wahrheit zu verschweigen, bedeutete, dass er ihr Vertrauen missbrauchte, und das machte ihn fertig.

Er tippte mit den Fingern auf das Lenkrad und versuchte, klar zu denken. „Im Moment müssen wir dich an einen sicheren Ort bringen. Auch wenn Connor dafür sorgt, dass sie Maui verlassen, können wir kein Risiko eingehen."

Sie schaute sich verzweifelt um. „Wohin?"

„Nach Koakea." Die Jungs würden ihn umbringen, das wusste er, aber welche Wahl hatte er denn?

„Cynthia hat gesagt, dass ich nicht dort bleiben kann, und du hast gesagt, sie hätte das Sagen."

Tim runzelte die Stirn. Das stimmte alles, aber wenn es um Haileys Sicherheit ging, hatte *er* das Sagen, verdammt noch mal. „Das war, bevor wir wussten, dass Gestaltwandler im Spiel sind."

Die unbelebte, von Büschen gesäumte Nebenstraße ging zu einer Fahrbahn über, die durch ein Industriegebiet führte und schließlich auf den Highway 37 mündete, der sie nach West Maui brachte.

„Moment mal", protestierte sie. „Wo fahren wir hin?"

„Nach Koakea, wie ich schon sagte."

„Wir werden unsere Sachen nicht abholen?"

Er schaute sie an. „Wir können jemand anderen hinschicken. Jenna und die anderen können dir vorerst ein paar Sachen leihen."

Sie sagte nichts, rang jedoch die ganze Zeit mit ihren Fingern und griff sich immer wieder an den Hals. Was war denn in Pu'u Pu'eo so wichtig, dass sie es unbedingt haben musste?

Eine angespannte, viel zu schweigsame Minute verging, bevor sie wieder sprach. „Du hast zu ihnen gesagt, dass dies ‚euer Territorium' ist."

Seine Gedanken rasten. Scheiße. Wie zum Teufel sollte er das erklären? Das Beste, was ihm einfiel, war: „Ich meinte, menschliches Territorium."

Er versteckte sein Zusammenzucken. Das war seine erste vollständige Lüge und es tat weh.

Sie musterte ihn genau. Zu genau. „Wie viele deiner Freunde wissen von Gestaltwandlern?"

Er kniff sich in den Nasenrücken und ließ dann schnell wieder los, damit sie diesen kleinen Hinweis nicht aufschnappte. „Wir wissen es alle."

Sie starrte ihn an. „Aber wie? Ich meine, ich wusste es nicht. Ich kann immer noch nicht glauben, dass es überhaupt möglich ist."

Er erwiderte das Erste, was ihm einfiel. „Wir sind beim Militär auf welche gestoßen."

„Beim Militär?" Ihre Stimme erreichte einen neuen Höchstpegel.

Er berührte ihren Arm, was zu helfen schien. „Nicht alle Gestaltwandler sind böse. Aber es ist sehr geheim und wir müssen es dabei belassen."

Das war der schwierige Teil – ihr zu erklären, warum.

„Oh, du meinst, weil die Leute ausflippen würden, wenn sie es herausfänden?" Sie schnaufte. „Das kann ich ihnen nicht verdenken."

Er versuchte einen anderen Ansatz. „Nun, niemand würde dir glauben und dann wärst du diejenige, die verrückt rüberkommen würde."

Das ließ sie innehalten.

„Und zweitens würden es einige Menschen nicht verstehen. Sie würden jeden einzelnen von ihnen jagen und zur Strecke bringen – die guten Gestaltwandler zusammen mit den bösen.

Die meisten Menschen sind schon vielen Gestaltwandlern begegnet, ohne davon zu wissen. Guten Gestaltwandlern, die niemals jemandem etwas tun würden."

„Wie kannst du dir da so sicher sein?"

Weil du meine Gefährtin bist und ich alles für dich tun würde, wollte er gerne sagen. *Die Frauen, die dir ihre Kleider geliehen haben, sind Gestaltwandler. Meine Freunde sind alle Gestaltwandler. Sie sind gute Leute, Hailey.*

Er versuchte es mit einer milderen Version dessen, während er weiterfuhr und dabei ständig in den Rückspiegel schaute. „Sagen wir einmal, jemand, den du gut kennst – vielleicht jemand, mit dem du zusammengewohnt hast – wäre ein Gestaltwandler und du wusstest es nicht einmal." Alles, was sie in den letzten Tagen getan hatten, lief wie ein Blitzlichtgewitter durch seine Gedanken. „Eine Person, der du vertraust. Mit der du zusammengearbeitet hast. Mit der du gelacht hast. Deine Mahlzeiten geteilt hast. Alles."

Sie schnaubte. „Was, so etwas wie ein Mitbewohner oder so?"

Nein. Jemand wie ich, wollte er sagen.

„Ja, wie ein Mitbewohner. Jemand, der immer da war und über den du nie zweimal nachgedacht hast. Lass uns mal sagen, du würdest plötzlich herausfinden, dass derjenige ... vielleicht einer anderen Religion angehört oder so."

„Wieso sollte das eine Rolle spielen?"

Er nickte, um seinen Standpunkt zu bekräftigen. „Ganz genau. Es würde keine Rolle spielen, weil du weißt, wer und wie derjenige wirklich ist. Dass er in seinem Herzen eine gute Person ist. Also spielen die kleinen Details keine Rolle."

„Sich in ein wildes Tier zu verwandeln, ist kein kleines Detail. Lamar war ein Wolf." Sie erschauderte. „Und er hat es die ganze Zeit verheimlicht... "

Dieser Bastard hat es nicht lange genug verheimlicht, knurrte sein Bär.

Hailey schüttelte den Kopf und verschränkte entschlossen die Arme. „Wer ein solches Geheimnis verbirgt, kann nichts Gutes im Schilde führen."

Tim starrte geradeaus und presste die Lippen fest zusammen.

„Weiß die Polizei davon?", fragte Hailey einen Augenblick später.

Er bewegte seinen Kiefer von einer Seite zur anderen. Vergiss die Polizei – was würde Hailey sagen, wenn sie wüsste, dass die Shorts, die sie trug, ihr von einer Bärengestaltwandlerin geliehen worden war, die ein Bulle war? Er konnte es sich regelrecht vorstellen –, als er an Dawns Polizeiwagen vorbeifuhr und lässig winkte.

„Nein", sagte er. „Zumindest die meisten von ihnen nicht, genau wie die meisten Menschen."

„Also kann mir niemand helfen", murmelte sie leise.

„Ich werde dir helfen. Das werden wir alle."

Sie wandte sich ihm mit einem dankbaren Lächeln zu, das ihm fast das Herz brach. „Gott sei Dank für dich. Ich meine es ernst. Ich weiß nicht, wo ich ohne dich wäre."

Tim spitzte die Lippen und für eine lange Zeit war das Rauschen der Reifen des Pick-up Trucks auf der Fahrbahn das einzige Geräusch.

„Er hat was?", brüllte Kai.

Es war eine Stunde später und sie waren auf der Plantage. In dem Augenblick, in dem es Tim gelungen war, Hailey mit Jenna als Gesellschaft bei sich im Haus zurückzulassen, hatte er ein Treffen mit Cynthia und Kai – einem der Drachen von Koa Point – im Haupthaus einberufen. Connor war auf dem Weg. Er hatte Lamar und seine Männer mit der respekteinflößenden Verstärkung von Hunter und Dawn, die sofort zur Unterstützung herangeeilt waren, zum ersten Flug nach Oahu eskortiert.

„Lamar hat sich vor Haileys Augen verwandelt", wiederholte Tim und rieb sich mit den Händen über das Gesicht. „Sie hat alles gesehen."

Cynthias Augen flackerten auf. „Damit bringt er jeden Gestaltwandler in Gefahr."

Sie blickte zum zweiten Stockwerk hinauf, wo Dell dem kleinen Joey vorlas. Chase war auf Patrouille und die Gestaltwandler von Koa Point befanden sich ebenfalls in höchster Alarmbereitschaft. Alle hatten den strikten Befehl, sich in dieser Nacht nicht in Tiergestalt in der Nähe von Tims Haus zu zeigen.

„Wer ist dieser Lamar?", fügte Cynthia hinzu.

Tim schüttelte den Kopf. „Ich wünschte, ich wüsste es."

Kai sah genauso wütend aus. „Bis morgen früh wissen wir alles, was es über diesen Bastard zu wissen gibt."

Sie saßen in dem Raum, der einst das Wohnzimmer im Erdgeschoss des Plantagenhauses gewesen war. Die meiste Zeit diente ihnen die Veranda als Treffpunkt auf Koakea, aber vertrauliche Gespräche wurden drinnen geführt – vor allem, wenn sich ein Mensch auf dem Grundstück befand.

„Ich hätte ihn auf der Stelle getötet, wenn Hailey nicht gewesen wäre", knurrte Tim.

Den Bastard in Stücke gerissen, stimmte sein Bär zu.

„Wer waren die anderen?", fragte Cynthia.

„Ein Bär und ein Wolfsgestaltwandler", sagte Tim. Er erzählte alles, was er bei der Konfrontation am Strand aufgeschnappt hatte, einschließlich Lamars Verbindung zu Haileys Möchtegernverlobtem.

„Also müssen wir sie befragen." Kai sah immer noch genauso finster aus.

Tim sprang so schnell von seinem Stuhl auf, dass er mit einem Scheppern umkippte. „Nicht heute Abend."

Kai und Cynthia starrten ihn so lange und intensiv an, dass seine Wangen heiß wurden.

„Ich meinte nicht heute Abend", sagte Kai schließlich. „Sie braucht eine Pause. Vielleicht brauchst du auch eine."

Tim brodelte innerlich. Was zum Teufel sollte das bedeuten?

„Ist dein Haus wirklich der beste Ort für sie?", fuhr Kai fort. „Wir könnten sie mit voller Sicherheit im Kapa'akea Resort unterbringen. Das wäre vielleicht eher nach ihrem Geschmack."

Es war eine Anspielung auf Tims Bruchbude und er wusste es. Ja, Hailey war wahrscheinlich an schicke Orte wie das Fünf Sterne Kapa'akea Resort gewöhnt. Aber sie schien sich in kleineren, gemütlicheren, renovierungsbedürftigen Häusern wie der Hütte, in der sie gerade eine Woche verbracht hatten, wirklich wohlzufühlen. In dem Moment, in dem er ihr sein Haus gezeigt hatte, hatte sich ihre Anspannung ein wenig gelöst.

„Sie fühlt sich wohl hier", murmelte er.

Er reizte die Grenzen aus und wusste es. Cynthia hatte das Sagen auf der Plantage und Kai war ihr Vorgesetzter. Beide Drachen waren ranghöher als Tim und er hatte noch nie auch nur daran gedacht, ihre Autorität infrage zu stellen. Aber hier stand er nun und inszenierte praktisch eine Ein-Bär-Rebellion.

Es geht hier nicht um den Rang, betonte sein Bär. *Wir müssen Hailey sicher und nah bei uns haben.*

Er schloss die Augen. *Sicher* war eine Sache. *Nah* hingegen war wahrscheinlich keine gute Idee. Aber es war zu spät, um seiner Anziehung zu Hailey zu widerstehen. Was die Sache für ihn ziemlich höllisch machte, nachdem Hailey ihre Gefühle Gestaltwandlern gegenüber deutlich gemacht hatte.

„Drei Tage", sagte Cynthia und schaute erst ihn und dann Kai an. „Wir geben ihr noch drei Tage und dann muss sie gehen. Einverstanden?"

Tim wollte gerade protestieren, als Cynthia noch etwas hinzufügte.

„Ich verstehe ihre missliche Lage, aber sie kann sich nicht ewig hier verstecken."

„Wenn die Presse herausfindet, dass sie hier ist...", murmelte Kai.

Tim erstarrte. Es war schon schlimm genug, einen Menschen auf dem Grundstück zu haben. Wenn die Presse Hailey auf Koakea ausfindig machte, würden es Dutzende mehr sein. Die schnüffelnde, neugierige Art, bewaffnet mit Kameras und Mikrofonen. Wie sollten er und seine Gestaltwandlerbrüder ihr Geheimnis unter dieser Art von Beobachtung bewahren?

„Drei Tage sind Zeit genug für Hailey, um für ihre eigene Sicherheit zu sorgen und über ihre nächsten Schritte zu entscheiden", sagte Cynthia entschieden.

Sie hätte genauso gut einen Richterhammer schlagen können und Tim konnte sich kaum verkneifen, sie anzufunkeln. Aber wenn es jemand verstand, wie man nach einem traumatischen Ereignis weitermachte, dann war es Cynthia. Niemand wusste genau, was die junge Drachenwitwe und ihren Sohn nach Maui geführt hatte. Aber es war ganz klar, dass Cynthia alles darüber wusste, auf der Flucht zu sein.

„Drei Tage." Kai warf Tim einen strengen Blick zu. „Hast du das verstanden?"

Tim konnte das Knurren seines inneren Bären kaum verbergen. *Auf keinen Fall.*

Er brachte das widerspenstige Biest auf eine Weise zum Schweigen, wie er es noch nie zuvor tun musste. Die Sicherheit seines Clans musste an erster Stelle stehen, egal, wie fertig es ihn machte.

„Hast du das verstanden, Hoving?", wiederholte Kai und funkelte ihn dieses Mal an.

Tim nickte knapp – mehr konnte er seinem widerspenstigen Bären nicht entlocken. Ja, er hatte es verstanden. Drei Tage waren alles, was er mit seiner Gefährtin noch hatte. Manche Gestaltwandler hatten Glück und bekamen ein ganzes Leben. Connor und Jenna hatten bereits Monate miteinander genossen und noch viele Jahre vor sich. Kai und Tessa hatten doppeltes Glück mit Gerüchten über ein Baby auf dem Weg. Aber er...

Fast hätte Tim wütend gebrüllt. Drei Tage waren nicht genug, verdammt noch mal.

Das müssen sie sein, sagte Kais strenger Blick.

Und verdammt. Der Drachengestaltwandler hatte recht. Das Schicksal war in dieser Hinsicht launisch. Einige Gestaltwandler zogen das große Los der Ewigkeit; andere bekamen nur eine Tageskarte für einen kurzen Ausflug in die Liebe und das Glück. Das war das Problem daran, wenn man sich in eine Frau verliebte, die seine Gestaltwandlerseite niemals akzeptieren würde.

Nein, flehte sein Bär. Es muss einen Weg geben...

Er starrte hinaus auf den mitternächtlichen Ozean. So weit, so emotionslos. Ganz ähnlich wie seine Seele, bevor Hailey aufgetaucht war und all das Licht und den Glanz mitgebracht hatte, so wie der Mond über dem Meer tanzte.

Er streckte sein Kinn nach vorn. Drei Tage waren besser als nichts, nicht wahr? Es würde höllisch wehtun, sie aufzugeben, aber vielleicht war es besser so. Er würde ihr nicht von seiner Bärenseite erzählen müssen, wenn sie nur drei Tage hatten. Sie könnten einfach das meiste aus ihrer gemeinsamen Zeit machen. Der Abschied würde ihn umbringen, aber zumindest würde er für den Rest seines langen, einsamen Lebens immer etwas haben, worauf er zurückblicken konnte.

Also stand er auf und ging steif zur Tür, während er in Gedanken einen Plan schmiedete. Er würde eine Lebenszeit in diese Tage stecken, die sie gemeinsam hatten. Er würde ihr zu verstehen geben, wie besonders sie war und was sie ihm bedeutete.

Und dann? heulte sein Bär.

Er starrte ins Nichts. Dann würde er die Kraft finden müssen, sie gehen zu lassen.

Kapitel 11

Hailey verbrachte an diesem Abend eine lange Zeit damit, nervös zu sein. Egal, wie sehr Jenna versuchte, sie zu beruhigen. Erst als Tim zurückkam, hörte sie auf, ihre Haare zu zwirbeln und die Nagelhaut ihrer Fingernägel zurückzuschieben.

„Halte durch", sagte Jenna auf dem Weg hinaus. „So kompliziert die Dinge auch erscheinen mögen, am Ende wird immer alles gut."

Hailey wollte sarkastisch lachen. Ihr Großvater war von Wölfen zu Tode gebissen worden. Das war nicht gerade gut ausgegangen. Und Gott, die jetzige Situation war ein ganz neues Niveau des Schreckens mit einem Werwolf, der sie im Auftrag eines egoistischen Verrückten verfolgte, der sie als seine Braut haben wollte.

Hailey hatte keine Vorstellung davon, wie sich der Schlamassel ihres Lebens lösen sollte, aber mit Tim, der den größten Teil des Türrahmens einnahm, schien es etwas leichter, das Unmögliche zu glauben.

Er blieb noch lange dort stehen, nachdem Jenna gegangen war, und rieb seine Schulter am Türrahmen. Es war eine der vielen kleinen Angewohnheiten, die sie an ihm lieben gelernt hatte. Aus irgendeinem Grund war sein Gesichtsausdruck herzzerreißend traurig und sie rang nach Worten, um ihn zu trösten.

Er öffnete den Mund zuerst, aber sie hielt ihn mit gehobener Hand auf.

„Wenn es dir nichts ausmacht, würde ich heute Abend lieber ... einfach so tun, als wäre alles in Ordnung", sagte sie. „Ich weiß, es ist kindisch, aber manchmal muss man einfach abschalten und so tun, als ob alles in Ordnung wäre. Ich schwöre, ich werde mich den Dingen morgen stellen. Aber heute Abend..."

Überraschenderweise sah er erleichtert aus. Wirklich erleichtert, als gäbe es etwas, dem er sich auch lieber nicht stellen wollte. „Das habe ich zwar noch nie probiert", gab er zu. „Aber ja. So zu tun, geht für mich klar."

Sie biss sich auf die Lippe. Er hätte ihr einen Vortrag darüber halten können, dass sie ihr Leben versaut hatte. Insbesondere, weil sie sich mit Leuten wie Jonathan und seinen Schlägertypen eingelassen hatte. Er hätte sagen können, dass es reichte, und sie hinauswerfen und sie sich damit selbst überlassen können. Aber er tat es nicht. Er sah sie einfach nur an und lächelte, als wäre ihre Anwesenheit hier bei ihm alles, was er brauchte.

„Also..." Sie zwang sich zu einem leichteren Tonfall. „Ein interessantes Plätzchen hast du hier."

Er strich mit einer Hand über den Türrahmen. „Gefällt es dir?"

Sie wurde rot. Eine kleine Geste sollte nicht sofort den schmutzigen Teil ihres Verstandes erwecken, aber sie konnte einfach nicht anders, als sich seine Hände stattdessen auf ihrem Körper vorzustellen. Wie er sie auf und ab rieb. Sie berührte. Sie in Besitz nahm. Sie beschützte.

Vielleicht litt sie an einer Art Retterkomplex. Oder vielleicht war es die Art, wie der Stoff seines T-Shirts über seine Brust spannte. Denn welcher Frau würde das nicht auffallen? Was auch immer es war, in Tims Nähe kam ein lang vernachlässigter, sinnlicher Teil ihres Verstandes auf Hochtouren.

Ob ihr das Haus gefiel? Sie räusperte sich, denn sie konnte wohl kaum mit heiserer, bedürftiger Stimme *Ich liebe es* dazu sagen.

„Ja, sehr", brachte sie hervor.

Sie war bereits draußen herumgewandert und es war überaus ordentlich. Und niedlich ebenfalls, mit einer altmodischen Wasserpumpe und einem alten Schuppen an der Rückseite, in dem früher einmal Kaffee getrocknet worden war.

Tim trat vor und ihr Blut rauschte, obwohl er nur bis zum nächsten Stützbalken gegangen war. Er klopfte dagegen und deutete um sich herum. „Das ganze Gelände war früher eine Kaffeeplantage und das hier war einer der Schuppen."

Die Wände waren aus grobem Holz und das Sternenlicht schien durch die Spalten zwischen den Brettern hindurch. Grillen zirpten rundherum und ein riesiger Baum schützte die Westseite der Hütte. Das Dach war an verschiedenen Stellen in unterschiedlichen Winkeln geneigt, so als ob im Laufe der Zeit immer wieder an das Gebäude angebaut worden war. Im Inneren befanden sich zwei Ebenen – nun ja, zwei und ein wenig mehr, denn das Haus hatte alle möglichen Keller, Türmchen und Seitenflügel, die damit verbunden waren.

„Dell nennt es das Schuhhaus. Kennst du die Geschichte von der alten Frau, die in einem Schuh lebte?"

Hailey lachte, denn dies passte perfekt zu dem Gebäude. Im vorderen Bereich gab es ein großes Wohnzimmer mit einer Küchennische an der Seite. Drei schmale Stufen führten zu einer offenen zweiten Ebene hinauf, die sich in etwa auf Brusthöhe befand – wie ein Dachboden, nur niedriger. Dort oben gab es ein Doppelbett mit kurzen Beinen, dazu eine kleine Leselampe und Bücher, die im offenen Gebälk der Wände gestapelt waren. Sie konnte sich bereits vorstellen, es sich dort nach einem langen Arbeitstag gemütlich zu machen.

„Dieser Quilt gefällt mir sehr." Sie trat näher heran, um sich die Applikationen genauer anzusehen. Das Motiv war eine abstrakte Ananas, die in winzigen parallelen Linien gestickt worden war.

„Dawn hat die Decke auf einem Flohmarkt gefunden. Sie findet immer großartige Dinge." Tim lächelte ein wenig, als er sich zurückerinnerte. „Sie und Hunter haben mir den Quilt zum Einzug geschenkt, von einem Bä–" er stotterte und fing noch einmal an. „Von einem Kumpel zum anderen."

Sie schaute sich um. Ja der Ort wirkte noch ein wenig kahl, aber insgesamt war die Scheune eher rustikal als baufällig und überaus gemütlich.

„Wie lange wohnst du schon hier?"

„Ich bin seit etwa zwei Monaten auf Maui, aber erst vor ein paar Wochen in diese Scheune gezogen. Es ist noch eine Menge Arbeit nötig."

Das stimmte, aber er hatte sie bereits zu einem einladenden, gemütlichen Zuhause gemacht. Sie war klein und ein wenig dunkel, fast wie eine Blockhütte, aber die Luft war frisch und sie konnte sich gut vorstellen, dass tagsüber das Sonnenlicht hineinströmen würde. Mit ein paar hübschen dekorativen Details würde sie es sogar auf die Seiten eines Lifestyle-Magazins schaffen.

„Deine eigene kleine Männerhöhle", scherzte sie.

Sein Lächeln schwankte leicht, als er seine Antwort murmelte: „Das könnte man so sagen."

Das Loft sah kaum hoch genug aus, als dass ein Mann von Tims Größe darin stehen konnte, aber die linke Seite hatte ein erhöhtes Dach wie der Glockenturm in einer Kirche. Unter dem Loft befand sich ein Keller, der zu dunkel war, um hineinzusehen.

„Bist du dir sicher, dass du dich darin wohlfühlen wirst?" Er deutete auf das Bett, das Jenna frisch bezogen hatte.

Sie schluckte und kämpfte gegen die Vorstellung an, wie sie sich mit Tim in dieses Bett kuschelte. Nicht für den leidenschaftlichen Sex, von dem sie in den letzten Tagen geträumt hatte – nur um sich für die Nacht an ihn zu schmiegen.

„Es ist perfekt, aber was ist mit dir?"

Er zeigte auf den Keller.

„Dort drin kannst du nicht schlafen!", protestierte sie.

„Es ist in Ordnung. Im Ernst. Es ist genau, wie du gesagt hast, es ist meine Höhle."

Seine Stimme war so ausgeglichen wie immer, aber in seinen Augen war etwas Verletzliches zu sehen. Eine schreckliche Traurigkeit, wo zuvor noch Hoffnung gestrahlt hatte.

„Aber es ist dunkel. Höhlenartig. Ich kann dich nicht zwingen, dort drin zu schlafen."

„Du zwingst mich nicht, wenn es etwas ist, was ich selbst tun will", sagte er leise. „Außerdem garantiere ich dir, dass ich praktisch Winterschlaf halten werde, sobald ich da unten bin."

Sie lachte. „Ha. Winterschlaf. Das sollte ich auch machen. Dann kann ich in ein paar Monaten wieder aufwachen und mein Leben schließlich auf die Reihe kriegen." Sie holte tief Luft und schüttelte den Kopf. „Das war nur Spaß. Ich schwöre, dass ich mich dir nur noch eine Nacht lang aufdrängen werde. Morgen werde ich einen Plan machen und weiterziehen."

„Morgen?“ Er riss überrascht den Kopf hoch.

Sie schluckte. Hasste er den Gedanken genauso sehr wie sie? Es gab so viele Gründe, warum sie bleiben wollte. Nicht nur ihrer Sicherheit wegen, sondern um sich weiter so lebendig und frei zu fühlen wie in den letzten paar Tagen. Und verdammt. Es wäre wirklich schön, ihre Gefühle für Tim genauer zu erkunden. Aber ihr war schmerzlich bewusst, dass sie sich möglicherweise von ihm angezogen fühlte, weil sie auf der Flucht war. Schließlich hatte sie Jonathan in ihrer Verzweiflung, von ihrer Mutter und ihrer Karriere wegzukommen, ebenfalls falsch eingeschätzt. War es nun nur ihre Verzweiflung, von Jonathan loszukommen, die sie dazu trieb, sich in Tim zu verlieben?

Ihr Herz sagte nein, aber sie hatte sich bereits entschieden. „Morgen. Ich kann dich unmöglich um noch mehr bitten.“

„Bleib' ein paar Tage.“ *Bleib', solange du willst,* fügten seine Augen hinzu. „Und du brauchst mich auch nicht zu bitten“, sagte er so leise, dass sie fast erneut dahinschmolz. „Ich helfe gern.“

Der Raum war klein genug, dass sie nur zwei Schritte machen musste, um direkt vor ihm zu stehen. Als sie dort ankam, schmiegte sie sich in seine Umarmung. „Ich hoffe, es macht dir nichts aus.“

Die erste Berührung war unbeholfen und sie dachte, sie hätte vielleicht einen Fehler gemacht. Zu Beginn waren seine Arme noch steif und unsicher, aber innerhalb von Sekunden schlang er sie genauso eng um sie, wie er es am Strand getan hatte. Sogar noch enger, wenn das möglich war, und hielt sie fest. Seine Körperwärme verjagte die Kälte der Angst und seine Arme, die sie so fürsorglich umschlossen, bildeten eine Mauer, die kein Feind durchbrechen konnte.

„Es macht mir definitiv nichts aus“, murmelte er und erinnerte sie an seinen Kuss. Ein Kuss, der jedes Licht in ihrer Seele zum Leuchten gebracht hatte, bis Lamar aufgetaucht war.

Sie vergrub ihr Gesicht an seiner Schulter und war fest entschlossen, Lamar und alles Böse in dieser Nacht zu verdrängen.

Das hier ist alles nur vorübergehend, versuchte sie sich zu erinnern, aber es wurde immer schwieriger, das zu tun.

„Ich weiß nicht, wo ich ohne dich wäre“, murmelte sie.

„Ach, dir würde es gut gehen", sagte er ganz locker. Aber er zog seine Arme wie ein Versprechen zusammen und sie schloss die Augen.

„Schlafe mit mir", flüsterte sie. Einen Augenblick später zog sie sich zurück und schlug sich die Hand auf den Mund. „Ich meine – das kam falsch heraus."

Er neigte den Kopf und ließ zum ersten Mal einen Hauch von Belustigung erkennen. „Wie hast du es denn gemeint?"

Ihre Wangen brannten. „Ich meine, schlafe neben mir. Ich meine... Oh Gott..."

Er lachte unverhohlen und zog sie in eine warme Umarmung. „Ich glaube, ich weiß, was du meinst."

Sie kniff die Augen zusammen und stand kurz davor, sich in seinen Keller zu verkriechen und vor Verlegenheit zu sterben. „Ich schiebe es darauf, dass ich heute Abend ein wenig durcheinander bin."

Er rieb mit der Hand über ihren Rücken und beruhigte sie. „Nur ein wenig durcheinander zu sein, ist ziemlich beeindruckend, wenn man bedenkt, was du alles durchgemacht hast."

Sie lachte. *Überaus durcheinander* würde es wohl eher treffen und das nicht nur wegen der beängstigenden Momente des Tages. Ihre Lippen kribbelten noch immer von dem Kuss, den er ihr am Strand gegeben hatte, und ihr Blut war viel zu warm für eine Frau, die vor Angst zu Eis erstarren sollte.

Sie zwang sich, sich von ihm zu lösen. „Entschuldigung. Ich habe kein Recht, so viel von dir zu verlangen."

Er zog seinen rechten Mundwinkel hoch. „Ich glaube, ich kann noch ein bisschen mehr ertragen." Seine Augen trübten sich für einen Moment, als hätte er sich gerade an einen sehr guten Grund erinnert, *nein* zu sagen. Aber dann nickte er entschlossen. „Ernsthaft. Ich helfe gern."

Sie holte tief Luft. „In Ordnung, also – das Badezimmer ist...?"

Er streckte die Hand aus und sie huschte davon, um sich bettfertig zu machen. Sie hatten sich darauf geeinigt, so zu tun, als ob alles in Ordnung wäre, nicht wahr? Also würde sie genau das tun. Sie würde so tun, als wäre es völlig normal, neben einem Mann zu schlafen, den sie erst seit ein paar Tagen kannte. Dass sie an diesem Tag nicht von einem Werwolf – Korrektur, Wolfsgestaltwandler – gejagt worden war.

Gott, *durcheinander* beschrieb noch nicht einmal annähernd, wie sie sich fühlte.

Aber, wow. Als sie bettfertig war, hatte es einen gewissen Nervenkitzel, unter die Decke zu schlüpfen, und als Tim hinter ihr hineinrutschte – langsam und vorsichtig, als hätte er Angst, dass sie entfliehen könnte –, sprühten die Funken in ihren Adern.

Sie lag mit dem Gesicht zur Wand gedreht auf der Seite und trug nichts als ihr Höschen und das T-Shirt, das er ihr geliehen hatte. Tim legte sich hinter sie und ließ ein paar Zentimeter Abstand zwischen ihnen, als er die Bettdecke über sie beide zog.

„Ist das in Ordnung?", flüsterte er, als er seinen Arm über sie legte. Er achtete dabei darauf, dass seine Hand in der neutralen Zone um ihren Bauch herum blieb.

„Sicher." Ihre Stimme klang gezwungen leicht, aber jeder Muskel in ihrem Körper war angespannt.

Sie lag still und redete sich ein, dass das Gefühl der Sicherheit alles war, was sie wollte. Dass sie in der letzten Woche nicht jede Nacht über Tim fantasiert hatte.

„Gute Nacht." Sein tiefes Brummen vibrierte an ihrem Rücken und gesellte sich zu den sprühenden Funken, die ihre Adern erforschten.

„Gute Nacht", flüsterte sie zurück.

Die ersten paar Minuten lang lauschte Hailey dem Zirpen der Grillen und dem fernen Rauschen des Meeres. Sie starrte auf das Regal, auf dem sie ihre Uhr und ihr Handy abgelegt hatte, und wünschte sich, ihre Perle läge daneben. Auf das Handy konnte sie gut verzichten. Aber ohne die Perle... Seit ihr Großvater sie ihr vor Jahren geschenkt hatte, hatte sie sie niemals nicht getragen.

Mein Vater und meine Mutter lernten sich kennen, als er am Ende des Zweiten Weltkriegs in Pearl Harbour stationiert gewesen war, hatte ihr Großvater einmal erklärt. *Es war Liebe auf den ersten Blick,* hatte er immer gesagt.

Hailey schloss die Augen und lauschte dem Klang von Tims sanftem Atem.

Meine Mutter war ein wunderschönes hawaiianisches Mädchen und sie folgte ihm bis nach Montana. So verliebt waren sie. Diese Perle war das Hochzeitsgeschenk ihrer Familie.

Hailey hatte sich immer gewünscht, sie hätte ihre Urgroßeltern kennenlernen können, aber die Geschichten ihres Großvaters machten dies zum großen Teil wieder wett.

Die Perle ist vielleicht nicht perfekt, aber das macht sie nur noch authentischer, wie meine Mutter immer sagte.

Hailey schloss die Augen. Für sie war die Perle immer perfekt gewesen. Die Vertiefungen und die längliche Form machten es viel leichter, sie zu greifen, wenn sie sie am meisten brauchte. So wie jetzt, als ihre ängstlichen Gedanken so völlig durcheinander waren. Aber sie hatte die Perle in Pu'u Pu'eo gelassen und keine Gelegenheit gehabt, sie zu holen, bevor sie hierhergekommen waren.

Ich verrate dir ein Geheimnis, das meine Mutter mir erzählt hat. Die warme, kratzige Stimme ihres Großvaters hallte in ihren Gedanken wider. *Diese kleine Perle birgt die ganze Liebe der Welt. Liebe, die dir Gesellschaft leistet, wohin auch immer du gehst. Liebe, die dir die Kraft gibt, weiterzumachen.* Ihr Großvater hatte dann immer innegehalten und sein Lächeln war bittersüß geworden. *Ich glaube, meine Mutter hat sie so weit weg von zu Hause gebraucht. Sie hat sich immer gewünscht, eine Tochter zu haben, an die sie sie weitergeben könnte. Weißt du, wie glücklich sie wäre, wenn sie wüsste, dass sie jetzt dir gehört?*

Hailey ertappte sich dabei, wie sie ihre Finger in der Luft krümmte und sich die Perle in ihrer Handfläche vorstellte. Nach den schrecklichen Ereignissen am Strand – und ganz zu schweigen von allem anderen – konnte sie wirklich etwas zusätzliche Kraft gebrauchen. Jonathan. Ihre Mutter. Die Meute von Reportern, der sie sich stellen musste, wenn sie aus ihrem Versteck auftauchte.

Sie erschauderte fast, aber Tim schlang seine Hand um ihre, als hätte er ihre Gedanken gelesen.

„Alles wird gut", flüsterte er und küsste sanft ihre Schulter. Nur ein unschuldiger kleiner Kuss und trotzdem flatterte ihre Seele vor Freude umher.

Sie schlang ihre Hand um Tims und zog sie näher an ihr Herz. Nicht nah genug, um den armen Mann zu verführen, nur um sich ein wenig zu beruhigen. Am nächsten Tag würde sie sich schnell einen Plan ausdenken und der erste Schritt wäre, ihre Perle zu holen. Aber im Moment...

Tim zog sie näher an sich und schloss die Distanz zwischen ihnen. Sie hätte fast geseufzt. Mit einer Bettdecke, einer bequemen Matratze und einem großen, starken Bodyguard, der ihr buchstäblich den Rücken stärkte, hatte sie alles, was sie sich nur wünschen konnte. Ehe sie sich versah, schlief sie tief und fest ein.

Tu so, als wäre alles in Ordnung, Hailey. Sie tat so, als wäre es völlig normal, ihr Hinterteil an Tims Schoß zu kuscheln und ihre Finger mit seinen zu verschränken. Dass die Welt so friedlich und sicher war, wie sie sich jetzt gerade anfühlte, und dass alles gut werden würde.

Komisch, dass es am Ende gar nicht so schwer war, so zu tun.

Zu ihrer völligen Überraschung schlief Hailey wie ein Stein. Als sie aufwachte, strömte das rosafarbene Licht der Morgendämmerung durch die Lücken zwischen den Balken des Schuppens. Sie streckte sich und erstarrte, als sie sich plötzlich daran erinnerte, wie sie ins Bett gegangen war. Nun würde der peinliche Teil folgen, nicht wahr?

Aber Tim murmelte über ihre Schulter hinweg und beruhigte sie erneut.

„Ich glaube, wir dürfen noch ein wenig weiter so tun, als wäre alles in Ordnung. Der Kaffee geht dieses Mal auf mich", flüsterte er, küsste ihre Schulter und rollte sich aus dem Bett.

Sie drehte sich um und beobachtete Tim, als sie die Bettdecke in der Kühle des Tagesanbruchs enger an sich zog. Jede Bewegung, die dieser Mann machte, war kraftvoll und kontrolliert. Angefangen von der Leichtigkeit, mit der er sich über die Treppe vom Loft hinunterschwang, bis hin zu der Genauigkeit, mit der er den Wasserkessel auf den kleinen Gasherd stellte. Er trug eine schwarze Boxershorts und sonst gar nichts. Das sanfte Morgenlicht spielte über jeden wohlproportionierten Muskel seines kräftigen Körpers. Er kratzte sich mit der geistesabwesenden Geste eines Mannes, der noch ein wenig schläfrig und völlig zu Hause war, über die Brust.

Als er sich ein T-Shirt anzog und es über seinen Oberkörper zerrte, versuchte sie, nicht darauf zu starren, wie sich all seine verschiedenen Muskelschichten anspannten. Aber es war nicht nur sein Äußeres, von dem sie sich angezogen fühlte. Sie hatte schon mit genügend gut trainierten Bodybuildern gemodelt, um zu wissen, dass ein toller Körper nicht immer mit einem scharfen Verstand einherging – oder einem reinen Herzen. Einige dieser Männer hatten unzüchtige Witze gemacht. Andere waren schlichtweg davon ausgegangen, dass sie ihnen vom Set direkt ins Bett folgen würde. Nur wenige Männer hielten ihr jemals auch nur die Tür auf. Geschweige denn, dass sie sich so für sie einsetzen würden, wie Tim es getan hatte. Und niemand hatte diese unglaubliche Mischung aus sanfter Berührung und eisernem Willen, wie Tim sie hatte.

Sie starrte auf das Regal, auf welchem ihre Perle eigentlich liegen sollte, und schüttelte den Gedanken ab. Sie würde sich nicht verlieben. Das durfte sie sich nicht erlauben. Nicht zu einem Zeitpunkt wie diesem und nicht vor dem Hintergrund all der Fehler, die sie in letzter Zeit gemacht hatte.

Also nahm sie ihr Handy vom Regal und schaltete es ein. Sie wappnete sich für den Ansturm von Nachrichten, der mit Sicherheit auf sie warten würde. So zu tun, als gäbe es die Außenwelt nicht, war schön und gut, aber irgendwann musste sie sich der Wahrheit stellen.

Und wie erwartet befanden sich Dutzende von Nachrichten in ihrem Posteingang. Sie zuckte zusammen.

„Milch?“, fragte Tim und streckte ihr eine Kaffeetasse entgegen. Er schaute sie mit den typischen tiefen, nicht fordernden Augen an. Sein Blick flehte sie an, noch ein wenig länger in seiner Welt zu bleiben.

Sie legte das Handy beiseite und war mehr als froh, die unangenehme Realität noch für eine Weile aufschieben zu können.

„Milch wäre toll", flüsterte sie, kletterte aus dem Bett und entfernte sich von ihrem Telefon.

Er wartete so ruhig und geduldig wie immer, während sie sich die Zähne putzte und die Sachen anzog, die Jenna ihr am Abend zuvor gebracht hatte. Am liebsten hätte sie den ganzen Tag lang Tims übergroßes T-Shirt getragen. Aber leider kam das nicht infrage – nicht an dem Tag, an dem sie sich geschworen hatte, ihr Leben endlich in den Griff zu bekommen.

Aber Tim hatte gesagt, sie könnte noch ein wenig länger so tun, als gäbe es die Welt dort draußen nicht, und verdammt, das tat sie dann auch. Sie nippte an ihrem Kaffee und schaute ihm dabei die ganze Zeit über in die Augen.

„Perfekt", hauchte sie, als sie fertig war. Aber wenn sie ehrlich war, war sie mehr damit beschäftigt, den Anblick ihres Gegenübers zu genießen, als den Geschmack dieses speziellen Gebräus zu würdigen.

Als er sich über die Lippen leckte, musste sie den Blick abwenden. Sie hätte schwören können, dass sein Atem stockte. Ihrer tat dies ebenfalls und ein unsichtbares Energiefeld begann erneut, um sie herumzuwirbeln und zog sie in seinen Bann. Alle möglichen verrückten Visionen schossen ihr durch den Kopf ... wie eine unendliche Anzahl von Tagesanbrüchen, zu denen sie neben Tim aufwachte, ... jede Nacht mit ihm zu verbringen. Ehe sie sich versah, spielte sich in ihrem Kopf eine ganze glückliche Zukunft ab. Es gab Kinder und Sommer und Weihnachten. Geburtstage, Wochenenden und das gelegentliche Abendessen auswärts. Lachen, sanfte Berührungen. Es gab auch Tränen, aber nicht von der brutal dunklen und verzweifelten Art. Nicht, wenn sie ihre Traurigkeit mit Tim teilen konnte.

Sie biss sich auf die Lippe. War das eine Vision gewesen – die Art, von der sie ein Narr wäre, würde sie sie ignorieren? – oder war es bloße Fantasie?

Tims Augen glühten und verwandelten das hübsche Braun zu einer Farbe von Karamell. Er flüsterte und griff nach ihren Händen.

„Hailey, ich muss dir wirklich etwas sagen."

Sie hielt den Atem an. Hatte er gerade dasselbe gesehen wie sie? Wollte er es auch?

Sein Adamsapfel wippte von einem schweren Schlucken und signalisierte etwas Bedeutsames. Etwas, das ihr Leben verändern könnte.

Sie nickte eifrig. Aber er hielt inne und der Moment dehnte sich weiter aus.

Ein schrilles, durchdringendes Klingeln durchbrach die Stille und sie sprangen voneinander zurück. Hailey schaute sich um und entdeckte ihr Handy, das vibrierte und einen eingehenden Anruf anzeigte. Das penetrante Klingeln durchdrang die Stille der rustikalen Hütte, bis sie es nicht länger aushielt. Sie eilte hinüber, starrte auf das Display und zog eine Grimasse, als es erneut klingelte.

„Meine Mutter."

Schuldgefühle stiegen in ihr auf. Wie herzlos war sie gewesen, ihre Mutter einfach so zu verstoßen? Die arme Frau machte sich wahrscheinlich riesige Sorgen.

Haileys Hand erstarrte auf halbem Weg zu ihrem Handy, als ihr ein Gedanke kam. Wenn Lamar ihr drohen konnte, drohte er vielleicht auch ihrer Mutter. Sie schnappte sich das Telefon, um zu antworten.

„Mom? Geht es dir gut?"

Tim neigte den Kopf und lauschte. Sie wünschte sich, sie könnte seine Hand halten. Es würde ihr sicher dabei helfen, diesen Anruf zu überstehen.

„Hailey? Wo zum Teufel warst du denn?"

Sie hielt das Handy von ihrem Ohr weg. Kein *Geht es dir gut?* oder *Oh mein Gott, ich habe mir solche Sorgen um dich gemacht.* Nur dieses schrille Kakadu-Quietschen. In einem schimpfenden, fordernden Ton – nein, sie erteilte einen Befehl, den Hailey nicht hören wollte.

Tim zog die Stirn in Falten. „Alles in Ordnung?"

Hailey verzog das Gesicht, hielt den Hörer zu und unterdrückte ein Seufzen. „Ja. Das ist völlig normal."

Kapitel 12

Hailey drückte das Telefon erneut an ihr Ohr. „Wo bist du, Mom?"

Als sie die Antwort hörte, hätte sie fast gekreischt.

„Auf dem Weg nach Maui, aber nicht dank dir. Was geht nur in deinem Kopf vor sich, Mädchen?"

Hätte Tim nicht gerade in diesem Moment ihre Hand berührt, wer weiß, was sie geantwortet hätte.

„Warum kommst du nach Maui?"

„Um dich zur Vernunft zu bringen natürlich. Und jetzt sag mir, wo du bist", schnauzte ihre Mutter.

„Wie es klingt, weißt du das doch schon", antwortete Hailey und versuchte zu verstehen, was vor sich ging.

„Würdest du aufhören, Spielchen zu spielen? Ich weiß, dass du auf Maui bist. Jonathans Sicherheitsteam hat dich aufgespürt. Ich weiß nicht, was du dir dabei gedacht hast."

Haileys Blut gefror in ihren Adern. „Ist Jonathan bei dir? Nein? Gut, dann höre mir zu, Mom. Höre mir ganz genau zu. Du kannst ihm nicht trauen. Und darüber hinaus kannst du Lamar nicht trauen. Er ist ein Monster."

Tim ließ ihre Hand los und wandte sich ab.

„Mach dich nicht lächerlich, Hailey. Du bist diejenige, die von ihrer eigenen Hochzeit weggelaufen ist."

„Es war nicht meine Hochzeit. Es war Jonathans. Hätte er sich die Mühe gemacht, zu fragen... "

„Hättest du dir die Mühe gemacht, einmal nachzudenken, wäre es nie zu diesem Schlamassel gekommen. Du hast Glück, dass ich Jonathan überredet habe, dir eine zweite Chance zu geben. Und jetzt sag mir, wo du bist."

Haileys Hand zitterte, zum Teil vor Wut und zum Teil vor Angst. „Wo ist Lamar, Mom?“

Tim trat näher, um mitzuhören.

„Was weiß ich denn schon? Wichtig ist nur, dass ich auf meinem Weg nach Maui bin. Jetzt höre auf mit den Spielchen.“

Haileys erster Impuls war es, den nächstbesten Flug nach Timbuktu zu nehmen, aber sie schaffte eine nüchterne Antwort. „Ich spiele keine Spielchen, Mom. Ich werde die Kontrolle über mein Leben selbst übernehmen.“

Tim nickte ihr entschlossen zu, was ihre Nerven stärkte. Ihre Mutter hatte eine Art an sich, ihr das Gefühl zu geben, dass sie die Verrückte war. Aber Tim richtete ihren inneren Kompass immer wieder geradeaus.

Trotzdem war es an der Zeit, die Suppe auszulöffeln, die sie sich eingebrockt hatte. Sie konnte nicht weiter davonlaufen. Nach einer Minute stimmte sie widerwillig einem Treffen zu.

„Ich werde dich im Kapa'akea Resort treffen“, sagte Hailey ins Telefon und wiederholte die Worte, die Tim ihr zuflüsterte. „Ruf mich an, wenn du in der Nähe bist.“

„Aber... “

„Rufe mich an, wenn du in der Nähe bist, und komme allein“, schloss Hailey, bevor sie den Anruf abrupt beendete. Sie sank auf einen Stuhl und bedeckte ihr Gesicht mit den Händen. All der Frieden, den sie in den letzten Tagen verspürt hatte, löste sich völlig in Luft auf.

„Alles wird gut“, flüsterte Tim, der sich vor sie hockte.

Sie zwang sich zu einem Lächeln. „Einen Werwolf zu sehen, hat mich nicht so sehr erschüttert wie der Gedanke, meine eigene Mutter zu treffen.“

Tims Gesichtsausdruck wandelte sich von warm zu unergründlich. Dann räusperte er sich. „Das Kapa'akea Resort ist ein guter Ort für ein Treffen. Die Sicherheitsvorkehrungen sind dort ohnehin bereits hoch und wir können früher ankommen, um alles unter die Lupe zu nehmen.“

Hailey verzog das Gesicht. „Vielleicht sollte ich die Presse anrufen. Einen Präventivschlag ausführen.“ Dann schüttelte sie den Kopf. „Kannst du glauben, dass ich so über meine Mutter spreche?“

Er zuckte mit den Schultern. „Nach dem, was du über sie gesagt hast, ja. Ich kann es glauben."

Sie starrte zur Tür hinaus und zwang sich aufzustehen. Die Realität hatte sie soeben eingeholt. Sie sollte lieber hinausgehen und sich ihr stellen, bevor alles noch mehr außer Kontrolle geriet.

„Okay, dann schmiede ich wohl besser einen Plan."

Tim nickte, sagte aber nichts, sondern ließ sie ihre eigenen Entscheidungen treffen.

Sie dachte darüber nach. „Also, ich werde mich mit meiner Mutter treffen und ihr verständlich machen, dass es zwischen Jonathan und mir vorbei ist." Leichter gesagt als getan und sie wusste es. „Aber dieser Präventivschlag könnte tatsächlich Sinn machen."

Tim grinste. „Du hast einen militärischen Verstand."

Sie lachte. „Nun, du weißt ja, wie es ist. Verzweifelte Zeiten verlangen nach verzweifelten Maßnahmen." Sie runzelte die Stirn. „Ist deine Mutter auch so schlimm?"

Er schüttelte schnell den Kopf. „Ich glaube, wir waren diejenigen, die sie in den Wahnsinn getrieben haben, nicht andersherum. Aber ich bin mir sicher, deine Mutter ... ähm... "

Er versuchte, etwas Nettes zu sagen, und sie liebte ihn dafür.

„... ich bin mir sicher, dass sie es gut meint", schloss er ein wenig langsam.

Hailey lachte – hauptsächlich, weil das besser war, als zu weinen – und machte sich dann daran, einen Plan zu schmieden. Sie stöberte durch die Kontakte in ihrem Handy und erstellte in Gedanken eine Liste. Tim ging los, um selbst auch ein paar Anrufe zu tätigen. Offensichtlich kannte Dawn eine lokale Reporterin, die sich wie die perfekte Person für ein Exklusivinterview mit Hailey anhörte. In der Zwischenzeit rief Hailey ihren Agenten an und obwohl der genauso wütend war wie ihre Mutter, stimmte er zu, ihr über Nacht eine neue Kreditkarte und einen Ausweis zu schicken.

Über den Rest war sie sich noch nicht sicher. Sie konnte Maui nicht ohne eine Art von Personenschutz verlassen, denn was wäre, wenn Lamar wieder auftauchte.

Sie ertappte sich dabei, wie sie Tim beobachtete, während er auf und ab ging und in sein Telefon sprach. Zu schade, dass sie nicht bei ihm bleiben konnte. Er war in jeder Hinsicht perfekt, bis auf eins – sie hatte das mulmige Gefühl, möglicherweise den einzigen ehrlichen Menschen in ihrem Leben auszunutzen. Sie wollte Tim nicht benutzen, aber er hatte so viel getan und sie war so durcheinander. Wie sollte sie sich in einem solchen Moment selbst vertrauen?

„Können wir gehen?", fragte Tim ein paar Minuten später.

Sie blickte an sich hinunter und prüfte ihr Äußeres. Ihre Mutter würde einen Anfall bekommen, wenn sie sie in den geliehenen Klamotten sah. Was es furchtbar verlockend machte, Tims T-Shirt wieder anzuziehen. Das würde wirklich eine Botschaft senden. Aber nein. So tief würde sie nicht sinken. Jennas Kleidung war völlig in Ordnung.

Er musste ihr Zögern für Nervosität gehalten haben – was gar nicht so weit von der Wahrheit entfernt war – denn er beugte sich vor und küsste sie. Nur einmal und nur auf die Wange, aber wow. Ihr Herz machte einen Freudensprung und Feuer loderte in ihren Adern.

Sie tat ihr Bestes, um lässig zu nicken. „Es kann losgehen."

Tim führte sie über das Grundstück. „Überhaupt nicht wie Montana, nicht wahr?" Er deutete auf die Umgebung.

Fast hätte sie vor Erleichterung gelacht. Tim gab ihr die Chance, sich noch ein wenig länger vor der Realität zu verstecken.

„Nein", stimmte sie zu. „Überhaupt nicht, aber es gefällt mir."

In Wahrheit liebte sie es. Die Ruhe. Die Privatsphäre. Die Aussicht darauf, das Gelände wieder in Schuss zu bringen. Eine verwilderte Plantage war genau die Art von Projekt, in das sie sich gern stürzen würde, nachdem sie sich vom Modeln zurückgezogen hatte.

Aber so wunderschön es auch war, spiegelte doch alles, was Hailey sehen konnte, ihre Stimmung wider. Karge Reihen von Kaffeepflanzen streckten sich durch das Dickicht des Würgegriffs von Unkraut. Die hoffnungsvolle rosa Farbe des

Himmels war längst aus der Atmosphäre verschwunden und hatte ein klares, strahlendes Blau hinterlassen.

Ein unbeschriebenes Blatt, versuchte sie, sich einzureden. Aber alles, was sie wirklich sah, war eine riesige Leere.

Sie hielten auf einer Anhöhe inne. Sie drehte sich langsam um und nahm alles in sich auf. Hier und da gab es noch andere verstreute Häuser. Aus einem von ihnen trat eine Gestalt heraus und streckte sich. Sie beobachtete, wie ein Mann seine Arme hob und auf das Meer hinausblickte. War das Dell? Er beugte sich vor, streckte sich und bewegte sich mit katzenhafter Anmut. Schon bald befand er sich in einer Plankenposition und dann in einer Kobrapose.

Sie starrte. „Dell macht Yoga?"

Tim nickte. „Ja. Jeden Tag."

Die ersten paar Bewegungen kamen ihr noch bekannt vor. Aber dann ging er in die Hocke, drückte die Hände auf den Boden und ging in einen Handstand über. Nicht die Art von Yoga, die sie jemals ausprobiert hatte. Während sie zuschaute, führte er seine Füße über dem Kopf zusammen und beugte die Knie nach außen, sodass sie eine Raute formten. Schließlich hob er eine Hand vom Boden hoch und blieb dort perfekt ausbalanciert stehen.

„Wow." Fast hätte sie gepfiffen. Ein einhändiger Handstand? „Vielleicht hätte ich heute Morgen auch etwas Yoga machen sollen", seufzte sie und wandte sich wieder Tim zu. „Obwohl ich mir nicht sicher bin, ob es helfen würde."

Er schlang seine Hand um ihre und ließ dieses winzige Lächeln aufblitzen, welches ihr versicherte, dass alles gut werden würde. Aber selbst dies schien ein wenig dünn, so als wäre er sich selbst nicht so sicher.

Als sie die Scheune erreichten, wo der Pick-up Truck stand, ging Tim direkt daran vorbei und reichte ihr stattdessen einen Helm.

„Ein Motorrad?", quietschte sie und starrte auf die schwarze Harley.

Er grinste. „Ja. Connor hat etwas Geld – ähm, geerbt. Und das hier war eines der wenigen Dinge, die er sich als Luxus geleistet hat. Ein gutes Fluchtfahrzeug, denke ich."

Es war ein Scherz, aber gleichzeitig auch kein Scherz, und als sie hinter Tim auf das Motorrad stieg, zitterten ihre Hände. War sie wirklich bereit, sich der Außenwelt zu stellen?

Er ließ den Motor aufheulen und raste los, als wollte er sagen *Ja, du bist es.* Sich an seinen harten Körper zu schmiegen, half ebenfalls, und als sie die halbe Auffahrt hinaufgefahren waren, folgte ihnen ein Land Rover mit getönten Scheiben.

„Das sind Connor und Hunter", rief Tim über das Motorengeräusch hinweg. „Unsere Verstärkung."

Sie verbarg ihr Gesicht an seinem Rücken. Gott, sie verdankte so vielen Menschen so viel. Wie sollte sie ihnen allen jemals danken?

Das Kapa'akea Resort befand sich nur ein kurzes Stück entfernt an der Küste – es war einer dieser extrem feinen Orte mit einer langen, palmengesäumten Auffahrt und Sicherheitskräften, die sich sträubten, als sie sich näherten. Aber Tim musste dort irgendeinen Kontakt haben, denn das Sicherheitspersonal winkte das Motorrad und den Land Rover einfach durch. Während sie die private Einfahrt hinunterfuhren, beobachtete Hailey die Poloponys, die auf der rechten Seite über das Grün galoppierten. Zu ihrer Linken erstreckte sich ein Golfplatz. Blumentöpfe mit exotischen Blüten säumten die Veranda des Resorts. Tim parkte neben dem Hauptresort und führte Hailey zu einem achteckigen Gebäude am Rande des Polofeldes hinüber.

„Das hier ist das Teehaus", sagte er ganz sachlich.

Connor und Hunter schwärmten hinter ihnen aus und sahen so bedrohlich aus wie die Leibwächter des Präsidenten selbst. Sie schluckte.

„Du kannst dich dort drin mit der Journalistin treffen", sagte Tim. „Ich warte draußen auf der Veranda. In Ordnung?"

Er drückte ihre Hände.

Sie schluckte. Nicht in Ordnung, denn wow – er hatte sich unglaublich viel Mühe gegeben, dies alles für sie zu organisieren. Und sie hatte ihm lediglich Kaffee gekocht.

„Perfekt. Vielen Dank. Nochmals", flüsterte sie und gab ihm einen Kuss auf die Wange.

Sein Gesichtsausdruck war genauso unergründlich wie die von Connor oder Hunter, aber seine Augen funkelten, bevor er sie losließ.

Hailey holte tief Luft. Eines Tages würde sie einen Weg finden, sich richtig zu bedanken. Aber im Moment...

Sie betrat das Teehaus und reichte den beiden darin wartenden Menschen die Hand. Die Reporterin entpuppte sich als freundliche Einheimische in einem geblümten Kleid, die mitfühlend auf alles einging, was Hailey durchgemacht hatte – ganz und gar nicht der neugierige Medienhai, den Hailey erwartet hatte. Der Fotograf war ein kleiner asiatischer Mann, der lächelte und um Erlaubnis bat, bevor er von Hailey ein Foto machte. So etwas hatte sie noch nie erlebt. Ihr fiel auf, dass Tim darauf achtete, bei jedem Foto aus dem Hintergrund zu verschwinden, ganz egal, welchen Winkel der Fotograf einnahm.

Interviews waren Hailey nicht neu, aber dieses hier flog nur so dahin. Es hatte etwas Befreiendes, diejenige zu sein, die das Treffen einberufen hatte, und ihre Geschichte in ihren eigenen Worten zu erzählen. Sie gab sich große Mühe, Jonathan besser klingen zu lassen, als er es war, und fügte Sprüche wie *Wir waren einfach nicht füreinander bestimmt* und *Ich brauchte mehr Freiraum* hinzu. Lamar erwähnte sie nicht. Sie tat das Gleiche in Bezug auf ihre Mutter und die Modebranche selbst. Aber die Wahrheit musste durchscheinen, denn die Reporterin kritzelte auf einem Notizblock herum und tauschte Blicke mit dem Fotografen aus, die zu sagen schienen *Heilige Scheiße. Da wäre ich auch raus.*

Schließlich unterschrieb Hailey eine Vereinbarung, die der Reporterin das Exklusivrecht an ihrer Geschichte einräumte. Im Austausch dafür musste die Journalistin schwören, ihren Aufenthaltsort nicht preiszugeben. Und das war alles.

Das Treffen mit der Journalistin war der einfache Teil. Dann piepte Tims Handy auf der Veranda. Als Hailey aufblickte, warnte sein grimmiger Gesichtsausdruck sie, sich bereitzumachen. Eine lange, schwarze Limousine fegte die Auffahrt hinunter und kam direkt vor dem Teehaus zum Stehen.

„Viel Glück, Schätzchen", flüsterte die Reporterin auf dem

Weg nach draußen. Der Fotograf zwinkerte ihr mit einem entschuldigenden *Sie werden es brauchen*-Blick zu und folgte der Journalistin hinaus.

Hailey drückte die Schultern durch und zwang sich, die Arme nicht zu verschränken – eine klassische Abwehrhaltung –, als die Limousine vorfuhr. Schließlich stieg der Fahrer aus – ein großer Einheimischer, der sich in seinem Anzug und mit seiner Krawatte nicht recht wohlzufühlen schien – und umrundete das Fahrzeug. Er rollte dabei mit den Augen und sein Blick sagte *Diese Dame will tatsächlich, dass ich ihr die Tür öffne?*

Hailey verbarg ein Stirnrunzeln. Ja, das war tatsächlich ihre Mutter dort drin.

Der Fahrer öffnete die Tür und eine Hand erschien.

Hailey schnaubte. Ihre Mutter brauchte keine Hilfe, um aus dem Wagen zu steigen. Sie hatte gesehen, wie diese Frau am Set auf Statisten herumtrampelte und sie zur Seite schob, wenn sie ihr im Weg standen. Aber ihre Mutter liebte es, einen großen Auftritt hinzulegen und alle Aufmerksamkeit, die sie bekommen konnte, auf sich zu ziehen.

Hailey hätte fast gelacht, als der Fahrer ein wenig zu viel Kraft einsetzte und ihre Mutter beinahe in die Luft schleuderte. Ihre Mutter sah genauso aus, wie Hailey sie sich bei ihrer Geburt vorstellte – mit finsterem Blick, einem hochroten Gesicht und fuchtelnden Armen. Sie drohte Hailey mit einem Finger, als wäre sie diejenige, die etwas falsch gemacht hatte.

„Warte nur, bis ich mit dir anfange... ", fing ihre Mutter an, ohne auch nur das rot-weiß gepunktete Tuch, das sie sich um den Kopf gebunden hatte, zurechtzurücken. Sie trug eine weiße Bluse, eine rote Hose und eine riesige weiße Sonnenbrille. Mit anderen Worten, ein neues Outfit. Offensichtlich hatte sie sich genügend Sorgen um Hailey gemacht, um einen therapeutischen Einkaufsbummel in Waikiki zu unternehmen.

„Ich freue mich auch, dich zu sehen", murmelte Hailey.

Tim trat vor. Sein Gesicht war völlig ausdruckslos und er ließ seine breiten Schultern für sich sprechen.

„Um Himmels willen... ", schnauzte ihre Mutter.

Hailey öffnete die Tür des Teehauses. „Wir können uns hier unterhalten. "

Ihre Mutter marschierte an ihr vorbei. Sie hatte das Kinn hoch erhoben, schwenkte ihre Arme an den Seiten wie ein Boxer und ihr Gesicht war fast genauso rot wie ihre Hose. Hailey hielt die Tür lange genug offen, um Tim zu signalisieren, dass sie seine Unterstützung zu schätzen wüsste, und er trat leise hinter ihnen ein.

Als die Tür ins Schloss fiel, drehte sich Haileys Mutter um und richtete einen anklagenden Finger auf Tim. „Wer zum Teufel ist das?"

Hailey funkelte sie an. Sie schenkte ihrer Mutter einen *richtig* bösen Blick, denn dieser Mann – ein völlig Fremder – hatte mehr Freundlichkeit und Verständnis für sie aufgebracht als ihre eigene Mutter in den letzten fünf Jahren.

Aber sie konnte ja nicht gerade sagen *Das ist der Mann, in dessen Armen ich letzte Nacht geschlafen habe.*

„Mein Leibwächter", platzte sie heraus und warf Tim einen Blick zu, der sagte *Ich hoffe, es macht dir nichts aus.*

Er bewegte sich nicht, blinzelte nicht, aber sein Mundwinkel zuckte, was ihr signalisierte, dass er damit einverstanden war.

Dieser Blick war ihrer adleräugigen Mutter auf gar keinen Fall entgangen, aber sie sagte nur „Aha." Dann roch sie an einer Vase voller prächtiger Schwertlilien, kramte in ihrer Handtasche herum und murmelte: „Mein Gott, all diese Blumen immerzu. Können sie damit nicht einmal aufhören?" Dann beäugte sie Haileys T-Shirt. „Gott, was hast du denn überhaupt an?"

Hailey saugte ihre Lippe nach innen und zählte bis zehn.

Ihre Mutter schnäuzte sich lautstark und knallte dann ihre Handtasche auf den Tisch. Dabei zerknitterte sie die blütenweiße Tischdecke. „Ich kann nicht glauben, wie kindisch du gewesen bist. Wie egoistisch."

Hailey starrte sie an. „Ist es egoistisch, sich zu weigern, jemanden zu heiraten? Wir leben nicht im achtzehnten Jahrhundert, Mom. Wir sind nicht mittellos und wir brauchen keinen Titel."

Sie zuckte bei ihren eigenen Worten zusammen. Vielleicht sollte sie ihre Mutter nicht auf irgendwelche Ideen bringen. Sie wäre durchaus in der Lage, einen Plan auszuhecken, um sie mit dem nächstbesten Thronfolger eines dieser winzigen Fürstenhäuser zu verheiraten, die es auf der Welt noch gab. Oder noch schlimmer, mit einem Scheich.

Aber ihre Mutter sprach einfach weiter, als hätte sie sie nicht gehört. „Ich habe mich noch nie in meinem Leben so geschämt. Du bist vor deiner eigenen Hochzeit weggelaufen!"

„Nicht vor meiner Hochzeit", schoss Hailey zurück und versuchte, nicht zu schreien. „Eine Inszenierung. Eine Falle."

„Eine Falle? Eine Falle?" Die Stimme ihrer Mutter wurde schrill. „Ich werde dir sagen, was eine Falle ist."

Hailey schloss die Augen und wusste genau, was ihre Mutter als Nächstes sagen würde.

„Eine Falle ist es, eine Witwe mit einem Berg von Schulden und einem kleinen Kind, das man ernähren muss, zu sein. In der Falle zu sitzen, ist, Tag für Tag Burger zu braten. Eine Falle ist es, in einem Haus mit undichtem Dach zu leben und nicht zu wissen, wie man jemals über die Runden kommen soll."

„Mom... "

„Wenn dann also ein Mann auftaucht und ihr euch verliebt... "

Hailey riss ihre Hände wie ein Stoppschild nach oben. „Ich liebe Jonathan nicht, Mom. Das habe ich nie. Ich glaube, es war nur ein unterbewusstes Bedürfnis, fliehen zu müssen."

„Vor was solltest du denn bitte schön fliehen?"

Vor dir, hätte sie fast gesagt.

„Ich bin jetzt erwachsen, Mom. Ich brauche Freiraum."

Ihre Mutter schlug mit der Hand auf den Tisch und zuckte nicht einmal zusammen, als die Vase umkippte. Hailey versuchte, sie aufzufangen, aber sie kam zu spät. Das Wasser schwappte bereits über die perfekte Tischdecke und die Blumen fielen in einem Häufchen zur Seite.

„Nach allem, was ich für dich getan habe", schnauzte ihre Mutter los. „All die Opfer, die ich gebracht habe... "

Hailey versuchte, das Wasser, so gut es ging, mit der Hand zurück in die Vase zu schöpfen. Ein aussichtsloser Kampf, denn es tropfte genauso viel durch ihre Finger, wie in der Vase landete. Dann stopfte sie die Blumen hinein, aber einige Blütenblätter blieben über der Tischdecke verstreut liegen.

Das Ganze war ein riesiger Schlamassel. Die Geschichte ihres Lebens.

„Ja, du hast alles getan, Mom, und ich weiß es zu schätzen", sagte sie so sanft wie möglich. „Aber wir stecken nicht mehr fest. Wir haben Geld. Mehr als wir es uns je erträumt haben."

„Vielleicht mehr, als du dir je erträumt hast", murmelte ihre Mutter.

Hailey wollte den Kopf hängenlassen. Welches Ziel hatte ihre Mutter denn? Wie viel wäre genug?

„Du warst noch nie praktisch veranlagt, Hailey. Ohne mich würdest du immer noch im Diner festsitzen."

Ohne mich, wollte Hailey sagen, *würdest du noch immer im Diner festsitzen.* Aber sie weigerte sich, so tief zu sinken. Und außerdem kam sie nicht zu Wort, weil ihre Mutter gerade so richtig in Fahrt war.

„Du bist genau wie dein Vater. Unpraktisch. Romantisch. Wie zum Beispiel, dass du an diesem Stück Land festhältst."

Hailey starrte sie an. Ihre Mutter redete immer noch über das Land, das ihr Großvater ihr hinterlassen hatte? Es handelte sich um ein winziges Grundstück weit draußen im Norden Montanas, auf dem ihre Urgroßeltern gelebt hatten, als sie in den Fünfzigerjahren dorthin gezogen waren. Das Grundstück war nicht wertvoll, aber es hatte einen hohen sentimentalen Wert, und sie hatte durch dick und dünn daran festgehalten.

„Jonathan zu heiraten, hat nur Vorteile. Das weißt du selbst", fuhr ihre Mutter fort. Sie wurde nur von ihrem wiederholten Niesen unterbrochen, was ihren nächsten Ausbruch veranlasste. „Mein Gott, gibt es hier drinnen einen Hund oder so?"

Hailey ignorierte sie. „Was für Vorteile, Mom? Ich liebe Jonathan nicht. Zwischen uns gibt es nichts. Keine Magie, keine Chemie." Hailey konnte nicht verhindern, dass ihr Blick zu Tim hinüberwanderte. *Nicht so wie die Chemie, die ich mit ihm verspüre.*

„Magie? Chemie? Damit kann man keine Rechnungen bezahlen."

„Nein, aber mit meinen Modelaufträgen schon. Wir hatten schon seit Jahren keine Probleme, die Rechnungen zu bezahlen. Wir brauchen Jonathans Geld nicht." Warum wollte ihre Mutter das nicht in ihren Kopf bekommen?

Ihre Mutter runzelte die Stirn, während sie erneut heftig nieste. „Er kann dich an Orte bringen, von denen du nie zu träumen gewagt hättest, Hailey. Erst in den Senat und wer weiß, dann vielleicht sogar ins Weiße Haus."

Hailey starrte sie an. Ins Weiße Haus? Ihre Mutter wollte, dass sie einen arroganten Arsch heiratete, weil er die Chance hatte, eines Tages möglicherweise um die Präsidentschaft zu kandidieren? War sie verrückt geworden? Hailey konnte sich noch nicht einmal vorstellen, so ein Leben zu führen.

Irgendwie verwechselte ihre Mutter ihre Abscheu mit Interesse, denn sie ließ ein wildes Lächeln aufblitzen und sprudelte weiter: „Stell dir das nur vor, Hailey. Du und ich im Weißen Haus. Und dank mir ist Jonathan bereit, dir noch eine Chance zu geben."

Hailey schlug sich die Hände über die Augen. Das war alles so unwirklich. Dann richtete sie sich schnell wieder auf und war entschlossen, ihren Standpunkt klarzumachen und zu verschwinden.

„Ich gehe nicht zurück, Mom."

„Dank mir musst du nirgendwo hingehen." Ihre Mutter grinste und winkte hinaus.

Die wenigen Hotelgäste in Haileys Blickfeld schauten alle nach oben und Palmenzweige wehten wie wild von einem plötzlichen Windstoß. Das Geräusch von Rotoren stieg in ihre Ohren und sogar Tim blickte alarmiert auf.

Haileys Magen überschlug sich, so dass ihr schlecht wurde. Das war ein Hubschrauber dort draußen und sie wusste bereits, wer darin saß.

„Was hast du getan, Mutter?", rief sie, als der Hubschrauber landete.

Die Tür flog auf und Jonathan sprang heraus. Er sah aus wie ein gehetzter Firmenchef, der den Deal seines Lebens abschließen wollte.

„Nur das, was das Beste für dich ist", erwiderte ihre Mutter schnippisch.

Haileys Lippen bewegten sich und sie versuchte, Worte des Protestes zu formulieren, aber es war bereits zu spät. Jonathan schritt auf das Teehaus zu, als gehöre ihm dieser Ort. Als ob Hailey ihm gehörte.

„Nein", flüsterte sie kläglich. „Nein."

Kapitel 13

Haltet ihn auf, bellte Tim seinen Freunden draußen in Gedanken zu.

Unnötigerweise, wie sich herausstellte, denn sie hatten genauso schnell reagiert wie er. Tim blockierte die Tür, während Connor und Hunter Jonathan knapp außerhalb der Reichweite, der sich drehenden Rotorblätter den Weg versperrten. Beide Männer verschränkten die Arme und starrten Jonathan mit kalten, harten Blicken an, die ihn zum Stehenbleiben veranlassten.

Tim schaute Hailey an. „Du musst nicht mit ihm sprechen, wenn du es nicht willst."

Er wollte es ganz sicher nicht. Wenn die arrogante Haltung dieses Typen ihn nicht schon dazu veranlasst hätte, Jonathan zu hassen, dann würde es die Art und Weise, wie er über seinen maßgeschneiderten Anzug und sein gestyltes Haar strich, ganz sicher tun.

„Natürlich muss sie mit ihm reden. Er ist ihr Verlobter", kreischte ihre Mutter.

Tim ignorierte sie und Hailey tat es ihm gleich.

„Ich will es nicht, aber ich muss es tun. Das hier muss ein Ende nehmen." Haileys Stimme schwankte, aber in ihren Augen loderte ein Feuer.

Du bist unglaublich, wollte er sagen, aber er konnte es nicht, weil ihre Mutter dort war.

Unterdessen nieste ihre Mutter so laut, dass es in seinen Ohren widerhallte. Dann schniefte sie und rieb sich die Augen. „Ich schwöre, irgendjemand muss hier irgendwann einmal ein Tier hereingelassen haben. Meine Allergie... "

Tim rollte mit den Augen, verkniff sich jedoch, was er unbedingt sagen wollte. *Ja, hier gibt es ein Tier. Mich.*

Stattdessen wandte er sich an Connor und Hunter und grunzte. *Lasst ihn durch. Behaltet die anderen im Auge. Irgendwelche Gestaltwandler dort draußen?*

Negativ, antwortete Connor. *Der Pilot und die Leibwächter sind alle Menschen.*

Immerhin etwas – Lamar befolgte seinen Befehl, sich verdammt noch mal von Maui fernzuhalten.

Jonathan fing an, sich mit Connor zu streiten, und beharrte darauf, dass der blasse, korpulente Mann an seiner Seite auch durchgelassen werden sollte.

Tim schaute Hailey an. „Wer ist das?"

Sie seufzte. „Sein Anwalt."

Tim starrte. Welche Art von Mann brachte denn einen Anwalt mit, um sich mit seiner Freundin zu versöhnen?

Ex-Freundin, knurrte sein innerer Bär.

„Für Jonathan ist alles ein Geschäft", murmelte Hailey und las seine Gedanken.

„An Geschäften gibt es nichts auszusetzen", schniefte ihre Mutter.

Tim widerstand dem Drang, die Frau zu schütteln. Mütter sollten ihre Kinder lieben. Sie leiten. Schimpfen oder loben, wie es eine Situation erforderte. Gott wusste, dass seine arme Mutter bei all dem Ärger, in den er und Connor immer wieder geraten waren, viel öfter mit ihnen geschimpft als sie gelobt hatte. Sie hatte ihnen niemals ihre Liebe verwehrt. Aber Haileys Mutter?

Zu schade, dass sie zu alt für Jonathan ist, murmelte sein Bär. *Sie wären perfekt füreinander.*

Connor schaute zu Tim hinüber, der den Kopf schüttelte. *Kein Anwalt. Ein Arschloch ist genug für heute.*

Jonathan trat vor und strich sich die Krawatte glatt, während er sich offensichtlich seine Worte zurechtlegte. Haileys Mutter fuhr sich durch die Haare, als wollte sie sich den Kerl selbst angeln. Hailey stellte sich unterdessen etwas breitbeiniger hin, um sich bereitzumachen.

Du schaffst das, wollte Tim ihr zurufen, als er von der Tür zur Seite trat. Er musste Jonathan hereinlassen, aber wenn sich der Typ Hailey auch nur näherte...

„Hailey, meine Süße! Ich habe mir solche Sorgen um dich gemacht!", rief Jonathan in der Sekunde, in der er durch die Tür trat. „Geht es dir gut?"

Wenigstens machte er sich die Mühe, die richtigen Worte zu sagen, auch wenn Tim seine Verlogenheit wittern konnte. Hailey erkannte sie ebenfalls und sie wich mit fest verschränkten Armen vor Jonathan zurück.

„Es geht mir gut", erwiderte sie schnippisch, während ihre Körpersprache Jonathan befahl, sich ihr ja nicht zu nähern.

Jonathan warf die Hände in die Luft, wie es schuldbewusste Männer taten, um zu sagen *Wer, ich?*

Tim wollte den Kerl jetzt schon erdrosseln. Er war zu raffiniert. Zu reich. Sich zu sicher, dass er alles bekommen würde, was er wollte. Egal, mit welchen Mitteln.

Jonathan warf ihm einen verächtlichen Blick zu, aber Tim setzte sein einschüchternstes Grizzly-Starren auf, was den Mann zum Schwanken brachte. Jonathan schaute zwischen Hailey, ihrer Mutter und Tim hin und her. Er richtete seine Frage schließlich an Haileys Mutter.

„Wer ist das?", fragte er. Er war nicht Manns genug, um Tim selbst gegenüberzutreten.

„Mein Leibwächter", schoss Hailey zurück.

Wie aufs Stichwort setzte Tim diesen leeren Blick auf, der anzeigen sollte, dass er nicht zuhörte, obwohl er genau das tat. Leute, die reich genug waren, um Sicherheitspersonal zu haben, fielen darauf immer herein.

Und tatsächlich wandte sich Jonathan Hailey zu und machte mit seiner Charmeoffensive genau dort weiter, wo er aufgehört hatte. „Ich kann dir gar nicht sagen, wie besorgt ich war."

Hailey glaubte ihm kein Wort und es zeigte sich. „Du hast deine Zeit vergeudet, Jonathan. Es ist vorbei. Und hättest du dir jemals die Mühe gemacht, mich vorher zu fragen, hättest du gewusst, dass es schon lange vorbei ist."

Jonathan schüttelte den Kopf, als wäre Hailey ein unvernünftiges Kind. „Baby, ich…"

„Nenn mich nicht Baby." Ihre Augen funkelten.

Jonathan versuchte einen anderen Ansatz. „Jetzt ist mir klar, dass es vielleicht keine so gute Idee war, dich so zu überraschen…"

„*Jetzt* ist dir das klar?", bellte Hailey.

„… aber ich liebe dich." Jonathan fuhr einfach fort, ohne auch nur Luft zu holen. „Als Lamar dich gefunden hat…"

Hailey stemmte die Hände in die Hüfte. „Und wie genau hat er das getan?"

Jonathan hielt inne und sah ehrlich überrascht aus. „Er fragt nicht, wie ich meine Arbeit erledige. Und ich frage nicht, wie er seine tut."

Hailey kniff die Augen zusammen. „Vielleicht solltest du das tun."

Tim schnupperte in der Luft und nutzte seine scharfen Bärensinne. Wusste Jonathan, dass sein Sicherheitchef ein Gestaltwandler war? Ihm haftete ein schwacher Hauch von Gestaltwandlergeruch an, aber nichts, was frisch genug gewesen wäre, um ihn zu alarmieren.

„Was soll das denn heißen?", fragte Jonathan.

„Lamar ist mir unheimlich", sagte Hailey.

„Lamar ist vielen Leuten unheimlich. Das ist manchmal sehr nützlich." Jonathan grinste.

Tim runzelte die Stirn. Wäre Jonathan immer noch amüsiert, wenn er erfuhr, dass sein Sicherheitchef sich in einen Wolf verwandeln konnte?

„Wie dem auch sei. Es zählt nur, dass wir wieder zusammen sind." Jonathan streckte seine Hand aus und präsentierte erneut diese manikürten Fingernägel. „Ich möchte, dass du die Meine bist, Baby."

„Ich bin kein Baby und ich bin nicht die Deine. Das war ich nie und das werde ich auch niemals sein."

Tim wollte am liebsten mit ihr einschlagen. Hailey war hart wie Stahl, aber sie musste an ihre Grenzen kommen. Je schneller sie diese Sache hinter sich brachte, desto besser.

Jonathans Blick verhärtete sich, aber einen Moment später wurde seine Stimme wieder zuckersüß. „Hailey, Schätzchen. Ich verspreche, es wiedergutzumachen."

Als er in seine Jacke griff, hätte Tim ihn fast gegen den Serviertisch des Teehauses geschleudert. Aber Jonathan hatte ihn kommen sehen und riss die Hände in die Luft. „Oha! Immer mit der Ruhe. Es ist nur das hier."

Tim hielt seine Arme ein paar Zentimeter von seinen Seiten entfernt und war bereit, sich auf Jonathan zu stürzen, als dieser langsam eine quadratische Schachtel herauszog. Sein Raubtierblick wanderte zurück zu Hailey, als er die Schachtel öffnete und eine Halskette mit riesigen, glänzenden Perlen zum Vorschein kam.

„Erinnerst du dich daran, Prinzessin? Die sind für dich. Ein Symbol meiner Liebe."

Ein Symbol meines Reichtums, hätte er genauso gut sagen können.

Hailey bewegte sich nicht. Ihre Mutter drückte ihre Hände an ihre Brust und strahlte, als wollte sie demonstrieren, wie das Balzverhalten reicher Leute funktionierte. „Oh, Jonathan. Die sind hinreißend."

Jonathan grinste. „Rosa Perlen. Die allerbesten. Weißt du, wofür das Rosa steht?"

Hailey sah aus, als könnte es sie nicht weniger interessieren.

„Für Ruhm, Reichtum, Erfolg", antwortete Jonathan auf seine eigene Frage.

„Natürlich", murmelte Hailey.

Sie hob ihre Finger an ihren Hals und ließ sie dann jedoch wieder sinken. Tim erinnerte sich an die einzelne Perle, die sie normalerweise trug. Sie war ebenfalls rosa. Hatte sie sie bei ihm zu Hause vergessen?

Jonathan beugte sich zu Hailey vor und warf Tim einen scharfen Blick zu. „Ich möchte lieber unter vier Augen mit dir sprechen, mein Schatz."

Das hättest du wohl gern, Arschloch. Tim vertiefte sein finsteres Starren, so dass Jonathan zur Tür schaute.

„Ich würde lieber gar nicht mit dir sprechen", sagte Hailey. „Die Antwort ist Nein. Die Antwort wird immer Nein sein."

Haileys Mutter hörte gerade lange genug auf zu schniefen und zu niesen, um ihren Senf dazuzugeben. „Höre Jonathan einfach zu Ende an. Du schuldest ihm so viel."

„Ich schulde ihm etwas?" Hailey wurde hochrot. „Was sollte ich ihm denn schulden?"

„Mehr, als du denkst." Haileys Mutter zuckte mit den Schultern und wurde plötzlich verlegen.

Jonathan grinste auf eine Weise, die Tim zweimal hinschauen ließ. Weshalb war er denn so selbstzufrieden?

„Was soll das denn heißen?", forderte Hailey. Sie schaute zwischen den beiden hin und her. Tim starrte ebenfalls, als ein mulmiges Gefühl in seinem Bauch zunahm. Die beiden hatten definitiv etwas ausgeheckt – etwas, das über die Täuschung hinausging, mit der sie Hailey zu dieser Hochzeit in Waikiki gelockt hatten.

„Nur den größten Vertrag deines Lebens." Ihre Mutter sah rachsüchtiger aus, als es ein Elternteil jemals sein sollte.

Hailey kniff die Augen zusammen. „Wovon redest du? Von der *Boundless*-Kampagne? Ich habe den Vertrag nur bekommen, weil das andere Model in letzter Minute abgesprungen ist."

Jonathan lächelte weiter und Haileys Mutter tat es nun ebenfalls. Langsam wurde Hailey von einer Erkenntnis überkommen.

Was? wollte Tim schreien. *Was ist passiert?*

Haileys Mutter lachte. „Abgesprungen? Du denkst, Joelle Parks hat gewählt, den *Boundless*-Job abzulehnen?"

Hailey runzelte die Stirn. „Sie war dazu gezwungen, als diese Drogengeschichte an die Öffentlichkeit kam. Keine Werbeagentur wollte danach noch etwas mit ihr zu tun haben. Aber..." Hailey verstummte und wurde langsam blass. „Nein. Das habt ihr nicht getan." Sie schaute von Jonathan zu ihrer Mutter. „Sagt mir, dass ihr nichts damit zu tun hattet."

„Wir hatten nichts damit zu tun." Jonathans überhebliches Grinsen wurde noch breiter.

Hailey wich zurück und hielt sich eine zitternde Hand vor den Mund. „Oh mein Gott. Ihr wart es, nicht wahr? Ihr habt von ihrem Problem erfahren und die ganze Geschichte publik gemacht."

Haileys Mutter brach in Gelächter aus. „Die Geschichte publik gemacht? Schätzchen, wir haben die Geschichte überhaupt erst erfunden."

Tim war fassungslos. Haileys Mutter hatte dafür gesorgt, dass einer ahnungslosen jungen Frau Drogen untergejubelt wurden, um die Konkurrenz auszuschalten und ihre eigene Tochter den Auftrag gewinnen zu lassen? Wie krank war das denn?

Aber es war nicht nur ihre Mutter gewesen. Auch Jonathan hatte eine Rolle darin gespielt. Ein Blick auf die beiden, die süffisante Blicke austauschten, sagte schon alles.

Hailey sah aus, als wollte sie sich die Ohren zuhalten. „Ihr habt Joelles Karriere zerstört. Für ... für... " Sie schlug sich eine Hand auf den Mund und ihre Mutter fügte den Rest hinzu.

„Für dich, Hailey. So. Jetzt weißt du, wofür du dankbar sein solltest."

„Mutter, wie konntest du nur?", kreischte Hailey.

„Ich habe getan, was ich tun musste. Das war unser Vertrag."

Hailey gestikulierte hilflos. „Unser?"

Jonathan winkte lässig ab. „Alles Schnee von gestern."

Tim hätte ihn fast geohrfeigt. Hailey kreischte: „Schnee von gestern? Ihr habt ihr Leben ruiniert!"

Jonathan zuckte mit den Schultern. „Geschäft ist Geschäft. Stars kommen, Stars gehen. Du hast deine große Chance bekommen und das ist alles, was zählt. Jetzt kennt jeder deinen Namen."

Tim ballte eine Faust. Jetzt wollte er Jonathan wirklich einen Kinnhaken verpassen.

„Und warum ist das wichtig?" Hailey schrie halb und heulte halb.

„Weil dich das perfekt macht", sagte Jonathan. „Siehst du es denn nicht?"

Alles, was Tim sah, war eine Vision von Jonathan, wie er durch die Glastür des Teehauses flog. Wenn er dem Gerede dieses kranken Bastards noch eine weitere Sekunde zuhören müsste, wäre er bereit, genau das zu tun.

„Was sehen?“, schrie Hailey.

„Wir sind perfekt. Mein Geld und meine Verbindungen. Dein Gesicht und dein Ruhm. Wir werden es im Handumdrehen in den Senat schaffen!“, jubelte Jonathan.

„*Wir* werden es in den Senat schaffen?“, protestierte Hailey.

Jonathan zuckte mit den Schultern. „Ich schaffe es in den Senat. Das wirst du schon sehen. Gib mir ein oder zwei Jahre, nachdem wir verheiratet sind, und dann bin ich bereit, für den Senatssitz von Montana zu kandidieren.“

Hailey schüttelte ihren Kopf in einer verzweifelten *Nein, nein, nein!*-Bewegung. „Das war dein Plan?“ Sie wandte sich an ihre Mutter. „Und du steckst da mit drin?“

„Baby, denke doch einmal nach“, sagte Jonathan mit einer übertrieben selbstbewussten Stimme. „Du wirst Mrs. Jonathan Owen-Clarke, Frau des Senators, sein. Eines Tages vielleicht sogar First Lady. Und wenn mein Bruder für Kalifornien im Senat sitzt, werden wir die neuen Kennedys sein. Alle werden dich lieben.“ *Alle werden mich lieben,* sagte sein Gesichtsausdruck, als er hinzufügte: „Du wirst nie wieder arbeiten müssen.“

Hailey verdrehte die Augen. „Und warum sollte ich irgendetwas davon wollen?“

„Du hast doch gesagt, dass du mit dem Modeln aufhören willst“, warf ihre Mutter ein.

Tim runzelte die Stirn. Offensichtlich hatte die Frau doch zugehört, es nur nicht zugeben wollen.

„Ich möchte mit dem Modeln aufhören, das schon. Aber ich will nicht aufhören zu arbeiten. Warum sollte ich das wollen? Ich möchte Geld verdienen“, sagte Hailey. „Ehrliches Geld. Ich will die Kontrolle über mein eigenes Leben haben. Kannst du das nicht sehen?“

Tim konnte es ganz sicher sehen. Jonathan wollte Hailey genauso kontrollieren, wie ihre Mutter es tat. Aber Hailey wehrte sich.

Er trat ein kleines Stück vor. Dies war ihr Kampf und er war nur zu ihrer Unterstützung hier. Aber verdammt, er würde seine Unterstützung deutlich machen.

Jonathan warf ihm einen spöttischen Blick zu und setzte dann erneut ein Lächeln auf, als er Hailey ansah. Ein Lächeln, das er wahrscheinlich vor dem Spiegel geübt hatte, während er sich seine illustre politische Karriere ausmalte.

„Ich schwöre, ich werde mich gut um dich kümmern."

„Ich brauche niemanden, der sich um mich kümmert." Hailey stampfte mit dem Fuß auf. Einen Moment später änderte sich ihr Ausdruck, als sie Jonathan studierte. „Oder meinst du, dass du dich so um mich kümmern willst, wie Lamar sich um Dinge für dich kümmert?" Ihre Stimme wurde zu einem leisen Flüstern.

Jonathans Augen blitzten kurz auf, was Tim stutzen ließ. Ja, Jonathan war sich der brutalen Taktiken seines Sicherheitschefs durchaus bewusst. Aber der Geschäftsmann sprach so geschmeidig wie immer weiter.

„Baby, ich will doch nur für dich sorgen."

Haileys Mutter brach in einen weiteren Niesanfall aus und tupfte sich die Nase ab. „Sind an diesem Ort Haustiere erlaubt oder so etwas?"

Oder so etwas, murmelte sein Bär.

Er war schwer versucht, seine Reißzähne auszufahren und ihr und Jonathan einen gehörigen Schrecken einzujagen. Aber das würde auch Hailey Angst machen. Schlimmer noch, es würde sie abstoßen.

Er ballte seine Fäuste so fest, dass seine Fingernägel in seine Handflächen schnitten. Neben Hailey zu schlafen, hatte ihm einen Hauch vom Himmel beschert, aber die Hölle war nicht weit entfernt. Nicht, wenn sie herausfand, dass er ein Gestaltwandler war.

Eine junge Kellnerin erschien aus dem Hinterzimmer. „Kann ich jemandem einen Tee bringen?"

Jonathan schlug so fest mit der Faust auf den Tisch, dass das Silberbesteck in die Luft sprang. „Sehe ich so aus, als würde ich einen gottverdammten Tee trinken wollen?"

Die Kellnerin huschte davon und eine Sekunde später lächelte Jonathan erneut falsch. „Hailey..."

Tim hätte es nicht für möglich gehalten, dass Hailey ihr Gesicht noch weiter verziehen könnte. Aber sie tat es und er wusste, warum. Vor langer Zeit war sie einmal diese Kellnerin gewesen. Dieser Niemand – zumindest in den Augen von Männern wie Jonathan. Was bedeutete, dass dieser Trottel gerade seinen eigenen Sarg zugenagelt hatte.

Hailey schaute Tim an und nickte ihm unmerklich zu. Er nickte zurück. Ja, er hatte auch genug.

„Ich habe alles gesagt, was ich sagen wollte. Auf Wiedersehen, Jonathan." Hailey schritt zur Tür und wirbelte dann herum. „Und ich meine damit, auf Nimmerwiedersehen."

„Das wirst du noch bereuen", knurrte Jonathan und baute sich vor ihr auf.

Tim hätte das Arschloch aus dem nächstgelegenen Fenster geschleudert, wenn Hailey ihn nicht schon selbst zur Seite gestoßen hätte. „Bereuen, dich getroffen zu haben? Ja. Aber du wirst bald derjenige sein, der hier Dinge bereut. Ich werde eine einstweilige Verfügung erwirken, wenn du oder einer deiner verrückten Sicherheitsmänner noch einmal in meine Nähe kommt. Und ich werde mit jedem Detail deines kranken Hochzeitsplanes an die Presse gehen. Ich bin mir sicher, dass es sich gut in deiner Akte machen wird, wenn du für das Weiße Haus kandidierst."

Jonathan öffnete den Mund entsetzt, aber Hailey wandte ihren Blick von ihm ab und schaute ihre Mutter in einer Mischung aus Sorge und Abscheu an. „Ich werde dich anrufen, Mom."

„Du wirst mich anrufen?" Ihre Mutter riss die Augen vor Empörung weit auf.

Hailey nickte entschlossen. „Irgendwann. Wann immer ich bereit bin, mit dir zu sprechen, ohne zu schreien. Auf Wiedersehen."

Dann ging sie hinaus und ließ ihre Mutter und Jonathan stehen, die sie anstarrten, als hätten sie es nie für möglich gehalten, dass Hailey so etwas vollbringen könnte.

Tim folgte dicht hinter ihr. Nun, er war nicht im Geringsten überrascht. Hailey hatte viel mehr zu bieten als ein hübsches Gesicht. Sie hatte Mumm und mehr Seele als diese beiden Gauner – ja, Gauner – zusammen.

Die Tür des Teehauses fiel hinter ihnen ins Schloss und ließ die Glasscheibe zittern. Natürlich riss Haileys Mutter sie eine Sekunde später wieder auf und schrie ihr nach: „Jetzt hörst du mir einmal gut zu... "

Aber Hailey hörte nicht zu und Tim ebenfalls nicht. Hunter und Connor warteten draußen. Sie waren bereit, Haileys Mutter und Jonathan zum Hubschrauber zu eskortieren.

„Hailey!", brüllte Jonathan.

„Miss Crewe?", versuchte es der korpulente Anwalt, als Hailey an ihm vorbeirauschte.

„Was für ein verdammter Zirkus", murmelte Connor.

Tim beeilte sich, Hailey einzuholen, aber sie hielt nicht an, bis sie das Motorrad am anderen Ende des Parkplatzes erreicht hatte. Dort schloss sie die Augen und schnaufte, als hätte sie gerade ein Haus in die Luft gejagt. Ein großes, hässliches Backsteinhaus, an dessen Abriss sie bis dahin wohl nicht im Traum gedacht hatte.

„Dieser Zirkus ist mein Leben", flüsterte sie.

Tim griff nach ihrer Hand und küsste sanft ihre Fingerknöchel. „Jetzt nicht mehr." Er reichte ihr einen Helm und deutete mit einem Nicken auf das Motorrad. „Darf ich dir eine Mitfahrgelegenheit anbieten?"

Ihr Lächeln war schwach und erschöpft, aber es war ein Lächeln. „Ja, bitte."

Kapitel 14

Hätte sie nicht Tims beruhigenden Körper direkt vor sich gespürt – oder das kräftige Dröhnen des Motorradmotors, mit dem er die Straße hinunterraste –, wäre Hailey vielleicht in Tränen ausgebrochen. Stattdessen schmiegte sie ihren Kopf zwischen seine Schultern und ließ die Landschaft in der Peripherie ihres Blickfeldes verschwimmen. Der Helm dämpfte die Geräusche und bot ihr so einen Schutzschild, hinter dem sie sich verstecken konnte. Und anstatt zusammenzubrechen, wurde sie wütend.

Ihre eigene Mutter hatte sich zur Komplizin eines Verbrechens gemacht. Und Jonathan – dieser arrogante Mistkerl. Hatte er wirklich geglaubt, sie würde sich auf seinen Plan einlassen?

Anscheinend schon, denn er war so rot geworden, wie sie ihn noch nie zuvor gesehen hatte, als er ihr aus dem Teehaus hinterhergestürmt war. Zu schade, dass Tims Freunde ihn aufgehalten hatten. Sie hatte die perfekte Gelegenheit verpasst, Jonathan in die Eier zu treten.

Sie grub ihre Finger in Tims Lederjacke und wippte mit ihrem Kopf hin und her. Connor hatte recht. Ihr Leben war zu einem Zirkus geworden.

Tim ließ den Lenker gerade lange genug los, um ihre rechte Hand mit seiner zu umfassen. Seine Worte hallten in ihrem Kopf wider. *Jetzt nicht mehr.*

Sie lächelte, wenn auch nur kurz. Die Wahrheit war, dass dieser Zirkus noch mindestens eine Runde weitergehen würde, wenn die Presse sie fand – die fiese, neugierige Hollywoodpresse, nicht diese nette Frau von der Maui Times. Aber danach gab es vielleicht ein Licht am Ende des Tunnels.

„Soll ich schneller fahren?", rief Tim über seine Schulter.

Sie lachte. War das in Zeiten wie diesen eine Art Männertherapie? Nun, sie war bereit, alles zu versuchen. „Ja, bitte."

Er gab so viel Gas, dass der Vorderreifen fast vom Boden abhob und sie kreischte laut. Die gute Art von Kreischen, obwohl sie sich danach sofort wie ein Babypavian an seinen Rücken klammerte.

Sie konnte Tims Grinsen nicht sehen, aber sie konnte es spüren, und es brachte auch sie zum Lächeln.

„Vielen Dank", flüsterte sie. Zu leise, als dass er es im peitschenden Wind hätte hören können, aber was soll's – vielleicht konnte er es genauso spüren, wie sie Dinge über ihn fühlen konnte.

„So schade", seufzte sie, als sie schließlich in der Scheune der Plantage zum Stehen kamen.

Er drehte sich um und schaute über seine Schulter. „So schade?"

„Ich habe die Fahrt genossen. Das Gefühl von Freiheit", gab sie zu.

Er grinste und wirkte ein wenig wie ein frecher Schuft. „Willst du noch eine Runde drehen?"

Das wollte sie schon, aber sie schüttelte den Kopf. „Es ist an der Zeit, mich der Realität zu stellen, nehme ich an."

Er griff nach ihrer Hand. „Das hast du doch bereits getan. Und du warst fantastisch."

Sie schnaubte. Er war der Fantastische hier. Sie war die mit den dysfunktionalen Beziehungen und dem chaotischen Leben.

Sie ließ ihren Blick über das Grundstück schweifen. Tim hatte Glück. Tim war klug. Er blieb hier draußen in dieser ruhigen Ecke von Maui für sich. Würde sie jemals einen Weg finden, das Gleiche zu tun?

Sie rutschte vom Motorrad und löste widerwillig ihre Arme von ihm. Es war an der Zeit, ein paar Pläne zu schmieden und ihr Leben zu ordnen.

„Hey", rief er ihr nach, als sie davonging. „Wo willst du denn hin?"

Sie blieb stehen, drehte sich um und lachte bitter. „Gute Frage. Ich habe keine Ahnung. Aber du hast schon so viel für mich getan. Es wird Zeit, dass ich aufhöre, mich aufzudrängen, und weiterziehe, meinst du nicht auch?"

Ihr Herz schlug ein wenig schneller und sie hoffte sehr auf die Widerworte, die sie so gern hören wollte. Etwas wie *Nein. Bitte, Hailey, gehe nicht. Bleibe noch ein wenig länger, damit wir sehen können, wohin die Dinge zwischen uns führen.*

Die Chemie zwischen ihnen war unbestreitbar und sie würde alles dafür geben, Tim näher kennenzulernen – idealerweise, wenn sich ihr chaotisches Leben ein wenig beruhigt hatte. Sie war sich ziemlich sicher, dass er dies auch wollte, aber irgendetwas schien immer wieder auf die Bremse zu treten.

Tims Augen strahlten so hell, dass sie hätte schwören können, sie glühten. Er öffnete den Mund, um zu antworten. Sie beugte sich vor und war steif wie ein Brett, als sie sich selbst sagte, dass sie es sich nicht zu sehr wünschen oder darauf hoffen sollte. Aber dann erstarrte Tim erneut und wurde wieder hart. Als er sprach, war seine Stimme rau.

„Das nehme ich an."

Hailey schluckte schwer, aber das bleierne Gefühl der Enttäuschung drückte trotzdem auf ihre Brust. In Ordnung, er wollte sie also nicht. Oder vielleicht wollte er sie, war jedoch nicht bereit, es zu versuchen. War er in der Vergangenheit von einer herzlosen Frau enttäuscht worden? Oder schreckte die Realität ihres Daseins ihn ab?

Sie wollte gerade ihr Kinn hochreißen und sich ablenken, als Tim nach ihrer Hand griff und dieses bittersüße *Ich wünschte, die Dinge wären anders*-Lächeln aufblitzen ließ. „Komm mit. Zeit für einen Kaffee."

Er wartete und gab ihr jede Gelegenheit, zu widerstehen. Aber sie hatte keinen Widerstand mehr in sich – und schon gar nicht gegen ihn.

„Kaffee klingt gut."

Sie gingen Seite an Seite zu seinem Haus, wo er sie zur Rückseite führte. Dort gab es einen kleinen Anbau, den er in eine Terrasse verwandelt hatte. Von einem Stuhl und einem klapprigen Tisch aus überblickte man die Senken und Erhebungen der Plantage. Im Hintergrund zwischen den Hängen war ein Dreieck des unglaublich blauen Ozeans zu sehen.

Er deutete entschuldigend herum. „Eines Tages wird dies eine schöne Terrasse mit Schiebetüren zum Wohnzimmer werden. Aber im Moment muss ich noch um das Haus herumlaufen."

Sie trat vor, um ihm zu folgen, aber er schüttelte den Kopf. „Setz dich. Entspann dich. Denk nach. Ich bin gleich wieder da."

Sekunden später kam er mit einem zweiten Stuhl zurück, der zwar nicht wie der erste aussah, aber irgendwie doch perfekt passte. Genau wie der Tisch, der wie ein recyceltes Stück Zaun erschien, das auf ein stabiles Gestell geschraubt worden war. Offensichtlich hatte Tim eine Vorliebe für wiederverwendete Holzarbeiten.

„Nur noch eine Sekunde ... ", murmelte er und verschwand erneut.

Hailey stand am Terrassenrand und betastete die Blätter einer Kaffeepflanze, die in der Nähe des Dachpfostens wuchs. Sie beugte sich vor und schnupperte an ihrem süßen Duft. Inmitten der winzigen weißen Blüten bildeten sich kleine grüne Perlen. Eines Tages würde Tim in der Lage sein, die Kaffeebohnen direkt von seiner Terrasse aus zu pflücken.

Wenn sie doch nur bleiben und den Knospen beim Wachsen zusehen könnte.

Ein Fink flog über das Gebüsch und präsentierte seinen rosa Bauch und pinkfarbenen Schnabel. Hailey beobachtete ihn und versuchte, sich zu entspannen und nicht zu denken.

Als Tim mit zwei dampfenden Tassen und Kaffeekuchen herauskam, schossen ihre Augenbrauen in die Höhe. Er zuckte nur mit den Schultern. „Das hat meine Mutter immer gemacht, als ich noch klein war. Wenn sie von allem die Nase voll hatte, besonders von uns." Er ließ ein halbes Lächeln aufblitzen, als er die Tassen und Teller auf den Tisch stellte. „Connor und ich waren ziemlich anstrengend, falls du das nicht schon erraten hast. Also hat sie uns nach draußen geschickt, damit sie zehn Minuten Ruhe genießen konnte. Und sie saß mit einer

Tasse Kaffee in der Hand einfach nur da. Wir haben uns zu ihr hinübergeschlichen, um sie zu beobachten, aber wir konnten es beide nicht verstehen. Sie hat den Kaffee nicht getrunken – sondern hielt ihn einfach nur mit beiden Händen fest und schaute dabei zu, wie der Dampf durch die Luft wirbelte. Und den Kuchen hat sie auch selten angerührt." Er lachte. „Wir fanden das total verrückt. Aber manchmal erwische ich mich dabei, wie ich das Gleiche tue. Jedes Mal, wenn wir bei einer Mission einen Mann verloren haben…"

Seine Augen trübten sich und sein Gesicht war düster.

Haileys Kehle wurde trocken. Sie war so sehr in ihre eigenen Probleme vertieft gewesen, dass sie ganz vergessen hatte, die Dinge in Perspektive zu bringen. Sie schaute nach unten und studierte Tims schwielige Hände, wenn auch nicht sein Gesicht. Was für schreckliche Erlebnisse mochten ihm widerfahren sein? Welche Erinnerungen schlichen sich in seine Träume?

Tim räusperte sich. „Jedenfalls mache ich das jetzt auch manchmal. Ich bringe den Kaffee und Kuchen hier hinaus, genauso wie sie es früher getan hat. Natürlich ist er nicht so gut wie dein Kaffee." Er täuschte ein Lächeln vor und versuchte, die Stimmung aufzuheitern.

Hailey lächelte und verbarg ihre Traurigkeit. Sie mussten beide ein neues Kapitel in ihrem Leben beginnen. Schade, dass es nicht in den Sternen stand, dass sie dies gemeinsam versuchen konnten.

Sie hielt ihre Tasse in beiden Händen und trank einen Schluck. „Das ist großartig." Dann stellte sie die Tasse ab und griff nach dem Kaffeekuchen. „Aber ich werde diesen Kuchen auf gar keinen Fall nur anschauen."

Er lachte und griff nach seinem eigenen Stück, während er sie beobachtete. Fast herausfordernd sogar.

Sie nahm einen riesigen Bissen und stöhnte bei dem Geschmack fast auf. „Siehst du?", murmelte sie durch ihre Krümel. „Du verleitest mich."

Er schüttelte den Kopf. „Nein. Ich helfe dir nur, deine Freiheit wiederzufinden."

Zum ersten Mal Freiheit zu finden, wäre eher richtig, aber sie wollte den Moment nicht mit diesen Details verderben.

Eine Minute verging friedlich und sie wünschte, es wäre eine Stunde. Das Leben war so viel klarer an einem Ort wie diesem. Ein bescheidener Ort in friedlicher Umgebung mit einer Wahnsinnsaussicht. Sie warf Tim einen Blick zu und bedauerte die Zukunft bereits, die sie niemals mit ihm haben würde. Ihr Mund füllte sich mit einem bitteren Beigeschmack – nicht vom Kaffee, sondern von der Erinnerung an Jonathan.

„Geht es dir gut?", murmelte Tim, der wie immer die kleinste Veränderung in ihrer Stimmung bemerkte. Tim, der stets zur Stelle war, um die Dinge für sie besser zu machen, wenn er es konnte.

Sie zog ein Gesicht. „Ich frage mich nur, was ich jemals in Jonathan gesehen habe."

Ein paar stille Sekunden verstrichen, bevor Tim antwortete. „Freiheit?"

Sie seufzte. „Offensichtlich habe ich mir etwas vorgemacht. Aber ja." Sie schloss die Augen und erinnerte sich. „Ich glaube, ich habe in ihm einen Weg zurück in ein ruhigeres, einfacheres Leben gesehen. Er hat eine Ranch in Montana. Zweitausend Hektar Frieden und Ruhe. Es ist eher eine Hobbyranch, aber trotzdem. Es war leicht, mich dort zu sehen."

„Warum kaufst du dir keine eigene Ranch?", fragte Tim leise.

Sie runzelte die Stirn. „Um ganz allein irgendwo im Nirgendwo zu wohnen?" Sie schüttelte den Kopf. „Mir gefällt der Gedanke, mich an einem ruhigen, abgelegenen Ort mit jemand Besonderem niederzulassen." *Mit jemandem wie dir*, hätte sie fast gesagt. „Aber nicht alleine. Außerdem macht eine Ranch eine Menge Arbeit." Sie lächelte schwach. „Ich besitze ein kleines Stück Land hoch oben im Norden von Montana. Meine Urgroßeltern haben jahrelang dort gelebt. Es ist nur eine kleine Hütte." Sie lachte laut auf, als eine neue Erkenntnis sie traf. „Meine Mutter hat immer nach etwas Größerem und Besserem gestrebt, aber ich schätze, dass ich eigentlich nur einen kleinen gemütlichen Ort haben will. Wie die Hütte meiner Urgroßeltern."

„Wie das Haus in Pu'u Pu'eo", fügte Tim mit einem Lächeln hinzu.

Sie nickte und deutete um sie herum. „Wie dieses Haus.“

Tim begegnete ihrem Blick und sie konnte eine ganze glückliche Zukunft in seinen Augen aufblitzen sehen. Eine Zukunft, die sie gern mit ihm teilen würde, aber nein. Er hatte ihr bereits klargemacht, dass die Antwort Nein lautete. Und wenn sie das nicht respektierte, wäre sie nicht besser als Jonathan.

„Wie dem auch sei“, fuhr sie schnell fort. „Vielleicht fange ich dort damit an. In dem kleinen Haus in Montana. Ich könnte es herrichten und ihm endlich gerecht werden.“ Dann runzelte sie die Stirn. „Was sagt es über mich aus, dass mir diese Idee teilweise deshalb so gut gefällt, weil meine Mutter den Ort gehasst hat?“

Tim schüttelte den Kopf. „Es zeigt nur, dass du genug hattest. Daran ist nichts falsch.“

Sie nahm einen weiteren Bissen von ihrem Kaffeekuchen und ließ ihn langsam auf ihrer Zunge zergehen. Sie hatte allerdings genug. Genug von strengen Diäten und hektischen Zeitplänen. Genug davon, dass andere Leute ihr Leben kontrollierten.

Ein Fußweg führte in der Mitte des Grundstücks entlang und der Anblick von Dell, der in Richtung Haupthaus schlenderte, brachte die Erinnerung an das zurück, was sie an diesem Morgen gesehen hatte.

„Das“, sagte Hailey, ohne nachzudenken. „Das ist es, was ich will.“

Tim schaute sie skeptisch an. „Du willst Dell?“

Sie trat ihn spielerisch gegen den Fuß. „Nein, Dell will ich nicht.“ *Ich will dich.* „Ich will in der Lage sein, alles auszublenden. Um mich auf mich zu konzentrieren.“

„Darin ist Dell richtig gut.“ Er lehnte die Ellbogen auf den Tisch und stützte das Kinn auf seinen Händen ab. „Was willst du noch?“

Sie schnaubte. „Wo soll ich anfangen?“ Aber dann fing sie sich. „Nein, das ist nicht fair. Ich habe schon so vieles. Ich möchte nicht gierig sein, weißt du.“

Aber Tim beharrte darauf. „Im Ernst. Spiele bitte einfach mit. Was möchtest du?“

Sie rührte ihren Kaffee um, leckte den Löffel ab und beobachtete, wie die Flüssigkeit herumwirbelte. „Frieden, denke ich. Stille. Zeit zum Nachdenken."

Tim nickte ihr zu.

Sie überlegte. „Ich möchte normal sein. Normale Leute treffen. Normale Dinge tun."

Er neigte den Kopf. „Wie was zum Beispiel?"

Es war witzig, wie gute Gesellschaft und frische Luft sie zum Nachdenken brachten. „Zum Essen ausgehen. Nur etwas Einfaches, so wie wir es am Strand gemacht haben. Bevor Lamar auftauchte." Sie runzelte die Stirn und schob den schlechten Teil dieser Erinnerung beiseite. „Ich würde gerne einen Spaziergang durch die Stadt machen, einfach so. Einen Schaufensterbummel. Vielleicht sogar die Sterne betrachten."

„Die Sterne?"

Sie seufzte. „Ja. Irgendwie kitschig, nicht wahr?"

Er schüttelte den Kopf. „Nein. Überhaupt nicht."

Sie leckte sich über einen Finger, um die letzten Krümel von ihrem Teller zu sammeln, bevor sie ihn hochhielt. „Siehst du? Gierig."

Er lachte. „Wenn jeder auf dieser Welt deine Definition von gierig anwenden würde, wäre sie ein besserer Ort. Möchtest du noch ein Stück?"

Das tat sie, aber sie hatte schon viel zu viel gegessen und wollte dies auch gerade sagen, als Tim erneut das Wort ergriff.

„Noch einen Tag."

Sie blinzelte. „Was?"

„Bleibe noch. Bitte. Nur noch einen Tag. Das gibt dir ein wenig mehr Zeit, dir über alles klar zu werden und mir etwas Zeit, um … ähm… " Ein verschmitzter Blick huschte über sein Gesicht, bevor er verstummte.

„Um was zu tun?"

Er schüttelte den Kopf und stand schnell auf. „Das verrate ich dir nicht. Noch nicht."

Sie starrte ihn an. Was hatte er vor?

„Vertraust du mir?", murmelte er.

Sie schnaubte. „Musst du das überhaupt fragen?"

Er grinste. „Also gut. Du bleibst noch einen Tag und überlegst dir, was du als Nächstes tun willst. In der Zwischenzeit muss ich ein paar Dinge planen." Er schaute auf seine Uhr. „Zwei Stunden, vielleicht drei. Geht das für dich klar?"

Sie starrte ihn an. „Und was dann?"

Er ließ ein geheimnisvolles Lächeln aufblitzen. „Das überlasse mal mir."

Kapitel 15

„Ich bin mir nicht sicher, ob das so eine gute Idee ist, Mann." Dell kratzte sich am Ohr.

Tim zog eine Grimasse. Er wusste selber genau, dass es keine gute Idee war, einen Ausflugstag für Hailey zu planen. Aber trotzdem...

„Sie hat es verdient, verdammt."

Das hatte sie. Ein wenig Normalität, die besonders für sie wäre, weil sie so lange auf die kleinen Dinge verzichtet hatte. Dinge, die er nachempfinden konnte, weil er sich selbst bei so vielen Einsätzen in den staubigsten Ecken der Welt auch danach gesehnt hatte.

„Ich sage ja nicht, dass sie es nicht verdient." Dell sprach langsam in besorgtem Tonfall, als er fortfuhr. „Aber es wird verdammt schwer werden, sie danach gehen zu lassen." Tim schnaufte spottend, aber Dell fuhr fort. „Ich habe gesehen, wie du sie ansiehst."

Tim runzelte die Stirn. „Was?"

„Die Art, wie du sie ansiehst. Es liegt nicht nur daran, dass sie hinreißend ist, auch wenn sie das tatsächlich ist."

„Natürlich geht es nicht darum", knurrte er. Hailey war so viel mehr als nur ein hübsches Gesicht. Sie war wie ... wie eines dieser Tiere in Käfigen, die er schon immer gerne befreien wollte.

Dell hob abwehrend die Hände. „Das ist ja das Beängstigende daran, Mann. Es ist genau die gleiche Art, wie Connor Jenna die ganze Zeit angestarrt hat, als er noch versucht hat, ihr zu widerstehen. Muss ich dich daran erinnern, dass er versagt hat?"

Versagt? protestierte Tims Bär. *Er hatte Erfolg. Er hat seine Gefährtin für sich gewonnen.*

Aber das war etwas anderes und Tim wusste es, denn Hailey würde seine Gestaltwandlerseite niemals akzeptieren.

Ja, es würde höllisch wehtun, sie gehen zu lassen. Aber er wollte ihr dieses letzte Geschenk machen. Es hatte ihn alle Kraft gekostet, dem Drang seines inneren Grizzlybären zu widerstehen, sie nicht sofort für sich zu beanspruchen. Aber jetzt hatte er die Oberhand. Zumindest hoffte er das.

Dell lehnte sich näher zu ihm. „Es ist besser, den Schaden zu begrenzen, während es noch möglich ist, Mann. Lass' sie gehen.“

Innerlich brüllte und tobte Tims Bär, aber Tim blieb ganz ruhig. „Mach' es einfach“, bellte er und fing sich dann. „Bitte. Ich muss es tun. Und ich brauche deine Hilfe.“

Dell seufzte und strich sich mit einer Hand über das stopplige Kinn. Er hatte sich am Morgen rasiert, aber der dichte, blonde Dreitagebart war bereits wieder nachgewachsen. Bis zum Abendessen würde er einen recht anständigen Bart haben. Mit anderen Worten, ein typischer Löwengestaltwandler.

„Ich mache es, aber ich habe nur bis sechs Uhr Zeit. Das Gleiche gilt für Chase. Wir müssen heute Abend arbeiten.“

Tim nickte knapp. „Danke.“

Dell seufzte. „Ich bin mir nicht sicher, ob du mir später auch noch dankbar sein wirst.“ Dann klopfte er Tim auf den Rücken. „Liebe tut weh, Mann. Das solltest du dir merken.“

Tim hätte gelacht, wenn Dells Worte nicht mit einem unterschwelligen Klang des Schmerzes nachgehallt hätten. Was auch immer Dell passiert war, es war geschehen, bevor sie sich kennengelernt hatten. Dell hatte nie darüber gesprochen. Tim vermutete, dass seine Casanova-Fassade damit zu tun hatte, dass Dell sein Herz schützen wollte. Der Löwe bändelte in Wirklichkeit nicht mit so vielen Frauen an, wie es sein Ruf vermuten ließ. Aber selbst wenn er sich auf eine einließ, weigerte er sich jedes Mal, sein Herz zu öffnen.

„Dell! Dell!“ Joey stürmte auf ihn zu, winkte und grinste.

„Hallöchen, Joey“, rief Dell und strahlte sofort.

„Willst du Fangen spielen?“

„Fangen? Verdammt ja. Ich bin dran." Er brüllte und sprintete auf Joey zu, der quietschte und rannte, während Dell einen übertriebenen Sprung nach dem anderen machte und den Jungen dabei jedes Mal absichtlich verfehlte.

Tim schaute ihnen nach. Sich zu weigern, erwachsen zu werden, war noch so ein Selbstverteidigungsmechanismus von Dell. Der Löwengestaltwandler machte Verantwortungslosigkeit praktisch zu einer Kunstform. Aber er würde sein Versprechen halten, das wusste Tim. Was bedeutete, dass Hailey für den ersten Teil seines Planes doppelte Sicherheit haben würde.

Und das bedeutete, dass sich alles fügte. Hunter hatte ihm versichert, dass Haileys Mutter und Jonathan Maui verlassen hatten. Und er hatte sich bereits mit Connor getroffen, der die beiden überprüft hatte. Die Mutter war ein völlig klarer Fall, aber Jonathan...

„Ich sage dir, Leute wie der verheißen nichts Gutes", hatte Connor gesagt. „Ich hätte es ahnen müssen, als ich den doppelten Nachnamen hörte."

„Was ahnen?"

Connor hatte die Nase gerümpft. „Altes Vermögen. Öl-Geld. Snobs durch und durch."

Ja, man könnte sagen, dass Connor trotz Jennas Bemühungen, die Ecken und Kanten seiner Seele auszugleichen, bezüglich dieser Art von Dingen immer noch überempfindlich war.

„Der Vater ist der Hauptakteur, wie du schon vermutet hast. Der älteste Sohn kandidiert für den Senat und alles deutet darauf hin, dass er gewinnen wird. Der dritte Sohn macht eine Entziehungskur... Nicht, dass sie es so nennen würden." Connor hielt lange genug inne, um den Kopf zu schütteln, bevor er weitersprach. „Es gibt eine Schwester, die mit einem anderen Ölmagnaten verlobt ist und es heißt, sie wollen das Imperium ausweiten."

„Was hat es dann mit der Kandidatur für ein öffentliches Amt auf sich?", hatte Tim gefragt.

„Überlege doch einmal. Es gibt nicht mehr viel Neues Öl zu entdecken. Es geht nur darum, Zugang zu geschütztem Land zu bekommen. Und mit ein paar Söhnen im Senat..."

Tim nickte langsam. „Sie könnten neue Gesetze durchbringen, die es leichter machen, danach zu bohren."

Allein der Gedanke daran, dass unberührtes Land für Ölkonzerne geöffnet werden könnte, machte ihn krank. Das letzte Refugium für so viele Bären und andere frei lebende Säugetiere würde zerstört werden.

„Diese Mistkerle sind auch gerissen genug, um es durchzuziehen", fügte Connor hinzu. „Sie haben Kontakte an den richtigen Stellen, ganz zu schweigen von der Fähigkeit, jemandem offen ins Gesicht zu lügen, selbst wenn sie aufs Grab ihrer Mutter schwören."

Tims Bärenkrallen drängten an die Oberfläche, als er daran dachte, dass Jonathan Hailey in diese Welt hineinziehen wollte. Aber er hatte für diesen Tag schon genügend Wut verspürt. Jonathan war weg, genauso wie Lamar, der von Kais Kontakten auf dem Festland beobachtet wurde. Hailey war in Sicherheit, also konnte er sich darauf konzentrieren, ihr zu geben, was sie am meisten brauchte.

Freiheit, auch wenn es nur ein kleiner Vorgeschmack war.

Freiheit, murmelte sein Bär, als er das Grundstück überquerte.

„Vergiss das hier nicht." Connor reichte ihm einen an Hailey adressierten Umschlag von einer Anwaltskanzlei, der zum Kapa'akea Resort geschickt worden war.

Tim ertastete ein paar Ausweise und Kreditkarten darin und Connor grinste. „Gute Neuigkeiten. Jetzt kann sie nach Hause fliegen."

Tim hätte fast geknurrt, aber Connor milderte seine Miene und fügte hinzu: „Es ist besser für euch beide, weißt du."

Ja, das wusste er. Aber verdammt, er versuchte zur Abwechslung auch einmal, so zu tun, als gäbe es die Realität nicht.

Connor erstarrte und musterte ihn genau. *Ganz* genau. „Oder vielleicht auch nicht", schlussfolgerte er. „Ist es dir ernst mit ihr?"

Tim presste seine Lippen zu einer engen, dünnen Linie zusammen. Wenn er auch nur ein oder zwei seiner Gefühle zulassen würde, könnte der Rest folgen, und das wäre wirklich nicht gut.

Ein schwaches Lächeln huschte über Connors Lippen. „Es sieht ganz danach aus."

Tim runzelte die Stirn. Nein, es war ihm nicht ernst. Das durfte es nicht sein.

Ja, es ist mir ernst, beharrte sein Bär. *Es ist Schicksal.*

Connor beugte sich vor und sprach leise. „Manchmal muss man für das kämpfen, was man will, weißt du? Wenn man es wirklich will, meine ich."

Tim starrte zu Boden. Er hatte sich nie gescheut, für eine gerechte Sache zu kämpfen, egal wie aussichtslos sie erschien. Aber die Chance, dass Hailey ihn akzeptieren würde – einen Gestaltwandler, der sich in eine wilde Bestie verwandeln konnte –, war nach dem, was Lamar getan hatte, verschwindend gering. Es war nahezu unmöglich.

„Was ist, wenn es ein aussichtsloser Kampf ist?", murmelte er und trat in den Dreck.

Connor neigte den Kopf erst in die eine und dann in die andere Richtung, bevor er zurücktrat. „Deine Entscheidung, Mann. Ich will damit nur sagen, dass das Herz nicht lügt."

Tim schloss die Augen. Ein lügendes Herz war nicht sein Problem. Es war die Tatsache, dass er ein Gestaltwandler war.

„Ich muss los", murmelte er und wandte sich ab. Es hatte keinen Sinn, sich zu quälen. Er hatte einen Abend mit Hailey – einen Abend, in den er ein ganzes Leben quetschen wollte. Und verdammt noch mal, er würde dafür sorgen, dass es ein guter Abend war.

Also machte er sich auf den Weg und konzentrierte sich darauf, den Rest seines Planes in die Tat umzusetzen. Dann zwang er sich, seine übliche fünf Minuten lange Dusche auf fünfzehn Minuten auszudehnen, und holte das gute Rasiermesser hervor, das er nur zu besonderen Anlässen benutzte. Was bedeutete, dass es erst zum ersten Mal seit Jahren zum Einsatz kam, denn noch nie hatte sich jemals etwas so wichtig angefühlt wie jetzt.

Joey schlenderte an der Rückseite der Scheune vorbei, hinter der sich die Männerduschen befanden, und blieb beim Anblick der Klinge stehen.

„Wow. Darf ich das anfassen?"

Tim grinste. Cynthia würde einen Anfall bekommen, wenn er ihren Sohn auch nur in die Nähe dieses Rasiermessers lassen würde. Was es sehr verlockend machte, genau dies zu tun. Cynthia musste lockerer werden – und zwar gewaltig. Aber er hatte nicht vor, sich an einem so wichtigen Abend wie heute mit der Drachengestaltwandlerin anzulegen.

Er hielt ihm den Becher mit Rasierschaum hin. „Tut mir leid, Kleiner. Kein Rasiermesser für dich. Aber willst du den Rasierschaum aufschlagen?"

Noch nie in der Geschichte der Menschheit hatte jemand mit solcher Konzentration Rasierschaum aufgeschlagen, wie Joey es tat. Als er fertig war, drehte Tim einen Eimer als Sitz herum und ließ Joey zuschauen, wie er die Klinge über seinen Hals und sein Kinn bewegte. Irgendwo in der Ferne sang ein Vogel und ein Lastwagen rumpelte auf der entfernten Straße vorbei. Ansonsten war es auf der Plantage still genug, um das dumpfe Schaben der Klinge zu hören.

„Was denkst du?", fragte er Joey, nachdem er mit einer Seite fertig war.

Joey zeigte auf ihn. „Du hast eine Stelle übersehen."

Er tupfte Joey ein wenig Rasierschaum auf die Nase und schaute genauer in den Spiegel.

„Das machst du gut, Kleiner."

Joey nickte eifrig. „Daddy hat sich immer so rasiert."

Tim biss die Zähne zusammen. Scheiße. Kein Wunder, dass der Junge so fasziniert war. Aber verdammt. Was genau sollte ein Mann zu so etwas sagen? Tim wusste, abgesehen von der Tatsache, dass er vor nicht allzu langer Zeit in einem Drachenkampf ums Leben gekommen war, nichts über Joeys Vater.

„Ach ja?" Er zwang sich, weiterzumachen. Er könnte ein Buch über Versagerväter wie seinen eigenen schreiben. Aber einen hingebungsvollen Vater zu verlieren...

„Ja." Joey lächelte, was gut war. „Aber seine Haare waren rot."

Tim hielt lange genug inne, um Joey das Haar zu zerzausen. „So wie deine, hm?" Der Junge grinste von Ohr zu Ohr. „Ich schätze, das bedeutet, dass du eines Tages ebenfalls ein mächtiger Drache sein wirst."

„Eines Tages." Joey nickte ernst.

Tim schluckte den Kloß in seinem Hals hinunter und machte sich daran, die andere Seite zu rasieren. „Dann kann ich dir wohl eines Tages auch beibringen, wie man sich so rasiert."

Joey sprang vor Freude praktisch von seinem Eimer auf. „Wirklich?"

„Na logisch." Tim wischte sich den Rasierschaum aus dem Gesicht und drehte sich so, dass Joey beide Seiten sehen konnte. „Wie sehe ich aus?"

„Netter", sagte Joey prompt.

Tim lachte. „Netter? Wie sehe ich denn sonst aus?"

Joey zuckte mit den Schultern. „Wie ein Bär. Ein richtig starker Bär."

Tim strich sich mit der Hand über das Kinn und betrachtete sich im Spiegel. Er nahm an, dass ihn das bedrohlich wirken ließ. Aber nun ja, *netter* klang gut, besonders heute Abend.

Er griff nach dem Becher und wirbelte den Rasierpinsel auf Joeys Wangen herum, was ihn zum Kichern brachte.

„Hier." Tim hob Joey hoch, damit er in den Spiegel schauen konnte. „Jetzt kannst du üben." Er nahm Joeys Zeigefinger und strich damit wie mit einer Klinge über jede Wange. „Ups. Wir haben eine Stelle übersehen." Dann bedeckte er den Kopf des Jungen mit dem Handtuch und rieb ihn kräftig ab. „Fertig?"

Joey tauchte strahlend aus dem Handtuch auf. Sein Haar war völlig durcheinander, aber egal. Das Wichtigste war, dass ein Gespräch, welches so oder so hätte ausgehen können, ein gutes Ende genommen hatte.

„Fertig", antwortete Joey.

„Nun gut, ich muss los. Was machst du heute Abend?"

Joey sprang von seinem Eimer hinunter. „Mommy und ich schauen uns *Jurassic Park* an."

„Ist dir das nicht zu gruselig?" Joey schüttelte den Kopf. Dann schaute er sich um und flüsterte: „Ich halte mir die Augen zu, wenn es gruselig wird."

Tim lachte und klopfte ihm auf die Schulter. „Das mache ich auch immer. Ich wünsche euch viel Spaß."

Und schon stürmte der Junge los und ließ Tim allein zurück, der sich seine beste Jeans und sein einziges Poloshirt anzog. Er wanderte zu seinem Haus zurück und verlor sich in Gedanken an Mütter und Väter. An Familien, die durch dick und dünn zusammenhielten. An Beständigkeit und an die Freude, die man in kleinen Dingen finden konnte.

Er wurde langsamer und schnupperte in der Brise.

Die kleinen Dinge, murmelte sein Bär und lenkte ihn zur rechten Seite des Pfades.

Er pflückte eine perfekte weiße Frangipani-Blüte und zwirbelte sie den Rest des Weges nach Hause zwischen seinen Fingern. Je näher er kam, desto heftiger raste sein Puls. Und als seine Nase ihn um das Haus herum zu der Stelle führte, wo Hailey auf seiner behelfsmäßigen Terrasse saß, blieb er stehen. Sie hielt eine neue Tasse Kaffee in der Hand, hatte die Augen geschlossen und den Kopf zurückgelehnt. Ihr Haar glänzte in der Nachmittagssonne und vor ihr lag ein Blatt Papier auf dem Tisch. Es war gefüllt mit Notizen, Kreisen und Durchgestrichenem. Ihr Plan für die Zukunft, so vermutete er. In einer Ecke war sogar eine Skizze von einem Haus zu sehen. Vielleicht ihre Hütte in Montana?

Ihn packte der Drang, nach dem Stück Papier zu greifen, es zusammenzuknüllen und wegzuwerfen, als ob es Hailey vom Weggehen abhalten würde. Aber er riss sich zusammen und tat lieber wieder so, als wäre alles in Ordnung – eine Angewohnheit, der er inzwischen mehr abgewinnen konnte, als er es je zuvor geahnt hätte. Hailey hatte recht. So zu tun, als wäre es alles in Ordnung, war ab und zu okay.

Er räusperte sich und sah, wie ihre Augen aufflatterten. Die himmelblaue Farbe intensivierte sich, als sie seinen Anblick in sich aufnahm.

„Hi. Oh, wow." Sie riss die Augenbrauen hoch und bemühte sich, sich zu fangen. „Ich meine, du siehst gut aus. Ein besonderer Anlass?"

Er grinste und streckte eine Hand aus. „Ja."

In dem Moment, als Hailey ihre Hand in seine legte, wurde ihm warm. Er musste sich bemühen, sie nicht in eine Umarmung zu ziehen. Als er ihr die Blüte hinter das Ohr steckte, lächelte sie und sein Bär freute sich über ihr Vertrauen.

„Und der Anlass ist…?", fragte sie.

„Bist du damit einverstanden, dich überraschen zu lassen?"

Sie lachte. „Solange es keine Hochzeit oder den Besuch von jemandem beinhaltet, den ich nicht sehen will."

Er schüttelte sofort den Kopf. „Keine Hochzeiten. Keine Besuche. Nur ich."

Er hatte nicht beabsichtigt, die letzten beiden Worte so heiser zu hauchen. Aber es geschah und dieses energiegeladene, knisternde Gefühl stellte sich wieder ein. Dieses Flüstern aus den Tiefen der Berge, das ihm sagte, dass sie die Eine für ihn war.

Hailey saugte ihre Unterlippe zwischen ihre Zähne und beugte sich näher zu ihm heran. Ihr Blick fiel auf seine Lippen und als sie antwortete, war auch ihre Stimme heiser.

„Klingt nach einer guten Überraschung."

Er nickte. „Das verspreche ich."

Was ein wenig beängstigend war, denn wie konnte er sich so sicher sein, dass ihr gefallen würde, was er plante?

Ihr Blick wanderte an seinem Körper auf und ab und sie ließ sich Zeit, ihn zu mustern. „Gibt es eine Kleiderordnung für diese Überraschung?"

Er schüttelte den Kopf. „Nein. Du bist perfekt, genauso wie du bist."

Ja, er meinte es in mehr als einer Hinsicht. Und ja, sie erröten zu sehen, brachte sein Blut in Wallung.

Er holte tief Luft, denn jetzt war es so weit. „Okay. Also gut. Bist du bereit für ein Stückchen Freiheit?"

Haileys Lächeln wurde breiter und ihre Augen strahlten. „Darauf kannst du wetten."

Kapitel 16

Tim führte Hailey in die Scheune und zeigte auf die Fahrzeuge, wobei er so tat, als wäre er innerlich genauso cool wie äußerlich.

„Also, die Dame hat die Wahl. Bevorzugst du den stilvollen Komfort des Toyotas…" Er zeigte auf den ramponierten alten Pick-up Truck, den er sich mit den anderen Jungs teilte. „Oder das – was ist das richtige Wort dafür? – berauschende Fahrvergnügen das Motorrads?"

Hailey zögerte nicht. „Wenn wir von Freiheit sprechen, muss es das Motorrad sein."

Ein kleiner Adrenalinstoß durchfuhr ihn. Er war ganz ihrer Meinung und außerdem bedeutete das Motorradfahren, dass er Hailey ganz nah bei sich haben konnte.

„Perfekt." Er nahm zwei Jacken von den Haken an der Wand.

Die Harley war eine von Connors wenigen Extravaganzen und wann immer er und Jenna gerade keine Spritztour unternahmen, durften die anderen sie gern benutzen.

„Ich wette Joey liebt das Ding", sagte Hailey.

Er lachte. „Cynthia hat es gehasst, aber sie hat Dell erlaubt, eine Runde auf dem Gelände mit Joey zu drehen. Sie fuhren etwa zehn Kilometer pro Stunde – kaum schnell genug, um aufrecht zu bleiben – und trotzdem ist Cynthia kreidebleich geworden. Joey war jedoch begeistert."

„So ein Glückspilz." Hailey zwinkerte.

Nun, ja und nein, aber er hatte jetzt nicht die Zeit, das näher zu erläutern. Tim reichte Hailey seine Lederjacke und zog sich selbst die von Connor an. Er wollte auf keinen Fall zulassen, dass Hailey den ganzen Abend lang in den Geruch eines anderen Mannes gehüllt wäre, selbst wenn es nur der seines glücklich verpaarten Bruders war.

Die Befriedigung, die es ihm gab, ihr dabei zuzusehen, wie sie den Reißverschluss lässig zuzog, brachte seinen Bären auf alle möglichen gefährlichen Ideen.

Behalte sie. Sag es ihr. Mach sie zu der Unseren, knurrte er.

Er ignorierte es und lenkte sich damit ab, zusätzliche Pullover und eine Decke in die Satteltaschen zu stopfen.

„Oha. Wir bleiben doch aber auf Maui, oder?", scherzte sie.

Er grinste. „Ja. Aber dort, wo wir hinfahren, wird es kalt. Zumindest habe ich das gehört."

„Du warst noch nie da?" Er schüttelte den Kopf, was sie noch glücklicher zu machen schien. „Cool. Dann ist es also eine Art Überraschung für uns beide", entschied Hailey.

Das Lachen war ihm noch nie so leicht gefallen wie in Haileys Gegenwart. „Das könnte man so sagen."

Als er ihr einen Helm reichte, zögerte sie nur, um die Blüte, die er ihr hinters Ohr gesteckt hatte, abzunehmen und sie auf ein Regal an der Wand zu legen.

Er setzte sich einen Helm auf, schwang ein Bein über den Sitz und ließ den Motor an. Dann ließ er seinen besten James Dean-Blick aufblitzen und deutete Hailey mit einem Nicken an, aufzusteigen. „Spring auf."

„Ja, Sir."

Hailey lachte und glitt geschmeidig auf den Sitz, als würden sie jeden Tag eine Spritztour unternehmen. Die Fahrt, um ihre Mutter zu treffen, war rein geschäftlich gewesen, aber das hier...

Es machte riesigen Spaß, den Highway mit ihr hinunterzufahren, auch wenn die Geschwindigkeitsbegrenzung nur siebzig Kilometer pro Stunde zuließ. All diese Gerüche, die ihm gleichzeitig in die Bärennase stiegen – Gerüche, die er auseinanderpflücken und genießen konnte, da sie zur Abwechslung einmal nicht zu einer weiteren Konfrontation fuhren. Der erdige Geruch der Berge vermischte sich mit dem süßen Duft der Gardenien. Der würzige Geruch von Ingwer und der mildere Duft der hohen Gräser, die an den Berghängen wuchsen. Auch die Bewegung war angenehm, etwa wie auf einem Pferd zu reiten. Er lehnte sich in jede Kurve und Hailey tat es ihm gleich. Sie beide bewegten sich in perfekter Harmonie. Selbst auf den geraden Stücken hielt sie ihre Hände fest um seine Taille geschlungen.

Er hätte vor Freude jauchzen können – und das war nur der erste Teil ihres gemeinsamen Abends.

Hailey verspannte sich, als sie an der Abzweigung zum Kapa'akea Resort vorbeifuhren. Aber als sie langsamer wurden, um durch Lahaina zu fahren, drehte sie ihren Kopf wieder nach links und rechts. Es war fast eine Schande, anzuhalten, aber sie hatten noch eine lange Fahrt vor sich. Also rollte er in eine Parklücke und stellte den Motor ab.

„Sind wir angekommen?", fragte Hailey und beugte sich über seine Schulter.

Tim kämpfte gegen die Versuchung an, den Kopf seitlich zu drehen, um sie zu küssen. „Das ist nur unser erster Halt." Er deutete auf die historische Stadt.

Es war mitten in der Woche und kein Tag, an dem ein Kreuzfahrtschiff angelegt hatte, was die Straßen ruhiger machte als sonst. Trotzdem wäre es ein Albtraum geworden, einen Parkplatz zu finden, wären sie nicht mit dem Motorrad hier. Und es war außerdem gut, dass er Hailey gesagt hatte, sie solle auch ihre Baseballkappe mitnehmen. Mit dem heruntergezogenen Schirm und den vom Helm zerzausten Haaren war die Wahrscheinlichkeit, dass jemand sie erkannte, geringer.

Sie kicherte und strich mit den Händen über den Schirm der Mütze. „Sie stellt sich als praktischer heraus, als ich zunächst gedacht hätte."

Er lachte. Es war dieselbe rosafarbene Kappe, die er ihr an jenem schicksalhaften Tag in Waikiki gekauft hatte.

Schicksal, murmelte sein Bär. *Du weißt, dass es das ist.*

Ja, das war es, aber manche Dinge sollten eben nicht sein.

„Geht es dir gut?", fragte Hailey und berührte seinen Arm.

Er täuschte ein Lächeln vor und deutete die Straße hinunter. „Ja. Hier entlang."

Während sie gingen, schaute er sich auf den Straßen um, um nach Anzeichen von Ärger Ausschau zu halten – und nach seinem Unterstützungsteam. Einen Häuserblock weiter entdeckte er Dell, der sie von der anderen Straßenseite aus beschattete. Chase tauchte ein paar Schritte vor ihnen auf dem Bürgersteig auf und wurde immer dann langsamer, wenn Hailey sich irgendwo T-Shirts oder Holzschnitzereien in einem Geschäft ansah.

„Das ist großartig", schwärmte sie und zeigte um sich.

Er nahm ihre Hand. Es war großartig und das nicht nur wegen der Atmosphäre des Ortes, einem jahrhundertealten Walfanghafen mit schwingenden Ladenschildern und langen, überdachten Balkonen.

„Oh." Sie blieb stehen, als sie Chase entdeckte. „Schau mal. Lass uns ihn begrüßen."

Hallo und Tschüss, hätte Tim fast gebrummt. Er war für die Unterstützung seines Bruders dankbar, aber begierig darauf, Hailey ganz für sich allein zu behalten.

Chase winkte. Es gelang ihm tatsächlich, so zu tun, als wäre er nur zufällig dort. Ein kleines Wunder an sich, denn Chase hatte immer noch nicht alle Nuancen menschlichen Verhaltens gemeistert. Auch wenn es schon Jahre her war, seit er aus der Wildnis gekommen war.

Dell schlenderte ganz fröhlich und unschuldig herbei, als wäre auch er nur zufällig in der Nähe.

Ist die Luft rein? grunzte Tim in die Gedanken seines Freundes.

Dell nickte. *Roger. Kein feindlicher Gestaltwandler im Umkreis von Kilometern und damit meine ich im Umkreis von Maui nicht nur Lahaina. Du kannst dein Date genießen.*

Es ist kein Date, protestierte Tim. Es war nur ein netter Abend um Haileys willen.

Dell zog eine blonde Augenbraue hoch. *Bist du dir dessen sicher?*

Tim runzelte die Stirn, aber verdammt es fühlte sich sehr wie ein Date an. Hailey stand ganz nah an seiner Seite und wärmte ihn. Ihre Hand fühlte sich in seiner so richtig an. Die Sonne senkte sich langsam dem Horizont entgegen und der Klang eines Straßenmusikers driftete den Häuserblock hinunter.

„Hallo, Chase. Oh, Dell. Sie sind auch hier", sagte Hailey.

Chase schenkte ihr sein übliches schüchternes Lächeln, während Dell sofort auf sie zustürmte, um Hailey auf beide Wangen zu küssen. Er ignorierte Tims warnendes Knurren.

„Hey! Schön, Sie zu sehen. Gefällt Ihnen die Stadt?"

„Auf jeden Fall." Sie nickte und drängte sich wieder an Tims Seite.

Er grinste Dell an. *Siehst du? Meine.*

Dell grinste zurück. *Nur zu offensichtlich, Kumpel. Denke nur daran, dich nicht Hals über Kopf hineinzustürzen.*

Als ob Tim diese Ermahnung gebraucht hätte.

„Seid ihr auf dem Weg zur Arbeit?", fragte Tim, als ob er es nicht wüsste.

„Ja. Gleich dort drüben. Das Lucky Devil." Dell zeigte Hailey die Bar.

„Wir machen vorher noch einen Stopp", fügte Chase hinzu und klang dabei eindringlicher als sonst.

Dell rollte mit den Augen. „Natürlich. Denn wir brauchen dringend einen Drink, bevor wir in einer Bar arbeiten gehen."

Aber es stellte sich heraus, dass es nicht um diese Art von Drink ging. Chase führte sie zu einem Imbisswagen zwei Häuserblöcke weiter, der am Rand des Strandparks stand. Seine Schritte wurden schneller und sein Gesicht immer hoffnungsvoller.

Was ist hier eigentlich los? fragte Tim Dell.

Dell grinste. *Das wirst du gleich selber sehen.*

„Die besten Smoothies in der Stadt", sagte Chase zur Erklärung.

Tim starrte ihn an. „Smoothies?"

Chase war ein Wolfsgestaltwandler – ein Fleischfresser, durch und durch. Ein Kerl, der nach Steaks und Burgern lechzte, während er so ziemlich alles andere zu meiden schien.

„Ich liebe Smoothies", zwitscherte Hailey, als sie das Angebot las.

Zwei Touristen entfernten sich vom Bestellfenster des Imbisswagens und Chase trat vor. Er strahlte wie ein Kind bei seinem ersten Zirkusbesuch. „Hi."

Chase war noch nie ein großer Redner gewesen, aber das brauchte er auch nicht zu sein, denn seine Körpersprache erledigte den Rest. Er war so aufgeregt wie ein Golden Retriever. Tim konnte praktisch sehen, wie sein innerer Wolf mit dem Schwanz wedelte.

„Hi", hauchte die Brünette im Smoothie-Wagen zurück.

Für eine lange Minute passierte nichts, außer dass die beiden sich gegenseitig anstarrten.

Schaut, schaut, gluckste Dell in Tims Gedanken. *Ein verliebter Wolf.*

Tim blinzelte ein paar Mal. Chase war in die Frau aus dem Smoothie-Wagen verliebt?

„Kann ich Ihnen das Übliche anbieten?", flüsterte sie Chase in einem Tonfall zu, der eher nach *Möchten Sie heute Abend mit mir ausgehen?* klang.

Nicht, dass sie ihn das direkt fragen würde. Die Frau schien genauso schüchtern wie Chase selbst zu sein und ebenso still. Ein niedlicher Bücherwurm mit zwei schlichten geflochtenen Zöpfen.

Chase nickte eifrig. „Ja, bitte."

„Machen Sie vier daraus", rief Dell und schaute Hailey an. „Passt Ihnen das?"

„Von mir aus gern", sagte sie fröhlich.

Das Smoothie-Mädchen blinzelte ein paar Mal und bemerkte die anderen dabei zum ersten Mal. „Oh. Richtig. Vier."

„Wir warten einfach hier drüben", sagte Dell laut und winkte Tim und Hailey zum Park hinüber.

„Wie lange läuft das denn schon?", flüsterte Tim.

Dell seufzte. „Ein paar Wochen. Sie ist neu in der Stadt."

Harmlose Schwärmerei oder die große Liebe? Tim sandte die Frage direkt in Dells Gedanken.

Dell lachte. *Das fragst ausgerechnet du? Schau ihn dir doch mal an!*

Hailey lächelte und schaute zu ihnen zurück. Chase rührte sich nicht von der Stelle und beobachtete jede Bewegung der Frau. „Sie sind niedlich."

Dell rollte mit den Augen. „Ja. Niedlich. Es ist ekelhaft."

Tim warf Hailey einen entschuldigenden Blick zu. „Dell ist nicht gerade romantisch."

„Natürlich bin ich das", protestierte Dell. „Abendessen bei Kerzenschein direkt am Wasser. Langsame Tänze. Champagner – das volle Programm. Ich dehne die Dinge nur nicht über ihr Verfallsdatum hinaus aus."

Hailey gluckste und schmiegte sich enger an Tim, der sogleich aufrechter und stolzer dastand. „Ich schätze, manche Leute mögen es so." *Ich gehöre nicht dazu,* sagte ihr Tonfall.

Ich auch nicht, hätte Tim ihr fast zugestimmt.

„Igitt. Schaut sie euch doch einmal an", murmelte Dell. Das Smoothie-Mädchen hatte Chase die ersten beiden Becher gereicht. Aber sie waren dabei erstarrt, um sich wieder in die Augen zu sehen, wobei jeder von ihnen den Becher festhielt, als wäre dieser Beinahekontakt der Höhepunkt ihres Tages. „Ich gehe bezahlen, sonst kommen wir hier nie wieder weg."

Er wanderte hinüber und ließ Tim und Hailey allein zurück.

„Sie sind niedlich", beharrte Hailey. „Aber das dort drüben ist irgendwie traurig." Sie deutete auf einen Mann, der im Park auf einem Stück Pappe lag.

Tim lachte. „Er ist nicht obdachlos. Er hält nur eine Siesta. Das machen die Einheimischen so." Er war noch nicht sehr lange auf Maui, aber so viel hatte er bereits gelernt. „Siehst du?"

Während er sprach, kam eine Frau in einem schwingenden Mu'umu'u vorbei. Sie legte ein weiteres Stück Karton ins Gras und ließ sich darauf nieder, um das Meer zu betrachten.

„Wie ein Strandlaken?", fragte Hailey.

Er nickte. Und ehe er sich versah, sprang Hailey in die Richtung eines Mülleimers davon.

„Was machst du da?", rief er.

„Ich schmecke die Freiheit." Hailey lachte und griff das Stück Pappkarton, das an den Mülleimer gelehnt stand. Es war genau zu diesem Zweck dort zurücklassen worden, vermutete Tim. Sie zog es zur Ufermauer hinüber, ließ sich darauf fallen und tätschelte den Platz neben sich. „Komm schon."

Das Grinsen spannte seine Wangen so sehr, dass es schmerzte. Er war nach den Vorkommnissen, die ihm wie Wochen der Anspannung vorkamen, etwas aus der Übung.

„Meine Mutter wäre schockiert", murmelte sie fröhlich. „Vielleicht versuche ich mich sogar einmal im Surfen."

Er lachte und rutschte ein Stückchen näher, bis sie Hüfte an Hüfte saßen. „Das wird wahrscheinlich noch etwas warten müssen. Morgen werden rote Flaggen erwartet, hat Jenna gesagt. Mit anderen Worten, gefährliche Wellen."

Sie winkte lässig mit der Hand. „Dann eben reiten. Oder vielleicht Skateboard fahren." Darüber lachte er lauthals und sie lachte ebenfalls. Sogar ihre Augen lachten mit, als sich ihre Blicke trafen und sein Körper ganz warm wurde.

Er schwenkte seinen Blick zum Meer hinüber und Hailey tat es ihm nach. Eine weitere stille Minute verging, bevor einer von ihnen wieder etwas sagte.

„Also, erzähle mir von deinen Brüdern", murmelte sie.

„Connor und ich sind gemeinsam an der Grenze zwischen Utah und Idaho aufgewachsen. Chase ist unser Halbbruder väterlicherseits."

Er beschloss, nicht ins Detail zu gehen. Sein Vater war ein Myriadengestaltwandler, der jede Form annehmen konnte, die er wollte. Das erklärte auch, warum Tim selbst – genau wie seine Mutter – ein Bärengestaltwandler war, während Connor ein Drache und Chase ein Wolf war. Chase' Mutter war eine Vollblutwölfin. Wo ihr Vater sich derzeit herumtrieb, wusste Tim jedoch nicht.

„Wir haben uns gleich nach dem Highschool-Abschluss beim Militär verpflichtet und dann ein paar Mal verlängert. Wir alle zusammen. Und danach sind wir hierhergekommen."

Er blickte auf den glitzernden Ozean hinaus. Maui. Sein neues Zuhause?

Hailey ließ eine Sekunde verstreichen, bevor sie mit gedämpfter Stimme fragte: „Ist es schwer?"

Er schaute sie an. „Ist was schwer?"

Sie machte eine vage Geste. „Der Übergang. Wieder nach Hause zu kommen."

Die Palmen entlang der Uferpromenade warfen lange Schatten und Tim starrte in die Ferne. Ehrlich gesagt hatte er nicht oft über das Thema nachgedacht. Nach Maui zu kommen war so ähnlich wie ein neuer Posten beim Militär. Zugegebenermaßen wesentlich lockerer als in der Armee. Er lebte mit der Kerngruppe seiner alten Einheit zusammen – mit seinen Brüdern und Dell, obwohl sein Herz noch immer für die Kameraden schmerzte, die sie während der letzten Tage ihres Dienstes verloren hatten.

Er lenkte seine Gedanken von diesem dunklen, gefährlich rutschigen Pfad ab und konzentrierte sich auf die Gegenwart. Mit seiner Arbeit als Sicherheitsmann – ganz zu schweigen von Cynthias strengem Führungsstil – fühlte es sich gar nicht so anders an als beim Militär.

„Nicht sonderlich schwer", murmelte er.

Sein Bär schnaubte.

Okay, er hatte also gute Arbeit geleistet, seine Emotionen für eine lange Zeit wegzuschließen. So lange, dass er angefangen hatte zu vergessen, wie sich viele von ihnen überhaupt anfühlten. Aber insgesamt betrachtet, ergab es mehr Sinn für ihn, sich abzuschotten. Logik funktionierte. Mit Logik erledigte man alle Aufgaben, ohne die Zweifel und den Herzschmerz zu erleiden, der entstand, wenn man sich zu sehr auf jemanden einließ. Und wenn er diese innere Mauer ein wenig zu lange aufrechterhalten hatte – daran war doch nichts auszusetzen, oder?

Aber es fühlt sich gut an, flüsterte sein Bär. *Zu fühlen fühlt sich gut an.*

Er runzelte die Stirn und zupfte an ein paar Grashalmen. Gefühle waren schön und gut, solange die Emotionen angenehm waren. Aber das Schlechte folgte dem Guten meist direkt auf den Fersen und dann war es besser, es ganz zu vermeiden.

Etwas Warmes und Weiches berührte seine Schulter und die Anspannung, die sich in seine Muskeln geschlichen hatte, löste sich wieder. Er blickte auf und sah, dass Hailey ihn berührte.

In der nächsten Minute passierte nichts. Nun, zumindest nicht äußerlich. Aber von Innen wurde ihm ganz warm und flauschig. Seine Atmung verlangsamte sich und sein Puls wurde ruhiger. Das Rauschen der Brandung stieg in seine Ohren und ihm ging das Herz auf.

Gefährtin, seufzte sein Bär. *Sie ist meine Gefährtin.*

Er holte tief Luft und wollte es nicht glauben. Aber was sonst könnte seinen inneren Bären auf diese Art beruhigen, wenn nicht seine Schicksalsgefährtin?

Hailey zog langsam ihre Hand zurück und schaute mit einem ehrfürchtigen Blick auf ihre Finger. So als würden sie vielleicht kribbeln oder so. Er spürte es auf jeden Fall.

„Na wer ist jetzt niedlich?", stichelte Dell, als er mit ihren Smoothies zurückkkam.

Tim wirbelte herum und knurrte. „Musst du nicht zur Arbeit?"

Dell lachte. „Touché, mein lieber Bä–, Kumpel."

Er korrigierte sich mit einem Lachen und wandte sich ab, wobei er einen widerwilligen Chase mit sich zog. „Einen schönen Abend noch."

„Bis bald?", rief die Smoothie-Frau Chase hinterher.

„Bis bald", sagte Chase so ernsthaft wie ein Ritter auf einem Knie, der ein Gelübde ablegte.

Eines Tages würde Tim herausfinden müssen, wer diese Frau war und wie ernst Chase es mit ihr meinte. Aber im Moment konnte er kaum sein eigenes Herz schützen, geschweige denn das seines Bruders.

„Auf Wiedersehen", sagte Hailey. Dann nahm sie einen langen Schluck von ihrem Smoothie und schmatzte mit den Lippen. „Wow. Der ist aber lecker. Und weißt du was?", flüsterte sie ganz nah an Tims Ohr.

Er lehnte sich vor, denn er war fest entschlossen, jede Sekunde mit ihr zu genießen.

„Ich habe jetzt schon einen schönen Abend", flüsterte sie.

Er lächelte. „Das war der Plan. Und er ist noch nicht zu Ende."

Hailey sah fast genauso aufgeregt aus, wie Joey es bei der Aussicht auf eine Rasur gewesen war. „Ist er das nicht?"

Tim nippte an seinem Smoothie und schüttelte den Kopf. „Nein." Dann hakte er mithilfe seiner Finger eine gedankliche Liste ab: „Also – normal sein und normale Dinge tun – abgehakt. Normale Leute treffen... " Er täuschte ein Stirnrunzeln vor. „Ich bin mir nicht sicher, ob Dell und Chase als normal gelten... "

Hailey stieß ihm mit dem Ellbogen in die Rippen. „Sie sind wirklich sehr süß."

„Genau. Süß." Tim dachte noch etwas nach. „Den Schaufensterbummel haben wir auch schon gemacht, es bleiben also noch das Abendessen und die Sterne, nicht wahr?"

Haileys Augen strahlten.

Tim wusste, er hätte einfach nicken und etwas Triviales tun sollen, wie zum Beispiel mit seinem Pappbecher gegen ihren anzustoßen. Einfach frech *Allerdings* zu sagen und es dabei zu belassen. Aber die Erde bebte regelrecht unter seinem Körper und sein Herz trommelte heftig. Haileys Lippen waren nur Zentimeter von seinen entfernt und ihr Duft zog ihn in ihren Bann.

„Abendessen... ", murmelte er und beugte sich vor, obwohl das Essen das Letzte war, woran er gerade dachte.

Hailey kam ihm entgegen und ihr Blick fiel auf seine Lippen. „Sterne", flüsterte sie.

Ein Flüstern, das verstummte, als er seine Lippen mit einem sanften Kuss auf ihre drückte.

Kapitel 17

Hailey schloss die Augen und blendete alles aus. Alles, bis auf die sanfte Berührung von Tims Kuss. Ein Kuss, der dem Sonnenuntergang sehr ähnlich war, der sich über dem Horizont ausbreitete – voller Licht und Verheißung, so als würde das Beste noch kommen.

Tims Lippen bewegten sich in einem leisen Flüstern und sie schmiegte ihre Hand um seine Wange, um ihm nahe zu sein. Mit dem Daumen streichelte sie über seine Haut. Babyweich war wohl kaum das richtige Wort für Tim – noch nicht einmal für sein frischrasiertes Kinn – aber das war es, was sie spürte. Weiche Haut, eine sanfte Berührung und seinen Duft nach Leder und Kiefernholz.

Das Abendessen war ihr völlig egal und sie sah in ihrem Kopf bereits Sterne. Tatsächlich hätten sie also den Rest des Abends küssend auf einem Stück Pappkarton in diesem Park am Meer verbringen können. Aber Tim löste sich sanft von ihr und hielt nur eine Haaresbreite von ihr entfernt inne. Seine Augen waren geschlossen, aber sein Kiefer plötzlich angespannt.

„Hey", flüsterte sie protestierend. „Das hat mir gefallen."

Seine Lippen verzogen sich zu einem schwachen Lächeln. „Mir hat es auch gefallen."

Warum hatte er dann aufgehört? Sie streichelte seine Wange und hielt ihn nah bei sich. Sie fühlte sich gierig, weil alles an ihm sie dazu brachte, mehr zu wollen. Aber er war schließlich derjenige gewesen, der zuvor gesagt hatte, dass sie *mitspielen* sollte, nicht wahr?

Sie leckte sich über die Lippen, schob ihre Kappe zurück und beugte sich vor. Ihre Schultern stießen aneinander, als sie sich ein zweites Mal küssten. Dieses Mal hielt sie sich an ihm fest und spürte seinen inneren Kampf. Dieses Ziehen und Zerren, das ihn dazu brachte, sie festzuhalten, dann steif zu werden und sich wieder zu entspannen.

Ja, wollte sie sagen. *Genau so. Entspanne dich. Vertraue mir. Was auch immer du tust, bitte verschließe dich nicht.*

Sie neigte den Kopf, kam noch näher und ignorierte die Außenwelt. Ihr Herz schlug heftig und ihr Blut rauschte.

Liebe. Das musste Liebe sein, nicht wahr? Keine Verwirrung. Keine Wut, keine Angst. Nur ein Gefühl der Richtigkeit. Ein Gefühl des Nach-Hause-Kommens.

Als sie ihren Mund öffnete, tat er dasselbe und ihre Lippen vollführten einen langsamen, sinnlichen Tanz. Seine Brust hob und senkte sich genau wie ihre, bis er sich schließlich zurückzog. Sie hielt ihre Augen geschlossen und genoss, wie er mit dem Daumen über ihre Lippen strich.

„Wunderschön", flüsterte er.

Als sie die Augen öffnete, waren seine geschlossen und sie lächelte. Sie hatte das Wort *wunderschön* schon tausende Male in ihrem Leben gehört – von Fotografen, die es hinter ihren Objektiven murmelten. Von Werbefachleuten, die sich mit ihren Entwürfen brüsteten und von Friseuren, die sich zurücklehnten, um ihre Arbeit zu bewundern. Aber Tim sprach über den Moment, nicht über sie.

„Wunderschön", wiederholte sie und lehnte ihre Stirn an seine. Dann lächelte sie und tätschelte den Karton unter ihnen. „Sogar das hier."

Die Luft bewegte sich, als Tim gluckste. „Vornehm, nicht wahr?"

Sie öffnete die Augen und nahm ihn in sich auf. „Perfekt." *Wie du.*

Er holte tief Luft und öffnete die Augen. Dann winkte er mit seinem Smoothie-Becher herum. „Auf Pappe, Parks und Sonnenuntergänge."

„Auf Smoothies", fügte sie hinzu, „und Küsse."

Er schaute sie verlegen an. „Die haben sich irgendwie von selbst eingeschlichen. Das tut mir leid."

„Mir nicht." Fast hätte sie noch mehr gesagt, bevor der Moment verflog. Etwas wie *Ich meine, ich bedaure es nicht im Geringsten. Darf ich dich noch ein wenig länger küssen?*

Aber Tim ergriff das Wort, bevor sie es konnte, stand auf und bot ihr seine Hand an. „Komm mit."

„Was ist mit dem Sonnenuntergang?"

Er grinste. „Dort, wo wir hinfahren, wird der sogar noch besser sein."

Nun, das machte sie auf jeden Fall neugierig und sie stand auf. Sie stellten die Kartonstücke neben die Mülltonne und gingen den gleichen Weg zurück, den sie gekommen waren. Unterwegs hielten sie noch einmal an.

„Das Lucky Devil?", fragte sie, als er langsamer wurde.

Chase stand an der Tür und kontrollierte Ausweise, aber als er Tim sah, reichte er ihm eine Tüte zum Mitnehmen. „Viel Spaß."

„Ich schätze also, wir essen nicht hier?", fragte Hailey, als Tim sie mit sich zog.

Er hielt die Tüte hoch. „Nein. Wir haben ein Abendessen zum Mitnehmen. Ich hoffe, das ist in Ordnung."

Für sie war alles in Ordnung – vor allem Dinge, die diesen wunderschönen Abend noch verlängerten. Also sah sie dabei zu, wie er das Paket in die Satteltasche des Motorrads schob. Als er fertig war, sprang sie hinter ihm auf und eine Minute später fuhren sie bereits durch die Stadt. Sie kamen an einer weiteren Reihe von Geschäften und Restaurants vorbei und außerdem an einem riesigen Baum, der mit Lichterketten geschmückt worden war.

„Wo genau fahren wir hin?"

Er zeigte nach vorn. „Dort hinauf."

Sie blickte über seine Schulter und starrte nach oben. „Bis zur Spitze?"

Er nickte. „Ja."

Er sagte es beiläufig, aber er zeigte dabei auf den Haleakala, den dreitausend Meter hohen Vulkan, der den größten Teil von Maui ausmachte. Als sie das erste Mal nach Pu'u Pu'eo gefahren waren, hatten sie einen Teil des Sockels umrundet, aber der Gipfel war stets in einer Wolkenkrone verborgen gewesen. Jetzt konnte sie bis ganz nach oben sehen.

„Wow", murmelte sie und umarmte ihn fester. Nicht nur *wow* für die Aussicht, sondern *wow* für Tim. Er hatte früher an diesem Tag nicht nur zugehört, er hatte auch geplant – etwas Großes geplant.

Zu ihrer Rechten bildeten das Meer und der Himmel eine einzige Wand aus rosaverfärbtem Blau, während die Sonne langsam tiefer sank. Zu ihrer Linken erhoben sich die Berge von West Maui mit ihren zerklüfteten, wolkenverhangenen Gipfeln.

„Vielen Dank", flüsterte sie.

Sie hatte nicht erwartet, dass er sie hören würde, aber er überraschte sie mit einer Antwort. „Du kannst mir später danken, wenn alles geklappt hat. Ich habe es möglicherweise ein wenig knapp werden lassen."

Sie lächelte. Offensichtlich waren die Küsse im Park nicht Teil seines Plans gewesen. Aber verdammt. Selbst wenn sie den Sonnenuntergang auf dem Vulkan verpassten, war die Fahrt es trotzdem wert.

Tim ließ den Motor aufheulen und überschritt das Tempolimit. Wenig später bog er nach rechts auf eine Straße ab, die ernsthaft anzusteigen begann. Erst in einer langen, geraden Strecke und dann in einer Reihe von engen Kurven.

„Silberschwert", rief Tim über seine Schulter, als sie an einer hohen, stacheligen Pflanze am Straßenrand vorbeikamen.

Sie hatte in einem der staubigen Bücher in Pu'u Pu'eo davon gelesen. Eine Pflanze, die nur ein einziges Mal in ihrer Lebenszeit blühte, so erinnerte sie sich. Ein wenig wie die wahre Liebe – etwas, auf das man nur eine flüchtige Chance bekam, einmal im Leben und dann nie wieder.

Sie schlang ihre Arme um Tims Taille und schloss die Augen.

Einige Zeit später hielt er an einer Kurve an – und das gerade noch rechtzeitig.

Sie nahmen ihre Helme ab und blickten nach Westen.

„Wow", hauchte Hailey und drückte seine Hand.

Der felsige Aussichtspunkt war zwar nicht ganz oben auf dem Berg, aber der Ausblick reichte kilometerweit – Hunderte von Kilometern, wie es schien – über mehrere andere Inseln und den halben Pazifik hinweg. Drei Fahrzeuge hatten am selben Aussichtspunkt angehalten und die Leute schossen Fotos. Aber nicht einmal ein Weitwinkelobjektiv könnte dieser Aussicht gerecht werden. Also prägte sich Hailey den Moment genau ein. Dieses satte, himmlische Rot. Die Wärme von Tims Hand. Das Zittern in ihren Beinen nach all der Zeit auf einem brummenden Motorrad.

„Wunderschön", flüsterte sie.

Tim berührte ihre Wange. „Deine Augen sind geschlossen."

Sie zuckte mit den Schultern. „Es ist so wunderschön, dass der Anblick allein nicht ausreicht, um es wirklich zu erfassen."

Tim verstummte und als sie wieder aufschaute, waren auch seine Augen geschlossen. Dann öffnete er sie, schaute sie direkt an und öffnete den Mund. Plötzlich war er ganz ernst.

„Hailey, ich muss dir wirklich etwas sagen... "

Sie beugte sich vor und hoffte, dass er ihr endlich sein Herz und seine Seele ausschütten würde. Aber ein Wagen hupte einen anderen an und sie rissen beide ihre Köpfe herum. Als sie sich wieder umdrehte, kratzte Tim sich am Ohr und starrte auf seine Füße. Dann schaute er mit fest zusammengepressten Lippen auf und sprach endlich.

„Möchtest du einen Pullover haben?"

Sie schüttelte den Kopf. Nein, sie wollte keinen Pullover haben. Sie wollte, dass er die Worte sagte, die ihm ein paar Sekunden zuvor auf der Zunge gelegen hatten. Aber Tim trat in den Dreck und der Moment verflog.

„Nein, danke", flüsterte sie und kletterte erneut hinter ihm auf das Motorrad.

Die Luft wurde kühler, je weiter sie aufstiegen, aber die Dämmerung zog sich immer weiter hinaus. Der Himmel schien ewig weiterzugehen, ebenso wie die letzten Töne des Sonnenuntergangs. Schließlich siegte die Nacht und breitete ihre dunkle Decke über der Insel aus. Hailey lauschte dem Brummen des Motorrads und klammerte sich an Tims warmen Körper. Als er anhielt und den Motor am höchsten Punkt abstellte, war die Stille beeindruckend.

Sie nahm ihren Helm ab und saß einen Moment lang still, während sie alles in sich aufnahm. Sie zitterte ein wenig. Es war so kalt, aber trotzdem gleichzeitig unglaublich. Der Wind flüsterte über die Mondlandschaft, die sich um sie herum entfaltete, und die Grillen zirpten.

„Wow", hauchte sie und blickte über den Krater, die Aussicht und den Himmel.

„Warte mal", flüsterte Tim und öffnete die Satteltaschen.

Hailey schloss ihre Arme um sich selbst und beobachtete jede seiner Bewegungen. Der Mann hatte ihr ein Abendessen und Sterne versprochen und er hatte es verdammt noch mal so gemeint. Innerhalb von fünf Minuten saßen sie Seite an Seite an einem Picknicktisch und hatten sich eine Decke um die Schultern geschlungen. Tim entzündete ein Streichholz, um eine kleine Laterne mit einer Kerze darin anzuzünden, und stellte sie vor ihnen hin. Das schwache Licht flackerte über das Abendessen, das er vor ihnen ausgebreitet hatte, und schimmerte weinrot durch eine Flasche Wein.

„Schraubverschluss." Er zeigte mit einem entschuldigenden Achselzucken darauf.

Sie lachte und der Klang drang durch die Nacht. Als ob es irgendetwas gäbe, was ihren Abend jetzt ruinieren könnte.

„Das beste Abendessen aller Zeiten", sagte sie, während er den Wein in zwei Pappbecher füllte.

„Du hast es ja noch gar nicht probiert."

„Das ist egal. Ich weiß es einfach."

Wie sich herausstellte, war das Abendessen köstlich – Fischfrikadellen, die immer noch warm waren, mit Kartoffelsalat und frischem Baguette Brot, das perfekt zum Wein passte.

„Ich schätze, es sollte Weißwein sein, oder?" Tim schaute in seinen Becher.

Sie stupste ihn in die Rippen. „Für Picknick-Abendessen auf Vulkanen gelten besondere Regeln. Wusstest du das nicht?" Sie nahm noch einen Bissen. „Es ist perfekt. Oh! Sieh mal!" Sie zeigte auf eine Sternschnuppe, die durch den Himmel schoss. „Wünsch dir etwas."

Zu ihrer Überraschung schüttelte Tim jedoch den Kopf. „Meine Wünsche sind schon wahr geworden."

Seine Worte wärmten sie, aber sie machten ihr auch Angst. Ihre eigenen Wünsche reichten weit in die Zukunft, aber Tim klang fast so, als wäre er mit dem zufrieden, was er bereits hatte.

Er neigte sein Gesicht zum Nachthimmel hinauf und zeigte nach oben. „Die Milchstraße... "

Sie lehnte sich an seine Schulter und folgte seinem Finger zu dem hellen Band am Himmel.

„Großer Wagen", murmelte sie, als sie das Sternbild in der Nähe des Horizonts entdeckte.

„Großer Bär", korrigierte er sie.

„Das ist doch dasselbe, oder?"

Er schüttelte den Kopf. „Es sieht eher wie ein Bär aus."

„Wie das?"

Er zeigte nach oben. „Siehst du den Stern dort? Das ist der Rücken des Bären und dort drüben ist sein Schwanz."

Sie neigte den Kopf. „Bist du dir sicher?"

Er nickte entschlossen, was sie zum Lachen brachte.

„Was macht dich zu einem solchen Bärenexperten?"

Er rieb sich das Kinn etwas länger mit der Hand, als sie es erwartet hätte. „Ich schätze, ich habe genügend Bären gesehen, um es zu wissen."

Sie lachte. „Vor den wenigen Bären, die ich gesehen habe, bin ich zu schnell weggelaufen, um viel zu sehen."

Komisch, Tim lachte nicht. Er gluckste nicht einmal und sie fragte sich, was los war.

„Vielleicht sind sie gar nicht so schlimm", sagte er nach einer nachdenklichen Pause.

Sie lachte. „Ich möchte niemals nah genug herankommen, um es selbst herauszufinden." Sie kuschelte sich unter der Decke näher an ihn. Warum war er so steif geworden? „Ist dir warm genug?"

Er nickte zuckend.

Sie zeigte nach links und versuchte, das Gespräch wieder in Gang zu bringen. „Mein Großvater hat mir immer die Sterne gezeigt. Aber das ist schon eine Weile her. Ich bin mir ziemlich sicher, dass das dort drüben Drakon ist."

Er nickte. „Drakon, der Drache."

Sie kicherte. „Der gefällt mir."

„Warum?"

„Eine fiktive Kreatur. Nichts, worüber man sich Sorgen machen müsste", scherzte sie. Aber dann runzelte sie die Stirn. „Obwohl ich auch dachte, dass Werwölfe ebenfalls Fiktion wären."

„Wolfsgestaltwandler", sagte er und korrigierte sie damit leise.

Offensichtlich war der Mann ein Verfechter von Terminologie, aber sie beschloss, es darauf beruhen zu lassen. Lamar war verschwunden und sie war entschlossen, ihre seit langem erste Nacht in Freiheit zu genießen.

Schweigend betrachteten sie die Sterne und Haileys Gedanken schweiften ab. In den letzten Tagen war so viel passiert – genügend, dass es sich anfühlte, als wäre viel mehr Zeit vergangen. Sie hatte das Gefühl, als würde sie Tim schon lange kennen – nun, vielleicht nicht seit Jahren, aber mindestens seit ein paar Monaten. Verdammt, allein in den letzten vierundzwanzig Stunden war genug passiert, um ihre Gedanken zum Rasen zu bringen.

Sie streckte ihm ihren Becher zum Nachfüllen entgegen und zog ihn dann wieder zurück. „Ups, ich trinke ihn ja ganz alleine aus."

Tim schüttelte den Kopf und schenkte ihr den Rest ein. „Ich muss fahren."

Sie schaute ihn an. Das war Tim auf den Punkt gebracht. Er stellte sie an erste Stelle. Er beschützte sie, so wie er es vom ersten Tag an getan hatte. Würde sie ihm jemals genug danken können?

Sie kuschelte sich näher an ihn und schloss die Augen. Die Welt von oben zu sehen, hatte eine Art, sie auf große Gedanken zu bringen. Verwirrende Gedanken, wie zum Beispiel darüber, was für ein Widerspruch Tim in sich war. Der Mann war wie der Vulkan unter ihren Füßen – ruhend und doch so voller Kraft. Mysteriös. Unglaublich zuverlässig und gleichzeitig unberechenbar.

Sie seufzte. Vielleicht sollte sie versuchen, die Dinge einfacher zu betrachten. Tim war ein Mann. Sie war eine Frau.

Die Zukunft war ein einziges großes Geheimnis und alles, was sie mit Sicherheit wusste, war die Tatsache, dass sie diese eine Nacht hatten. Warum sie also nicht nutzen?

Sie rückte näher und sehnte sich nach seiner Berührung. Sie atmete ein, weil er so gut roch. Und eine Minute später kuschelte sie sich an ihn und summte innerlich. Oder vielleicht summte sie auch laut, denn ein Geräusch stieg in ihre Ohren.

Sie hatte die Augen geschlossen und als sie sie öffnete, erkannte sie, dass es Tim war, der zufrieden summte, während er seine Wange an ihrer rieb. Er markierte sie, fast so wie ein Tier sein Revier markieren würde.

„Mmm." Sie lehnte sich an ihn. Die Decke rutschte von ihrer Schulter, aber es wurde ihr nicht im Geringsten kalt.

„Hailey", flüsterte er, bevor er ihren Mund mit seinem bedeckte.

Zuerst war sein Kuss weich und sanft, aber schon bald wurde er fordernder und feuriger. Feurig genug, um ihren Puls zum Rasen zu bringen. Er wanderte mit den Händen an ihrer Taille nach oben und sie stöhnte unter seinen Lippen. Sie schlang ihre Arme um seinen Hals und drückte ihre Brüste gegen seinen Oberkörper. Dann löste sie sich mit einem Keuchen.

„Dreh' dich um", sagte sie und war von ihrer eigenen Dringlichkeit überrascht.

Tim blickte zu ihr auf. Seine Augen strahlten so hell wie die Sterne.

An diesem Picknicktisch gab es nicht genügend Beinfreiheit und das musste sie ganz schnell ändern. Sie stand auf und trat an die Außenseite der Bank. „So."

Tim rutschte herum, saß immer noch auf der Bank und schaute ihr direkt in die Augen. Bevor sie den Mut verlor, zog Hailey die Decke schnell um seine Schultern und setzte sich rittlings auf ihn, um sich eng an ihn zu schmiegen.

Er riss die Augen weit auf, hielt sie jedoch mit den Händen gut fest. „Hailey... "

Sie küsste ihn leidenschaftlich und drang mit der Zunge tief in seinen Mund. Ein Feuerball rollte durch ihre Adern und sie stöhnte auf. Tim war wirklich ein Vulkan; sie konnte die geschmolzene Lava spüren, die in seinem Inneren brodelte. Die siedende Leidenschaft, die darauf wartete, zu explodieren.

Zu Anfang hatte sie näher an seinen Knien als an seiner Leiste gesessen, aber Tim zog sie fester an sich. Und selbst durch die zwei Lagen Jeans – seine und ihre – konnte sie spüren, wie hart er war. Wie begierig nach ihr. Ihre Zungen spielten und tanzten miteinander, während ihre Oberkörper aneinanderstießen.

„Hailey", sagte er heiser und zog sich zurück.

Sie schüttelte den Kopf. Sie würde auf gar keinen Fall zulassen, dass er jetzt die Notbremse zog.

„Ich will es. Ich will dich." Sie schaute ihm tief in die Augen. „Und du willst es auch."

Er schluckte und nickte.

„Also, was hält dich dann zurück?", fragte sie fordernd und machte schnell weiter, ohne ihn antworten zu lassen. „Ich spreche hier nicht von der Ewigkeit, Tim. Nur von jetzt. Von heute Abend. Alles andere kann warten." Sie keuchte inzwischen und ihre Brust hob und senkte sich. „Es wird eine lange Fahrt nach unten, weißt du", flüsterte sie in sein Ohr und rieb sich an seiner Hüfte. „Und sie wäre eine Qual, wenn wir das jetzt nicht ausleben."

Er schloss die Augen und zuckte unter ihr. „Hier oben?"

Sie kicherte. Dies war Freiheit und es gefiel ihr. „Warum nicht? Wir haben unsere Decke. Einen perfekten Picknicktisch. Niemand kann uns sehen … nur die Sterne."

Er fing ihre Hände ein, bevor sie sie in den Bund seiner Jeans schieben konnte. „Ich kann dir gar nicht sagen, wie sehr ich das will."

„Also was hält uns dann auf?"

Seine Augen trübten sich und sie konnte den inneren Kampf erneut sehen. Aber als sie ihre Hüfte kreisen ließ, flackerte das Feuer in seinen Augen auf. Bevor er seinen Mund auf ihren presste, sagte er mit tiefer, rauer Stimme ein einziges Wort.

„Nichts."

Sie stöhnte triumphierend, brannte jedoch immer noch auf mehr. Bevor sie Tim getroffen hatte, war ihr Leben voller unsichtbarer Mauern gewesen. Aber dort unter den Sternen fühlte sie sich völlig wild und frei. Ein bisschen leichtsinnig, aber noch nie in ihrem Leben war sie sich einer Sache so sicher gewesen. Endlich hatte sie ihren Mann gefunden und nichts könnte sie jetzt mehr aufhalten.

Absolut nichts.

Kapitel 18

Tim schloss die Augen und genoss den süßen Rausch der Hitze. Mit seiner inneren Bestie zu kämpfen, war eine Qual gewesen, aber es fühlte sich gut an, jetzt die Kontrolle zu verlieren. Lächerlich gut. Fast wie ein brechender Damm und er konnte nichts tun, als mit dem Strom zu schwimmen.

„Ja... ", stöhnte Hailey und sein innerer Bär brüstete sich.

Zeige es ihr, knurrte das Biest. *Zeige ihr, wie gut wir sie fühlen lassen können.*

Oh ja, er würde es ihr zeigen, das stand fest. Und er hatte außerdem das Gefühl, sie würde es ebenso tun.

Er schlang die Decke fester um ihre beiden Schultern und ließ seine Hände zu ihrem Hintern hinuntergleiten, um sie noch enger an sich zu ziehen. Hailey wimmerte und strich mit der Zunge über seine Zähne. Er überließ ihr die Führung, folgte ihr mit seiner Zunge und hielt sie fest. Aber das Verlangen in ihm wuchs, bis es ihm nicht länger reichte, sie nur zu halten. Er musste sie berühren. Sie schmecken. Sie in Besitz nehmen.

Er bewegte sich langsam – quälend langsam – und testete ihre Reaktion auf seine Hände an ihren Rippen ... auf ihrem Bauch ... an ihren Brüsten...

Hailey stöhnte auf und zog ihren Pullover aus der Jeans. „Ja. Bitte... "

Sie küsste ihn weiter – leidenschaftlich – und er erforschte sie wie ein Blinder. Zentimeter um Zentimeter schob er seine Hände nach oben, bis er den Verschluss ihres BHs gefunden hatte. Eine Sekunde später löste er ihn und ließ ihr weiches Fleisch in seine Hände gleiten. Er fing an, seine Daumen zu kreisen und stöhnte bei dem Gefühl fast auf. Ihre Brüste waren klein und zart und ihre Brustwarzen bereits spitz und hart. Er rieb mit dem gröbsten Teil seines Daumens darüber, was sie zum Stöhnen brachte und dazu, ihre Schultern nach hinten durchzudrücken.

„So gut... “, murmelte Hailey.

Sie hob ihre Hände zu seinen hoch und half ihm einen Augenblick später dabei, ihr T-Shirt hochzuziehen. Nicht bis ganz über ihren Kopf – die Bergluft war trotz des flammenden Infernos, das zwischen ihnen loderte, recht frisch –, aber weit genug, um den unteren Rand ihrer straffen Brust zum Vorschein zu bringen. Er saugte ihre rosa Brustwarze in seinen Mund und sie schrie in einer hohen Tonlage auf.

„Ja... “

Er konnte sich ein glückliches Schnaufen nicht verkneifen, als er seine Lippen spitzte. Hailey streckte sich ihm entgegen und krümmte sich.

Er verschlang sie. Verzehrte sie vollkommen. Er leckte sie, bis er sich sicher war, dass sie Nein sagen würde. Aber Hailey wimmerte vor Lust und bettelte um mehr.

Gib der Dame, was sie will, befahl sein Bär.

Er knabberte und saugte, bis sein innerer Bär brüllte. Und dann tat er noch etwas mehr davon, denn Hailey wurde so wild und er wurde es ebenfalls. Gefährlich wild.

Er wechselte zur anderen Seite und kratzte mit seinem Kinn über ihr empfindliches Fleisch. Sein Bär war der Oberfläche nah genug, um seine glatte Rasur zu Stoppeln wachsen zu lassen, aber Hailey schien das nicht zu stören. Im Gegenteil sie zog seinen Kopf fester an sich und stöhnte.

„Mach das noch einmal. Bitte mach das noch einmal.“

Verdammt, ja. Er würde es so oft machen, wie sie wollte.

Das Sternenlicht war gerade hell genug, dass er einen kleinen Blick auf sie werfen konnte. Ihre Brustwarzen glitzerten von all dem Saugen, das er ihnen zugute hatte kommen lassen, wie Juwelen. Fast hätte er sich wie ein Höhlenmensch auf die Brust getrommelt. Aber er war nicht hier, um nur zu starren, und er wollte auf gar keinen Fall, dass es Hailey kalt wurde. Also öffnete er seinen Mund weit und machte sich wieder an die Arbeit.

Ha. Sein innerer Bär jauchzte. *Arbeit.*

Sein Verstand registrierte ein weiteres Mal, dass etwas fehlte. Ihre Halskette. Tatsächlich konnte er sich nicht daran erinnern, sie an diesem Tag überhaupt gesehen zu haben. Aber er würde sie jetzt nicht unterbrechen, um danach zu fragen. Nicht, wenn Hailey unter seinen Berührungen bebte und kleine Lustschreie von sich gab. Er umkreiste ihre Brustwarze, zwickte sie und strich schließlich mit der Zunge darüber.

„Noch mal", murmelte sie verzweifelt. „Noch mal."

Es sollte nicht möglich sein, dass ein Mann, der sich dreitausend Meter über dem Meeresspiegel befand, ein dies übertreffendes Hochgefühl empfinden konnte, aber Hailey schaffte es. Seine Gedanken wurden immer verschwommener, bis er nichts als das treibende Bedürfnis verspürte, sie zu befriedigen. Seine Jeans wurde schmerzhaft eng und seine Berührungen immer fordernder.

In Haileys Stöhnen klang ein Hauch der Verwunderung mit und ihr Atem stockte jedes Mal voller Überraschung, wenn er einen Gang höher schaltete. Er war vielleicht nicht ihr erster Liebhaber, aber ihre Schreie entsprangen neuentdeckter Lust.

Also gib ihr mehr, brummte der Bär in ihm.

Hailey musste auf der gleichen Wellenlänge sein, denn sie stand auf und fummelte am Verschluss ihrer Jeans herum.

„Verdammt noch mal." Sie gab ihren Knopf auf und griff wie eine Besessene nach seinem. Tim riss die Augen weit auf, als ihm bewusst wurde, was sie wollte, während sie so vor ihm kniete.

„Hilf mir." Sie blickte mit strahlenden Augen zu ihm auf. „Hilf mir, die auszuziehen."

Er starrte sie an. „Bist du dir sicher?"

Sie lachte. „Sehe ich sicher aus?"

Sie sah so sicher wie die Sünde selbst aus und er konnte den Teufel praktisch gackern hören, als sie sich über die Lippen leckte.

Er stand gerade weit genug auf, um seine Jeans zu öffnen – und seufzte fast vor Erleichterung. Als er seine Boxershorts zur Seite schob, sprang sein Schwanz heraus, hart und steif.

Hailey riss die Augen weit auf und ihr Mund blieb offen stehen, aber einen Sekundenbruchteil später leckte sie sich über die Lippen.

„Oh, ja", murmelte sie und beugte sich über ihn.

Oh, ja fing noch nicht einmal ansatzweise an, die Flammen zu beschreiben, die in der Sekunde, als sie seine Schwanzspitze küsste, durch seinen Körper jagten. Und *Oh, ja* beschrieb auch ganz sicher nicht die Welle der Lust, die ihn erschütterte – buchstäblich erschütterte – als sie ihn in ihren Mund saugte. Aber Tim fiel keine bessere Beschreibung ein, also blieb er still. Was schwierig war, denn verdammt, diese langsamen, gleitenden Bewegungen fühlten sich so gut an. Das Pressen ihrer Lippen, der zusätzliche Druck ihrer Zunge...

Tim fuhr mit seinen Fingern durch ihr Haar und warf seinen Kopf zurück, während er leise stöhnte. Er behielt die Augen offen, aber die Sterne verschwammen. Sie kreisten wie kleine Kometen herum, während er sanft auf der Stelle wippte. Er schluckte und sagte sich, dass er sich nicht an ihrem Haar festhalten oder sie näher zu sich ziehen sollte, aber es fiel ihm schwer. Wirklich schwer, vor allem, als Hailey mit einem leisen schmatzenden Geräusch nach Luft schnappte. Dann stürzte sie sich wieder auf ihn und packte seine Oberschenkel fester.

Sie saugte ihn bis zum Ansatz tief in ihren Mund und nahm seine Länge in sich auf. Als sie den Kopf wieder hob, tat sie es langsam. Mit den Lippen zupfte sie an seiner Vorhaut, als sie die Spitze erreichte. Dann drückte sie sich mit ihrem ganzen Körper nach vorn und verschlang ihn erneut.

Tims Atem kam in keuchenden Stößen und jeder Muskel in seinem Körper spannte sich an. Er könnte jede Sekunde explodieren.

„Hailey", krächzte er und zog sanft an ihrem Haar.

Sie murmelte etwas, wurde aber kein bisschen langsamer.

Mit äußerster Anstrengung richtete er sich auf und hielt den Atem an.

„Gefällt es dir nicht?" Sie blickte überrascht auf.

Er hatte ihr Haar mit den Händen zerwühlt, was ihr diesen wilden Ausdruck verlieh, der seinen Bären fast um den Verstand brachte.

„Ich liebe es. Aber ich möchte, dass du auch etwas davon hast."

Sie grinste und war bereit, sich wieder über ihn zu beugen. „Oh, ich habe etwas davon. Das kannst du mir glauben."

Er schüttelte den Kopf und zog sie auf ihre Füße, wobei er seine Finger in den Bund ihrer Jeans hakte. „Nein, das meine ich nicht. Ich will, dass wir beide gleichzeitig Spaß haben."

Ihre Augen funkelten. „Oh. Das hört sich gut an. Aber ich möchte das hier auf jeden Fall nachholen."

Sie berührte seine Schwanzspitze, was ihn zucken ließ.

Es war unglaublich, wie sein Mädchen von nebenan nicht nur das *Supermodel,* sondern auch ein *sexy Betthäschen* aufblitzen lassen konnte.

„Versprochen", knurrte er.

Sie beugte sich vor und eroberte seinen Mund mit einem riesigen, feuchten Kuss. Als sie ein paarmal mit ihrer Zunge über seine strich, bescherte sie ihm einen unglaublichen Geschmack, der teils von ihm und teils von ihr stammte.

Er stöhnte auf. „Das holen wir auf jeden Fall nach."

Sie stand grinsend auf und ließ ihre Hände über den Reißverschluss ihrer Jeans fliegen. In der Sekunde, in der sie ihre Hose nach unten zog, bildete sich eine Gänsehaut auf ihren Beinen. Er warf ihr die Decke über die Schultern, sodass sie zugedeckt war, während sie sich die Schuhe auszog und die Jeans abstreifte. Aber als sie zu ihrem Höschen kam, hielt sie inne und hob die Hände.

„Das gehört dir."

Sein Bär knurrte und es kostete ihn alle Willenskraft, nicht die Krallen auszufahren, um ihr das Höschen mit einem kräftigen Ruck vom Leib zu reißen.

Sie gehört mir, knurrte das Biest.

Seine Finger zitterten, als er sie an den Seiten unter ihr Höschen schob und es langsam nach unten abrollte. Bis ganz hinunter, denn er wollte keinen Zentimeter ihrer langen, perfekten Beine missen. Nachdem er ihr geholfen hatte, aus dem Höschen zu steigen, ließ er seine Hände wieder nach oben gleiten.

„Komm näher." Seine Stimme war ganz rau und tief.

Hailey trat vor und spreizte ihre Beine über seinen. Er griff mit den Händen um ihre Taille und hinunter zu ihrem Hintern, während er ihr seine Lippen für einen Kuss entgegenstreckte.

„So schön", flüsterte Hailey und schloss ihre Augen.

Noch eines dieser Worte, das nicht völlig erfassen konnte, wie er wirklich fühlte. Ihr Hintern war rund und fest und ihre breitbeinige Haltung bot ihm eine offene Einladung zum Erkunden.

„Ja", keuchte sie nah an seinem Mund, als er sie berührte. Sie war ganz feucht und warm und bewegte ihre Hüfte langsam, als er mit den Fingern durch ihre Schamlippen glitt.

„Oh. . . " Sie erhob die Stimme.

Er fand ihren Eingang und kreiste ein paarmal darum herum, als eine weitere Welle der Hitze durch seinen Körper strömte. Hailey warf den Kopf zurück und ließ ihre Hüfte in die andere Richtung kreisen. Sie stöhnte laut auf. Während er die linke Seite ihres herrlichen Hinterteils fest mit einer Hand packte, behielt er den Druck mit der rechten Hand aufrecht und schob einen Finger und dann einen weiteren in sie hinein. Er drang tiefer ein und ließ sie kreisen.

Sie ist mein, brummte sein Bär.

„Ja", stöhnte Hailey. Es verlockte ihn, einfach so weiterzumachen, nur um den Nervenkitzel zu erleben, zuzusehen, wie sie den Verstand verlor.

Aber auch er stand kurz davor, den Verstand zu verlieren, und sein Bär drängte gefährlich nah an die Oberfläche. Sein Schwanz schmerzte und seine Lippen sehnten sich danach, sich erneut um ihre Brustwarze zu schließen.

„Ich habe kein Kondom", schaffte er es zu raunen, obwohl es ihn schier umbringen würde, wenn sie jetzt Nein sagte. „Ich brauche nicht oft eins", gab er zu. Er wollte, dass sie wusste, wie lange er schon auf jemanden wie sie gewartet hatte.

Nicht jemanden wie sie, knurrte sein Bär. *Auf genau sie. Hailey. Keine andere kann ihr das Wasser reichen.*

„Ich bekomme die Spritze", flüsterte Hailey. „Und mein miesepetriger Agent lässt mich regelmäßig testen. Als wäre ich jemand, der herumvögelt oder so." Sie lachte leise. „Nicht, wenn meine Mutter mich die ganze Zeit mit Adleraugen bewacht.“

Endlich ein Grund, ihre Mutter zu schätzen. Dann schüttelte er den Kopf. Er wollte nicht an ihre Mutter denken. Was er wollte, war Hailey. Alles von ihr.

Hailey schaute ihn mit verschleiertem Blick an. Hatte sie seine Gedanken gelesen? Vielleicht hatte sie das, denn eine Sekunde später spreizte sie ihre Beine über seiner Taille und senkte sich langsam auf ihn herab.

„Hoppla“, säuselte sie, als sie ihn beim ersten Versuch verfehlte. Sie hob ihr Becken erneut und versuchte es noch einmal. Als sie sich miteinander verbanden, keuchte sie.

Tim klammerte sich an ihre Hüfte und ließ zu, dass sie ihn – einen heißen, harten Zentimeter nach dem nächsten – in sich aufnahm. Ihr Mund öffnete sich zu einem stummen Schrei, als sie sich weiter hinabsenkte und ihn bis zum Anschlag in sich spürte.

„Gott, ja.“ Sie rollte den Kopf zurück, griff nach seinen Schultern und fing an, sich zu bewegen.

Ja war das richtige Wort, denn er hatte sich noch nie mit jemandem so verbunden und bereit gefühlt. So kurz vor dem totalen Durchdrehen. Er ließ seine Hüfte kreisen und stöhnte unter ihren engen Muskeln auf.

„Mehr“, murmelte Hailey.

Er schloss die Augen und bewegte sich in einem Rhythmus, dem Hailey sich anpasste. Ihrer inneren Muskeln spannten sich bei jedem seiner Stöße fest an.

Beiße sie. Markiere sie. Nimm sie, knurrte sein Bär.

„Berühre mich“, stöhnte Hailey, was es noch schwerer machte, zu widerstehen.

Sie wird nicht markiert, schnauzte er seinen Bären an. *Kein Paarungsbiss. Nur eine Berührung, so wie sie es will.*

Sie will den Biss. Sie begehrt uns, beharrte das Biest und versuchte erneut, die Macht an sich zu reißen.

Mit gewaltiger Anstrengung drängte er die Bestie nieder. *Keine Verpaarung. Nicht heute Nacht.*

Er hatte keine Ahnung, warum er den letzten Teil hinzugefügt hatte, aber es besänftigte seinen rebellischen Bären.

Nicht heute Nacht. Aber bald, brummte sein Bär.

„Bitte", stöhnte Hailey und bäumte sich über ihm auf. „Berühre mich."

Er spreizte seine Hände breit über ihren Bauch und schob sie nach oben. Ihr Pullover war hinuntergerutscht und er schob ihn beiseite. Einen Moment lang genoss er den Anblick ihrer Brüste, die so verführerisch vor seinen Augen wippten. Dann beugte er sich vor, fing die linke Seite ein und presste sie an seinen Mund. In der Sekunde, als er seine Lippen um ihre Brustwarzen schloss, erschauderte Hailey und schrie auf.

„Ja... "

Er schnippte mit der Zunge über ihre perfekte, steife Perle und versetzte sie in einen Rausch. Er leckte, knabberte und stieß dabei immer härter zu. Das Verlangen in ihm stieg auf wie ein Sturm und er konnte kaum noch klar denken. Er stieß härter in sie hinein und sein Schwanz brannte. So wie es sich anhörte, stand auch Hailey in Flammen. Es war reiner Instinkt, mit der freien Hand zu ihrer Klitoris zu gleiten, und als er sie zwickte, zuckte Hailey auf ihm zusammen.

„Ja", schrie sie auf.

Ihre inneren Muskeln umklammerten ihn und blendend weißes Licht blitzte vor seinen Augen auf. Feuer strömte durch seine Adern, als er noch härter stieß. Dann entlud er sich mit einem scharfen Stöhnen tief in ihr.

Gefährtin, schrie sein Bär. *Meine.*

Hailey murmelte und zitterte, während er sich an ihr festhielt. Er war fest entschlossen, sie so lange zu füllen, wie er konnte. Selbst als sich seine Muskeln nach und nach entspannten, hielt er sie weiterhin fest.

„Hailey... "

Sie zuckte und schrie mit einem Nachbeben auf, bevor sie auf ihm zusammensackte. Ihr Kinn ruhte schwer auf seiner Schulter und ihre Wange wärmte seine.

„So gut", flüsterte sie eine lange Minute später. Mit den Fingern zeichnete sie träge, unkoordinierte Kreise auf seinem Rücken nach.

Langsam erwachten seine Sinne aus ihrem Rausch der Ekstase und er hörte die Grillen zirpen. Irgendwo in der Ferne sprang ein Wagen an. Gut, dass er sich einen Tisch weit weg von allen anderen ausgesucht hatte. Er schlang beide Arme um Hailey, um sie nah bei sich, warm und sicher festzuhalten. Er rieb seine Wange an ihr und markierte sie als die Seine.

Bald werden wir sie richtig markieren, murmelte sein Bär.

Er presste den Kiefer zusammen und konzentrierte sich auf Hailey, die sich weit genug zurückzog, um ihm in die Augen zu sehen und zu lächeln. „Darf ich dir sagen, dass ich deine Überraschungen liebe? Besonders diese. "

Dies jagte die dunkle Wolke aus seinem Kopf und er grinste. „Das war auch für mich eine Art Überraschung. "

Sie neigte den Kopf und musterte ihn. „Du meinst, du hattest nicht vor, mich hier oben zu verführen? " Sie winkte mit einer Hand herum.

Die letzten Wolkenfetzen lösten sich auf und eröffneten den Blick auf die Lichter der Ortschaften weit, weit unter ihnen. Das Meer und der Himmel erstreckten sich in Indigoblau, so weit das Auge reichte. Über ihnen funkelte ein Universum von Sternen.

Er lachte. „Meine Pläne reichten nur so weit, es zum Sonnenuntergang zu schaffen. "

Sie kicherte. „Du hast mehr als das geschafft, Mister. " Dann zog sie die Decke um ihre Schultern und nahm sein Gesicht zwischen ihre Hände. „Ich danke dir. Es ist die beste Nacht aller Zeiten. Etwas ganz Besonderes. "

Komisch, genau das hatte er auch gerade sagen wollen. „Für mich auch. "

Sie schaute sich um. „Ich schätze mal, es auf einem Vulkan zu tun, wird nur schwer zu überbieten sein, nicht wahr? "

Er schüttelte den Kopf und sprach aus tiefstem Herzen. „Der Ort ist egal, Hailey. Es sind auch nicht die Sterne. Du machst es besonders. "

Ihr Mund blieb leicht offen stehen, während sie ihn anstarrte.

Du bist es, Hailey, wollte er sagen. *Ich liebe dich. Ich brauche dich.*

Aber er durfte dies nicht sagen, ohne ihr auch von seiner Gestaltwandlerseite zu erzählen. Und er konnte es einfach nicht über sich bringen, ihre Freude zu Angst vor seinem Bären werden zu lassen. Also vergrub er sein Gesicht in ihrem Haar und schnüffelte. Er prägte sich jeden Aspekt seiner wahren Liebe ein. Er tat so, als ob er sie für immer behalten könnte.

Für immer, knurrte sein Bär. Er ignorierte die dunklen Tage, von denen er genau wusste, dass sie bald kommen würden.

Kapitel 19

Hailey klammerte sich den ganzen Weg den Vulkan hinunter an Tim fest und küsste von Zeit zu Zeit seine Schulter. Das Motorrad dröhnte unter ihren Beinen und sie errötete, als sie daran zurückdachte, was sie getan hatten. Hatte sie wirklich gerade den perfektesten Mann auf der Welt auf einer Picknickbank gevögelt?

Die nachklingende Hitze zwischen ihren Beinen versicherte ihr, dass sie genau dies getan hatte. Und nicht nur das, sie war auch auf die Knie gegangen und hatte ihn gekostet.

Ihre Wangen wurden rot und sie war froh, dass niemand sie sehen konnte. Tim hatte ihr einen Vorgeschmack auf die Freiheit gegeben, so viel stand fest. Und wow. Möglicherweise hatte er ein Monster geweckt, denn sie sehnte sich jetzt bereits nach mehr. Nach mehr Smoothie-Stopps und Spaziergängen in der Stadt. Nach mehr Sternen und mehr Gesprächen. Nach mehr nächtlichen Ausfahrten – und ja, auch nach mehr Sex an Picknicktischen. Auf ihren Knien, seinem Schoß und beim nächsten Mal vielleicht lang ausgestreckt auf der Tischplatte selbst.

Sie verbarg ihr Gesicht in seiner Jacke und lehnte sich mit ihm in die nächste Kurve des Berges. Okay, vielleicht war das ein wenig zu viel verlangt. Aber es hielt sie nicht davon ab, sich jetzt bereits auf neue Genüsse zu freuen, die sie erkunden wollte, wenn sie sein Haus erreichten.

Ohne es zu bemerken, ließ sie ihre Hände in Tims Schoß tiefer wandern, bis sie gegen seine Leisten stieß. Er schlenkerte.

„Entschuldigung", rief sie über das Geräusch des Motors hinweg und zwang ihre Hände zu neutralerem Territorium um seine Taille hinauf. „Aber es ist deine Schuld."

„Meine Schuld?“, schoss er zurück und klang nicht im Geringsten verstimmt.

„Allerdings.“ Sie kniff in seinen Bizeps – zumindest so weit, wie sie ihn mit den Händen erreichen konnte – und strich dann hinunter über das Waschbrett seiner Bauchmuskeln. „Alles deine Schuld. Besonders dieser Teil.“ Sie drückte eine Hand auf sein Herz.

Er bedeckte ihre Hand mit seiner und ein tiefes Gefühl des Friedens stieg in ihr auf. Ein Frieden, der auch dann noch anhielt, als er sie loslassen musste, um in die nächste Kurve zu fahren.

Sie verbrachte einen Teil der Rückfahrt damit, ihm über die Schulter zu schauen und die vorbeiziehende Landschaft zu beobachten. Der Viertelmond ging auf, als sie das zentrale Tal Mauis erreichten, und ließ den Ozean silbrig glitzern. Dann schloss sie die Augen und ließ ihre Gedanken schweifen. Ehe sie sich versah, wich der Asphalt unter ihnen Schotter.

„Koakea“, murmelte Tim, als sie auf das Gelände der Plantage rollten.

Sie schaute auf. Würde noch irgendjemand wach sein. Wäre es offensichtlich, was sie und Tim getan hatten? Sie schnitt eine Grimasse. Es ging niemanden etwas an, also sollte es egal sein, oder?

Aber Tim stand seiner Familie und seinen Freunden nah – unglaublich nah. Also ja, es spielte eine Rolle. Umso mehr, weil sie alle gute Menschen waren, die ihr wieder und immer wieder geholfen hatten. Es würde wehtun, sich ihrer Missbilligung stellen zu müssen, wenn es das war, was ihr bevorstand.

Glücklicherweise war das Gelände ruhig, da alle entweder schliefen oder für den Abend ausgegangen waren. Sie konnte also ganz nah an Tims Seite bleiben. Und zwar wirklich nah, weil sie ihn einfach nicht loslassen konnte. Sie war jetzt bereits begierig auf mehr.

So begierig, dass sie ihn vor seiner Haustür zu einem Kuss an sich zog. Ein langer, hungriger Kuss, von dem sie hoffte, dass er eher ein Anfang als ein Ende wäre.

„Gibt es noch andere Wünsche auf deiner Liste?“, fragte er und streichelte ihre Wange.

Sie lächelte. Nun, sie hatten zuvor etwas aufgeschoben, aber...

„Wie wäre es, wenn ich dir einen Wunsch erfüllen würde?"

Seine Lippen zuckten und seine Augen strahlten. Sie *glühten* richtig, so wie sie es sich zuvor vorgestellt hatte. Aber möglicherweise bildete sich ihr übersexualisierter Verstand auch nur Dinge ein.

Er strich ihr das Haar zurück. „Ich will ja nicht gierig werden..."

Sie grinste und drückte sich näher an ihn. „Aber?"

Er beugte sich vor, küsste ihr Ohr und rieb seine Wange an ihrer. „Ich hätte nichts dagegen, noch ein wenig mehr davon zu tun."

Sie lachte. Dieser Mann war ein Meister im Kuscheln. So etwas hatte sie noch nie erlebt. Aber vor Tim hatte sie auch nur kühle, unnahbare Typen getroffen. Die wenigen Männer, mit denen sie geschlafen hatte, waren genauso gewesen – nach dem Sex gab es weder Streicheleinheiten noch Bettgeflüster. Aber mit Tim...

Sie zog ihn in Richtung Tür. „Dein Wunsch ist mir Befehl."

Er lachte. „Das ist mein Spruch."

„Jetzt ist es meiner." Sie grinste und zog ihn am Arm weiter. Es wäre so schön gewesen, das auch über ihn zu sagen – *jetzt ist er meiner* – aber verdammt. Ein Mädchen konnte noch hoffen.

Sie hielt an der Tür inne und wartete darauf, dass sich ihre Augen dem Licht anpassten. Die Wohnung, die sie gemietet hatte, fühlte sich immer leer und einsam an, wenn sie nach Hause kam. Tims Heim mochte vielleicht dunkel und still sein, aber es war gleichzeitig heimelig und einladend.

„Licht?", fragte sie und ließ ihre Hand über dem Schalter schweben.

„Auf jeden Fall", murmelte er. „Aber nicht das dort. Warte mal."

Er ging an ihr vorbei und schaltete zwei Leselampen ein, die niedrige, warme Lichtkegel warfen, die gerade genug Schatten übrig ließen, um die Stimmung beizubehalten, während sie gleichzeitig genug Licht spendeten, um...

Hailey errötete, denn ihr erster Gedanke war *Genug Licht,
um ihre nackten Körper zu sehen*. Es war eine Sache, einen
Mann wie einen Baum zu besteigen, wenn man sich auf einem verlassenen Berggipfel befand. Die Dunkelheit hatte eine
Art, die eigenen Hemmungen und alles andere zu verbergen.
Aber voll sichtbar dazuliegen und einen Mann jeden Zentimeter ihres nackten Fleisches erkunden zu lassen, war irgendwie
anders. Kein Laken, unter dem man sich verstecken konnte,
und ein gleißendes Licht, das auf alle ihre Unvollkommenheiten strahlte.

Ihre Wangen brannten. Warum erregte sie der Gedanke so
sehr, dass Tim sie anschaute? Sie hatte noch nie nackt posiert
und wollte es auch nicht tun. Aber der Drang, Tim alles von
sich zu zeigen, war überwältigend.

Tim streckte die Hand zu ihr aus und sie glitt in seine
Arme. Es war so bequem wie natürlich, als wäre sie für diesen Platz geboren. Er strich ihr Haar mit den Händen zurück
und rieb seine Wange an ihrer. Erst sanft, dann fester und er
schnupperte die ganze Zeit.

„Was?", fragte er, als sie kicherte.

„Das kitzelt." Die leichten Züge seines Atems wirbelten ihr
Haar umher und wärmten ihre Haut. „Aber es gefällt mir",
beeilte sie sich, hinzuzufügen, und drückte ihre Wange erneut
an seine.

„Ich mag es auch", flüsterte er mit seinem tiefen Bass, den
sie so sehr liebte.

Sie warf den Kopf zurück und erlaubte ihm, sich seinen
Weg an ihrem Hals hinunter zu bahnen. Er rieb sein Kinn und
seine Wange an jedem Zentimeter von ihr. Wenn er in die eine
Richtung strich, war die Bewegung trotz seiner Stoppeln sanft.
Die andere Richtung hingegen war ein raues Kratzen und der
Kontrast brachte ihr Blut in Wallungen.

„Funktioniert das überall?", fragte sie und fasste den Mut,
die Gedanken auszusprechen, die ihr im Kopf herumschwirrten.

„Was meinst du damit?", fragte er.

Er war an ihrem Hals und sie griff nach seinen Schultern –
sie schaffte es erst beim zweiten Versuch, weil sie so breit waren,
dass ihre Hände dazu neigten, abzurutschen – und schob ihn

sanft zurück. „Ich meine, wenn ich das hier täte..." Sie duckte sich, zog ihr T-Shirt und ihren Pullover auf einmal aus und ließ sie zur Seite fallen. Dann öffnete sie ihren BH und warf ihn ebenfalls weg. Ihre Jeans folgte. „Du weißt schon, um dir mehr Platz zu geben."

Tim stieß einen tiefen, hungrigen Laut aus, der wie ein Knurren klang. „Mehr Platz ist gut."

Sie hielt ihn auf, bevor er sich erneut an ihr Schlüsselbein schmiegen konnte, und zerrte am Saum seines Polos. „Ich glaube, ich brauche auch mehr Platz, um das selbst zu probieren."

Seine Augen funkelten wie ein Echo des Sternenlichts, das sie aufgesogen hatten, und er zog sein Polohemd aus, bevor er seine Hose und Boxershorts fallenließ.

Einen Augenblick lang standen sie beide da und starrten sich an wie zwei Kinder, die zum ersten Mal nackt voreinander waren. Er ließ seine haselnussbraunen Augen über jeden Zentimeter ihres Körpers wandern. Ihr Blick hingegen zuckte hin und her, denn sein Oberkörper war wie ein Kunstwerk. Seine Bauchmuskeln sahen aus, als wären sie retuschiert worden, so definiert waren sie. Und darunter...

Sie schluckte. Ja, gut bestückt war das richtige Wort. Gut bestückt und bereit zum Angriff.

Dann huschte ihr Blick zurück zu seinem Gesicht und verharrte dort genauso lange. Tims Augen hatten sie von Anfang an in ihren Bann gezogen – so ehrlich und aufrichtig. Viele Männer hatten tolle Körper, aber wie viele von ihnen hatten solche Augen?

Ohne ein Wort zu sagen, machte Tim dort weiter, wo er mit dem Kuscheln aufgehört hatte. Er rieb seine Wange über ihren Kiefer, seitlich hinunter zu ihrem Hals und über ihr Schlüsselbein. Während sie mit ihren Händen über seinen Körper flatterte und sich nicht sicher war, wo sie anfangen sollte, bewegte er sich in langen, zielgerichteten Strichen – wie ein Maler, der jeden Zentimeter seiner Leinwand bedecken wollte. Mit langsamen, kaum merklichen Schritten schob er sie in Richtung Bett und als ihre Wade gegen die unterste Stufe des Lofts stieß, lösten sie sich voneinander.

„Nach dir", grummelte er und küsste ihre Hand.

Hailey war hin- und hergerissen, nah bei ihm zu bleiben oder sich auf das Bett zurückzulehnen. Aber als sie eine weitere Leselampe entdeckte, fiel ihr die Entscheidung leicht. Sie musste halb über das Bett krabbeln, um sie einzuschalten, und als sie es geschafft hatte, drehte sie sich um und legte sich für Tim voll sichtbar auf den Rücken. Tim trat an die Bettkante heran und sie starrte zu ihm auf. Auf und auf und auf, angesichts seiner Größe, bis sie an seinen Augen hängen blieb.

Sie streckte eine Hand aus. „Kommst du?"

Sie bewegte ein Knie und er riss seinen Blick dorthin, um der Bewegung zu folgen.

„Ich komme", brummte er und kam näher.

Hailey lag vollkommen still. Alles in ihr kribbelte mit Vorfreude. Ihre Brustwarzen ragten bereits in die Höhe und ihr Körper wurde von erneutem Verlangen durchströmt.

Tim ließ sich langsam auf alle viere fallen und beugte sich über sie. Er schloss sie ein, ohne sie zu berühren. Bei allem, was sie ihm freizügig anbot – ihre weit gespreizten Beine, ihre nackten Brüste – hielt er jedoch nicht inne, bis sein Gesicht direkt über ihrem schwebte.

„Hailey", flüsterte er so tief und voller Sehnsucht, dass ihr Herz höherschlug.

Sie wartete, denn es klang so, als wollte er noch etwas sagen. Eine große Offenbarung oder süße Worte. Etwas, das er offensichtlich schon lange Zeit mit sich herumtrug.

Aber ein Ast kratzte über das Dach und Tim schloss die Augen. Seine Schultern sackten ein wenig nach unten und ein Ausdruck intensiven Kummers huschte über sein Gesicht.

Sie berührte sein Kinn und streichelte es sanft. „Was auch immer es ist, es ist in Ordnung."

Er schüttelte den Kopf auf eine Art und Weise, die alles hätte bedeuten können. Von *Es wird niemals in Ordnung sein* bis hin zu *Sicher. Gut. Vollkommen in Ordnung.*

„Tim?", flüsterte sie.

Er ließ sich nach unten sinken und vergrub sein Gesicht erneut an der Stelle, die sein liebster Ort zu sein schien – die höchste Stelle ihres Halses an der Seite bei einem Ohr – und begann wieder, sich an ihr zu reiben.

Sie hielt ihn einen Moment lang fest. Ging es ihm wirklich gut? Sollte sie den Moment verstreichen lassen oder sollte sie versuchen, was auch immer es war, aus ihm herauszukitzeln?

Doch als sie in Gedanken so weit gekommen war, stürzte sich Tim bereits wieder auf sie und rieb sich noch fester an ihr als zuvor. Sie konnte nicht anders, als sich ihm entgegenzustrecken. Vielleicht teilte er ihr das, was er sagen wollte, durch seine Körpersprache anstatt seiner Worte mit. Vielleicht würde sie die versteckte Botschaft entschlüsseln, wenn sie wirklich genau aufpasste.

Einen Augenblick später hätte sie vor schuldbewusstem Vergnügen fast gekichert. Angesichts der Art und Weise, wie ihr Körper heißer wurde, konnte sie kaum noch klar denken, geschweige denn die Geheimnisse dieses mysteriösen Mannes enträtseln. Aber je mehr er sie küsste, desto weniger schien es eine Rolle zu spielen.

Sie neigte ihren Kopf zurück und schlang ein Bein um seines, um ihn näher an sich zu spüren.

Sie gurrte und stöhnte, weil es sich so gut anfühlte.

Und als Tim mit einer großen Hand über ihre Brust strich, bäumte sie sich in einem stummen Schrei nach mehr unter ihm auf.

Ein Glück, dass Tim ihre Körpersprache fließend lesen konnte. Innerhalb von zwei Herzschlägen hatte er sich hinuntergebückt und saugte an ihren Brüsten, genau wie sie es sich erhofft hatte.

„Ja…", hauchte sie und zuckte unter ihm.

„Schau mir zu", flüsterte er und sah ihr in die Augen.

Ihr Atem stockte. Hatte sie ihn richtig gehört? „Zuschauen?"

Er nickte und griff über ihren Kopf, um ihr ein zweites Kissen entgegenzuschieben.

„Bitte. Schau mir zu", flüsterte er.

Hailey drückte das Kissen hinter ihren Kopf und schaffte es, knapp zu nicken. Und wow. Allein der Anblick, wie Tim sich nur ein paar Zentimeter von ihrer Brustwarze entfernt über die Lippen leckte, ließ sie fast aufstöhnen. Als er sie erwischte, stöhnte sie wirklich. Sie fühlte sich schmutzig, ihm zuzuschauen und doch unglaublich erregt zugleich. Er bewegte seine Lippen und ließ ihre Brustwarze auftauchen und verschwinden und der Anblick gemischt mit dem Gefühl ließ sie fast zum Höhepunkt kommen. Dann glitt er an ihrem Körper hinunter, spreizte ihre Beine und...

„Schau zu." Seine Stimme verriet ihr, dass sie nicht die Einzige war, die sich kaum mehr zurückhalten konnte. Dann duckte er sich zwischen ihre Beine und schnippte mit seiner Zunge.

Sie bäumte sich auf der Matratze auf und schrie das Gefühl heraus. So laut, dass sie froh war, dass niemand sonst in der Nähe wohnte. Das hatte noch nie ein Mann mit ihr gemacht und so gern sie auch zuschauen wollte, schlossen sich ihre Augen von der Reizüberflutung immer wieder wie von selbst. Das schnelle Schnippen seiner Zunge. Der sanfte Druck seiner Finger. Das raue Kratzen seines Kinns. Jede Bewegung seiner Zunge und jedes Gleiten seiner Finger ließen sie das Bettlaken fester umklammern. Tim wusste genau, welche Kombination er wann und wie einsetzen musste, trieb sie an ihre Grenzen und ließ sie dann wieder zur Ruhe kommen, nur um sie danach erneut vor Ekstase aufschreien zu lassen.

Unerwarteter Sex auf einem sternenklaren Berggipfel war unglaublich gewesen, aber das hier war etwas völlig anderes. Das hier war absolute und völlige Inbesitznahme. Und wäre es jemand anderes gewesen, wäre sie über alle Berge davongerannt. Aber mit Tim – es war beängstigend, wie richtig es sich anfühlte. Wie sehr sie ihm gehören wollte.

Plötzlich hörte er auf und sie schnappte nach Luft. Aber noch bevor sie überrascht die Augen aufreißen konnte, war er schon wieder an ihrem Körper hinaufgerutscht und küsste sie heftig. Mit seiner schnellen, schwungvollen Zunge verteilte er den Geschmack von Sex in ihrem Mund, löste sich schließlich von ihr und starrte sie an. Seine Augen glühten und sie konnte schwören, dass sie seine Stimme in ihrem Kopf hörte.

Du gehörst mir.

„Ja", flüsterte sie und griff nach ihm.

Eine Ader an der Seite seiner Stirn pochte und seine Brust hob sich in einem schweren Atemzug, als er sich in Position brachte. Sie schlang ihre Beine um seine Taille und hielt den Atem an.

Meine, schwor sie, ihn flüstern zu hören, als er in sie eindrang.

Sie heulte auf, als er sich zurückzog, und schrie, als er wieder in sie eindrang. Das süße Brennen, die schmerzliche Dehnung und das Gefühl, gefüllt zu werden, ließen sie den Kopf von einer Seite zur anderen rollen. Tim bewegte sich schneller und schneller. Er verlor und fand seinen Rhythmus wieder, während er um seine Selbstbeherrschung kämpfte. Sie stellte sich zwei Tims vor, von denen der eine schmutziger war als der andere, und die in seinem Inneren miteinander kämpften. Der eine bestand darauf, dass er sich Zeit ließ, während der andere heulte, dass er befreit werden wollte. Was wollte sie?

Leichte Antwort.

„Tim", flüsterte sie und sah ihm in die Augen.

Er hielt inne, verharrte tief in ihr vergraben und bebte vor Verlangen.

„Alles, was du willst, will ich auch", sagte sie. „Bitte."

Es fiel ihr schwer, die richtigen Worte zu finden, denn *Fick mich so hart wie in deinen heißesten Fantasien* zu schreien, war nicht gerade ihr Stil. Sie stellte es sich jedoch vor und malte sich eine wilde Szene in ihrem Kopf aus. Die Details waren unscharf, aber Tims Bewegungen in ihrer Vision waren heftig und hart. Seine Stimme war so tief und rau wie die eines Tieres und seine Augen waren wild.

Das ist es, was ich will, ließ sie ihre Augen sagen.

„Bitte", flüsterte sie. „Was auch immer du willst."

Für die nächsten atemlosen Sekunden machte sie sich Sorgen, dass er etwas Niedliches und Sanftes sagen würde, wie *Ich will, was immer du willst.* Aber dann wandelte sich seine Augenfarbe und schimmerte nun eher grün als braun. Seine Gesichtszüge wurden ganz hart.

„Alles", flüsterte sie.

Es war einer dieser *Pass auf, was du dir wünschst-*Momente, denn eine Sekunde später erhob er sich auf die Knie und zog ihre Hüfte von der Matratze hoch. Er fing an, mit einem ungezähmten Ausdruck, der zu seinen blitzenden Augen passte, hart zuzustoßen. Der Winkel veränderte den Druck und verschob die Grenzen, wo Schmerz endete und Lust begann. Das Blut schoss ihr in den Kopf und sie klammerte sich am Bettlaken fest.

„So gut", stöhnte sie wieder und wieder.

Tim hatte ihre Hüfte fest im Griff und hielt sie hoch. Schweiß glitzerte auf seinem Gesicht und seiner Brust. Er bewegte sich schneller und füllte sie mit unbeschreiblichen Emotionen und einem Gefühl ihrer eigenen Macht.

Siehst du, was du mit mir machst, Frau? sagten seine wilden Augen. *Siehst du, wie gut du mich fühlen lässt?*

Sie spannte ihre inneren Muskeln an, was ihn zum Stöhnen brachte. Der dumpfe Klang seiner Stimme trieb sie über den Abgrund.

Jetzt, wollte sie schreien. *Jetzt.*

Tim stieß ein harsches, grollendes Geräusch aus, als er in ihr explodierte. Eine Hitzewelle schoss durch ihren Körper.

Hailey warf den Kopf zurück und öffnete den Mund, um zu schreien, aber es kam kein Ton heraus. Noch nicht einmal ein Keuchen, denn sie hielt den Atem an, während die Wellen der Lust durch ihren Körper strömten. Tim schloss die Augen und konzentrierte sich auf den Moment. Jede Ader nahe der Oberfläche seiner Haut trat hervor und jeder Muskel in seinem Körper spannte sich an.

„Ja...", flüsterte sie und schnappte endlich nach Luft. Dann fegte ein Nachbeben durch ihren Körper und ließ sie sich noch einmal aufbäumen.

Als Tim sie zurück auf die Matratze senkte, fühlte sie sich, als würde sie auf einer Wolke schweben. Und als er verausgabt über sie sank, war es, als wäre sie nach Hause gekommen.

„Hailey." Er keuchte neben ihrem Kopf ins Kissen.

Sie klammerte sich an seine Schultern und wollte nicht, dass das Gefühl jemals endete. Die Hitze. Die Emotionen. Die Leidenschaft. Es musste doch einen Weg geben, all diese Freude festzuhalten?

Aber die Morgendämmerung nahte bereits. Als Tim sich neben sie rollte und sie festhielt, schlief sie friedlich und selig ein.

Kapitel 20

Hailey wachte im Morgengrauen auf und lächelte über nichts Bestimmtes. Ihre Gliedmaßen fühlten sich locker und zufrieden an, so als hätte sie eine Woche Yoga in den vergangenen Tag – und die Nacht – gequetscht.

Sie grinste. Sie befand sich auf Maui, also war locker und zufrieden durchaus passend. Und der Bär eines Mannes, der neben ihr schlummerte, bot ihr all die Wärme und den Schutz, die sie sich nur wünschen konnte.

Sie lag eng an ihn geschmiegt mit dem Rücken an Tims Brust und alles, was sie sehen konnte, waren seine dicken Arme, die um sie geschlungen waren. Für eine lange, stille Minute genoss sie diesen Anblick und ließ alles Revue passieren, was in der letzten Nacht geschehen war. Ihre Wangen wurden heiß und sie drückte ihm ein winziges Dankesküsschen auf den Arm.

Ganz langsam schlüpfte sie aus dem Bett und versuchte, Tim dabei nicht zu stören. Gott wusste, dass der arme Mann ein wenig Schlaf brauchte. Irgendwann in der Nacht war er aufgewacht, aber sie war sofort wieder eingeschlafen. Jetzt war es umgekehrt und sie konnte keine Minute länger stillliegen. Nicht bei so vielen Gedanken, die ihr im Kopf herumschwirrten.

Leise stand sie auf und schlich sich zur Tür. Sie brauchte etwas frische Luft, um ihre Gedanken zu ordnen und sich zu überlegen, was sie Tim sagen sollte, wenn er aufwachte. Wenn er keinen weiteren Tag mit ihr wollte, würde sie das erste Flugzeug nehmen, um Maui zu verlassen und ihn nicht weiter zu belästigen. Aber wenn er ja sagte...

Ihre Brust schwoll mit einer Hoffnung an, die sie kaum zu hegen wagte.

Sie holte tief Luft und versuchte, ihre Gedanken zu ordnen. Zuerst würde sie einen kleinen Spaziergang machen. Dann würde sie zurückkehren und warten, bis Tim aufwachte. Sobald er das tat, würde sie ihm einen frisch gebrühten Kaffee bringen. Und wenn er dann richtig wach war...

Was dann?

Sie zwang sich, nicht an das Endergebnis zu denken, sondern nur daran, wie sie ihre Gefühle am besten ausdrücken könnte.

Ich liebe dich, Tim. Es ist verrückt, aber ich liebe dich. Und ich würde uns beiden wirklich gerne die Chance geben, zu...

Sie hielt inne. Würde ihn das abschrecken? Vielleicht sollte sie ein wenig subtiler sein.

Hey, Tim. Gestern Abend war toll und die letzten Tage waren es auch...

Sie runzelte die Stirn, denn die Konfrontationen mit ihrer Mutter, mit Jonathan und mit einem furchterregenden Werwolf waren die Hölle gewesen. Nur die Momente mit Tim waren gut.

Je mehr Zeit ich mit dir verbringe, desto mehr denke ich, dass da etwas Besonderes zwischen uns ist. Fühlst du das auch?

Sie stieß die Eingangstür auf, blieb jedoch stehen und schaute zurück. Ein rosafarbener Lichtstrahl erstreckte sich über den Fußboden der kleinen Hütte. Er ließ winzige Partikel in der Luft glitzern und die Schränke im Haus erstrahlen. Jenseits des Punktes, den das Dämmerlicht erreichte, schlief Tim. Er sah friedlicher aus als je zuvor.

Hailey seufzte fast und schaute sich um. Vielleicht musste ihr Aufenthalt auf Maui nicht nur vorübergehend sein. Vielleicht musste sie nicht nur so tun, als wäre alles in Ordnung, um ein ruhiges Leben mit einem guten Mann zu führen.

Sie trat hinaus und schloss die Tür hinter sich. Und wow – die gesamte Plantage strahlte und nahm die Farben der Morgendämmerung an. Das dunkle Grün des verlassenen Kaffeehains schimmerte mit einem goldenen Hauch und der lange, grasbewachsene Hang, der zum Meer hinunterführte, leuchtete in einem warmen, gelblichen Orange. Vögel sangen und das leise Rauschen der Brandung hallte von weit unten herauf.

Der Strand war so gut wie jeder andere Ort, um ihren Spaziergang zu beginnen, also machte sie sich auf den Weg dorthin und atmete tief durch. Die Luft war so sauber und frisch wie die Farbe des Himmels – überhaupt nicht wie in LA, was sie nur noch mehr zum Nachdenken anregte. Das lange, niedrige Gebäude hinter Tims Haus schien ein verlassener Kaffeetrocknungsschuppen zu sein. Das wäre ein schönes Projekt – ein paar Hektar Kaffeeplantage wiederherzustellen und zu neuem Leben zu erwecken. Sie könnte ihre eigenen Kaffeebohnen ernten ... Tim den besten Kaffee aller Zeiten kochen ... Ihm dabei zusehen, wie er das Aroma einatmet...

Sie ging weiter und folgte einem gurgelnden Bach. Zu träumen war eine Sache. Zu entscheiden, was sie Tim sagen sollte, eine ganz andere. Und sich für eine Ablehnung zu wappnen, eine weitere. Dies war einer dieser Tage, die ihr Leben verändern würde. Sie wusste es genau, denn er könnte auf verschiedenste Weise enden.

Nun, was auch immer passierte, sie würde ihre Zeit auf Maui nie vergessen, so viel stand fest.

Der Hang wurde steiler, als sie sich dem Strand näherte, und es gab einen Knick, in dem der Bach schneller floss. Etwas bewegte sich auf dem Sandfleck vor ihr und sie blieb stehen, um es zu beobachten.

Hallo Dell, hätte sie fast gerufen, als sie erkannte, wer es war. Aber er war in sein Yoga vertieft und es fühlte sich falsch an, seine Ruhe zu stören. Fast hätte sie sich umgedreht, um ihren Spaziergang fortzusetzen. Aber er war gerade wieder dabei, seinen einarmigen Handstand zu machen und diese Raute mit den Beinen zu bilden. Die Kombination aus schierer Kraft und feinem Gleichgewicht war unglaublich. Er schwankte nicht im Geringsten und sie versuchte zu verstehen, wie er das machte. *Warum* er es tat, denn Dell schien eher der Typ für eine Runde Football zu sein als für einen in sich gekehrten Morgen mit Yoga. Gab es ein Trauma in seiner Vergangenheit, das er versuchte, abzuschütteln?

Er glitt aus der Pose, stützte sich auf beide Hände und sank dann in einen Liegestütz hinunter. Er erhob sich auf die Knie, warf sein T-Shirt beiseite und begab sich dann in den herab-

schauenden Hund, was Hailey dazu brachte, darüber nachzudenken, sich selbst auch ein ruhiges Plätzchen für ein wenig
Yoga zu suchen. Er hielt die Pose sehr lange und ließ sie aus
irgendeinem Grund eher an eine *Katze* als an einen *Hund* denken. Und schließlich...

Hailey runzelte die Stirn. Die Dehnung ging zu weit, so als
hätte er sich den Rücken verrenkt. Aber Dell stützte sich weiter
auf den Armen ab, während er seine Knie auf eine Weise nach
hinten beugte, die nicht möglich sein sollte. Mit den Fingern
krallte er über den Boden, wie eine Katze an einer Decke zupfen
würde, und seine Schulterblätter ragten auf dem Rücken nach
oben.

Irgendetwas stimmte nicht. Irgendetwas *musste* falsch sein,
denn menschliche Körper krümmten sich nicht so. Hatte er
einen Anfall?

Hailey stürmte zwei Schritte vorwärts und erstarrte dann.

Fell brach auf Dells Rücken aus. Es passierte in der um-
gekehrten Reihenfolge zu dem, was sie bei Lamar an diesem
schrecklichen Abend am Strand gesehen hatte. Der blonde Bart
an Dells Kinn erstreckte sich nun über seinen ganzen Hals. Seine Wirbelsäule ragte hervor und jedes Gelenk drehte sich in die
falsche Richtung.

Sie öffnete den Mund, um zu schreien, aber es kam kein Ton
heraus. Dell, der Mensch, war verschwunden und an seiner Stelle stand nun ein Löwe. Ein waschechter, ausgewachsener Löwe
mit einem langen, buschigen Schwanz und einer dichten Mähne.
Das Tier kratzte über den Boden und grub tiefe Furchen in den
Sand, bevor es sich mächtig schüttelte.

Hailey wich zurück. Sie atmete kaum.

Oh   Gott.   Dell   war   ein   Gestaltwandler.   Ein
Löwengestaltwandler, der so aussah, als würde er gleich auf
die Jagd gehen wollen. Und da es auf Maui nicht gerade von
Gazellen wimmelte...

Hailey drehte sich um und rannte. Sie hoffte, dass er sie
wegen der Brandung des Meeres nicht hören würde. Sie hatte
Rückenwind, was bedeutete, dass das Tier ihre Fährte nicht
aufnehmen konnte – hoffentlich. Sie sprintete um ihr Leben di-

rekt auf Tims Hütte zu. Sie plante bereits, die Tür aufzureißen und um Hilfe zu schreien.

Es war nicht möglich. Nicht noch ein Gestaltwandler. Nicht hier, wo Tim gesagt hatte, dass sie sicher wäre.

Ein Hirtenmaina – schwarz mit einer gelben Maske über den Augen – pickte in einer Vertiefung neben der Wasserpumpe bei Tims Haus im Boden herum. Der Vogel flatterte davon und Hailey blieb schlitternd stehen. Sie starrte auf die Stelle und fragte sich, warum es wichtig zu sein schien. Dann erkannte sie es. Das war keine Vertiefung im Boden. Es war eine Tierspur – eine von mehreren, die in der weichen Erde um die Pumpe herum hinterlassen worden waren. Große Spuren – größer als ihr eigener Fuß – mit einem dreieckigen Ballen und fünf Runden Zehen.

Bärenspuren.

Ihre Knie zitterten. Löwen und Bären? Sie wollte schreien, um Tim zu alarmieren, aber wenn sie das täte, würden die Bestien sie hören und...

Ihr ganzes Blut wich aus ihrem Gesicht, als die Erkenntnis sie traf. Tim hatte irgendwann in den frühen Morgenstunden das Haus verlassen und sie war so schläfrig gewesen, dass sie es kaum bemerkt hatte. Aber jetzt...

Ich bin gleich wieder da, hatte er geflüstert und sie auf die Schulter geküsst. *Ich will nur kurz nach dem Rechten sehen.*

Sie starrte auf die Spuren und dann auf das Haus.

Wölfe. Löwen. Bären...

Ein erstickter Schrei entwich ihrer Kehle.

Gestaltwandler.

Nicht alle Gestaltwandler sind böse, hatte Tim einmal gesagt. *Aber es ist sehr geheim und wir müssen es dabei belassen.*

Ihre Knie zitterten und sie fühlte sich schwach. So geheim, dass er es ihr nicht sagen konnte?

Sie wirbelte herum und blickte von einem Teil des Grundstücks zum anderen, als sie an Tims Freunde dachte. Connor, Jenna und Chase. Cynthia und der kleine Joey. Konnte es wirklich wahr sein?

Aber sie hatten ihr stets Freundlichkeit entgegengebracht. War das alles eine List gewesen?

Es gibt gute Gestaltwandler, die niemals jemandem etwas tun würden, hatte Tim gesagt.

Aber, Gott. Wie konnte sie sich sicher sein?

Immer noch zitternd, schlich sie sich auf Zehenspitzen vom Haus weg. Hatte sie soeben eine Nacht in den Armen eines Bärengestaltwandlers verbracht?

Bei dem Gedanken, dass sich diese Arme in Bärenbeine verwandelten und sie gefangen halten würden, bekam sie eine Gänsehaut. Wie sich sein schönes Lächeln zu einer Fratze verzog, die schreckenerregende, große Zähne offenbarte.

Sie fing an zu rennen und stürmte in Richtung Scheune. Die Schlüssel zu Tims Pick-up Truck hingen an einem Nagel und sie griff danach. Dann blieb sie abrupt stehen.

Die Blüte. Die schneeweiße Frangipani-Blüte, die er ihr geschenkt hatte, lag noch immer genau dort, wo sie sie abgelegt hatte. Sie starrte darauf und umklammerte den Schlüssel so fest, dass er in ihre Handfläche schnitt. Was zum Teufel machte sie denn?

Weglaufen, schrie ihr Verstand. *Fliehen.*

Aber *wegzulaufen* passte nicht zu *Tim.* Ihr Körper schüttelte sich und lehnte die Idee ab.

Andererseits … Löwen. Bären. Wölfe. Ihr aufgewühlter Verstand wusste nicht, was er von alledem halten sollte. Also schlüpfte sie auf den Fahrersitz und war entsetzt über sich selbst. Wie konnte sie Tims Wagen stehlen? Aber sie konnte auch schlecht hierbleiben, nicht wahr?

Als sie den Schlüssel umdrehte, sprang der Motor an und sie raste schnell los – zu schnell – wobei sie Kies aufwirbelte. Dann brauste sie auf die Hauptstraße und raste davon, während sie sowohl auf den Rückspiegel als auch auf die Fahrbahn achtete.

Okay, also … ein Plan. Sie brauchte dringend einen Plan. Und der musste lauten, sofort zum Flughafen zu fahren und so schnell wie möglich wegzufliegen. Es gab keine Alternative. Sie konnte die Schlüssel im Wagen steckenlassen. Sobald sie sicher auf ihrem Weg war, würde sie einen Weg finden, Tim eine Nachricht zukommen zu lassen, damit er sich das Fahrzeug zurückholen konnte.

Sie umklammerte das Lenkrad noch fester. Konnte sie ihm das wirklich antun?

Dann verkrampfte sich ihr Kiefer mit Entschlossenheit. Wie hatte er ihr nicht von sich erzählen können? Er hatte gesehen, wie Lamar sich verwandelt hatte, und doch hatte er ihr nichts von sich selbst erzählt. Das machte ihn zu einem Lügner, nicht wahr?

Sie zwang sich, wieder an ihrem Plan zu arbeiten. Wenn es keinen Flug gab, würde sie zum benachbarten Hubschrauberlandeplatz fahren, einen Flug nach Oahu buchen, von dort aus entkommen und dann weitersehen. Aber, mein Gott. Wo sollte sie denn hin? Es war schon schlimm genug, dass Jonathan und Leute wie Lamar nach ihr suchten. Was wäre, wenn Tim nun auch noch hinter ihr her wäre?

Jetzt mach dich nicht lächerlich, sagte eine kleine Stimme, die direkt aus ihrem Herzen sprach. *Tim würde dir niemals etwas tun.*

Das hatte sie gedacht, aber er hatte sie die ganze Zeit angelogen. Zu welchen Lügen wäre er noch fähig?

Sie fuhr weiter und umklammerte das Lenkrad so fest, dass ihre Fingerknöchel schmerzten. Sie war zu schockiert, um zu weinen und zu verängstigt, um irgendetwas anderes zu tun, als das Gaspedal durchzutreten.

„Verdammt noch mal." Sie tastete die leere Stelle an ihrer Brust ab. Die Perle ihrer Urgroßmutter. Sie konnte Maui nicht ohne sie verlassen.

Sie streckte sich zur anderen Seite des Wagens und fummelte auf der Suche nach einer Straßenkarte im Handschuhfach herum. Dann gab sie es auf und versuchte es aus ihrem Gedächtnis. Das Haus in Pu'u Pu'eo war nicht viel weiter entfernt als der Flughafen, nicht wahr? Und der Verkehr war so früh am Morgen noch nicht dicht...

Sie beugte sich vor und trieb den Pick-up Truck an wie ein alterndes Ross. Alle paar Sekunden warf sie einen Blick zurück und schaute dann wieder nach vorn. Es kostete sie all ihre Entschlossenheit, nicht zum Flughafen abzubiegen und stattdessen auf der vertrauten Straße entlang von Mauis Nordküste weiterzufahren. Lang gestreckte Wellen brachen sich über den

Klippen. Sie waren ein Echo der Emotionen, die in ihrem Kopf brodelten. Zwanzig Minuten später bog sie in die Abzweigung zu dem gut versteckten Grundstück ein und fuhr die felsige Straße hinauf. Dann rannte sie auf das Häuschen von Pu'u Pu'eo zu.

Sie hielt kurz inne und starrte auf die friedliche Kulisse vor sich.

Eine Eule schrie. Der Wind flüsterte durch die Bäume. Irgendwo in der Ferne war das Rauschen eines Wasserfalls zu hören.

Sie biss sich auf die Lippe. Die sechs Tage, die sie mit Tim hier verbracht hatte, waren die ruhigsten und friedlichsten in ihrem Leben gewesen. Wie konnte das alles nur so enden?

Es muss nicht so enden, sagte eine kleine Stimme in ihrem Kopf.

Langsam stieg sie die Treppe hinauf und stieß die unverschlossene Tür auf. Dann ging sie durch das leere Haus und berührte die Wände. Sie schniefte. Sie fragte sich, ob der schwache Hauch von Kaffee und Blumen wirklich da war, oder ob es ihn nur in ihrer Vorstellung gab.

All das war so gut, sagte diese kleine Stimme. *So wie Tim. Ehrlich. Vertrauenswürdig.*

Sie blieb in der Tür zu dem Zimmer stehen, in welchem Tim geschlafen hatte, und erinnerte sich daran, wie er seine Schulter stets am Türrahmen rieb.

Er hat dich beschützt, als du nirgendwo hingehen konntest.

Ein Kloß, der groß genug war, um sie zu ersticken, bildete sich in ihrer Kehle und kein noch so großes Schlucken konnte ihn hinunterzwingen.

Sie begab sich in das hintere Schlafzimmer und griff unter die Matratze. Die Perle wärmte ihre Hand sofort. Hailey ließ sich auf die Matratze sinken.

Bitte hilf mir, wollte sie die Perle anflehen. *Bitte sag mir, was ich tun soll.*

Eine stille Minute verging und sie schnaufte. Was sollte die Perle schon sagen oder tun? Sie musste aufhören, auf Hilfe zu warten, und die Kraft in sich finden, ihr Schicksal selbst zu bestimmen.

Das Haus war schmerzlich still, aber ihre Erinnerungen waren so lebendig, dass es fast nicht real war. Hailey wippte auf der Matratze und blickte zu dem Haken auf, an dem sie ihre rosa Aloha-Kappe jeden Abend aufgehängt hatte. Die Kappe, die Tim für sie gekauft hatte. Irgendwie tat es genauso weh, sie zurückzulassen, wie der Gedanke, ohne die Perle abzureisen. Aber die Mütze befand sich in Tims Haus…

Ein stechender Schmerz durchfuhr sie. War sie wirklich bereit, Tim zu verlassen? Sie legte sich die Halskette an, ging erneut durch das Haus und stand gerade mitten im Garten, als sie hörte, wie eine Eule traurig aus den Bäumen schrie.

Huuh. Huuh.

Sie schaute auf. Der Vogel hätte genauso gut rufen können *Warum?* Warum lief sie vor Tim weg, der sie immer nur beschützt hatte?

Der Flur war noch nicht gestrichen. Der Pavillon nur ein Bild in ihrem Kopf. In der Küche gab es weder Lachen noch Wärme. Es gab so vieles, was sie noch nicht getan hatten. So vieles, was sie nicht gesagt hatte.

Sie schaute sich um und schluckte schwer. Ihr Großvater hatte ihr immer geraten, ihrem Herzen zu folgen, aber verdammt. Galt das auch, wenn Bären im Spiel waren?

Sie dachte darüber nach, während sie zur Straße zurückfuhr. Sie war jetzt viel langsamer als in der Eile, in der sie gekommen war.

Sagen wir einmal, jemand, den du gut kennst, wäre ein Gestaltwandler und du wusstest es nicht einmal, hatte Tim einmal gesagt. *Eine Person, der du vertraust. Mit der du zusammengearbeitet hast. Mit der du gelacht hast. Deine Mahlzeiten geteilt hast. Alles.*

Ihr Herz weinte. Hatte er versucht, es ihr zu sagen?

Jemand, der immer da war und über den du nie zweimal nachgedacht hast. Lass uns mal sagen, du würdest plötzlich herausfinden, dass derjenige…

„… ein Werbär ist", flüsterte sie. Tim *hatte* versucht, es zu erklären. Sie war diejenige gewesen, die nicht zugehört hatte.

Es würde keine Rolle spielen, weil du weißt, wer und wie derjenige wirklich ist. Dass er in seinem Herzen eine gute Per-

son ist.

Eine einzelne Träne lief über ihre Wange. Tim hatte ein gutes Herz. Er hatte ein Herz aus Gold. Aber sie...

Sie starrte in den Spiegel und fand so vieles, was ihrer Mutter ähnelte. Der Schwung der Augenbrauen. Das Misstrauen, das auf ihren gespitzten Lippen geschrieben stand. Der gierige *Ich will mehr*-Glanz in ihren Augen.

Hailey blinzelte ein paarmal. War sie das wirklich?

Sie wollte gerade anhalten und darüber nachdenken – wirklich nachdenken – als ein Wagen links neben ihr vorbeifuhr und ihrem viel zu nahe kam. Mehr als nahe, um genau zu sein. Mit einem ohrenbetäubenden Knall stießen die Fahrzeuge seitlich zusammen.

„Pass doch auf!", brüllte sie und versuchte, das Fahrzeug wieder unter Kontrolle zu bringen.

Aber anstatt sie zu überholen oder anzuhalten, blieb der Geländewagen auf der Gegenfahrbahn. Der Fahrer riss ihn erneut herum und rammte Tims Pick-up Truck ein zweites Mal.

Hailey kreischte und umklammerte das Lenkrad mit steifen, ausgestreckten Armen. War dieser Fahrer verrückt geworden? Die rechten Reifen von Tims Pick-up Truck ratterten über den schmalen Seitenstreifen und schleuderten Schotter auf.

„Stopp!", schrie sie und blickte nach links.

Aber der Geländewagen hörte nicht auf. Er bedrängte sie weiter, bis sie keine andere Wahl hatte, als in eine kleine Schotterstraße mit einem *Zufahrt verboten*-Schild auszuweichen. Eine schlechte Wahl, denn in dem Augenblick, in dem sie nicht mehr in Sichtweite der Hauptstraße war, bog ein weiterer Geländewagen hinter ihr ein. Ein panischer Blick offenbarte Hailey das Gesicht am Steuer – ein Gesicht, das ihren Albträumen entsprungen war.

Lamar.

„Nein–"

Ihr Schrei verwandelte sich zu einem Keuchen, als das erste Fahrzeug Tims Pick-up Truck von hinten rammte und sie zum Weiterfahren zwang. Die unbefestigte Straße war kaum für ein Fahrzeug geeignet, geschweige denn für drei. Sie riss das Lenkrad von einer Seite zur anderen herum, um Felsbrocken und Bäumen auszuweichen.

„Oh Gott…"

Vor ihr wurde der Wald noch dichter und es gab keinen Weg hindurch. Sie trat auf die Bremse, sprang aus dem Wagen und stürmte los. Hinter ihr quietschen Bremsen, knallten Türen und stampften Schritte. Sie raste durch die Bäume und kletterte über eine Düne. Dann schoss sie zu einem offenen Strand hinunter, der von einer so wilden Brandung umspült wurde, dass es keinerlei Möglichkeit gab, ins Wasser zu waten und wegzuschwimmen. Sie wirbelte herum, als eine Gruppe von Männern die Düne hinter ihr erklomm.

„Und was jetzt, Schätzchen?", spottete Lamar. „Gehen dir die Fluchtwege aus?"

Hailey trat zwei Schritte nach rechts, als ein anderer Mann auftauchte und ihr den Weg abschnitt.

„Hast du mich vermisst, Süße?", fragte er mit einem selbstgefälligen Grinsen.

Sie erblasste. „Jonathan."

Kapitel 21

Tim wachte langsam auf und lächelte, noch bevor er die Augen öffnete. Sein Bär brummte träge vor sich hin und war noch immer beseelt von den Ereignissen der vergangenen Nacht. Er schloss seine Arme, um Hailey näher an sich zu ziehen, aber sie war seinem Griff entglitten. Also streckte er sich noch ein wenig weiter und öffnete die Augen.

Goldenes Morgenlicht drang durch die Ritzen der verwitterten Hüttenwände und strahlte auf alles außer auf Hailey. Der Wasserkessel auf dem Herd glänzte und bettelte darum, benutzt zu werden. Das Sonnenlicht glitzerte auf der Kupferplatte der altmodischen Kaffeemühle und die braunvioletten Farbtöne des geflochtenen Teppichs auf dem Boden wirkten satter als je zuvor.

Nur Hailey war nirgends in Sicht.

Er schloss die Augen und schnupperte mit seinem ausgeprägten Bärengeruchsinn nach ihr. Immer noch keine Hailey.

Er riss die Augen auf und sein Herz schlug schneller. Wo war sie?

Schnell stand er auf und zog sich die Jeans an, die er am Abend zuvor abgelegt hatte. Es würde nicht lange dauern, bis er Hailey fände. Dann würde er sich mit einer Tasse Kaffee gemeinsam mit ihr hinsetzen und endlich alles ausspucken. Das musste er, denn er konnte sie auf gar keinen Fall gehen lassen, ohne wenigstens zu versuchen, es zu erklären.

Draußen war die Luft regungslos und die Plantage ruhig.

„Hailey?", rief er leise.

War sie zum Strand gegangen? Er schnüffelte erneut. Haileys Heckenkirschenduft hing in der Luft. Aber in ihn verwoben war ... Angst?

Er erstarrte und konzentrierte sich auf seine Nase, um die tausend verschiedenen Düfte in der Luft auseinanderzupflücken.

„Hailey?", flüsterte er und schaute sich um.

Panik war ein ungewohntes Gefühl und sie stieg in ihm wie eine Welle auf, die es ihm erschwerte, klar zu denken.

Es gab zwei Geruchsspuren, die zu Hailey gehörten. Eine führte zum Strand und fühlte sich ruhig an. Die andere war von Angst durchzogen und führte bergauf. Er zwang sich, langsam zu gehen, und musterte dabei den Boden.

„Verdammt."

Er starrte auf seinen eigenen Fußabdruck – den Abdruck eines Grizzlybären, der im weichen Boden an der Wasserpumpe ganz deutlich zu sehen war. Daran hatte er letzte Nacht nicht gedacht, als er hinausgegangen war. Sein Bär war so aufgeregt gewesen, Hailey in der Nähe zu haben, dass er sich bewegen und herumlaufen musste, um den Drang zu befriedigen, sich an jedem Baumstumpf und Zaunpfahl zu reiben. Er wollte sein Revier und alles darin – einschließlich Hailey – als das Seine markieren.

Nicht weit entfernt von dem riesigen Grizzlybärenfußabdruck waren die Spuren von Haileys Flipflops zu erkennen. Der Winkel und der Abdruck zeigten, dass sie zunächst geschlendert und dann stehen geblieben war, um schließlich...

Er schaute auf und es wurde ihm übel. Sie hatte angefangen, um ihr Leben zu laufen.

„Hailey." Er wollte nach ihr rufen, aber stattdessen kam nur ein ersticktes Flüstern heraus.

Sekunden später stürmte er den Hügel hinauf und in die Scheune, wo er schlagartig zum Stehen kam. Der Pick-up Truck war weg. Hailey war weg.

Sein erster Instinkt war es, ihr hinterherzurasen. Der zweite war bittere Niederlage. Wenn sie herausgefunden hatte, dass er ein Gestaltwandler war, gab es keine Möglichkeit, dass sie ihm jemals wieder vertrauen würde.

Ich habe dir doch gesagt, du sollst es ihr vorher erklären, heulte sein Bär.

Vorher bedeutete, bevor er mit ihr geschlafen hatte. Seine Seele schmerzte, weil er wusste, dass er nie wieder mit ihr zu Bett gehen oder neben ihr aufwachen würde. Er starrte aus den offenen Toren der Scheune hinaus und war bereit, auf die Knie zu fallen und zu schreien. Oder besser noch, umzufallen und zu sterben. Warum leben, wenn er seine Gefährtin nicht haben konnte?

Er versuchte, sich gedanklich zu distanzieren, um die Emotionen zu verdrängen. Logik war besser und sie tat nicht weh. Und für eine kurze Zeit hatte er damit sogar Erfolg. Aber dann meldete sich sein Bär zu Wort.

Kann sie nicht gehen lassen.

Der ganze Schmerz kam zurück und dieses Mal sank er tatsächlich auf die Knie.

Aber was sollte er tun – Hailey hinterherjagen und sie zum Bleiben zwingen? Das würde ihn nicht besser machen als Jonathan.

In diesem Moment kam ihm der Gedanke, dass Jonathan immer noch dort draußen war. Und Lamar ebenfalls. Würden sie Hailey unter Druck setzen, wenn sie herausfanden, dass sie nicht länger unter dem Schutz des Hoving-Clans stand?

Wut stieg in ihm auf. Sie verdrängte den Schmerz und er sprintete zu Connors Motorrad. Selbst wenn er Hailey nicht haben konnte, musste er doch für ihre Sicherheit sorgen. Bereits Sekunden später raste er doppelt so schnell, als die Geschwindigkeitsbegrenzung es erlaubte, die Straße hinunter. Er wollte sie unbedingt aufspüren, bevor sie die Sicherheit Mauis verließ.

Er steuerte den Flughafen an, denn das schien der logischste Ort zu sein, an den sie fahren würde. Und es fühlte sich auch richtig an, bis zu der letzten Abzweigung, bei der ihn sein innerer Kompass weiterdrängte.

Konzentriere dich, verdammt noch mal, sagte er zu sich selbst. Der Flughafen machte mehr Sinn.

Aber sein innerer Kompass war beharrlich und er lenkte in letzter Sekunde zurück auf die Hauptstraße. Schon bald befand er sich auf dem Highway 36, der Straße nach Hana. Einen oder zwei Kilometer später hielt er an und war bereit, vor Frustration zu brüllen. Es machte keinen Sinn. Warum sollte Hailey in diese Richtung fahren? Alles, was in dieser Richtung lag, war das Haus in Pu'u Pu'eo.

Sein Magen zog sich zusammen. Zum Flughafen zurückzufahren, wäre die logischste Sache, aber sein Instinkt sagte ihm, dass er der Küstenstraße folgen solle.

Logik, beharrte sein Verstand. *So ist es weniger schmerzhaft.*

Aber eine kleine Stimme flehte ihn immer wieder an, auf sie zu hören. *Dort entlang. Vertraue mir.*

Dieser innere Kampf, diese Zerrissenheit, war etwas, das er noch nie zuvor erlebt hatte. Noch nicht einmal in den verzweifeltsten Momenten seiner Militärkarriere oder den tödlichsten Gestaltwandlerkämpfen, in die er verwickelt worden war. Warum passierte es dann jetzt?

Weil sie unsere Gefährtin ist, du Narr. Unser Schicksal, schrie sein Bär.

Hätte er die Hand ausstrecken und dem Schicksal eine verpassen können, hätte er es getan. Welchen Sinn ergab es denn, seine Gefährtin zu finden, nur um sie dann wieder zu verlieren?

Er fluchte und raste wieder los. Er rauschte die Küstenstraße hinunter, anstatt zum Flughafen zu fahren. Es würde ihn umbringen, wenn er herausfände, dass seine Vermutung falsch gewesen war, aber zum Teufel. Er lehnte sich in jede Kurve und fuhr mit halsbrecherischer Geschwindigkeit. Dann schlug sein innerer Kompass wieder aus und er nahm den Fuß vom Gas. Pu'u Pu'eo befand sich noch ein paar Kilometer entfernt, aber sein Kompass zeigte in Richtung Küste.

Eine nicht beschilderte Straße mit einem *Zufahrt verboten*-Schild blitzte auf der linken Seite auf und er riss den Kopf herum. Die Seitenstraße lag bereits fünfzig Meter hinter ihm, bevor er den vom Wind hinübergewehten Geruch erkannte.

Wolfsgestaltwandler. Und es war weder Chase noch ihr Freund Boone.

„Lamar", grunzte er.

Er streckte seinen linken Fuß auf den Boden und lenkte das Motorrad durch eine geschleuderte Einhundertachtzig-Grad-Wendung, um den Weg zurückzurasen, den er gekommen war. Mit allen Sinnen in höchster Alarmbereitschaft holperte er die Seitenstraße hinunter. Unter dem *Zufahrt verboten*-Schild befand sich ein kleineres Schild mit der ominösen Aufschrift *Gefährliche Brandung. Strand geschlossen.* Lamar war dort draußen und Hailey ebenfalls. Er konnte es am Geruch erkennen. Und Jonathan auch.

Tims Herz schlug ihm bis zum Hals, als er seinen Pick-up Truck umzingelt von drei Geländewagen mit offener Tür dort stehen sah. Auf der Fahrerseite gab es mehrere riesige Dellen und sein Puls überschlug sich. Was hatten diese Dreckskerle mit Hailey gemacht?

Er sprang vom Motorrad und ließ es einfach fallen, um zu Fuß durch die Bäume zu stürmen. Zuerst schnell, dann langsamer und mit gebeugten Schultern, um nicht gesehen zu werden. Der auflandige Wind wirkte zu seinem Vorteil und hielt seinen Geruch vor den anderen Gestaltwandlern verborgen. Aber er brachte auch den beißenden Geruch von Haileys Angst mit sich.

Er pirschte sich die letzten paar Meter an und spähte hinter einem Baum hervor. Lamar und Jonathan waren dort und versperrten Hailey den Weg.

Diese beiden werden gleich sterben, knurrte sein Bär.

Tim kämpfte gegen den Drang an, über die Düne zu sprinten und seinen Grizzlybären wüten zu lassen. Hailey würde ihn für ein Monster halten und er musste außerdem noch mindestens vier andere Gestaltwandler bedenken – drei Wölfe und einen Bären, wenn seine Nase richtig lag. Sie mussten an diesem Morgen heimlich nach Maui geflogen sein, denn sie waren letzte Nacht ganz sicher noch nicht auf der Insel gewesen.

Warte. Denke nach. Plane es durch, befahl er sich. Hailey war unverletzt – für den Moment. Er musste die Emotionen abschalten, die in seinem Bauch überkochten, und nachdenken.

Zu seiner Überraschung beruhigte sich sein vor Wut rasender Bär – das Biest, das immer rebellierte, wenn es um Herzensangelegenheiten ging – und ließ ihn seine Gedanken ordnen.

Hailey. Vier Gestaltwandler und ein Mensch. Im Grunde genommen genau die Art von Geiselnahme, für die er trainiert war, und er hatte das Überraschungsmoment auf seiner Seite.

Connor, rief er in Gedanken.

Sein Bruder befand sich kilometerweit entfernt auf der anderen Seite der Insel, aber Connors tiefes Drachenknurren erklang in seinem Kopf.

Was zum Teufel ist los? Warum bist du so schnell abgehauen? Und wo zum Teufel ist mein Motorrad?

Tim machte sich nicht die Mühe, ihm zu antworten. *Lamar und einige seiner Handlanger haben Hailey hier draußen in die Enge getrieben. Ich brauche Verstärkung, und zwar schnell.*

Er konnte den Ort nicht beim Namen nennen, aber Connor würde ihn genauso deutlich aufspüren können, wie Tim Hailey gewittert hatte.

Mist. Halte deine Position, befahl Connor. *Wir sind schon auf dem Weg.*

Tim knirschte mit den Zähnen und pirschte sich näher heran. Normalerweise gehörten Bären zu den geduldigen Gestaltwandlern, aber es ging um Hailey dort draußen und seine ganze Welt stand Kopf.

„Nein, ich habe dich nicht vermisst, du Idiot", bellte Hailey Jonathan an.

Ihr Gesicht hatte eine fleckige Farbe und zeigte sowohl das Weiß der Angst als auch das Rot der Wut. Tim zwang sich, sich auf andere Details der Umgebung zu konzentrieren – die Position eines jeden Mannes, den Winkel zu einem stillgelegten Rettungsschwimmerturm und die Entfernung zu jedem Ende des verlassenen Strandes, der in Felsausläufern endete. Lamar war eindeutig der Alpha der vier Wandler. Die anderen waren nervös und warteten auf ein Zeichen ihres Bosses.

Jonathan schnaufte und berührte Haileys Haar, aber sie schlug seine Hand weg.

„Ich habe dir doch gesagt, dass du es bereuen würdest, mich zu verlassen", sagte er beiläufig.

Jeder Muskel in Tims Körper verkrampfte sich.

„Und ich habe dir gesagt, dass ich es lediglich bedaure, dich überhaupt jemals getroffen zu haben", schnauzte sie zurück. Dann schaute sie sich besorgt um. „Wo ist meine Mutter? Was habt ihr mit ihr gemacht?"

Jonathan grinste. „Wie reizend von dir, dass du an die alte Schlampe denkst. Mach dir keine Sorgen. Sie ist fröhlich beim

Einkaufen in Waikiki. Zumindest für den Moment." Er senkte seine Stimme in einer klaren Drohung.

„Für den Moment?" Hailey stemmte die Hände in die Hüfte.

Jonathan lachte – das Arschloch – und lächelte dann. „Letzte Chance, Baby."

Hailey schüttelte den Kopf. „Was ist an einem Nein so schwer zu verstehen? Ich liebe dich nicht, Jonathan. Das werde ich nie."

Jonathan seufzte. „Ich verstehe nicht, warum du so eine große Sache daraus machst."

Tims Bär brummte. *Liebe ist alles.*

Bevor er Hailey kennengelernt hatte, hatte er das nicht verstanden. Aber sie hatte die Tür zu einem verborgenen Teil seiner Seele geöffnet und alles verändert.

„Ich werde dir alles geben. Ich werde mich gut um dich kümmern", fuhr Jonathan fort. „Wie um eine Prinzessin."

Hailey schnaufte. „Und was ist, wenn ich keine Prinzessin sein will?"

Jonathan fuhr fort, als hätte er es nicht gehört. „Du musst einfach nur an meiner Seite stehen."

Tim runzelte die Stirn. Glaubte Jonathan wirklich, dass das alles war, was eine Frau begehren konnte?

„Nein." Hailey drehte sich um, um wegzulaufen, aber einer der anderen trat vor und schnitt ihr den Weg ab. Sie wandte sich erneut wütend an Jonathan. „Du kannst mich nicht zwingen, mit dir zu gehen."

„Oh, aber natürlich kann ich das. Du bist die perfekte Ehefrau und ich will dich haben."

Er hätte genauso gut sagen können *Das ist der perfekte Mercedes-Benz* oder *Ich will diesen Armani-Anzug haben.* Als ob Hailey nur ein weiteres Accessoire wäre, das er zum Erreichen seiner Ziele brauchte.

„Du hast eine Wahl, Hailey. Es gibt zwei einfache Möglichkeiten." Jonathan grinste. „Option eins, du heiratest mich und lebst glücklich bis ans Ende deiner Tage. Ich werde es weit bringen, Baby, und ich werde dich zur glamourösesten First Lady seit Jackie O. machen."

Hailey runzelte die Stirn. „Warum nicht gleich zur glamourösesten First Lady aller Zeiten, wenn du schon dabei bist?"

Tim verbarg ein Schnauben. Hailey konnte auf jeden Fall glamourös sein – er hatte es in den Magazinen gesehen. Aber so war sie nicht wirklich. Warum konnte Jonathan das nicht verstehen?

„Option zwei", fuhr Jonathan fort. „Und lass mich dich warnen – du musst es wirklich einmal aus meiner Perspektive betrachten. Das Nächstbeste zu einem Senatskandidaten mit perfekten Referenzen und einer wunderschönen Frau ist ein Senatskandidat, dessen große Liebe auf tragische Weise gestorben ist und ihn dabei trauernd und allein zurückgelassen hat. Ein Kandidat, der bereit ist, der Öffentlichkeit in liebevoller Erinnerung an seine Verlobte zu dienen."

Hailey starrte ihn an und Tims Puls überschlug sich.

Connor, knurrte er.

Wir sind auf dem Weg, Mann, antwortete sein Bruder.

Auf dem Weg war gut, aber die Entfernung war so groß, dass seine Verstärkung nicht sonderlich bald eintreffen würde. Tim hätte nichts dagegen, es mit Lamar und den anderen Gestaltwandlern aufzunehmen, aber das erhöhte das Risiko für Hailey. Seine Füße zuckten, aber er zwang sich, sie alle weiter zu beobachten und abzuwarten.

Hailey funkelte Jonathan an. „Deine große Liebe stirbt auf tragische Weise?"

Er verzog das Gesicht. „Ja, die erste Option gefällt mir auch besser. Du hast die Wahl."

„Du bist doch verrückt."

Jonathan seufzte. „Option zwei. Das ist aber schade." Er griff in seine Manteltasche und zog einen Stapel Papiere heraus, bevor er auf einen Kugelschreiber drückte. „Du musst das hier aber zuerst unterschreiben."

Haileys Kinnlade klappte auf und Tims ebenfalls. Jonathan erwartete, dass Hailey eine Art Vertrag unterschrieb, bevor er sie ermordete?

Hailey schlug die Papiere beiseite. „Was zum Teufel ist das?"

„Die Anweisung an deinen Anwalt deine Besitztümer, ohne weitere Verzögerung, an deinen geliebten Verlobten zu überschreiben."

Haileys Gesichtsausdruck wurde leer. „Welche Besitztümer? Ich miete meine Wohnung und..." Ihr Gesichtsausdruck veränderte sich und sie flüsterte: „Du hast es auf das Land meiner Großeltern abgesehen?"

Jonathan tadelte sie: „Du hättest es wirklich schon früher aufgeben sollen."

Lamar runzelte die Stirn. „Dieser sture alte Mann hätte es mir überschreiben sollen, als er noch die Chance dazu hatte. Mal sehen, ob du schlauer bist, Fräulein Crusak." Er zog ihren offiziellen Namen in die Länge.

Tims Gedanken überschlugen sich. Was hatte das zu bedeuten? Warum war Hailey plötzlich so blass geworden?

Dann erinnerte er sich wieder an etwas, das sie an dem Tag gesagt hatte, an dem sie nach ihrem Treffen mit Lamar nach Koakea geflohen waren.

Mein Großvater wurde von Wölfen zu Tode gebissen.

Von Wölfen – oder Gestaltwandlern?

Lamars böses Grinsen wurde noch breiter.

Hailey schlug sich die Hand auf den Mund und flüsterte: „Du hast meinen Großvater getötet."

Sie wirbelte herum und war bereit loszustürmen, aber Jonathan hielt ihren Arm fest. Sie verdrehte sich und funkelte ihn an. „Du willst mich umbringen, aber du willst, dass ich dir vorher das Land überschreibe?"

Jonathan nickte völlig sachlich. „So ist es einfacher."

„Und wenn ich es nicht tue?"

Er grinste – er grinste wirklich so richtig, als wäre das der beste Teil seines teuflischen Plans. Hailey las seinen Gesichtsausdruck, bevor Tim es konnte. Sie erbleichte. „Du bringst meine Mutter um, wenn ich es nicht tue."

Jonathan schüttelte den Kopf. „Oh, ich werde sie nicht umbringen. Nein. Lamar wird es tun."

Lamar nickte und entblößte die Spitzen seiner Zähne. „Mit Vergnügen."

Hailey erbleichte nun völlig und schwankte auf ihren Füßen.

„So oder so wird dieses Grundstück mir gehören", krähte Jonathan.

Einer der Sicherheitsleute warf einem anderen ein wissendes Grinsen zu, was Tim dazu veranlasste, zweimal hinzuschauen. Was genau planten sie denn?

„Überschreibe mir das Land und deiner Mutter wird nichts passieren", sagte Jonathan. „Wenn du es nicht tust, stirbst du trotzdem, und das Land geht an sie. Sie wird es mir überschreiben und dann wird sie sterben." Jonathan deutete auf die tosende Brandung. „Es ist leicht, ein Ertrinken zu inszenieren, besonders an einem Ort wie diesem. Ein weiterer Todesfall wäre nicht schwer. Oder vielleicht ein tragischer Sturz..."

Lamar schüttelte den Kopf. „Nein, etwas Langsames und Schmerzhaftes."

Hailey starrte. „Du bist bereit, für ein gottverdammtes Stück Land zu töten?"

Jonathan schnaubte. „Dieses gottverdammte Stück Land liegt auf einem der größten unberührten Ölfelder in den zusammenhängenden Vereinigten Staaten." Dann verzog er die Lippen zu einem wölfischen Grinsen. „Ich hätte auch nichts dagegen gehabt, dein süßes Hinterteil zu vögeln. Oh, warte. Vielleicht kann ich das ja doch noch tun. Hast du es dir anders überlegt, Baby? Option eins ist immer noch offen, weißt du."

„Jetzt komm' einfach in die Gänge", knurrte Lamar.

„Aber, aber, Lamar, nicht gierig werden", schimpfte Jonathan.

Lamars Gesicht wurde rot. Wie jeder Alphawolf hasste er es, Befehle entgegenzunehmen. Als Jonathan sich an Hailey wandte, nickte Lamar seinen Männern knapp zu. Sie schwärmten zu neuen Positionen aus und umringten nun Jonathan. Tims Herz schlug noch schneller. Hier ging gleich eine Bombe hoch und Hailey stand mittendrin. Inmitten des Schlachtfelds. Er rechnete sich aus, welche der Männer er töten musste und welche er nur zur Seite stoßen konnte, wenn er auf Hailey zustürmte.

„Jetzt unterschreibe es endlich", bellte Lamar Hailey an.

Jonathans Gesicht verdunkelte sich. „Mache du deinen Job, Lamar, und ich erledige meinen."

Hailey blickte von einem zum anderen und wich langsam zurück.

Ja. In diese Richtung, wollte Tim ihr zuflüstern. *Geh in die Richtung des Typen zu deiner Linken. Er sieht wie der langsamste der Bande aus.*

Aber Hailey drängte sich stattdessen in die Richtung eines anderen Mannes. Tim wischte sich eine Schweißperle von der Stirn. Wenn er doch nur in Gedanken zu Hailey sprechen könnte, so wie es mit Connor oder Chase möglich war.

Andererseits war Hailey seine Gefährtin, also musste es möglich sein. Tim konzentrierte sich, so stark er konnte, und drängte ein Bild in Haileys Kopf. *In die andere Richtung. Geh auf den anderen Kerl zu.*

Sie hielt inne und schaute sich verwirrt um. Dann entdeckte sie die winzige Öffnung zu ihrer Linken und bewegte sich darauf zu.

Ja! In diese Richtung. Langsam. Immer weiter, wollte er schreien.

„Ich bin derjenige, der das alles für dich organisiert hat", bellte Lamar.

Jonathan schnaubte. „Du hast mir von dem Land erzählt, ja. Aber du wolltest Hailey auf der Stelle töten. Mein Plan war viel besser."

Tim wurde es übel. Sprach Jonathan von seinem Plan, Hailey zu umwerben und sie zum letzten Accessoire zu machen, das er für seine perfekte politische Karriere brauchte?

Jonathan lachte. Ihm schien Lamars wachsende Wut nicht bewusst zu sein. Wusste er überhaupt, dass der Mann ein Gestaltwandler war? Tim bezweifelte es.

„Außerdem", spottete Jonathan weiter, „hast du keinerlei Kapital und auch keine Verbindungen. Du wusstest von dem Öl unter dem Land, aber du konntest nichts damit anfangen. Weshalb du mich brauchst. Vergiss das nicht, Lamar."

„Du brauchst mich", knurrte Lamar.

Jonathan zog ein Gesicht. „Ja, ich brauche dich. Ich bezahle dich aber auch, Lamar. Wie ich schon sagte, werde nicht gierig.

Das hier ist nur ein Schritt auf einem langen Weg. Eines Tages werde ich dich noch reicher machen."

Lamar sah nicht so aus, als wollte er auf *eines Tages* warten und Tim ging in die Hocke. Er machte sich bereit, loszustürmen.

„Du bist derjenige, der nicht einmal eine dumme Frau in den Griff bekommt", schnauzte Lamar.

Tim hätte fast geknurrt. Hailey war nicht dumm und sie war auch nicht auf dieser Welt, um kontrolliert zu werden.

Jonathan ignorierte Lamar und wandte sich wieder Hailey zu. „Wie ich schon sagte, Baby. Letzte Chance."

„Wie lange glaubst du eigentlich, dass sie dabei mitspielen wird?", warf Lamar ein. „Es gibt nur einen Weg, eine Frau zum Schweigen zu bringen."

„Oh, ich bin mir sicher, sie wird zur Vernunft kommen." Jonathan grinste und musterte Hailey von oben bis unten. „Und du." Er wandte sich an Lamar. „Verliere jetzt bloß nicht den Kopf. Ich habe es unter Kontrolle."

Es sah nicht danach aus, jedenfalls nicht von Tims Standpunkt aus. Die Sicherheitsmänner waren alle einen Schritt näher gekommen und wie alle guten Betas würden sie Lamar die Treue halten und nicht ihrem menschlichen Boss.

„Meinen Kopf verlieren?" Lamar wurde knallrot. „Meinen Kopf verlieren?"

Die Luft flackerte um Lamars Schultern und signalisierte seine bevorstehende Verwandlung. Tim holte tief Luft und war bereit, sofort loszustürmen.

„Vielleicht bist du derjenige, der zur Abwechslung einmal wissen muss, wie es ist zu verlieren", schnauzte Lamar.

„Ähm, Boss...", murmelte einer seiner Männer und versuchte, ihn zu beruhigen.

Die anderen schauten nervös zu. Was auch immer ihr Plan gewesen war, Lamar war dabei, ihn in Stücke zu reißen. Sogar Hailey hob die Hand in die Luft, um Jonathan zu signalisieren, dass er sich zurückhalten sollte.

Aber Jonathan lachte nur. „Verlieren? Ich verliere nie."

Lamar ballte eine Faust und Tim sah, wie sich die Wolfskrallen aus seiner Hand verlängerten.

„Dieses Mal wirst du es", knurrte Lamar.

Jonathan schnaubte und drehte sich zu Hailey um. Er wandte Lamar den Rücken zu – ein fataler Fehler, den Tim aus meilenweiter Entfernung kommen sah. Er schoss nach vorn und raste auf die zusammengedrängte Gruppe zu. Nicht um Jonathans jämmerlichen Arsch zu retten – dafür war es ohnehin zu spät –, sondern um Hailey zu schützen.

„Nein!", kreischte Hailey, als Lamar den Arm hob.

Jonathan schaute nicht einmal über seine Schulter. „Kümmere dich nicht um ihn, Hailey. Er bellt nur und bei–
"

Das Wort *beißt* verwandelte sich zu einem schockierten Keuchen, als Lamar seine Klauen um Jonathans Hals schlang und sie wild zur Seite riss. Jonathan stürzte zu Boden, umklammerte seine Kehle und gab entsetzliche gurgelnde Laute von sich.

„Jonathan!", schrie Hailey.

Lamar stieß den nächsten seiner Männer zur Seite. „Sie wird sowieso sterben. Und so oder so gehört der Gewinn uns allein. Wir bekommen das Kopfgeld, das Moira ausgesetzt hat – und das Ölfeld noch dazu."

Moira? Tim kniff die Augen zusammen, während er rannte. Was hatte die intrigante Drachendame mit alledem zu tun?

„Du Bestie!", schrie Hailey Lamar an.

Die Worte drangen in Tims Kopf, als er die Düne hinunterstürmte. Er verwandelte sich mitten im Lauf und zuckte bei dem Gedanken zusammen, was Hailey als Nächstes sehen würde. Sie würde beim Anblick eines riesigen Grizzlybären, der in Bereitschaft Lamar und seine Männer in Stücke zu reißen, das Maul weit aufriss, erschaudern. Für sie wäre er nur ein weiterer mordender Gestaltwandler, dem sie niemals wieder in die Augen sehen konnte. Eine Bestie.

Ich liebe dich, Hailey, flüsterte er und wünschte, sie könnte es verstehen.

Dann stählte er seine Nerven und fletschte die Zähne. Er war bereit, die Gestaltwandler auszuschalten, die es wagten, seine Gefährtin zu bedrohen.

Kapitel 22

Hailey stolperte rückwärts, als die Hölle ausbrach. Alles passierte auf einmal und ihr Verstand konnte es nur in Zeitlupe verarbeiten.

Jonathan stürzte in eine Lache aus seinem eigenen Blut. Lamar trat mit einem mörderisch finsteren Blick nach vorn und streckte seine Finger aus, die in Krallen endeten. Seine Zähne wurden zu zentimeterlangen Reißzähnen und seine Ohren spitzten sich zu Dreiecken zu. Hinter ihm kam etwas Großes, Braunes und Wütendes die Düne hinuntergerast.

Hailey öffnete den Mund, um zu schreien, aber es kam kein Ton heraus.

Ein Grizzlybär. Ein wilder Grizzlybär...

Ihre Gedanken stockten und drehten sich im Kreis.

Ein Grizzlybär mit haselnussbraunen Augen, die um Vergebung bettelten. Die Spuren, die sie an diesem Morgen vor dem Haus gesehen hatte. Die vertraute Entschlossenheit, die wie die eines Ritters in glänzender Rüstung durch jeden hastigen Schritt schien, mit denen der Bär auf die Männer zustürmte, die sie bedrohten.

Sie hatte Schwierigkeiten damit, die Punkte zu verbinden, bis sich schließlich alle Fäden ihrer Gedanken zu einem festen Knoten zusammenfügten.

„Tim", flüsterte sie und knickte in den Knien ein.

Lamar und seine Männer wirbelten herum, aber einen halben Schritt zu spät. Der Grizzlybär schleuderte den nächstbesten Mann zur Seite. Er machte auch den zweiten Mann platt, um zu Lamar zu gelangen. Die anderen zerstreuten sich schreiend und Lamar knurrte.

Lauf, Hailey! Lauf!, konnte sie schwören, Tim in ihrem Kopf rufen zu hören. Die Worte waren leise, aber eindringlich, und er sprach sie mit der tiefsten Bassstimme, die sie je von ihm gehört hatte.

Vor vielen Jahren hatte ihr Großvater genau diese Worte gebrüllt und sie hatte keine andere Wahl gehabt, als zu rennen. Auch jetzt hatte sie nicht wirklich eine Wahl, aber der Mörder ihres Großvaters – Lamar – stand ihr gegenüber und wegzulaufen fühlte sich falsch an. Eine Stelle in der Mitte ihrer Brust brannte und als sie dagegen schlug, spürte sie, wie ihre Halskette zuckte. Dann sprang sie zur Seite und zog Jonathan mit sich. Sie schaffte es gerade noch rechtzeitig, um dem Zusammenstoß zwischen dem Grizzlybären und Lamar auszuweichen, der sich nun in Wolfsgestalt verwandelt hatte. Sie stürzten in einem Wirrwarr aus bösartigem Knurren und Bissen zur Seite.

Die Geräusche, die Jonathan von sich gab, erschreckten sie auf eine ganz andere Weise. Sie kauerte sich über ihn und wusste nicht, was sie tun sollte.

Die Perle an ihrem Hals wurde warm und spendete ihr Trost, genauso wie es ihr Großvater mit einem seiner *Du schaffst das*-Blicke getan hätte.

„Warte." Sie zog ihr T-Shirt aus, um es auf die Wunden an Jonathans Hals zu drücken. Es war zu spät und sie wusste es, aber sie musste trotzdem etwas tun.

Jonathans panische Augen begegneten ihren mit einem überraschten Blick und fast hätte sie geschnauft. Ja, sie verachtete ihn. Aber nein, sie wollte nicht einfach zusehen, wie er verblutete.

„Halte durch." Sie schleppte ihn noch einen Meter weiter.

Die Blutlache, die sich um Jonathan herum ausbreitete, war schrecklich genug mitanzusehen, aber als ihr Blick zur Seite wanderte...

Tim war zu ihr immer nur freundlich und sanft gewesen. Jetzt war er ein echter Krieger. Schnell, wütend und rücksichtslos. Ein komplett wildes Tier.

Natürlich sollten wilde Tiere nicht selbstlos handeln. Zumindest nicht, um Menschen zu verteidigen. Aber da war er und setzte sein eigenes Leben für sie aufs Spiel.

Blut spritzte und Hailey schaute weg. Sie versuchte nachzudenken. Sie könnte über die Dünen klettern, in den Wagen steigen und sich darin einschließen. Sie könnte losfahren und Hilfe holen. Sie könnte…

„Lauf", flüsterte Jonathan mit dem weit aufgerissenen Blick eines Mannes, der zu spät erkannt hatte, wie schmutzig seine eigenen Geschäfte gewesen waren. Er starrte an einen Punkt über ihrer Schulter und sein Körper wurde steif.

„Jonathan", schrie sie und schüttelte ihn.

Seine leblosen Augen starrten, ohne zu blinzeln, in den Himmel.

Los, Hailey. Lauf! schrie Tim in ihrem Kopf.

Sie zwang sich, den Kopf zu heben und sich umzusehen. Jonathan war tot. Lamars Männer formierten sich nur langsam neu und wenn sie sich beeilte…

Sie zwang ihre Beine in die Gänge und schnappte sich ein schlagstockgroßes Stück Treibholz, während sie in die Richtung einer Lücke zwischen zwei von Lamars Männern stürmte.

„Nein, das wirst du nicht", bellte einer und streckte die Hand aus.

Sie schwang das Holz, schlug seinen Arm weg und sprang nach links. Zu diesem Zeitpunkt hatte der zweite Mann sie bemerkt. Oder besser gesagt, ein *Wolf* hatte sie bemerkt. Denn dort, wo eben noch ein Mann gestanden hatte, befand sich nun ein räudiger, grauer Hund. Er fletschte die Zähne und trieb sie in die Richtung des ersten Mannes. Hailey sprintete weiter. Sie war jetzt nicht mehr darauf aus, an ihnen vorbeizukommen, sondern nur noch darauf, den Rettungsschwimmerturm zu erreichen. Die Leiter war steil und schmal mit gerade genug Platz für eine Person. Eine Position, aus der sie sich halbwegs verteidigen könnte, wenn sie lange genug durchhielt.

Sie sprintete wie nie zuvor und sprang auf eine Sprosse auf halber Höhe. Ihr Fuß rutschte ab, sodass sie mit dem Schienbein gegen eine Stahlsprosse knallte, aber sie hielt sich fest und zog sich gerade noch rechtzeitig hoch, um dem vorgestreckten Maul des Wolfes zu entkommen. So wie sie oben angekommen war, wirbelte sie herum und schwang den Stock.

„Du Schlampe!", rief der Mann und fiel mit dem Wolf zurück. Beide hatten nach ihr geschnappt und beide stürzten zu Boden. Der Wolf knurrte und leckte sich die roten Striemen quer über seiner Schnauze. Der Mann riss sich die Jacke vom Leib und krümmte seinen Rücken.

Hailey schnappte nach Luft, als der Mann sich in eine Bestie verwandelte. Er war ein Bär genau wie Tim und doch überhaupt nicht wie Tim, wie sich herausstellte. Tims Fell hatte die gleiche satte braune Farbe wie sein Haar und die Spitzen glänzten in der Sonne. Jede seiner Bewegungen war schnell und kalkuliert. Dieser Mann hingegen verwandelte sich in einen Bären, der so aussah, als hätte sich der Winter schon viel zu lange hingezogen. Sein Fell war struppig und ungepflegt, die Augen wild. Er trat zwei Schritte auf Hailey zu und ihre Knie zitterten. Wenn er sich auf die Hinterbeine stellte, konnte er den Turm leicht erreichen, und sie bezweifelte, dass ihr Stock gegen diese Bestie viel ausrichten würde.

Aber der Letzte von Lamars Männern – zumindest der Letzte in menschlicher Gestalt – trat nach vorn und schrie: „Ich werde mich um sie kümmern. Helft Lamar, diesen Drecksack zu erledigen."

Tim zu erledigen? hätte Hailey beinahe geschrien.

Zu Lamar hatte sich ein zweiter Wolf gesellt und die beiden kämpften gemeinsam gegen Tim. Ihrer Geschwindigkeit und Beweglichkeit konnte ein Bär niemals das Wasser reichen. Und schlimmer noch, nun stürzte sich auch der dunkelhaarige Bär auf sie, so dass es drei gegen einen waren.

Innerhalb von Sekunden hatte sich auch der vierte Mann in einen Wolf verwandelt und hielt Hailey auf dem Rettungsschwimmerturm in Schach. Er pirschte auf und ab und fletschte die Zähne. Aber der Bastard blieb außerhalb ihrer Reichweite. Sie konnte nichts anderes tun, als dem Kampf zuzusehen. Tim blieb standhaft und schlug kräftig nach jedem Gegner, aber wie sollte er gegen eine solche Übermacht bestehen?

Der dunkle Grizzlybär griff Tim seitlich an und die Wölfe zerstreuten sich, um den beiden Riesen den Kampf zu überlassen. Hailey zuckte zusammen, als Gebrüll die Luft zerriss. Sie hatte keine Ahnung gehabt, dass Bären ihre Lippen so weit zurückziehen und so viele Zähne entblößen konnten. Aber Gott, es war fast unglaublich. Mit ihren fünfzehn Zentimeter langen Klauen schlitzten sie sich gegenseitig die Flanken auf.

„Nein", krächzte sie. Sie hatte in ihrem ganzen Leben noch nie etwas so Brutales gesehen.

Die Stelle an ihrer Brust erwärmte sich und sie fing die Perle ein, ohne nach unten zu schauen. Mit den Fingern spielte sie über die vertraute, unebene Oberfläche. Die Perle war auch in der Vergangenheit warm geworden – gerade so viel, dass sie sich darüber gewundert hatte. Aber sie hatte das Gefühl stets als Werk ihrer Einbildung abgestempelt. Die Perle hatte sich jedoch noch nie so sehr erwärmt, dass sie ihre Haut fast verbrannte.

Als sie nach unten schaute, strahlte das Rosa mit einem schwachen inneren Licht. Sie umklammerte das Geländer des Turmes ganz fest. Die Perle hatte sie in dieser ersten unsicheren Nacht in Pu'u Pu'eo auch angestrahlt, wie schon zu anderen Zeiten in ihrem Leben – aber sie hatte noch nie so hell geleuchtet wie jetzt.

Wie aus dem Nichts schossen ihr Bilder durch den Kopf. Es war wie eine Dia-Show, die in der Gegenwart begann und weit, weit zurückreichte. Die Bilder verschwammen und hielten dann inne. Hailey stellte sich eine Frau vor, die ihr selbst sehr ähnlich war. Sie berührte die Perle mit den Fingern, während sie ihren Blick über die goldene Prärie von Ost-Montana schweifen ließ.

„Urgroßmutter?", flüsterte sie.

Ein Mann kam auf die Frau zu und wirbelte sie in einem langsamen Kreis herum, der mit einem langen Kuss und einem geflüsterten *Ich liebe dich* endete, welches in Haileys Gedanken widerhallte. In der Ferne weinte ein Baby und sowohl der Mann als auch die Frau drehten sich um und beeilten sich, es mit Liebe zu überhäufen.

Es gab auch tropische Bilder von üppigen Küsten, Wasserfällen und der tosenden Brandung, die der Szene vor ihr hier sehr ähnlich waren. Hailey blinzelte um sich. Maui? Oahu? Wo auch immer es war, die Bilder stammten aus einer längst vergangenen Zeit, dessen war sie sich sicher. Sie lagen Jahrhunderte zurück. Eine Frau kicherte in einem Bergstrom und winkte einen Mann herbei. Der Mann trug eine Art Inseltracht mit nackter, gebräunter Brust und einer Krone aus Blättern. Das Bild verschmolz in das nächste und zeigte dasselbe Paar in einer Szene, die so sinnlich war, dass Hailey errötete. Palmen wiegten sich über den ineinander verschlungenen Liebenden und die nahe Brandung krachte im Takt der Stöße des Mannes und übertönte die lustvollen Laute der Frau.

Das Meer überschlug sich in einer weiteren krachenden Welle und Hailey blinzelte. Sie riss ihre Aufmerksamkeit in die Gegenwart zurück. Die Bären kämpften, die Wölfe schnappten, und der einsame Wächter bewachte noch immer ihren Turm. Aber die Geräusche waren bis auf das Rauschen des Meeres gedämpft.

Hailey runzelte die Stirn. Was? Was hatte das alles zu bedeuten?

In Gedanken ging sie die Bilder noch einmal durch und starrte dann die Perle an. Liebe. Alle Bilder, die sie in sich trug, hatten mit Liebe zu tun. Mit Schönheit. Mit Zufriedenheit.

Liebe, flüsterte eine schwache Frauenstimme traurig in ihrem Kopf. *Schau doch nur, wozu sie uns treibt.*

Hailey dachte an ihre Urgroßmutter, die ihre Inselheimat verlassen hatte. Sie dachte an ihren Großvater, der sich mit einem Lächeln an seine Eltern und seine eigene liebe Frau erinnerte, als sie schon längst gegangen waren. Dann richtete sie ihren Blick auf Tim und schluckte.

Schau doch nur, wozu Liebe uns treibt.

Sie schaute lange und intensiv. Liebe ließ einen guten Mann einer Fremden helfen, als sie es am meisten gebraucht hatte. Liebe ließ ihn sein tiefstes Geheimnis verbergen, weil er Angst hatte, sie zu verlieren. Liebe hatte ihn auch dazu gebracht, sich kopfüber in einen Kampf zu stürzen, den er unmöglich gewinnen konnte.

„Tim", flüsterte sie und hielt die Perle fest.

Er kämpfte weiter, wehrte die Schläge des Grizzlybären ab und drehte sich um, um den Wolf zu verjagen, der sich von hinten anschlich. Die anderen hatten kaum an Boden gewonnen, aber sie konnte sehen, dass Tim schwächer wurde. Blut verfilzte das Fell an seiner Schulter und er hinkte auf der rechten Seite. Ein Ohr war zerfetzt und...

Der dunkle Grizzlybär stürmte vor und trieb Tim in Richtung Brandung, während die beiden Wölfe ihn von den Seiten bedrängten.

„Tim!", schrie sie.

Der Wolf, der den Rettungsschwimmerturm bewachte, gab ein fast gackerndes Geräusch von sich, das sagte *Schau zu und weine, Schätzchen. Es wird nicht mehr lange dauern.*

Hailey hatte noch nie einen Bärenkampf gesehen, aber es war eindeutig, dass der andere Grizzlybär Tim nicht allein besiegen konnte. Er konnte ihn jedoch mithilfe der Wölfe in die Wellen treiben und seine Kräfte zermürben. Früher oder später würde Tim eine kritische List übersehen, und sie würden ihn zerquetschen, so wie ein Rudel von Löwen eine Gazelle erlegte.

„Dell..." Hailey wühlte durch ihre Taschen, aber sie trug ihr Handy nicht bei sich. War es Tim gelungen, die anderen zu alarmieren, bevor er losgestürmt war?

Fast wäre sie vor Scham und Verzweiflung auf die Knie gesunken. Das war alles ihre Schuld.

Also tu etwas, sagte die Stimme in ihrem Kopf. *Hilf ihm.*

Sie schaute sich um. Wie sollte sie in einen Kampf wilder Bestien einschreiten? Eine jede von ihnen war stärker als sie und sie alle waren mit scharfen Zähnen und Klauen bewaffnet.

Unterschätze dich nicht, hatte Tim einmal gesagt und die Worte hallten nun in ihrem Kopf wider.

Aber meine Güte. Sie hatte nichts als einen Stock.

Du hast Liebe, flüsterte eine Stimme in ihrem Kopf.

Tränen strömten über ihre Wangen, als Tim rückwärts in Richtung Wasser stolperte. Der nasse Sand ließ seine Pfoten tief einsinken und verlangsamte jeden Schritt. Ein Wolf sprang auf seinen Rücken und biss zu. Tim brüllte vor Schmerz auf. Mit einer scharfen Drehung schleuderte er den Wolf von sich, der mit einem dumpfen Aufprall landete.

Das geschieht dir recht, wollte Hailey schreien.

Aber selbst wenn dieser Wolf hinkte, kämpften immer noch drei gegen einen. Und sie war so nutzlos wie eine Prinzessin in einem Turm, die auf ihren Ritter wartete, um sie zu retten.

Bei dieser Erkenntnis erstarrte sie. War sie das wirklich?

Es sieht ganz sicher so aus, spottete eine kleine Stimme – nicht die Stimme, die der Perle entsprang, sondern eine aus ihrer eigenen Seele.

Wut kochte in ihr hoch. Nein, sie war keine Prinzessin.

Also los, dann zeige es. Stürze dich in den Kampf.

Sie wollte protestieren, dass sie gekratzt und in Stücke gerissen werden würde, aber sie biss die Worte zurück. Tim war derjenige, der zerkratzt und in Stücke gerissen wurde. Sie versteckte sich nur auf ihrem Turm.

Sie zog die Lippen zu einem unbewussten Knurren zurück. Ihr Ritter hatte alle Hände voll zu tun und sie war ganz sicher nicht der Typ, der herumhing, um zu warten.

Warum bewegst du dich dann nicht? spottete die kleine Stimme. *Hast du Angst, dir einen Fingernagel abzubrechen?*

Sie biss die Zähne zusammen und war bereit, zurückzuschreien, aber es war niemand da. Nur ihr eigener Stolz und die nackte Realität, dass ohne Hilfe selbst ein entschlossener Held nicht in der Lage sein würde zu gewinnen.

Also testete sie die Stärke ihres Stocks mit beiden Händen aus und atmete tief ein. Die Perle erhitzte sich an ihrer Haut und glühte rosa.

Liebe, sagte die entfernte Stimme.

Schnapp sie dir, sagte die andere Stimme.

Es war, als hätte sie eine gute Fee und eine Kriegerin in sich, die sie beide anspornten. Die eine entsprang der Perle – eine verrückte Vorstellung, die sie jetzt nicht hinterfragen konnte – und die andere war ein tief in ihr verborgen liegender Teil, der es satt hatte, immer nur das nette Mädchen zu sein. Sie nahm einen tiefen Atemzug. All das Kickboxen, das sie gelernt hatte, musste doch für etwas gut sein, nicht wahr?

„Also dann", murmelte sie. „Prinzessin kommt zur Rettung."

Kapitel 23

Der Wolf, der Hailey bewachte, schenkte dem Kampf mehr Aufmerksamkeit als ihr, was Hailey einen kleinen Ansporn gab. Unterschätzt zu werden hatte seine Vorteile. Sie beäugte die Entfernung zum Boden, während sie darauf wartete, dass der Wolf vor die Leiter trat. Zwei Meter waren ihr noch nie so hoch vorgekommen, aber andererseits war sie auch noch nie in einen Kampf um Leben und Tod verwickelt gewesen.

Es machte ihr Angst, aber es machte sie auch entschlossener. Jonathans lebloser Körper war während des Kampfes mehrfach zertrampelt worden und sein Blut war überall verteilt. Tim blutete ebenfalls und Lamar hatte keinen Hehl aus seinem Plan gemacht, sie töten zu wollen.

Also ja. Auf Leben und Tod stimmte.

Der Gedanke hätte sie eigentlich erschrecken sollen, aber er half ihr jetzt hauptsächlich dabei, sich zu konzentrieren. Sie starrte auf den Wolf unter sich, umklammerte ihren Stock und plante ihren Angriff.

Jetzt! schrie ihre innere Amazone.

Ohne nachzudenken, sprang sie los. Und es war auch kein feiger Sprung. Nein – sie griff die Bestie an und schleuderte sie zu Boden. In der Sekunde, in der sie aufeinanderprallten, schlug sie mit ihrem Stock zu und brüllte wie eine Barbarin. Einen Augenblick später holte sie der Aufprall ihres Angriffes ein und sie schnappte nach Luft. Der Wolf rappelte sich auf und starrte sie mit schockierten Augen an. Sein Blick sagte *Heilige Scheiße.*

Hailey sprang auf die Füße und schwang den Stock in die Richtung seines Kopfes herum. Der Wolf wich aus – gerade so – und knurrte.

Sie schleuderte ihren Stock erneut und dieses Mal traf sie das Tier quer über der Schnauze. Es kläffte, aber Hailey ließ nicht locker, und schlug wieder und wieder zu, um es zurückzutreiben. Eine Kraft, die alles übertraf, was sie je zuvor gespürt hatte, strömte durch ihre Adern und ließ jeden Schlag mit einem festen Hieb landen, der sie selbst „Heilige Scheiße" murmeln ließ.

Vielleicht hatte Tim recht damit, dass sie sich selbst nicht unterschätzen sollte.

Sie schwang den Stock mit beiden Händen, bis der Wolf mit einem Gesichtsausdruck zurückwich, der eindeutig sagte *Du bist eine völlig durchgeknallte Tussi, weißt du das?*

Hailey schleuderte ihren Stock herum. Völlig durchgeknallt war in Ordnung, wenn es das war, was nötig wäre, um diesen Kampf zu gewinnen.

„Los!", rief sie und fuchtelte mit dem Stock herum. „Verschwinde von hier."

Der Wolf warf einen langen, keuchenden Blick auf den blutigen Kampf und machte sich dann aus dem Staub.

Also gut. Hailey zählte mental weiter. *Einer erledigt, noch drei übrig.*

Sie wandte sich den anderen zu, die alle so sehr damit beschäftigt waren, sich einen Vorteil zu verschaffen, dass sie nicht bemerkt hatten, wie sie von ihrem Turm gesprungen war. Das bedeutete, dass sie die Gelegenheit hatte zu fliehen. Aber sobald ihr dieser Gedanke kam, verscheuchte sie ihn schon wieder. Lamar und seine Handlanger würden bald diejenigen sein, die rannten. Nicht sie.

Sie umklammerte ihren Stock fester und trat näher an den Kampf. Mit einer Hand griff sie nach oben, um die Perle zu berühren, und dachte an ihren Großvater. Selbst bei all dem Blutvergießen um sie herum verspürte sie kein brennendes Bedürfnis nach Rache. Sie wollte einfach nur, dass dies ein Ende hatte.

Also beende es, flüsterte die kleine Stimme.

Sie wusste genau, dass nur Tim dies konnte, denn sie war nur der Zwerg am Rande eines Kampfes der Giganten. Aber wenn sich der Zwerg anschleichen könnte...

Sie ging ein wenig in die Hocke und suchte sich ein Ziel aus. Dabei fühlte sie sich seltsam militärisch, so als hätte sie sich Tarnfarbe ins Gesicht geschmiert und eine Panzerfaust an die Seite geschnallt. Gleichzeitig fühlte sie sich jedoch auch wie eine totale Hochstaplerin. Machte sie das überhaupt richtig?

Der Wolf auf der rechten Seite war Lamar. Der auf der Linken hatte eine hellere Farbgebung und war etwas kleiner, also schlich sie sich zu dieser Seite herum. Tim und der Bär kämpften weiter. Sie sahen jetzt aus wie ein Paar müder Boxer, die sich aneinander lehnten. In der Sekunde, in der Tims Blick zu ihr schwankte, riss er die Augen weit auf.

Sie konnte seine Gedanken vielleicht nicht lesen, aber sie waren trotzdem eindeutig und klar. *Bist du verrückt geworden? Verschwinde von hier!*

Sie schüttelte den Kopf und konzentrierte sich auf den Wolf. In dem Moment, in dem sie sich bewegte, würden die anderen wissen, dass sie da war. Und dann könnte alles passieren. Wenn sie sich alle auf sie stürzten, würde sie auf der Stelle zerfleischt werden.

Dann lass dich nicht erwischen, sagte die innere Stimme.

Sie machte einen Bogen und gab Tim ein nickendes Zeichen. Ob Tim es nun gesehen hatte oder nicht, sie würde zuschlagen.

Sie holte mit ihrem Stock aus und schlug auf die Hinterbeine des Wolfes ein, wobei sie beim Aufprall zusammenzuckte. Der Wolf heulte auf und stürzte, so dass sie drei weitere scharfe Schläge auf dieselbe Stelle landen konnte, bevor sie sich zurückzog. Die Tonlage des tierischen Kampfes veränderte sich – sie waren immer noch genauso laut, aber alarmierter als zuvor. Lamar stieß ein *Was zum Teufel?*-Kläffen aus und der dunkle Bär schwang verwirrt seinen Kopf herum. Tim nutzte den momentanen Vorteil und schlitzte die Schulter des Bären mit seinen Krallen auf, bevor er einen Biss folgen ließ.

Einen Moment lang beruhigte sich der Kampf. Aber dann knurrte Lamar und trommelte seine Männer wieder zusammen.

Schnappt sie euch. Schnappt ihn, sagte sein Gebell.

Von diesem Moment an konnte Hailey nichts anderes tun, als ihren Stock von links nach rechts zu reißen, um die angreifenden Biester abzuwehren. Wenn das nicht klappte, versetzte sie ihnen ihre besten Tritte und stieß die lautesten Schreie aus. Es war ein Gewirr aus Fell und Reißzähnen und sie konnte nicht sagen, ob Lamar oder der andere Wolf auf sie zukam. Sie wusste nur, dass eine Kraft durch ihren Körper strömte, wie sie sie noch nie zuvor gespürt hatte, und sie wieder und wieder zuschlagen und treten ließ. Hart und heftig genug, um sie glauben zu lassen, dass sie selbst eine innere Bestie haben könnte.

„Nimm das", grollte sie, nachdem sie einen weiteren Schlag gelandet hatte.

Unter anderen Umständen wäre sie schockiert von der Idee, ein Tier zu verletzen. Aber Lamar und die anderen waren mehr als nur Tiere. Sie waren die schlimmste Art von Männern, die nicht davor zurückschreckte, ihre rohe animalische Kraft für unmoralische Zwecke einzusetzen. Sie lernte schnell, auf ihre empfindlichsten Stellen zu zielen – Beine, Augen, Nasen – und ihre Bewegungen vorauszusehen. Aber dann stürmte einer der Wölfe vor und der Schlag, mit dem sie ihn traf, endete mit einem scharfen Knacken.

„Nein!", heulte sie, als ihr Stock zerbrach.

Sie stolperte zurück und stürzte auf ihren Hintern. Tatsächlich landete sie flach auf dem Rücken und noch bevor sie sich aufrappeln konnte...

Sie erstarrte, als sie auf einen mörderischen Kiefer starrte. Der Wolf knurrte und ragte über ihr auf. Eine lange Speichelspur tropfte von seiner Unterlippe. Seine Augen glühten mit einer unmissverständlichen Botschaft rot.

Hab ich dich, Schlampe.

Lamar.

Sie trat wild um sich, erwischte ihn am Kinn und rutschte nach hinten weg. Aber dies machte ihn wütend und er pirschte sich von Neuem an sie heran. Er zitterte vor Wut.

Jetzt stirbst du, sagte dieser Kiefer. *Langsam.*

Hailey starrte zu ihm auf und war unfähig, sich zu bewegen, außer nach ihrer Perle zu greifen.

Liebe, sagte sie sich selbst, drückte sie fest und wusste, dass dies ihr Ende war.

Aber dann schallte ein weiterer Schmerzensschrei durch die Luft und sowohl sie als auch Lamar blickten auf. Ein Bär beugte sich über den anderen und zerfleischte dessen Hals, bevor er aufschaute und durch seinen blutigen Kiefer keuchte. Er kniff die Augen zusammen, trat über seinen leblosen Feind und steuerte auf sein neues Ziel zu. Der andere Wolf hatte sich in sichere Entfernung zurückgezogen und hielt eine verletzte Pfote in die Luft.

Hailey riss die Augen weit auf. Welcher Bär war das. War sie das neue Ziel oder war es Lamar?

Sein Fell war blutverschmiert, was es unmöglich machte, den Bären zu identifizieren. Aber sein knurrender Kiefer machte kein Geheimnis daraus, dass er auf Blut aus war. Lamar drehte sich zu ihm um und Hailey kroch hastig rückwärts. Ihr Herz pochte wie wild. War das Tim oder der andere Bär?

Endlich konnte sie die Augen erkennen. Sie flüsterte erleichtert: „Tim."

Lamar duckte sich, als er ihn im gleichen Moment erkannte. Er streckte ihm das Kinn entgegen und knurrte mörderisch, zog jedoch gleichzeitig den Schwanz zwischen den Beinen ein. Tim bäumte sich über den beiden auf und sein Blick fiel auf Hailey. Er flehte sie mit den Augen an, wegzusehen.

Sie wandte sich ab, als das Knurren und Gebell erneut um sie ausbrach. Sie kroch durch den Sand, um den schrecklichen Geräuschen des letzten, wilden Kampfes zu entkommen. Dann gab es einen scharfen Aufschrei, ein Knirschen und einen dumpfen Aufschlag.

„Oh Gott… "

Der letzte Wolf floh. Als seine Schritte verklangen, waren die einzigen verbleibenden Geräusche, die der nicht enden wollenden Brandung und das Klopfen ihres eigenen Herzens. Hailey schluckte. Dann zwang sie sich, sich langsam umzudrehen und hinzusehen.

Lamar war tot. Tim blutverschmiert. Sein Blut? Lamars Blut? Sie hatte noch nie etwas so Grauenvolles gesehen.

Tim trat zwei Schritte von dem toten Wolf weg, blieb dann stehen und sackte mit einem kläglichen Schnaufen in sich zusammen. Er schaute nicht auf; er starrte nur in den Sand und schien sogar in seinem Moment des Sieges völlig niedergeschlagen.

Haileys Mund klappte in einem stummen Schrei auf. Ging es ihm gut? Warum schaute er nicht in ihre Richtung?

Dann hallten ihre eigenen Worte in ihrem Kopf wider und sie verstand es. *Gott, was für ein Monster ist er denn?*

Sie hatte Lamar damals gemeint, als der Wolfsgestaltwandler sie das erste Mal am Strand überrascht hatte. Aber so, wie sie es damals gesagt hatte, hätte *Monster* genauso gut auf Tim zutreffen können.

Sie erhob sich auf schwankenden Füßen und ging langsam auf ihn zu. Monster? Gestaltwandler waren furchterregend, so viel stand fest – Grizzlybären und Wölfe gleichermaßen. Und Löwen auch. Aber Tim war kein Monster. Genauso wenig wie Dell oder einer der anderen, die ihr in den letzten Wochen geholfen hatten.

Die Perle brannte an ihrer Brust. *Zeige es ihm. Sage es ihm.*

Sie tastete sich vorwärts und sagte sich selbst, dass sie Tims Verletzungen nicht noch verschlimmern sollte, indem sie ihre Angst offen zeigte. Okay, er war also ein Bärengestaltwandler. Was war schon dabei?

Fast hätte sie laut gelacht. Es gab eine Menge, *was schon dabei war*, aber jetzt war wohl kaum der richtige Zeitpunkt dafür.

„Tim“, flüsterte sie und streckte ihm die Hand entgegen.

Sein Kopf lag am Boden und er hatte die Augen geschlossen. Außer dass sich seine Brust hob und senkte, bewegte sich sein großer Bärenkörper nicht. Eine ganz neue Art von Angst durchfuhr sie und sie stürzte nach vorn. Lag er im Sterben?

„Tim“, weinte sie und tastete ihn am ganzen Körper ab. Sie hoffte so verzweifelt auf ein Lebenszeichen, dass sie den Grizzlybärenteil ganz vergaß.

„Bitte sag mir, dass es dir gut geht.“ Sie stürzte sich auf ihn und umarmte diese riesige Masse. „Bitte... “

Er antwortete nicht und sie kniff die Augen zusammen.

„Nein“, flüsterte sie, als seine Atemzüge schwächer wurden. „Stirb nicht. Du darfst nicht sterben.“ Aber die heftigen

Atemzüge seines Brustkorbs wurden von Sekunde zu Sekunde flacher und sie konnte nichts anderes tun, als zu weinen.

„Ich liebe dich“, flüsterte sie, verzweifelt wenigstens das zu sagen, während sie es noch konnte. Verstanden Gestaltwandler menschliche Worte, wenn sie in ihrer Tiergestalt waren? Sie streichelte ihn sanft und war fest entschlossen, es ihm verständlich zu machen. „Ich will dich nicht verlieren. Ich verdanke dir so viel.“

Tim gab nicht einmal ein Stöhnen von sich und langsam öffnete sie die Augen. Sie erwartete das Schlimmste. Wie den Anblick seiner wunderschönen haselnussbraunen Augen, die im angesichts des Todes glasig wurden.

Dann blinzelte sie. Die haselnussbraunen Augen strahlten hell und waren auf sie gerichtet. Sie glänzten – von Tränen? – und Liebe.

„Ich verdanke *dir* so viel“, krächzte er.

Hailey rappelte sich auf, um sich auf ihre Hände und Knie zu erheben, und starrte ihn mit großen Augen an. Tim war wieder menschlich. Er lag flach auf dem Rücken und blutete aus einem Dutzend Wunden, aber er war am Leben.

„Tim“, kreischte sie und packte ihn so fest, dass er zusammenzuckte. „Tut mir leid!“ Sie zwang sich, ihn loszulassen, lag jedoch eine Sekunde später schon wieder über ihm. Sie murmelte zwischen ihren Tränen: „Es tut mir so leid, dass ich es nicht verstanden habe. Es tut mir so leid, dass ich nicht zugehört habe.“

„Mir tut es leid, dass ich es nicht erklärt habe“, flüsterte Tim. Er berührte sie behutsam. „Es tut mir wirklich leid. Ich hätte...“

Sie schüttelte den Kopf. „Du hast es versucht. Ich wollte nicht hören. Ich hatte zu viel Angst.“

Sein Adamsapfel wippte. „Hast du immer noch Angst?“

Sie hielt den Atem an und nickte. „Ja.“ Sie schaute sich um „Eine Todesangst vor alledem hier. Und auch ein wenig Angst vor der hier.“ Sie zeigte ihm die Perle. „Oder vielleicht ist Ehrfurcht ein besseres Wort.“

Tim blickte mit einem Ausdruck hinunter, der sagte *Wieso? Es ist doch nur eine Halskette.* Aber eine Sekunde später riss er die Augen weit auf. „Eine Perle. Eine Perle des…“ Sein heiseres Flüstern verstummte.

Eine Perle des was? Aber sie drängte die Frage weg, denn es spielte jetzt keine Rolle. „Ich habe Angst vor dem ganzen Gestaltwandlerkram. Aber ich habe keine Angst vor dir.“

Er hielt ihre Arme fest, betrachtete sie und ein Lächeln breitete sich langsam auf seinem Gesicht aus. „Vielleicht sollte ich mich eher vor dir fürchten. Vor dir und deinem Stock.“

Sie half ihm in eine sitzende Position und schaute sich nervös um. Jonathans toter Körper lag, ebenso wie die Körper von Lamar und dem anderen Bären, ausgestreckt im Sand. Die zwei verletzten Wölfe waren geflohen, aber wer wusste schon, wann sie zurückkommen würden?

Von der anderen Seite der Düne drang das Motorengeräusch eines Lastwagens zu ihnen hinüber und Hailey zuckte zusammen. „Oh Gott, nein.“

Tim zwang sich auf die Beine und schnupperte in der Luft nach Gefahr. Doch einen Moment später drang ein leiser Ruf an ihre Ohren und er entspannte sich. Er legte die Hände um seinen Mund, rief zurück und drehte sich um, um es zu erklären.

„Das sind Connor und die anderen.“

Hailey atmete aus und verfiel in Panik, als Tim erneut zu Boden sank.

„Geht es dir gut?“

Er nickte erschöpft. „Ich muss mich nur kurz setzen.“

Eine Minute später kamen mehrere Männer in Sicht und einer von ihnen pfiff. „Heiliger Strohsack.“

Das war Dell. Tim hielt als stumme Antwort nur zwei Finger hoch. In der Sekunde, in der er dies tat, entfernten sich Dell, Chase und ein weiterer Mann – Hunter –, um die geflohenen Wölfe zu verfolgen. Hailey ließ ihren Blick über das Gemetzel am Strand schweifen und es drehte ihr regelrecht den Magen um. So viele Tote und diese Zerstörung… Und obwohl dies alles durch Jonathans wilde Ambitionen und Lamars ungezügelte Gier verursacht worden war, fühlte sie sich dennoch schuldig. Wäre es nicht besser gewesen, wenn all das nicht geschehen wäre?

Sie schüttelte den Kopf und beantwortete ihre eigene Frage, bevor sie Tim erneut umarmte. Ja, aber nein. Ohne die Gier dieser bösen Männer hätte sie Tim niemals gefunden.

„Schicksal", flüsterte er und las ihre Gedanken.

Sie blickte auf und starrte in seine Augen, als sie ihn mit geneigtem Kopf musterte. Gab es so etwas wirklich?

Er nickte und schenkte ihr ein kleines Lächeln. „Schicksal. Ich werde dir alles darüber erzählen..."

„Später." Sie verbarg ihr Gesicht erneut an seiner Schulter. „Viel später. Bitte. Das ist alles, was ich im Moment verkraften kann."

„Später", flüsterte er in ihr Ohr und hielt sie fest.

Kapitel 24

Tims Wunden brannten und seine Gelenke hatten sich verkrampft. Aber in dem Moment, als Hailey sich in seinen Armen entspannte, spürte er nichts mehr von alledem. Das Einzige, was danach noch schmerzte, war sein Herz. Und das nur vor lauter Erleichterung. Hailey war von seinem Bären nicht angewidert und fühlte sich auch nicht ängstlich.

Natürlich hat sie keine Angst, schnappte sein Bär. *Hast du sie kämpfen gesehen?*

Ja, das hatte er. Und wow. Wer hätte gedacht, dass ein so nettes Mädchen wie Hailey zu solchen Schlägen fähig wäre?

Aber verdammt. Sie hatte Angst gehabt und er ebenfalls. Der Kampf hätte jederzeit anders ausgehen können.

Sein Blick fiel auf die Perle, die an ihrer Halskette baumelte. Es war ein längliches, unförmiges Ding. Überhaupt nicht rund und glänzend wie die wenigen Perlen, die er in seinem Leben bisher gesehen hatte. Aber verdammt. Dies musste eine der legendären Perlen des Verlangens sein. Er konnte spüren, wie ihre Energie in der Luft pulsierte.

„Geht es euch gut?", fragte Connor, als er sich ihnen näherte.

Tim blickte nicht auf. Er nickte nur über Haileys Schulter. Er öffnete die Augen gerade weit genug, um den goldenen Schimmer von Haileys Haaren zu sehen, bevor er sie wieder schloss.

Geht es euch wirklich gut? murmelte Connor in seine Gedanken.

Tim verbarg ein Schnauben. Nun, er war am Leben und was noch wichtiger war, Hailey war unverletzt. Aber verdammt. Wenn er sie nicht so festhalten würde, hätten seine Hände gezittert und er wäre ein völliges Wrack. Lamar war nur wenige Zentimeter davon entfernt gewesen, Hailey die Kehle herauszureißen. Für ihn war das alles in Zeitlupe abgelaufen. Seine Füße waren im Schlamm versunken und der Bär, gegen den er gekämpft hatte, schien doppelt so schwer zu sein wie er. Er hatte versucht, den Mistkerl abzuschütteln, um zu Hailey zu gelangen. Und dann gab es da noch die Angst – oder besser gesagt, die Gewissheit –, dass Hailey ihn zurückweisen würde. Und als sie dies nicht getan hatte...

Er neigte den Kopf und atmete ihren Heckenkirschenduft ein. Umarmte sie ihn wirklich zurück oder bildete er sich das nur ein?

Sie tätschelte ihm den Rücken und kuschelte sich enger an ihn, was seine erschöpfte Seele brüllen ließ.

Ja, sagte er zu Connor. *Alles ist in Ordnung.*

Jenna kam als Nächste an und Tim konnte ihren unausgesprochenen Schrei praktisch hören, *Oh mein Gott, geht es euch gut?* Aber sie musste wohl spüren, dass sie sich gegenseitig mehr als alle anderen brauchten, also trat sie zurück und betrachtete die Szene.

Danach schenkte Tim den Dingen nicht mehr viel Aufmerksamkeit, obwohl er sich schließlich auch das letzte Stück entspannte, als Dell, Hunter und Chase zurückkamen. Sie nickten Connor grimmig zu. Lamars Männer waren eliminiert worden. Die Bedrohung war nun wirklich vorüber. Aber sie würden nicht mehr sehr lange hier am Strand bleiben können – selbst an einem geschützten und abgesperrten Strandabschnitt wie diesem. Früher oder später würde ein Kitesurfer vorbeikommen und...

„Wir kümmern uns darum", murmelte Connor, der offensichtlich dieselben Gedanken hatte. „Ihr zwei könnt euch auf den Weg machen."

Keiner von ihnen rührte sich, bis Jenna sich neben sie hockte und sanft Tims Rücken berührte. „Kommt. Wie wäre es, wenn ich euch nach Hause bringe?"

Hailey nickte, bevor Tim es tat, und sein Herz schlug schneller, als sie bei der Erwähnung von *nach Hause* aufschaute. Hieß das...?

„Nach Hause." Hailey nickte und zog sich weit genug von ihm zurück, um seine Wange zu streicheln. Ihr Gesicht war von Tränen nass und ihre Haut blass, aber ihre Augen strahlten.

„Nach Hause?", flüsterte er. War er ein Narr zu hoffen, dass sie dabei an sein Haus dachte?

Sie nickte entschlossen und brachte ein dünnes Lächeln zustande. „In diese nette kleine Hütte mit Blick auf das Meer... " Aber dann wurde ihr Ausdruck wieder traurig. „Deine Wunden... "

„Wir heilen schnell", murmelte er.

Auch darüber schien Hailey nicht entsetzt zu sein und er zog sie in eine enge Umarmung. Er war bereit, vor Erleichterung umzufallen. Schließlich half Hailey ihm auf die Beine und schlang ihren Arm den ganzen Weg zum Pick-up Truck um seine Taille. Das Fahrzeug war genauso ramponiert wie er selbst, doch er fand ein Strandtuch auf dem Rücksitz, dass er um seinen nackten Körper schlingen konnte. Hunter holte sie ein und warf Jenna die Schlüssel für den Land Rover zu – eine viel bequemere Mitfahrgelegenheit. Hailey half Tim auf den Rücksitz und sobald sie losgefahren waren, fiel er in einen unruhigen Schlaf.

Als sie auf Koakea ankamen, schaffte er nicht mehr als eine kurze, schmerzhafte Dusche, bevor er ins Bett fiel. Er und Hailey verbrachten den Rest des Tages und der Nacht in einem seltsam emotionslosen Zustand. Sie lagen wie die erschütterten Überlebenden eines Schiffbruchs aneinander gekuschelt da. Aber als er am nächsten Morgen aufwachte, fühlte er sich wohler als je zuvor. Wahrscheinlich, weil Hailey zuerst aufgewacht war und ihn berührte. Sie küsste ihn mit leichten, kleinen Berührungen, die ihn beruhigen und heilen sollten. Er schaute sie eine Weile an, bevor er es wagte, zu sprechen.

„Hailey, ich... "

Sie berührte seine Lippen und schüttelte den Kopf. „Kaffee. Ich brauche unbedingt erst einen Kaffee."

Es war halb im Scherz gesagt, aber auch, um ihnen ein wenig Aufschub zu geben, was ihm völlig recht war.

Ein paar Minuten später schenkte sie zwei Kaffeebecher ein. „Lass mich raten. Honig für dich?"

Er nickte wortlos. Welch ein Narr er doch gewesen war, es ihr nicht früher erzählt zu haben. Ein Narr, der fast den höchsten Preis dafür bezahlt hätte.

Der Kaffee – Haileys bester bisher – jagte den bitteren Nachgeschmack dieser Gedanken davon. Sie setzten sich gemeinsam auf die Terrasse, damit er ihr alles erklären konnte. Er erklärte es *richtig*, vom Anfang bis zum Ende. Es half, dass es ein angenehmer Morgen mit Sonnenschein, sich wiegenden Palmen und einem ruhigen, glitzernden Ozean war. Connor und Joey befanden sich unten am Strand und ließen einen Drachen steigen. Und abgesehen vom Geräusch eines entfernten Rasenmähers war alles andere still.

Tim erzählte Hailey alles – vielleicht sogar zu viel, aber er wollte ihr nie wieder etwas vorenthalten. Er fing damit an, wie er sich als schlaksiger Teenager zum ersten Mal verwandelt hatte. Dann erzählte er von dem schmalen Grat, den er beim Militär wandeln musste, um seine Gestaltwandlerseite verborgen zu halten. Er berichtete ihr von seinem missratenen Vater, seiner Bärengestaltwandler-Mutter und seinen Brüdern.

„Chase ist also ein Wolf und Connor ist ein Drache... "

Als er zu diesem Teil kam, hätte Hailey beinahe einen Mundvoll Kaffee ausgespuckt. Aber sie beruhigte sich schnell, schluckte und wischte sich über die Lippen.

„Ein Drache, hmm? " Sie starrte auf die beiden Gestalten, die in der Ferne einen Drachen steigen ließen. „Moment – sogar Joey? "

Er nickte. „Nun, er wird sich nicht verwandeln, bis er ein Teenager ist, aber ja. Er ist ein Drache genau wie seine Mutter, Cynthia. "

Er entschied sich, dies nicht weiter auszuführen – besonders nicht die Tatsache, dass Cynthia völlig ausflippen würde, wenn sie wüsste, dass der Flugdrachen Connors Weise war, Joey die Grundlagen des Fliegens beizubringen. Cynthia war extrem überfürsorglich, was ihren Sohn betraf, da sie ihren Gefährten in einem Drachenduell verloren hatte, von dem niemand viel wusste. Aber diese Details brauchte Hailey im Moment wirklich nicht zu hören.

Er schaute zu ihr hinüber. Hailey starrte zum Meer hinaus und tat dies noch eine weitere lange Minute, bevor sie wieder sprach.

„Ich muss es sehen. Bitte."

Sein Herzschlag verdreifachte sich. „Ähm – bist du dir sicher, dass du dazu bereit bist?"

Ihr Gesichtsausdruck blieb leer, bis sie erkannte, was er meinte. „Nein, keinen Drachen. Gott, nein. Dafür bin ich definitiv nicht bereit. Ich meinte dich. Deinen Bären. Bitte."

Er holte tief Luft, bevor er vor ihr aufstand. Sein Bär zitterte innerlich. Er war begierig und ängstlich zugleich.

Glaubst du, dass sie mich mögen wird? fragte sein Bär, der sich plötzlich sorgte.

Tim hatte keine Ahnung, aber er musste sich sehr konzentrieren, um seine zitternden Hände dazu zu bringen, sein Hemd und seine Hose auszuziehen. Es machte keinen Sinn, noch einen Satz Kleidung zu zerfetzen, und außerdem wollte er den brutalen Aspekt seiner Verwandlung wirklich nicht noch verstärken. Sein Körper schmerzte immer noch, aber da die Gestaltwandlerheilung bereits eingesetzt hatte, hatte er keine Ausrede, noch länger zu warten. Und er wollte es auch nicht. Langsam kniete er sich gut zwei Meter von Hailey entfernt auf den Boden und hielt seinen Blick gesenkt, während er sich verwandelte.

Eine langsame Verwandlung konnte eine Qual sein, aber Tim war so sehr mit sich selbst beschäftigt, dass er es kaum bemerkte. Seine Haut brannte, die letzten seiner Wunden schmerzen und das übliche Kribbeln lief durch seinen Körper. Aber das war nichts im Vergleich zu den kleinen Angstimpulsen, die durch seine Nerven zuckten. Als er mit der Verwandlung fertig war, kratzte er nervös über den harten Schmutz des Terrassenbereichs.

Hör auf damit, schnauzte er seinen Bären an.

Das Tier blieb völlig regungslos, während es seine Krallen so weit wie möglich einzog. Zunächst bewegte sich Hailey nicht. Dann streckte sie wortlos ihre Hände aus. Er machte einen vorsichtigen Schritt, dann noch einen, und achtete darauf, seine Reißzähne nicht aufblitzen zu lassen.

Zaghaft berührte sie seine Schnauze mehrere Male. Schließlich fing sie an, ihn am ganzen Körper zu streicheln. Je kühner ihre Bewegungen wurden, desto mehr schloss er die Augen und summte vor lauter Vergnügen.

Als Hailey kicherte, blickte er erschrocken auf.

„Für einen knallharten Grizzlybären bist du ziemlich weich. Besonders genau hier." Sie kitzelte ihn an den Ohren.

Ich habe dir doch gesagt, dass sie mich mögen wird, brummte sein Bär.

„Und dein Schwanz..." Jetzt lachte sie unverhohlen. „Du hast tatsächlich einen Schwanz. Der ist irgendwie süß."

Weich? Süß? Er hatte erwartet, dass sein Bär knurren würde, aber das Biest brummte verliebt.

Er lächelte und verbarg es sofort wieder, bevor sie seine Zähne sehen konnte. Dann verwandelte er sich zurück in seine menschliche Form.

Jetzt schon? brummte sein Bär.

Er nickte entschieden. Er sollte lieber aufhören, solange er noch Vorsprung hatte.

„Gute Gestaltwandler und böse Gestaltwandler, hmm?" Hailey starrte in die Ferne, während er sich wieder anzog.

„Es ist genauso wie mit guten und bösen Menschen", sagte er vorsichtig. Hailey runzelte die Stirn und er dachte an Jonathan, Lamar und die anderen. Aber dann räusperte sich jemand und sie schauten beide auf. Es war Dell, dessen Schritten es am üblichen Schwung fehlte. Seine normalerweise überschwängliche Stimme war nur ein Flüstern.

„Hey. Sonderlieferung. Wenn es für euch okay ist?" Er hielt eine Papiertüte hoch und Tim nahm den Geruch von etwas Süßem wahr. Eine Art Friedensangebot. Beinahe hätte er Dell angeknurrt, denn es war seine Schuld gewesen, Hailey am Morgen zuvor erschreckt zu haben. Dies hatte in Folge die anderen Ereignisse ausgelöst, die zu dem Gestaltwandlerkampf geführt hatten. Aber Dell war Dell – er war für ihn genauso ein Bruder wie Connor oder Chase es waren und es fiel ihm schwer, lange wütend auf ihn zu bleiben. Tim entschied sich für einen mürrischen Blick und schaute zuerst Hailey an.

Sie war angespannt und Tim ahnte, warum. Selbst in seiner Menschengestalt war der Löwe in Dell nicht zu übersehen. Der goldene Bart, die tiefen, gelbbraunen Augen, seine *Ich könnte mich jeden Augenblick auf dich stürzen*-Haltung. Aber einen Moment später nickte Hailey, wenn auch ein wenig nervös.

„Für mich ist es in Ordnung. Für dich auch?" Sie schaute Tim an.

Er nickte langsam und hielt seinen Blick fest auf Dell gerichtet, als der Löwengestaltwandler näher kam.

„Ich wollte mich nur entschuldigen. Ich meine, dafür dass ich Sie erschreckt habe." Dell sah schüchterner aus, als Tim ihn je zuvor gesehen hatte. „Es tut mir wirklich sehr leid."

„Was haben wir denn hier?", fragte Hailey und versuchte offensichtlich, das Eis zu brechen.

Der Hauch eines Lächelns spielte über Dells Gesicht. „Schokoladencroissants. Tessa hat sie geschickt. Sie passen perfekt zu Kaffee, wissen Sie."

Hailey lachte – sie lachte aus vollem Halse und gab Tim die Hoffnung, dass vielleicht doch noch alles gut werden könnte. Sie winkte Dell näher heran. „Ihr Jungs verleitet mich völlig. Und bitte duze mich, Dell."

Dell ließ ein Lächeln aufblitzen und zeigte auf Tim. „Gern. Du verdienst es. Du weißt schon, dafür dass du dich mit diesem blöden Trottel abgibst."

Hailey schüttelte den Kopf. „Dieser blöde Trottel hat mir zufällig das Leben gerettet. Und außerdem ist er wirklich niedlich."

Tim strahlte.

„Niedlich?" Dell schnaubte. „Hier, schnell. Nimm die Tüte und lass mich verschwinden. Das kann ich nicht mitansehen."

„Was mitansehen?", protestierte Tim, als Hailey die Tüte entgegennahm.

Dell deutete zwischen ihnen hin und her. „Dich. Sie. Die schmachtenden Blicke. Gott, ihr seid sogar noch schlimmer als Connor und Jenna, als sie frisch verp…" Er unterbrach sich selbst und trat zurück. „Wie dem auch sei, ich bin dann mal weg. Lasst euch die Croissants schmecken." Dann hielt er inne und schaute Hailey noch einmal ganz ernst an. „Und es tut mir leid. Nochmals. Wirklich. “

„Schon gut“, sagte Hailey.

Tim zog eine Augenbraue hoch, als Dell gegangen war. „Schon gut?“

Sie lächelte. „Nun, überwiegend, denke ich.“ Dann beugte sie sich näher zu ihm. „Was hat er mit Connor und Jenna gemeint? Als sie frisch was waren?“

Tims Mund wurde trocken. Wie sollte er ihr jemals die Sache mit der Verpaarung und den Paarungsbissen erklären?

„Als sie, ähm … frisch zusammengekommen sind. Als sie sich ineinander verliebt haben“, sagte er. Die Worte kamen ganz unbeholfen und abgehackt hervor.

Hailey lächelte leicht. „Schmachtende Blicke, was?“

Tim spürte, wie seine Wangen heiß wurden. Okay, vielleicht schmachtete er wirklich ein wenig in Haileys Nähe. Aber das war wohl kaum seine Schuld.

„Vielleicht gelegentlich.“

„Gelegentlich?“, neckte sie ihn.

Er winkte mit der Hand ab. „Das ist eine Art Gestaltwandlersache.“

Hailey wartete auf eine Erklärung von ihm.

Zunächst konnte er kein einziges Wort herausbringen, aber dann sprudelte es nur so heraus – alles über die Verpaarung. Dass nur die glücklichsten Gestaltwandler ihre Schicksalsgefährten fanden. Wie der Instinkt sie zusammenführte und wie sie sich mit einem Paarungsbiss für die Ewigkeit aneinander banden.

Als er fertig war, schien die Plantage ruhiger denn je zuvor zu sein. Er machte sich Sorgen, dass Hailey plötzlich weglaufen könnte.

Schließlich antwortete sie mit immer noch verblüfftem Blick. „Du willst das mit mir?“

Im ersten Moment wurde sein Herz schwer. Denn mal ehrlich, warum sollte jemand etwas so brutal Klingendes wollen? Aber dann dämmerte ihm, dass sie vielleicht etwas anderes meinte.

„Du willst für immer – mit mir zusammen sein?", flüsterte sie.

„Natürlich will ich das. Mein Bär wollte dich von der ersten Minute, als ich dich traf." Dann zuckte er zusammen, weil das völlig falsch herausgekommen war. „Ich meine, ich wusste, dass du die Eine bist. Meine Schicksalsgefährtin. Diejenige, für die ich bestimmt bin. Für immer."

Ihre Wangen färbten sich rosa, so dass ihre Sommersprossen betont wurden, genau wie er es liebte. „Gefährtin, was?"

Er nickte langsam und atemlos.

Sie spielte mit der Perle an ihrem Hals. „Meine Urgroßeltern waren auch so, glaube ich. Meine Großeltern auch." Dann seufzte sie. „Meine Mutter und mein Vater – nicht so sehr."

„Die meisten Menschen wissen nichts von Gefährten. Sie spüren es nicht so intensiv, wie Gestaltwandler es tun. Aber wenn ein Gestaltwandler seine Gefährtin findet – wenn ein Bär seine Gefährtin findet..." Er verstummte dann, denn wie genau sollte er das alles in Worte fassen?

Zum Glück brauchte er es nicht, denn Hailey beendete den Gedanken für ihn. „Dann würde er alles für sie tun. Selbst für eine völlig Fremde, deren Leben ein völliges Durcheinander ist. Er wird sie behüten und sie beschützen und ihr alle Dummheiten vergeben." Tränen stiegen ihr in die Augen und ehe er sich versah, war er auf den Knien und umarmte sie.

„Keine Dummheiten. Kein Durcheinander. Und seine Gefährtin tut das Gleiche für ihn. Sie behütet ihn..." Allein ihre Anwesenheit ließ seine Hütte wie ein Zuhause wirken. „Sie beschützt ihn..." Er dachte daran, wie sie am Strand gewesen war. Mit einem Stock bewaffnet und einem so entschlossenen Gesichtsausdruck, dass es ihn ein paar Schritte zurückwerfen hätte können. „Sie vergibt ihm alle seine Dummheiten."

Er hielt sie fest. Seine Augen waren geschlossen und sein Herz stand weit offen. Zumindest fühlte es sich so an. Er wurde von allen möglichen Gefühlen überrannt, die kaum mehr halb so beängstigend schienen wie zuvor. Dann trocknete er ihre Tränen und küsste sie. Leichte Küsse voller Hoffnung, Licht und Verwunderung. Denn, wow. Dies war seine Gefährtin in seinen Armen und selbst die Wahrheit hatte sie nicht davonlaufen lassen. Im Gegenteil, Hailey hielt ihn so fest, als wollte sie ihn nie wieder loslassen.

„Tim! Tim!"

Als eine Kinderstimme erklang, lösten sie sich voneinander und wischten hastig die letzten Tränen weg.

„Hast du meinen Drachen gesehen?", rief Joey, als er überglücklich vorbeisprang. „Hast du gesehen, wie ich ihn fliegen kann?"

„Sieht aus, als wirst du wirklich gut mit diesen... " Tim suchte nach dem richtigen Wort, aber da er noch immer etwas benommen war und außerdem auch kein Drache, stockte er eine Sekunde lang, „... mit diesen Auftrieben. "

Thermischen Aufwinden, brummte Connor, während er Joey in Richtung Haupthaus weitertrieb. Er blieb nicht stehen und drehte auch kaum den Kopf, um Tim und Hailey ihren Freiraum zu geben.

Tim hielt Haileys Hand und schaute seinem Bruder nach. Als Connor mit Jenna zusammengekommen war, war es für Tim schwer gewesen, zu verstehen, warum sein Bruder so viele dumme Risiken für eine Frau eingegangen war, die er kaum kannte. Aber jetzt verstand er es. Junge, Junge und wie er es verstand.

Danke, Mann, rief er seinem Bruder leise nach. *Ich schulde dir etwas.*

Sagen wir, wir sind quitt, antwortete Connor in einem lässigen Ton.

Tim lächelte. Es war genau wie in ihrer Armeezeit. In ihrer Freizeit hackten die Jungs aufeinander herum und beschwerten sich über die kleinsten, unbedeutendsten Dinge. Aber wenn es darum ging, sich mit todesmutigen Taten gegenseitig den Arsch zu retten, zuckten sie einfach nur mit den Schultern und machten weiter, als wäre es selbstverständlich.

Und Tim vermutete, dass es das auch war. Genau wie seine Liebe zu Hailey. Manchmal waren Worte nicht der beste Weg, um Dinge auszudrücken. Also umarmte er sie für eine lange Zeit, um sich selbst zu versichern, dass es nicht nur ein Traum war.

„Und was passiert jetzt?", fragte Hailey und hielt seine beiden Hände fest. „Ich meine, für diejenigen, die genügend Glück haben, ihre Gefährtin zu finden?"

Tims Brust hob und senkte sich mit einem tiefen Atemzug. Es gab so vieles, was er sagen und tun wollte. Wo sollte er anfangen?

Wie wäre es mit einem Biss? mischte sich sein Bär ein.

Und so gern er Hailey auch dauerhaft als sein Eigen markieren wollte – oder besser noch, sich von ihr markieren lassen wollte – so sehr wusste er doch auch, dass sie einige Zeit brauchen würde, bis sie bereit dazu wäre.

„Wir lassen es langsam angehen", sagte er. „Ein Schritt nach dem anderen. So schnell oder langsam, wie du willst."

„Und danach?", fragte sie und hielt seine Hand fest.

Er nahm einen tiefen Atemzug. „Wenn du glücklich bist, machen wir es zu einer dauerhaften Sache." Er lächelte und versuchte, den Moment aufzulockern. „Ich könnte auf die Knie gehen und dir einen Antrag machen, wenn du willst."

Sie schlug ihm lachend auf die Schulter. „Gott – bitte nicht. Nichts von alledem."

Er grinste breit. „Okay, gut – wir sehen einfach weiter, wenn die Zeit gekommen ist. Und in der Zwischenzeit..."

Hailey zog wartend eine Augenbraue hoch.

Er winkte mit einer Hand über die Dachschräge. „Ich habe hier zufällig eine renovierungsbedürftige Hütte, falls du nach einem Projekt suchst."

Sie strahlte und ließ ihren Blick darüber schweifen. „Witzig. Zufällig habe ich gerade etwas Zeit, um genau das zu tun." Dann runzelte sie die Stirn. „Nachdem ich mich um meine Mutter und meinen Agenten gekümmert habe, meine ich."

Er drückte ihre Hände. „Das Renovierungsprojekt läuft nicht weg."

In Wirklichkeit fühlte *er* sich mehr selbst wie ein Renovierungsprojekt als das Haus, aber solange er mit Hailey zusammen war, würde alles in Ordnung sein.

Sie schenkte ihm ein schiefes Lächeln. „Wie sich herausstellt, bin ich in Sachen häuslicher Reparaturen gar nicht so schlecht, weißt du."

Er rutschte ein wenig näher, denn der neckende Ton in ihrer Stimme brachte seinen Bären auf alle möglichen Ideen.

„Ach ja?“, neckte er zurück und schob seine Hände um ihre Taille.

Sie schlang ihre Arme um seinen Hals und beugte sich bis auf ein paar Zentimeter zu seinen Lippen vor. Als sie antwortete, klang ihre Stimme wie ein sinnliches Schnurren. „Mmm. Wirklich gut, wenn ich motiviert bin. Ich bin auch noch gut in ein paar anderen Dingen.“

Er ließ seine Hände tiefer gleiten, um ihren perfekten Hintern zu streicheln. „Und was für Dinge wären das?“

Hailey schmiegte sich enger an ihn, schlang ein Bein um seines und drückte ihre Nase an sein Ohr. „Private Dinge. Die kann ich dir hier draußen nicht zeigen, wo die Nachbarn sie sehen könnten.“

Sein Bär fing schon an, die Entfernung zur Haustür und, was noch wichtiger war, zum Bett zu berechnen.

„Dann bringen wir dich besser hinein“, sagte er mit tiefer, heiserer Stimme.

Sie fuhr mit den Fingern am Bund seiner Jeans entlang. Dann schob sie sie *unter* den Bund und ließ ihn den Schmerz vergessen, mit dem er den Morgen begonnen hatte.

„Das wäre gut“, flüsterte sie. „Wirklich gut.“

Sein Bär hätte vor Verlangen fast gestöhnt und er wollte sie auf der Stelle küssen. Aber wenn er damit erst einmal angefangen hatte, würde er nicht wieder aufhören können, also musste er sie *unbedingt* ins Haus bringen. Pronto. Während er sie mit Dutzenden flatternden Küssen überhäufte, stieß er die Tür mit einem Fuß auf. Haileys Hände waren inzwischen in seinen Haaren und sie presste ihren Körper an seinen. Sobald er sie in der Hütte hatte und sie mit dem Rücken zur Wand stand, bedeckte er ihren Mund mit einem leidenschaftlichen Kuss. Ein Kuss, der verdammt deutlich machte, dass sie ihm gehörte. Auch wenn er den Paarungsbiss noch nicht vollziehen konnte.

Noch nicht, gluckste sein Bär und rebellierte zur Abwechslung einmal nicht.

Hailey unterbrach den Kuss lange genug, um ihr gierigstes, frechstes Grinsen aufblitzen zu lassen. „Weißt du, was du gerade gesagt hast? ‚Mich besser hineinzubringen'. . . ?"

Er nickte und wartete.

Sie lachte und ließ ihre Hände zu seiner Leiste wandern. „Ich glaube, du meinst wohl ‚besser in mich einzudringen'." Sie musterte ihn mit geneigtem Kopf. „Moment mal. Ist das auch so eine Bärensache?"

„Ist was eine Bärensache?"

„Das hier." Sie winkte zwischen ihnen durch die Luft. „Dieses unstillbare Verlangen. Dieses heißblütige Gefühl, dass ich sterben werde, wenn ich dich nicht haben kann."

Er gluckste, aber es kam eher wie ein tiefes, gieriges Grummeln heraus, das Haileys Augen noch mehr funkeln ließ. „Ja. Ich glaube, das muss es sein."

„Meinst du wirklich?"

„Ich hatte noch nie eine Gefährtin." Er zuckte mit den Schultern und küsste ihren Hals. Als er ihre Seiten berührte, stellte er sich die Hitze ihres nackten Fleisches unter seinem vor.

„Ich hatte auch noch keinen Gefährten", flüsterte sie und schlang ihr Bein um seines. Sie schob ihre Hände unter sein T-Shirt, um ihn zu erkunden. „Denkst du, wir finden heraus, wie wir das alles machen sollen?"

Er knabberte an ihrem Ohr und schob seine Hand höher, bis er das weiche Fleisch ihrer Brüste berührte. „Natürlich werden wir das, meine Gefährtin. Ich weiß es genau."

Und das war das Letzte, was sie für eine lange Zeit sagten. Es war einer dieser Momente, in denen Taten lauter sprachen als Worte. Viel lauter, um genau zu sein. Innerhalb weniger Minuten lagen sie eng umschlungen auf dem Bett, stöhnten und keuchten. Sie jaulten fast, weil sich die Berührung so gut anfühlte.

„Ja", stöhnte Hailey, als er das erste Mal in sie stieß.

Ja, schnaufte er mit jedem folgenden heißen, harten Stoß.

„Tim. . . ", schrie sie kurz darauf und ihre Stimme bebte vor Verlangen.

Nur Augenblicke später erreichten sie ihren gemeinsamen Höhepunkt und fast hätte er gebrüllt. Hailey bohrte ihre Fingernägel in seinen Rücken und schrie auf. Es brachte ihn fast um den Verstand.

Gefährtin, murmelte sein Bär wieder und immer wieder und genoss ihren Duft.

„Gefährtin", flüsterte er und hielt sie fest.

Kapitel 25

Hailey seufzte und kuschelte sich enger an Tim. Stunden waren vergangen und ihr Körper summte mit einer Befriedigung, die jeglichen Schmerz und Erschöpfung, die sie tief innen noch hätte spüren können, verdrängte. Sie spielte mit den Fingern über seine nackte Brust und wunderte sich einmal mehr darüber, dass unter all dieser glatten Haut ein Bär verborgen lag.

Ein Bär, keine Bestie. Sie verstand den Unterschied jetzt. Es spielte keine Rolle, welche Gestalt Tim annahm; er war immer noch er selbst. Und diese Krallen und Reißzähne waren eher beruhigend als beängstigend, jetzt, da sie wusste, dass er sie lediglich zu ihrer Verteidigung einsetzen würde.

Sie hob die Hand und krümmte ihre Finger langsam. Tim hatte ihr in den trägen Stunden, die verstrichen waren, mehr über Gestaltwandler erklärt – und über die Verpaarung. Offensichtlich würde sie durch die Verpaarung die Fähigkeit erlangen, sich ebenfalls in Bärenform zu verwandeln. Das war ziemlich schwer denkbar – und anstatt beängstigend oder abstoßend zu sein, fand sie es schlicht und ergreifend unmöglich, es sich vorzustellen. Der Teil mit der Verpaarung jedoch – der Teil über das *Schicksal* und die *Ewigkeit* – gefiel ihr.

In gewisser Weise klang die Sache mit dem Biss ein wenig barbarisch. Und trotzdem löste die Vorstellung dessen Vorfreude und Verlangen in ihr aus.

„Geht es dir gut?", murmelte Tim über ihre Schulter hinweg.

Oh ja. Es ging ihr mehr als gut.

Sie drehte sich in seinen Armen um und schaute ihm ins Gesicht, während sie schnell und tief einatmete. Allein der Gedanke, dass Tim für immer ihr gehören würde, raubte ihr den Atem.

„Es geht mir großartig. Es fällt mir nur schwer, mir etwas Besseres als das hier vorzustellen."

Tim rieb mit seinem Kinn über ihre Schulter. Es war eine dieser markierenden Gesten, die sie bereits zu lieben gelernt hatte. „Nun. Alle, die sich verpaart haben, sagen, dass der Biss ganz unglaublich ist. Wie der beste Sex deines Lebens hoch zehn."

Sie fächerte sich ein wenig Luft zu. Der Sex, den sie gerade genossen hatten, übertraf bereits alle ihre bisherigen Erfahrungen um das Zehnfache. Und ein Paarungsbiss sollte ihn noch besser machen?

„Bist du dir sicher, dass das nicht nur ein wenig Macho-Gerede der anderen Jungs ist?"

Tim musste lachen. „Machst du Witze? Die Frauen sind schlimmer als die Männer. Frag Jenna bei Gelegenheit einmal."

„Vielleicht werde ich das", nickte sie. Dann rollte sie sich auf den Rücken und seufzte. „Ich glaube, ich würde mich schuldig fühlen, wenn ich um mehr als das hier bitten würde."

„Keine Schuldgefühle", flüsterte er und küsste ihre Stirn. „Und wir haben auch keine Eile."

Hailey umarmte ihn. In den letzten paar Jahren war sie stets von einem Ort zum nächsten geeilt, hatte sich durch jede streng reglementierte Mahlzeit gehetzt und Verträge überflogen, die zu lesen sie nie wirklich die Zeit hatte. All das war eine Eile in Richtung „Erfolg" gewesen, der von jemand anderem definiert wurde. Aber das Zusammensein mit Tim war das genaue Gegenteil. Es war friedlich. Gelassen. Sicher.

Sie schaute ihm in die Augen. Innerlich freute sie sich von Neuem über die Tatsache, dass er ihr gehörte.

Liebe. Schau doch nur, wozu sie uns treibt, kicherte eine kleine Stimme in den Tiefen ihrer Gedanken.

Tim küsste sie sanft und sie schloss die Augen. Sie wäre mehr als glücklich, sich noch eine weitere glückselige Stunde mit ihm zu lieben. Aber Tim murmelte etwas und zog sich zurück. Er schaute auf die Uhr, die auf dem Nachttisch stand.

„Wie viel Zeit haben wir noch?", fragte sie.

Er seufzte. „Nicht genug."

Hailey biss sich auf die Lippe. Sie und Tim mussten zu einem Treffen im Plantagenhaus gehen – ein Treffen mit allen anderen, die auf Koakea lebten, und auch ein paar der Nachbarn von Koa Point. Sie hatte sie bereits kennengelernt, aber damals wusste sie noch nicht, dass sie Gestaltwandler waren – und sie hatte auch nicht gerade eine heiße Nacht in Tims Armen verbracht.

Sie sorgte sich den ganzen Weg darüber, nachdem sie geduscht und sich angezogen hatten. „Werden nicht alle sofort wissen, dass wir den ganzen Morgen mit Sex verbracht haben?"

Er lachte und küsste ihre Hand. „Glaube mir, sie werden es verstehen. In erster Linie werden sie froh sein, uns lebendig zu sehen – und zusammen. Seinen Schicksalsgefährten zu finden, ist eine große Sache für uns. Du wirst schon sehen."

Trotzdem brauchte Hailey allen Mut, um nicht einen halben Schritt weit zurückzufallen, als sie sich der Gruppe näherten, die sich auf der Veranda des Plantagenhauses versammelt hatte. Sie schämte sich nicht im Geringsten, mit Tim zusammen zu sein – aber verdammt, sie fühlte sich eingeschüchtert von den anderen.

Aber es gab keine Neckereien und auch keine wissenden Blicke. Nur Lächeln und aufrichtige Freude von allen Anwesenden. Die Männer klopften Tim so fest auf den Rücken, dass er zusammenzuckte, und die Frauen umarmten sie wie ein Haufen aufgeregter Brautjungfern. Der kleine Joey hüpfte auf und ab, obwohl dies eher etwas mit seiner Aufregung über den Gestaltwandlerkampf zu tun hatte.

„Wie viele waren es? Waren sie groß? Irgendwelche Drachen?"

Cynthia stemmte die Hände an die Hüfte. „Joey, ich habe dir doch gesagt, dass Kämpfen schlecht ist."

Aber die Augen des Kleinen blieben riesengroß und sein Gesicht vor Aufregung gerötet. „Hast du sie wirklich ganz alleine besiegt?"

Tim legte einen Arm um Haileys Schultern. „Nein. Nicht ganz alleine." Dann ließ er einen etwas übertriebenen Blick des Ärgers in die Runde schweifen. „Natürlich hätten wir etwas Hilfe gebrauchen können, wenn meine Brüder ihre Ärsche schneller in Bewegung gesetzt hätten.“

Cynthia hielt Joey beim Wort *Ärsche* die Ohren zu, aber die anderen lachten nur.

„Um dir die Chance zu nehmen, den Helden zu spielen?“ Dell grinste. „Auf gar keinen Fall.“

Connor stupste Dell an und wurde wieder ernst. Er legte eine Hand auf Joeys Schulter, was den Jungen sofort beruhigte. „Wir spielen nicht, wenn es um unser Territorium und unser Leben geht. Wir sind auch keine Helden, nur Brüder.“ Er grinste und schaute die Frauen an. „Und Schwestern. Und wir werden alles tun, um die Unseren zu schützen. Aber natürlich würden wir Ärger lieber vermeiden.“ Connor nickte Cynthia entschieden zu. „Aber wenn der Ärger seinen Weg zu uns findet – dann kannst du dich darauf verlassen, dass wir alles stehen und liegen lassen und sofort kommen werden.“

Hailey holte tief Luft, als Tim und Connor sich in die Augen sahen und sich gegenseitig alle möglichen stillschweigenden Schwüre zuzuschicken schienen. Auch die anderen wurden ernst und eine gewaltige unterschwellige Macht lag in der Luft. Eine grimmige, *Wir werden bis zum Tode kämpfen*-Entschlossenheit, wie sie für einen Trupp von Elitesoldaten angemessen war. Denn das war es, was Tim und seine Brüder gewesen waren – aber Hailey spürte, dass dies auch auf Cynthia, Jenna und Joey zutraf. Es war, als wären sie alle Mitglieder der gleichen Einheit – oder die kämpferischste Familie der Welt.

In gewisser Weise war es beängstigend, weil sie die Gefahren der Gestaltwandlerwelt am eigenen Leibe erfahren hatte. Gleichzeitig war es jedoch tröstlich zu wissen, dass sie sich diesen Gefahren nicht allein stellen musste.

„Wie dem auch sei, Ende gut, alles gut“, verkündete Dell. „Ich bin am Verhungern. Und ihr beide müsst bestimmt auch ausgehungert sein, nach all dem … kämpfen und so.“ Er zwinkerte.

Hailey räusperte sich und warf Dell einen *Pass auf, Jungchen*-Blick zu, bevor Tim die Zähne fletschen würde. Sie war vielleicht die Neue hier – und ja, sie war wirklich am Verhungern nach einem Morgen mit fast ununterbrochenen Sex –, aber ein Kerl wie Dell würde es sich schnell zur Gewohnheit machen, sie zu verarschen, wenn sie ihm nicht frühzeitig die Grenzen aufzeigte.

„Ich könnte einen Biss vertragen", scherzte sie mit einem Zwinkern zu Tim.

Der riss die Augen weit auf und sie wurde möglicherweise auch ein wenig rot. Sie hatte sich selbst mit ihrer Anspielung überrascht, aber je mehr Zeit sie mit Tim und seiner Familie verbrachte, desto wohler fühlte sie sich mit der Vorstellung von Gestaltwandlern, Schicksalsgefährten und sogar Paarungsbissen.

Dells winziges, anerkennendes Nicken verriet ihr, dass sie den Test bestanden hatte. Jenna grinste und zeigte ihr einen Daumen hoch – sie zwinkerte ihr außerdem frech zu. Es sah aus wie ein Versprechen, dass sie alle möglichen unanständigen Details mit ihr teilen würde, wenn sie die Gelegenheit dazu hätten. Connor warf Tim einen verschlagenen Blick zu und Chase – nun, der arme Kerl wich schüchtern wie immer zurück.

Chase ist in der Wildnis aufgewachsen, hatte Tim ihr zuvor erzählt. *Ganz Wolf, also ist er immer noch ein bisschen ... nun, etwas unbeholfen unter Menschen.*

Hailey hätte schnauben können, als sie das gehört hatte. *Unbeholfen* passte nämlich nicht im Geringsten zu dem großen muskulösen Soldaten. Aber er verbrachte tatsächlich mehr Zeit damit, auf den Boden zu starren, als Leuten in die Augen zu sehen. Außerdem hörte er nie damit auf, rastlos auf und ab zu pirschen.

Vielleicht findet er seine Gefährtin eines Tages auch, hatte Tim abwesend gemurmelt.

Hailey schaute sich um. Connor und Jenna strahlten beide die gleiche Art tiefgründiger Zufriedenheit aus, die auch sie spürte. Hunter und Dawn ebenfalls. Cynthia sah ein wenig verklemmt aus, aber jedes Mal, wenn sie sich zu Joey umdrehte, strahlte sie vor Freude. Dell hingegen war ein lässiger Junggeselle und Chase hatte definitiv Einzelgänger im Blut. Aber selbst Tim hatte zugegeben, dass er die Sache mit Gefährtinnen nie wirklich verstanden hatte, bis er sie kennenlernte. Also würden die anderen vielleicht auch eines Tages ...

Cynthia deutete auf den Tisch. Im Nu hatten alle Platz genommen, unterhielten sich und verschlangen das Essen, das wie ein Festmahl angerichtet war. Es war wie bei einem Thanksgiving-Abendessen einer großen, einladenden Familie, und Hailey lehnte sich zurück und beobachtete ihre Gesten und Worte. Sie war als Einzelkind aufgewachsen und während sie die anderen beobachtete, erfuhr sie so vieles über jede einzelne Person. Manche waren lustig, andere ernster und jeder ging auf etwas andere Weise mit den anderen um.

„Ich habe dir doch gesagt, dass Gestaltwandler nicht viel anders sind als Menschen", flüsterte Tim zwischen zwei Bissen.

Sie dachte einen Moment darüber nach, bevor sie antwortete. Oberflächlich betrachtet waren sie nicht anders, aber auf viele kleine Weisen waren sie es doch. Sie waren heftiger und stärker als die meisten Leute, die sie kannte, aber sie nahm an, dass das auf jede Gruppe von eng vertrauten Soldaten zutreffen könnte. Sie alle hielten ihre Emotionen im Zaum und trotzdem war ihre Liebe und Hingabe füreinander völlig offensichtlich. Kurzum, eine Gemeinschaft der allerbesten Art.

Cynthia musste bemerkt haben, dass Hailey mit der Perle ihrer Kette spielte, denn ihr eindringlicher, dunkler Blick wanderte im Laufe des Abendessens mehrfach zu Haileys Hals. Cynthia selbst hatte eine ganze Kette von Perlen – große, perfekte, runde Perlen, alle mit einem Hauch von Blau. Sie spielte abwesend mit ihnen und starrte in die Ferne. Als sich alle sattgegessen hatten, schaute Cynthia Connor an. Er nickte und Cynthia klopfte auf den Tisch. Der Small Talk verstummte und die Stimmung wurde ernst.

„Also", begann Cynthia mit Nachdruck. „Ein Feind wurde besiegt. Aber ein Geheimnis bleibt." Ihr Blick fiel auf Haileys Perle und sie wartete.

Hailey war sich nicht ganz sicher, was sie tun sollte, aber als Tim sie anstupste, nahm sie ihre Halskette ab und hielt sie für alle sichtbar hin.

„Die hier?"

Cynthia nickte. „Eine Perle. Aber nicht nur irgendeine Perle, wenn ich es richtig verstehe. Was wissen Sie darüber?"

Hailey schüttelte den Kopf. „Nicht viel. Mein Großvater hat sie mir geschenkt. Sie gehörte meiner Urgroßmutter... "

„Und Sie haben sie während des Kampfes gespürt?", fragte Cynthia.

Hailey nickte, aber es war Dell, der zuerst sprach. „Verdammt, ich konnte ihre Macht aus fünf Metern Entfernung spüren. Genau wie wir alle Jennas Perle gespürt haben, als sie damals gegen den Meeresdrachen gekämpft hat."

Meeresdrache? Hailey riss die Augen weit auf. Diese Geschichte hatte sie noch nicht gehört.

Alle schauten sie erwartungsvoll an, also tat sie ihr Bestes, um es zu erklären. „Mein Großvater hat mir gesagt, sie sei etwas Besonderes. Aber ich hätte nie gedacht, dass er damit meinte, sie wäre... " Sie rang nach dem richtigen Wort. *Magisch* klang zu unglaublich, aber *einzigartig* beschrieb es nicht annähernd.

„Mächtig?", fügte Tim hinzu.

Sie neigte den Kopf. „Irgendwie schon. Aber es ist mehr wie ... wie Wärme. Eine Energie." Sie biss sich auf die Lippe. Wie sollte man das Gefühl beschreiben, von einer Tausend-Watt-Batterie angetrieben zu werden?

„Hat sie das vorher schon einmal getan?", fragte Cynthia.

Sie nickte langsam. „Sie hat sich schon oft erwärmt, aber nie so stark wie bei dem Kampf. Ich habe es sonst immer nur gespürt, wenn ich allein war." Sie schluckte und versuchte, das Gefühl zu überwinden, dass dies zu persönlich sei, um es mit den anderen zu teilen. Diese Leute waren ihre Freunde und sie konnte ihnen vertrauen. „Wenn ich einsam war... Dann konnte ich sie spüren."

Es musste verrückt klingen, aber alle lauschten ihren Worten todernst. „Mein Großvater hat sich immer alle diese Geschichten darüber ausgedacht – zumindest dachte ich das damals. Er sagte, die Perle wäre ein Reservoir der Liebe. Ein ganzer Fluss davon, den sie eines Tages möglicherweise entfesseln würde, und wenn ich wirklich Glück hätte... "

Sie schaute Tim an und schluckte, als die Gefühle wieder in ihr aufstiegen. Als sie Tim das erste Mal gesehen hatte, hatte sich die Halskette warm angefühlt. War das die Perle gewesen, die ihr sagte, dass sie ihm vertrauen konnte? Und all die Male in Jonathans Nähe – die Perle schien immer in ihr Fleisch zu schneiden, so dass sie sich angespannt gefühlt hatte. Hatte sie sie gewarnt?

Sie starrte darauf, als sie sich in ihrer Hand erwärmte.

Ein Fluss der Liebe, hatte ihr Großvater gesagt. *Und eines Tages wird dieser Fluss auch dich finden.*

Das Sonnenlicht glitzerte auf der Perle und sie hätte schwören können, dass sie sie in den Tiefen ihres Geistes leise kichern hörte.

Ich habe' dich gefunden.

Sie musterte sie genauer. Ihre Mutter hatte immer gesagt, sie wäre zu unförmig, um wertvoll zu sein, aber offensichtlich hatte sie falsch gelegen.

„Was?" Tim neigte den Kopf, als sie bitter lachte.

„Meine Mutter hat gesagt, sie wäre wertlos."

Jenna schnaubte. „Wertlos? Von wegen."

Cynthia zuckte zusammen und bedeckte ihre Perlenkette so, wie sie Joey sonst immer die Ohren zuhielt.

Hailey seufzte. „Das erklärt vielleicht, warum meine Mutter nie die gleiche Liebesgeschichte erfahren hat, wie sie meine Großeltern hatten." Sie schaute Tim erneut ehrfürchtig an. *Die Liebesgeschichte, wie du und ich sie erleben,* hätte sie fast gesagt.

Seine Augen glühten und seine Mundwinkel zogen sich zu einem winzigen Lächeln hoch.

„Jetzt fangen sie schon wieder an", seufzte Dell. „Sieh nicht hin, Joey."

Joey runzelte die Stirn. „Ihr werdet euch doch nicht etwa küssen, oder? Igitt."

Tim grinste. „Tut mir leid, Kumpel. Ich werde versuchen, mich zu beherrschen, aber hin und wieder..."

Dell rollte mit den Augen und schaute Joey an. „Du sagst es, Mann. Igitt."

Cynthia ignorierte sie alle. „Wo hatte Ihr Großvater diese Perle her?"

Hailey runzelte die Stirn. „Meine Urgroßmutter stammte aus Hawaii. Sie lernte meinen Urgroßvater kennen, als er im

Zweiten Weltkrieg in Pearl Harbour stationiert gewesen war. Sie war ein Geschenk ihrer Familie..."

Sie verstummte und starrte auf das glitzernde Meer hinaus.

„Während des Kampfes habe ich Dinge gesehen. Orte. Menschen." Sie schüttelte den Kopf und fing noch einmal von vorn an. „Es schien so, als würde sich die Perle an Dinge erinnern und als könnte auch ich sie sehen. Dinge von vor langer Zeit – vor Jahrhunderten, glaube ich."

Cynthia beugte sich vor. „Was genau haben Sie gesehen?"

Sie deutete auf die zerklüfteten Gipfel von West Maui, die sich hinter ihnen erhoben. „Berge. Wasserfälle. Stürmische Brandung." Hailey blinzelte und schaute sich um. „Genau wie hier oder vielleicht auf Oahu. Wo auch immer es war, es war zu einer anderen Zeit. Ich sah eine Frau und einen Mann, die beide wie in den alten Zeiten gekleidet waren. Bevor Captain Cook hier auftauchte. Grasröcke und so etwas in der Art."

„Das ist es." Jenna hüpfte praktisch auf ihrem Stuhl. „Nanalani!"

Na-na-wer? wollte Hailey sagen.

Cynthia nickte langsam und flüsterte: „Eine Perle des Verlangens..."

Dann schüttelte sie den Kopf und eilte ins Haus hinein. Eine Minute später kam sie mit einem dicken, in Leder gebundenen Buch zurück. Als Cynthia den Band öffnete, stieg der trockene, staubige Duft alter Zeiten durch die Luft. Das Buch wirkte so alt wie eine uralte Bibel. Und der Art nach zu urteilen, wie Cynthia mit dem Werk umging, stand es einer solchen in seiner Bedeutung nicht viel nach.

„Hier." Cynthia drehte das Buch um.

Jenna beugte sich vor. „Wow. Sie sieht genauso wie die hier aus."

Hailey stand auf, um sich anzusehen, worauf Jennas mit ausgestrecktem Finger zeigte. Der untere Teil der Seite wurde von einer Illustration einer tropischen Insel mit einem Wasserfall, zerklüfteten Bergen und einem goldenen Strandstreifen geziert. Eine Frau stand hüfttief im Ozean und wirkte nicht im Geringsten besorgt über die Haifischflosse, die sie umkreiste. Stattdessen konzentrierte sie sich auf die blassen Kugeln in den Muscheln, die sie in der Hand hielt.

Hailey schnappte nach Luft. „Sind das Perlen?"

Cynthia nickte und Joey krabbelte auf ihren Schoß, um das Buch ebenfalls zu sehen. „Ich kann sie zählen. Schau mal. Eins, zwei, drei, vier, fünf. Fünf, Mommy."

Cynthia umarmte ihn. „Gut gemacht, mein Schatz."

Dell schlug mit dem Jungen ein, aber Haileys Blick blieb auf der Seite haften. Die Perlen hatten alle Formen und Größen und diejenige, die dem kleinen Finger der Frau am nächsten war, sah genauso aus wie ihre – eine ungleichmäßige, längliche Form mit einem Hauch von rosa.

„Perlen des Verlangens?", flüsterte sie und las die geschwungene Schrift.

Jenna nahm Cynthia das Buch ab und drückte ihren Finger auf eine Stelle im Text. Offensichtlich hatte sie es schon einmal gelesen. „Dies ist die Geschichte von Nanalani, der Tochter des Haikönigs."

Hailey riss die Augen weit auf. Haigestaltwandler?

„Es ist eine hawaiianische Legende", erklärte Connor.

„Nicht nur eine Legende", korrigierte Jenna ihn und fing an zu lesen.

„*Nanalani konnte nur aus der Ferne lieben, weil sie Angst hatte, dass ihre Haiseite zum Vorschein kommen würde. Aus Angst, Tod und Zerstörung über ihre Freunde zu bringen, wie es ihr Bruder getan hatte, als er seine menschliche Gestalt annahm, schloss sich Nanalani jahrelang in einer Höhle ein. In ihrer Einsamkeit und ihrem Kummer rief sie schließlich den Geist des Meeres herbei...*" Jenna las schneller und alle beugten sich vor. „*Nanalani verzauberte ihre Perlen – die Perlen des Verlangens. Ihre Schätze erlaubten ihr, gefahrlos als Frau zu wandeln und einen Mann zu lieben, den sie aus der Ferne bewundert hatte. Im Laufe der Jahre hatte Nanalani viele Liebhaber, obwohl sie ihren Gefährten nie fand.*" Jenna schaute zu Hailey auf. „Jetzt kommt es. Warte, bis du das hörst." Sie grinste und las weiter. „*Die Zeit verging und als ihre Liebhaber gestorben waren, warf Nanalani ihre Perlen zurück ins Meer, eine nach der anderen. ,Jetzt bin ich wieder allein', seufzte sie dem Gott des Meeres zu. ‚Ich gebe dir meine Perlen. Nicht, um sie zu behalten, sondern um sie für einen anderen würdigen Liebenden aufzubewahren, der ihre Kraft eines Tages brauchen wird.'"* Jenna schaute auf. „Das bist du."

Hailey blinzelte. „Ich?"

„Ja." Jennas Augen strahlten. „Du. Ein würdiger Liebender, der die Kraft der Perle brauchte."

Hailey schaute Tim an. Ihre Wangen brannten, aber Jenna zog eine Halskette hervor und Haileys Mund klappte auf.

„Das hier ist meine."

Hailey starrte darauf.

Tim drehte das Buch um. „Diese dort sieht aus wie Haileys..."

Sie legte eine Hand über die Stelle auf ihrer Brust, wo die Perle normalerweise ruhte. All die Jahre hatte sie eine Perle mit geheimnisvollen Kräften getragen?

„Aber Jennas und Haileys Perlen sehen verschieden aus", betonte Joey.

Das stimmte – völlig verschieden. Aber Cynthia zuckte nur mit den Schultern. „Perlen bilden sich im Inneren von Austern. Erinnerst du dich an das Buch, das wir gelesen haben? Sie kommen alle unterschiedlich heraus."

„Genau wie Babys?", fragte Joey.

Cynthia lächelte strahlend und strich mit den Fingern durch das feine rote Haar ihres Sohnes. „Alle unterschiedlich, genau wie Babys."

„Ich dachte immer, Perlen wären rund", sagte Dell.

Cynthia schüttelte den Kopf. „Nicht alle. Manche bilden sich einfach so. Man nennt sie eine Barockperle."

Hailey lächelte. „Mein Großvater sagte immer, sie sei in ihrer Unvollkommenheit vollkommen."

Das hatte er auch über sie stets gesagt, damit sie sich wegen ihrer Sommersprossen und all den anderen Dingen, von denen sie als Kind besessen gewesen war, besser fühlte.

„Und rosa bedeutet ...?", fragte Jenna.

„Das Rosa in einer Perle symbolisiert Ruhm, Erfolg und Glück", sagte Cynthia.

Dell gackerte. „Na das passt ja."

Hailey runzelte die Stirn. „Ruhm? Darauf könnte ich verzichten, das könnt ihr mir glauben. Und was Erfolg und Glück angeht – ich habe erst jetzt das Gefühl, dass ich sie gefunden habe." Sie schmiegte sich an Tim.

„Man muss es nicht wörtlich nehmen", betonte Jenna. „Wie mit meiner – Reichtum und Wohlstand können vieles bedeuten." Sie legte ihren Arm um Connor und ihre Augen strahlten mit Liebe.

Hailey dachte darüber nach. Ruhm und Erfolg trafen nicht auf jeden in ihrer Familie zu, aber Glück... Sie dachte an all die Male, in denen ihr Großvater über ihre Großmutter gesprochen hatte, so als wäre sie immer noch da. Die Art, wie er sich an die besondere Verbindung erinnerte, die seine eigenen Eltern einst geteilt hatten.

Ihr Blick wanderte zu Tims Augen und er lächelte. „Glück. Ich mag diesen Teil."

Sie mochte ihn auch.

„Sind Ihre auch besonders?", fragte sie Cynthia. Sicherlich musste eine so perfekte Perlenkette ihre übertreffen.

Cynthia ließ ein dünnes Lächeln aufblitzen und berührte ihre Halskette. „Nein, leider nicht. Nur ein hübsches Schmuckstück. Meine Mutter hat sie mir geschenkt." Ihr Lächeln wurde bittersüß, bis sie sich alarmiert umschaute, als hätte sie ein Detail zu viel verraten.

Connor, Tim und die anderen Männer tauschten Blicke aus und Hailey nahm sich vor, Tim später zu fragen, was es damit auf sich hatte. Cynthia war stets von einer geheimnisvollen Aura umgeben.

Aber Cynthia sah nicht so aus, als wollte sie noch mehr erzählen, also zeigte Hailey erneut auf die Illustration. „Was bedeutet es, dass die Perlen Macht haben?"

Jenna neigte den Kopf und schaute auf das Buch. „Es steht nicht ausdrücklich dort, aber es scheint, als würden die Perlen – die echten Perlen des Verlangens – dem Träger ihre Macht verleihen. Zumindest manchmal. So wie meine es tat, als ich sie am meisten brauchte."

„Man muss es allerdings in sich tragen", fügte Connor hinzu.

„Was muss man in sich tragen?", fragte Hailey.

Tim tippte ihr entschieden auf die Hand. „Mut. Entschlossenheit. Die Fähigkeit, richtig und falsch zu unterscheiden."

Sie atmete tief ein. Meinte er wirklich sie?

Jenna nickte ganz sachlich. „Die Perle verstärkt das, was du bereits in dir trägst."

Hailey wandte sich wieder dem Buch zu und hoffte, noch mehr zu erfahren. *„Und so gingen die Perlen des Verlangens – eine für jede Art von Verlangen, das der Menschheit bekannt ist – schließlich verloren. Die Legende behauptet, dass sie noch immer unter der Oberfläche des Meeres schlummern und nur darauf warten, wiedererweckt zu werden, um erneut große Taten der Liebe zu inspirieren."* Sie lehnte sich zurück. „Jede Art von Verlangen?"

Dell zuckte mit den Schultern. „Du weißt schon. Liebe, Lust, Leidenschaft. All diese Dinge."

„Gier", sagte Connor finster.

„Hingabe." Jenna nahm seine Hand.

„Sehnsucht", flüsterte Tim. Er neigte den Kopf in Chase' Richtung, der schweigend in die Ferne starrte.

„Unsterbliche Leidenschaft", flüsterte Cynthia mit einer Stimme, in der Kummer und Bedauern mitschwangen.

Hailey blickte von einem zum anderen und versuchte, jede Person zu ergründen.

„Ist jetzt alles geregelt." Dell klatschte auf einmal in die Hände. „Kann ich den Nachtisch servieren?"

Hailey lachte genau wie Tim, aber Cynthias Gesichtsausdruck war angespannt und die Art, wie ihr Blick hin und her huschte, deutete auf irgendeine bevorstehende Gefahr hin.

„Noch nicht", sagte Cynthia mit sorgfältig neutraler Stimme. „Das ist noch nicht alles."

Kapitel 26

Haileys Herz trommelte laut, während sie darauf wartete, mehr zu erfahren. Warum war Cynthia so grimmig?

„Es gibt viele Arten von Verlangen“, stellte Jenna fest.

„Ja, wie das nach Nachtisch, zum Beispiel“, seufzte Dell.

Cynthia ignorierte ihn und schaute Hailey erwartungsvoll an.

Ihre Gedanken überschlugen sich. Welche anderen Arten von Verlangen gab es noch? Sie zog die Mundwinkel nach unten, als sie an Jonathan und Lamar dachte. „Reichtum. Macht. Wie Connor bereits sagte – Gier.“

„Ganz genau“, sagte Cynthia. „Obwohl es auf den Träger ankommt. Eine Perle, die in einer Person Leidenschaft erweckt, kann in einer anderen Gier hervorbringen.“

Hailey rutschte mit wachsendem Unbehagen auf ihrem Platz hin und her.

Cynthia holte tief Luft und beugte sich zu ihrem Sohn hinunter. „Joey, Schätzchen. Meinst du, du kannst nach oben gehen und mir ein Bild wie dieses malen?“ Sie zeigte auf das dicke Buch auf dem Tisch.

Joey nickte eifrig und huschte los. Cynthia wartete, bis er außer Hörweite war, beugte sich dann vor und sprach mit gedämpfter Stimme weiter. „Eine Perle erwacht.“ Sie zeigte auf die von Jenna und dann auf die von Hailey. „Kurz darauf erscheint eine weitere und das Schicksal bringt ihre Trägerin hierher...“

Tim sträubte sich. „Daran ist nichts auszusetzen.“

Cynthia schüttelte schnell den Kopf. „Natürlich nicht. An und für sich nicht. Aber es gibt noch drei andere Perlen.“

Sie zeigte auf das Buch. „Wann werden sie erwachen und wen könnten sie noch in unsere stille Ecke dieser Welt führen?"

Trotz der warmen Nachmittagsbrise fröstelte Hailey.

„Gier. Macht. Reichtum." Cynthia zählte jedes Wort an ihren Fingern ab, hielt dann inne und schaute sich um.

„Moira", fügte Connor hinzu.

Hailey runzelte die Stirn. Ihr Verstand war so überwältigt, dass sie den Namen einen Moment lang nicht einordnen konnte. Und das, obwohl sie sich sicher war, ihn zu kennen. Sie schloss die Augen und dachte nach, während Connor fortfuhr.

„Wir haben keine Hinweise darauf... "

„Scheiße", warf Tim ein und schlug sich an die Stirn. „Lamar hat sie erwähnt. Irgendetwas über ein Kopfgeld."

Cynthias Gesicht lief rot an, während ihre Fingerknöchel weiß wurden, als sie sich an den Tisch klammerte. „Was genau hat er gesagt?"

Tim runzelte die Stirn. „Er sagte, ‚Wir bekommen das Kopfgeld, das Moira ausgesetzt hat – und das Ölfeld noch dazu.'"

„Welches Kopfgeld?", grunzte Connor.

Tim verzog das Gesicht. „Ich habe keine Ahnung."

„Moira?", platzte Hailey plötzlich heraus, als es ihr endlich dämmerte. „Moira LeGrange?"

Alle starrten sie an und sogar Chase, der schweigend auf und ab gegangen war, blieb regungslos stehen.

„Du kennst sie?", erkundigte Connor sich.

Hailey zog eine Grimasse. „Ich habe von ihr gehört. Sie ist die Besitzerin der *Elements*-Parfümlinie, nicht wahr?"

Jenna nickte. „Die, für die meine Schwester posiert hat."

Hailey verdrehte die Serviette in ihrem Schoß und versuchte, die Punkte in ihrem Kopf zu verbinden. „Sie wollten mich für eines ihrer Fotoshootings haben, aber ich war bereits bei einem Konkurrenten unter Vertrag."

„*Boundless*", sagte Jenna sofort. „Die Werbekampagne, die so gut gelaufen ist."

Connor runzelte die Stirn. „Vielleicht ist sie zu gut gelaufen. Wenn Moira ein Kopfgeld auf Hailey ausgesetzt hat... "

Hailey erblasste. Es waren also nicht nur Jonathan und Lamar, die hinter ihr her gewesen waren – sondern Moira LeGrange war ebenfalls darin verwickelt gewesen? „Aber warum? Wie?"

Connor dachte einen Moment lang darüber nach. „Ich weiß es nicht. Erzähle uns mehr."

Hailey starrte auf einen Fleck auf ihrer Serviette, als ein Wirbelsturm von Gedanken durch ihren Kopf rauschte. „Ich weiß, dass sie nicht sonderlich glücklich darüber war, dass ich ihr Angebot abgelehnt habe." Sie tippte auf den Tisch und versuchte, sich an alles zu erinnern, was sie gehört hatte. „Angeblich war sie so wütend darüber, dass *Boundless* so viel besser lief als *Elements*, dass sie die ganze Firma aufgekauft hat."

„Warum sollte sie dann ein Kopfgeld auf dich aussetzen? Die Kampagne ist doch schon eine Weile her, oder?", fragte Jenna.

Dell hatte eine Zeit lang ungläubig zugehört, aber plötzlich setzte er sich aufrecht auf. „Heilige Scheiße."

„Was?", fragten Tim und Connor gleichzeitig.

Dell machte eine ausladende Geste. „Welchen besseren Weg, um aus einer alten Kampagne noch mehr herausholen, gibt es denn wohl, als eine neue Runde Publicity?"

„Wie?", fragte Hailey.

„Indem man das Model abschießt", fuhr Dell fort.

Hailey zuckte zusammen und Tim knurrte, aber Dell sprach weiter.

„Denkt doch einfach mal darüber nach. Hailey zu töten, bringt Moira zwei Dinge. Erstens nimmt sie Rache an der Frau, die es gewagt hat, sie abzuweisen. Und zweitens steigt das Interesse an *Boundless* dank der damit verbundenen Medienpräsenz."

„Das ist doch lächerlich", sagte Jenna. „Wer würde denn ein Parfüm kaufen, weil das Model ermordet wurde?"

„Nicht weil – nicht direkt", sagte Dell. „Aber *Boundless* würde in allen Zeitungen erscheinen. Das ist kostenlose Werbung. Glaub mir, negative Werbung funktioniert. Nicht, dass ich je gehört hätte, dass jemand dafür morden würde..."

„Moira würde es tun." Cynthia spie den Namen wie Gift.

Hätte Hailey nicht Tims Hand zum Festhalten gehabt, hätte sie gezittert wie Espenlaub. „Ist Moira eine Gestaltwandlerin?“

Cynthia nickte grimmig, aber es war Jenna, die antwortete. „Drache.“

Hailey bedeckte ihr Gesicht mit den Händen. War es ihr etwa gelungen, den Zorn eines Drachen auf sich zu ziehen?

„Hören Sie“, sagte Cynthia schnell und versuchte, sie zu beruhigen. „Moira hat es in der Vergangenheit auf eine Menge Leute abgesehen.“

Ihre Stimme zitterte und Hailey musste sich fragen, welche Person, die Cynthia liebte, von Moira verletzt worden war.

„Aber sie ist wankelmütig, wie die schlimmsten aller Drachen“, fuhr Cynthia fort. „Meine Sorge ist nicht, dass Moira weiter hinter Ihnen her sein wird – nicht jetzt, da sie gesehen hat, was in Ihnen steckt. Aber es wird nicht lange dauern, bis Moira von den Perlen und ihrer Macht erfährt. Das ist es, was mir Sorgen bereitet.“

„Wir haben jeden einzelnen von Lamars Männern ausgeschaltet“, betonte Dell.

Connor und Cynthia tauschten zweifelnde Blicke aus und Cynthia erwiderte. „Das mag schon sein, aber es ist schwer zu sagen. Ich konnte die Kraft der Perle von der anderen Seite der Insel aus spüren. Auch wenn ich nicht genau sagen konnte, was es war. Früher oder später wird Moira mit Sicherheit von den Perlen erfahren – oder sie wird sie selbst spüren können.“

Connor blickte finster auf das Buch. „Wir haben Glück gehabt, dass die ersten beiden Perlen zu uns gekommen sind. Aber wenn noch eine erwacht und Moira sie zuerst in die Finger bekommt...“

Hailey wurde es übel, wenn sie an all die Möglichkeiten dachte, mit denen ein mächtiger, korrupter Drache die unglaubliche Macht missbrauchen könnte, die durch ihre Adern geströmt war. Und wenn Moira eine so verzerrte Definition von Verlangen hatte wie Jonathan...

„Die Auswirkungen könnten katastrophal sein“, murmelte Tim und las ihre Gedanken.

„Moment“, warf Hunter leise ein. „Warum jetzt? Die Perlen waren seit Generationen verschollen. Warum sollten sie jetzt alle auftauchen?“

Alle kratzten sich die Köpfe, aber Cynthia zeigte auf Jenna, die verwirrt aussah. „Was?“, fragte Jenna.

„Ich glaube, es könnte an Ihnen liegen“, sagte Cynthia vorsichtig.

„Moment mal.“ Connor wurde rot.

Jenna legte ihre Hand auf seinen Arm, um ihn zu beruhigen. „Warte. Was meinen Sie damit Cynthia?“

Cynthia spitzte die Lippen. „Ich mache Ihnen keine Vorwürfe. Nicht im Geringsten. Aber es könnte sein, dass Ihr Meerjungfrauenblut... “

Meerjungfrau? Hailey starrte sie an.

„... sie erweckt hat. Zumindest könnte das die erste Perle herbeigerufen haben. Und jetzt, da eine von ihnen aus ihrem Schlummer erwacht ist, könnte sie die anderen rufen.“

Eine stille Minute verging und niemand sagte etwas, bis Dell das Wort ergriff.

„Also, was machen wir jetzt? Nach den anderen jagen? Moira verfolgen?“

Cynthia schüttelte sofort den Kopf. „Moira kann in ihrem Revier nicht besiegt werden.“

Sie sprach wie aus bitterer Erfahrung, was Hailey darüber nachdenken ließ, was geschehen sein mochte.

Connor runzelte die Stirn. „Moira hat vielleicht noch keinen Wind von den Perlen bekommen. Wir sind besser dran, sie zu beobachten. Und abzuwarten. Zu hoffen, dass wir die nächste Perle zuerst bekommen.“ Dann seufzte er und nahm Jennas Hand. „Falls tatsächlich noch eine auftaucht. Man weiß es nie.“

Hailey schloss ihre Hand um ihre Perle und hielt sie nahe an ihrer Brust.

„Es ist schwer zu sagen“, gab Cynthia zu. „Aber es ist möglich, dass die beiden, die wir schon haben, die Macht weiter anheizen werden, die die Perlen antreibt. Und das könnte die anderen erwecken.“

Jenna schaute sich erschrocken um. „Es tut mir so leid. Ich hatte nicht gedacht... “

Cynthia schüttelte sofort den Kopf. „Es muss Ihnen nicht leidtun. Es ist das Schicksal, nicht Sie. Wir müssen nur auf der Hut sein. "

Connor griff nach Jennas Hand und streichelte sie. Dann schaute er sich um, um alle anderen zu beruhigen. „Seht mal, es gibt keinen Grund für Paranoia, lediglich Grund zur Vorsicht. Also machen wir einfach weiter mit dem, wozu wir hergekommen sind. Arbeiten. Leben. Uns ein besseres Leben aufbauen. " Er lächelte Jenna an.

Hailey drückte Tims Hand und dachte an das Bauunternehmen, das er gerade in Betrieb genommen hatte, als sie auf der Bildfläche aufgetaucht war. Sobald es ihr möglich wäre, würde sie sich genauso bemühen, ihm zu helfen, wie er ihr geholfen hatte.

„Dem stimme ich zu", sagte Cynthia. „Wir schauen nach vorn, nicht zurück. Aber wir halten die Augen offen. "

„Aye-Aye, Kapitän", sagte Dell.

„Verdammt", murmelte Hailey, gerade als alle wieder etwas fröhlicher wurden. „Oh. Entschuldigung. Ich musste nur gerade an meine Mutter denken. Und an meinen Agenten. " Sie ließ den Kopf hängen. All die Hindernisse, die ihr noch bevorstanden, bevor sie sich in die Art von Leben stürzen konnte, die Connor beschrieben hatte.

Dell lachte. „Du hast dich einem ganzen Haufen von Gestaltwandlern gestellt. Und deine einzige Waffe war, was? Ein Stock? Schlimmer als das kann sie doch nicht sein. "

Hailey brachte ein schmales Lächeln zustande. „Du kennst meine Mutter nicht. "

Tim verschränkte seine Finger fest in ihren, küsste ihre Fingerknöchel und versprach ihr ohne Worte, dass sie einen großen, bösen Bären an ihrer Seite haben würde, wenn die Zeit gekommen war.

„Wenigstens brauchst du dir keine Sorgen mehr um Jonathan und Lamar zu machen", betonte Connor.

Hailey schluckte, aber Tim berührte ihre Schulter. „Was sie getan haben, war ihre eigene Schuld, nicht deine. "

„Ich weiß. Aber es ist trotzdem traurig. Und was passiert, wenn jemand sie zu uns zurückverfolgt?", fragte sie.

„Niemand wird sie zu uns zurückverfolgen“, sagte Dell mit einem trockenen Lachen. „Darum haben Connor und ich uns gekümmert.“

Cynthia zog eine Augenbraue hoch. „Möchte ich die Details wissen?“

Connor schüttelte entschieden den Kopf und griff nach einer Zeitung. „Sagen wir einfach, Jonathan und Lamar haben ihren letzten Privatflug gemacht. Es gab keine Überlebenden, als ihr Hubschrauber in den tiefsten Teil des Kaiwi-Kanals stürzte. Und es gab keine Zeugen.“

Er hielt eine Zeitung hoch und Hailey starrte auf die Schlagzeile.

„Hubschrauberabsturz fordert das Leben eines Ölmagnaten?“ Cynthia runzelte die Stirn.

Hailey starrte. Wie konnte Connor das Gemetzel eines Gestaltwandlerkampfes nur wie einen Hubschrauberabsturz aussehen lassen? Dann wurde es ihr bewusst. Er war ein Drache. Es wäre ihm nicht schwergefallen, Jonathans Hubschrauber zu nehmen, die grausigen Beweise vor der Küste zu entsorgen und dann mit eigener Kraft nach Hause zu fliegen.

Sie hätte wütend auf Jonathan sein sollen, weil er so viel unnötiges Leid verursacht hatte. Aber sie spürte nichts als Kummer. Für ihn und für seine Familie. Wäre Jonathan ihr nicht nach Maui gefolgt – oder hätte er Lamar nicht vertraut – wäre er vielleicht noch am Leben. Lebendig und frei, um sich einer anderen Frau an den Hals zu werfen, die er als zukünftige Mrs. Jonathan Owen-Clarke für geeignet hielt.

Trotzdem stöhnte sie auf. „Gott, die Presse wird sich darauf stürzen. Es tut mir so leid, dass ich euch alle in diese verfahrene Situation hineingezogen habe.“

Tim schüttelte den Kopf. „Mir tut es nicht leid.“

„Mir auch nicht“, fügte Connor hinzu. „Es hat sich herumgesprochen, dass die Gestaltwandler von Koa Point gerade die beste Sicherheitstruppe der Welt angeheuert haben. Uns. Niemand sollte es wagen, sich uns noch einmal zu nähern.“

Seine Worte hallten mit voller Kraft und Überzeugung nach und Hailey ertappte sich dabei, ein wenig gerader zu sitzen.

„Außerdem haben wir Glück mit dem Timing“, sagte Dell.

Tim zog eine dichte Augenbraue hoch. „Glück? Wie das?“

Dell grinste und zeigt auf die Rückseite der Zeitung. „Ihr sprecht von einem ganz gewöhnlichen Hubschrauberabsturz. Aber hier gibt es einen saftigen Promi-Betrugsskandal. Erinnert ihr euch an diese lautstarke Tussi aus dieser Reality-TV Sendung?“

„Die sind alle laut“, murmelte Chase.

Dell fuhr fort, ohne auch nur Luft zu holen. „Wisst ihr noch, wie dieser NFL-Star ihr in der Halbzeitpause beim Super Bowl einen Antrag gemacht hat? Sieht aus, als wäre er gerade in einem Jacuzzi erwischt worden … mit… “ Dell tippte mit einem Finger über das verschwommene Bild. „Eins … zwei … drei Cheerleadern … und keine von ihnen war bekleidet. Ich würde sagen, dass die Presse sich eher darauf stürzen wird als auf dich langweilige, alte… “

„Langweilige, alte was?“, unterbrach Tim ihn und funkelte ihn an.

Hailey lachte. „Ich langweilige, alte Schachtel. Und du erst.“

„Mommy, was ist ein Jacuzzi?“ Joey tauchte wie aus dem Nichts an der Seite seiner Mutter auf.

Cynthia wurde rot. „Das ist jetzt nicht wichtig, Liebling. Was hast du denn da?“ Sie klatschte in die Hände und hielt seine Zeichnung hoch. „Wow. Ein kleines Kunstwerk!“

„Wow“, sagte Hailey und das nicht nur, um Joey ein Kompliment zu machen. Für Kinderkunst war es richtig gut. „Du hast den Wasserfall, die Berge, einfach alles dabei. Hast du das aus deinem Gedächtnis gemalt?“

Joey strahlte und nickte wie ein Honigkuchenpferd.

„Zeig mal her“, sagte Dell und Joey sprang zu ihm hinüber und kletterte auf seinen Schoß. „Wow, Cynth!“

Sie seufzte. „Cynthia.“

„Sie haben hier einen höllisch guten Künstler“, sagte Dell.

„Ihre Sprache, bitte“, mahnte Cynthia.

Dell schaute Joey an. „Möchte sie, dass ich es auf Spanisch sage?“

Joey kicherte. „Sie spricht schon Spanisch. Und Französisch. Und Latein. Und Welsch.“

Cynthia verbarg ein Zucken. „Walisisch, Schätzchen.“

Dell winkte mit einer Hand ab. „Wie auch immer. Seht euch das einmal an, Leute." Er hielt die Zeichnung noch einmal hoch. „Es ist unglaublich. So unglaublich, dass ich glaube, der brillante Künstler hat sich gerade seinen nächsten Star Wars-Ritt verdient."

„Star Wars?" Cynthia schaute entgeistert.

Tim lachte und flüsterte Hailey zu. „Sie versucht, Joey zivilisiert aufzuziehen, und Dell ist wild entschlossen, ihn ein Kind sein zu lassen."

Dell stand auf, kauerte sich hin und zeigte auf seinen Rücken. „Steig' in deinen X-Wing, junger Jedi, und mach dich zum Abflug bereit."

Joey jauchzte und sprang auf Dells Rücken, während Cynthia ihre Perlen umklammerte. „Abflug?"

Dell stürmte mit voller Kraft auf die Treppe zu und rief: „Keine Sorge. Die Macht ist mit uns. Zumindest meistens."

Das letzte Wort wurde fast abgeschnitten, als Dell von der obersten Stufe abhob. Sogar Hailey griff nach dem Tisch, als sie durch die Luft sausten. Aber Dell landete so geschmeidig wie eine Katze und sprintete weiter, während Joey auf seinem Rücken voller Freude schrie. „Die Macht ist mit uns."

Cynthia sackte auf ihrem Stuhl zurück. „Ich bin mir nicht sicher, ob die Macht mit mir ist."

Hailey nahm sich vor, Dell niemals zu bitten, zu babysitten, sollten sie und Tim jemals Kinder haben. Dann fing sie sich und unterdrückte ein Lachen. Vielleicht würde es doch gar nicht so lange dauern, bis sie sich an die Welt der Gestaltwandler gewöhnt hatte.

„Ach, entspannen Sie sich, Cynth", witzelte Connor und gab sein Bestes, um Dells Tonfall zu imitieren. „Löwen sind Katzen und Katzen landen immer auf ihren Pfoten."

„Cynthia", schniefte sie und griff nach der Zeichnung. Langsam kehrte ihr Lächeln wieder zurück. „Sie ist wirklich gut, nicht wahr?"

„Sie hat auf jeden Fall einen Platz am Kühlschrank verdient", stimmte auch Jenna zu.

Cynthia stand auf und langsam spürte Hailey, dass der offizielle Teil des Treffens zu einem Ende kam. Sie legte ihre

Halskette wieder an und Connor half Jenna, ihre umzulegen.
Chase schlenderte in die Küche und Dawn fing an, die Teller
abzuräumen. Hailey stand auf, um ihr zu helfen, aber Dawn
scheuchte sie weg. „Wir machen das schon."

„Aber... "

Jenna stand auf, um Dawn zu helfen. „Ja. Wir übernehmen
das."

Tim griff nach Haileys Hand und zog sie in Richtung Treppe. „Siehst du? Sie haben gesagt, sie hätten alles im Griff. Und
ich bin mir sicher, dass Connor auch unbedingt helfen will."

„Will ich das?", fragte Connor.

„Ja." Tim schlang seinen Arm um Hailey, um loszugehen.

In dem Moment, in dem sich ihre Seiten berührten, schoss
Hitze durch ihre Adern. Eine ganz andere Art von Hunger
übermannte sie. Als Hailey die Perle berührte, war sie warm
und sie konnte schwören, dass sie in den Tiefen ihres Geistes
ein freches Kichern hörte. War das der Geist von Nanalani, der
sich freute, ihre Perlen wieder in Aktion zu sehen?

„Ihr zwei verabschiedet euch schon?"Connor stand auf, um
Jenna zu helfen.

„Ja", sagte Tim, ohne sich umzudrehen. „Bis später dann."
Dann flüsterte er Hailey zu: „Ich glaube, wir müssen noch etwas
recherchieren."

Sie schob ihre Hand in seine Gesäßtasche und tätschelte
seinen knackigen Hintern, als sie davonschlenderten. „Recherchieren? Was denn?"

„Ach, du weißt schon. Alle verschiedenen Arten von Verlangen."

Hailey grinste und ging weiter, während sie sich bequem
an seine Seite schmiegte. Es war so behaglich, dass sie den
Kopf zurücklehnen konnte, um die Sonne zu genießen. Und mit
jedem Schritt, den sie machte, legte sie eine weitere Schicht von
Angst, Sorgen und Kummer ab, die sich im Laufe des Treffens
über sie gelegt hatten. Sie atmete tief ein und konzentrierte
sich auf Tims beruhigende Wärme.

Ja, die Welt hatte ihre Probleme und Gott wusste, dass
sie selbst in letzter Zeit eine Menge davon gehabt hatte. Aber
Koakea war eine Welt für sich – eine glückselige Ecke des Pla-

neten, in der man sich das Böse nur schwer vorstellen konnte. Joey schrie glücklich in der Ferne und ein Hirtenmaina flog zwitschernd vorbei. Tims Duft nach Leder und Kiefern stieg in ihre Nase und es war nur allzu leicht, sich vorzustellen, wie er sie als Nächstes verwöhnen würde. Wie er sie aufs Bett legen und ihr langsam ein Kleidungsstück nach dem anderen ausziehen würde. Wie er vor ihr auf die Knie fallen und sie verehren würde – ausgiebig – bevor er sie zu ihrem nächsten gemeinsamen Höhepunkt treiben würde. Auch sie würde ihre Chance bekommen, mit ihm zu spielen, und in ihrem Kopf wirbelten bereits haufenweise Ideen herum, was sie als Nächstes ausprobieren könnten.

„Und was ist es, wonach Sie verlangen, Mr. Hoving?", flüsterte sie, als sie an der Tür seiner Hütte ankamen.

Er hob sie hoch und drückte sie langsam mit dem Rücken gegen die Wand, um ihr einen Vorgeschmack auf die bevorstehende Ekstase zu geben. „Ich habe Verlangen nach dir, Hailey. Nur nach dir."

Epilog

Sechs Wochen später...

Hailey spazierte und lächelte zum mitternächtlichen Mond
hinauf. Sie schlenderte in einer geraden Linie, indem sie sich
mit einer Hand an Tims pelzigem Rücken festhielt. Nun ja, in
einer fast gerade Linie, denn Bären neigten dazu, umherzuwan-
dern und mit ihren sensiblen Nasen die schwächsten Fährten
und die süßesten Blumen zu erschnüffeln.

Sie griff mit den Fingern in seinen dichten Pelz und staun-
te, genau wie sie es immer tat. Äußerlich war das Haar rau,
aber innen drinnen ganz weich – besonders oben an seinen Ohren. Gedankenabwesend rieb sie die Stelle und er reagierte mit
einem leisen, glücklichen Schnaufen.

„Das gefällt dir, was?" Sie kicherte.

Die ersten paar Male, als sie ihm in seiner Bärengestalt ge-
genübergestanden hatte, war sie äußerst angespannt gewesen.
Aber das war nun schon eine Ewigkeit her und inzwischen liebte
sie ihre Spaziergänge bei Mondschein. Tim ging in Bärenform
und sie schlenderte neben ihm her. Gemeinsam erkundeten sie
das riesige Grundstück. Selbst der Anblick, wie Tim mit seinen Krallen an riesigen Baumstämmen kratzte, machte ihr nun
keine Angst mehr. In letzter Zeit wünschte sie sich sogar, sie
könnte dasselbe tun. Es sah alles so ... so ... befriedigend aus.
Sich das dichte Fell auszuschütteln. Sich zu strecken und mit
der Nase im Wind zu schnüffeln. Sich an seinem Gefährten zu
reiben...

Tim umkreiste sie und rieb seine Seite an ihren Beinen.
Dann blieb er stehen und schmiegte sich an ihre Hüfte. Er

kuschelte sich richtig an und stieß sie mit seinem Gewicht fast um.

Sie lachte und trat mit einem Fuß nach hinten, um sich abzufangen. „Pass auf, Mister. Du bist zu groß.“

Tim schaute mit strahlenden haselnussbraunen Augen zu ihr auf, die sagten *Und du bist genau richtig. Du bist perfekt.*

Es war unglaublich, wie schnell sie gelernt hatte, seine Bärenmimik zu verstehen. Aber in letzter Zeit hatte sie sich dabei ertappt, dass sie sich mehr wünschte. Sie wollte auch in der Lage sein, mit Tim – und den anderen – zu kommunizieren, ohne zu sprechen, so wie es alle Gestaltwandler tun konnten. Sie wollte imstande sein, den Stress der Zivilisation loszulassen und mit der natürlichen Welt Einklang finden. Vielleicht sogar mit ihrer wilden Seite in Kontakt treten und von Zeit zu Zeit ihre Krallen über den Stamm eines Baumes kratzen.

Nicht, dass es viel gab, über das sie sich hätte beschweren können. Abgesehen von der verrückten Woche nach dem Gestaltwandlerkampf, war alles unglaublich glatt gelaufen. Ja, sie hatte sich der Presse stellen müssen, aber Dell hatte Recht behalten – der Skandal um den Quarterback im Jacuzzi war die große Story gewesen und ihre eigene verblasste schnell. Sie hatte sich auch mit ihrer Mutter auseinandersetzen müssen und so höllisch das auch gewesen war, war sie doch standhaft geblieben. Innerhalb einer Woche hatte sie sich von ihrem Agenten getrennt und den Mietvertrag für ihre Wohnung sowie die Hälfte des Geldes auf ihren Konten an ihre Mutter überschrieben. Den Rest ihres Verdienstes hatte sie sich auf ein neues Konto überwiesen – eines nur in ihrem eigenen Namen. Ein paar Modellangebote kamen jedoch immer noch und sie verwies sie alle an Joelle Parks, das Model, dessen Karriere ihre Mutter und Jonathan sabotiert hatten. Joelle war wieder auf dem Aufstieg und Hailey war mehr als glücklich, ihr die Modelwelt zu überlassen.

Wie erwartet, waren sowohl Haileys Mutter als auch ihr Agent beide ausgeflippt. Aber selbst das hatte ein glückliches Ende genommen. Haileys „kindisches“ und „bedauerliches“ Verhalten – ihre Worte, nicht ihre eigenen – hatte ihre Mutter und ihren Agenten in einer gemeinsamen Sache zusammengebracht und sie hatten sich in eine heiße Affäre gestürzt. Innerhalb von zwei Wochen nach Haileys Ausscheiden aus der Modelszene begann ihre Mutter ihre eigene Karriere als Best Ager-Model, vertreten durch ihren neuen Liebhaber. Sie machte Fotoshootings für Schmuck, Mode und hatte gerade ihre Pläne verkündet, nackt zu posieren. Wovon Hailey eigentlich schlecht werden müsste, aber wenn man bedachte, wie glücklich ihre Mutter war – und wie sehr sie sie in Ruhe ließ –, war es großartig.

Was Jonathan betraf – sie trauerte mit seiner Familie, aber das war auch schon alles. Es dauerte nicht lange, bis sein Vater eine Stiftung in Jonathans Namen gründete – eine, von der Hailey hoffte, dass sie tatsächlich die angekündigten guten Taten vollbrachte und nicht nur eine Steuerbegünstigung war. Tim hatte skeptisch ausgesehen und Connor hatte angeboten, Nachforschungen anzustellen, aber sie hatte den Kopf geschüttelt. Die Owen-Clarke Familie war nicht länger Teil ihres Lebens.

Ihr Grundstück in Montana hingegen gehörte ihr ganz allein – und war sicher vor gierigen Ölkonzernen. Sie ließ das Land vorerst unangetastet, aber eines Tages planten sie und Tim, die Hütte als ihren eigenen kleinen Rückzugsort herzurichten.

„Dort draußen gibt es eine Menge Platz für ein paar Bären", hatte Tim verträumt gemurmelt, als sie darüber gesprochen hatten.

Bären. Damit meinte er sie und ihn. Je mehr Hailey darüber nachdachte, desto mehr gefiel ihr die Idee.

Als sich alles allmählich beruhigt hatte, fand sie neuen Schwung, ein Lächeln, das ihr leichter fiel – und auch ein paar Extrapfunde zur Polsterung um ihre Rippen, was sicher nicht schaden konnte. Tim und sie hatten sich in die Renovierung seines Hauses gestürzt – wenn sie sich nicht gerade um den Verstand vögelten jedenfalls. Sie hatten riesige erdfarbene Kacheln auf der Terrasse ausgelegt und die Dachstützen verstärkt. Hailey hatte sich außerdem für einen Onlinekurs in Architekturdesign angemeldet und damit angefangen, das Unkraut auf der nächstgelegenen Kaffeeplantage zu zupfen. Sie träumte bereits davon, in größerem Maßstab Kaffee anzubauen, obwohl sie noch niemandem davon erzählt hatte.

Beinahe hätte Tim seinen ersten Auftrag für seine Baufirma abgelehnt, um ihr zu helfen, einen Anbau für das Haus zu entwerfen. Aber dann hatten sie beschlossen, es für eine Weile zu verschieben. Er hatte immer noch viel mit seinem Sicherheitsjob zu tun und sie hatte darauf bestanden, dass sein Geschäft an erster Stelle stehen sollte. Also hatte er das Angebot angenommen, Oberlichter in einem nahe gelegenen Anwesen zu installieren.

„Übung für unser eigenes Haus eines Tages", hatte er halb im Scherz gesagt.

Es hatte nicht lange gedauert, bis sie einen neuen Rhythmus gefunden hatten und ihre nächtlichen Spaziergänge wurden zu ihrem Lieblingsteil des Tages. Zu diesen Zeiten hatte sie mehr denn je das Gefühl, ihr Leben unter Kontrolle zu haben. Ein Leben, in dem sie jeden Teil liebte, obwohl es in ihrem Hinterkopf noch immer ein kleines Detail gab, das sie beschäftigte.

Tim gehörte ihr und sie gehörte ihm, aber sie hatten sich noch nicht richtig verpaart. Sie hatte Zeit gebraucht, um die letzten Reste ihrer Ängste zu überwinden, und Tim hatte sie nicht gedrängt. Aber in letzter Zeit...

Sie ließ ihre Hand über seinen Rücken gleiten und neigte den Kopf in die Richtung seiner Hütte. „Bereit, nach Hause zu gehen?"

Seine Augen funkelten, als sie *nach Hause* sagte, und sie konnte es nachvollziehen. Tims kleine Hütte war der erste Ort, an dem sie sich seit Jahren wirklich zu Hause gefühlt hatte. Und heute Abend...

Sie verbarg ein unanständiges Lächeln. Heute Abend könnte die Nacht sein, in der sie sich für immer verpaaren würden. Sie schloss die Augen und stellte sich vor, wie das wohl wäre. Wäre es wirklich das Vergnügen von Sex hoch zehn?

Hoch zwanzig, hatte Jenna ihr bei einem kichernden Mädchengespräch versichert, das sie vor nicht allzu langer Zeit geführt hatten. *Der Biss tut weh – aber auf so gute Weise, wenn du weißt, was ich meine.*

Oh ja, Hailey wusste alles darüber. Tim hatte sie in den letzten Wochen mit so allerlei Zärtlichkeiten verwöhnt und das

Verlangen nach mehr in ihr wurde immer stärker.

Also schwang sie ihre Hüfte ein wenig deutlicher hin und her und ging voran zu ihrer Hütte. Sie grinste, als sie das anerkennende Bärenbrummen hinter sich hörte. Nach ein paar Schritten verwandelte sich das weiche Tapsen seiner Bärentatzen in den schnelleren Rhythmus der Füße eines Mannes und Tim griff nach ihrer Hand.

„Oh", quietschte sie. Sie war vielmehr erstaunt als überrascht darüber, wie geschmeidig fließend er sich verwandeln konnte.

Sie spähte zu ihm zurück. Sein Haar war zerzaust, so wie es nach jeder Verwandlung aussah, und ein leicht moschusschussartiger Geruch haftete ihm noch immer an. Aber auch sein Duft nach Leder und Kiefern, den sie so sehr liebte, lag in der Luft. Außerdem entdeckte sie auch jeden harten Muskel, den sie sich in den letzten Wochen genau eingeprägt hatte. Ihr Blick wanderte nach unten und sie konnte sich das Grinsen über den anderen – ähm – harten Muskel weiter unten nicht verkneifen.

„Männer." Sie täuschte Verzweiflung vor. „Sie denken immer nur an Sex."

Er grinste und zog sie nah an sich heran – nah genug, so dass sie seine harte Länge spüren konnte.

„Ich war gerade nur spazieren und habe ganz unschuldig an Honig und Blumen gedacht, als jemand anfing, mich in Gedanken auf unanständige Ideen zu bringen", neckte er sie.

„Ich weiß überhaupt nicht, wie du darauf kommst." Sie streichelte seinen Hintern mit den Händen. Dann zog sie die Schultern zurück und drückte ihre Brüste gegen seinen harten Oberkörper.

„Also liege ich falsch?" Er schnupperte an ihrem Ohr. „Willst du wirklich nur ins Bett gehen?"

Sie lachte. „Oh ja, und wie ich ins Bett gehen will. Aber nicht um zu schlafen."

„Ich glaube, damit könnte ich dir helfen."

Sie krümmte einen Finger, um ihn ins Haus zu locken. „Ich wette, dass du das kannst. Und ich habe nicht nur an

Sex gedacht, weißt du. Ich könnte auch einen Biss vertragen“, flüsterte sie und wartete auf seine Reaktion.

Aber Tim schaute nur perplex. „Du hast Hunger?“

Sie kippte vor Lachen fast um. Er dachte, sie meinte, einen Bissen zu essen? Der arme Mann. Er musste sich wirklich auf eine lange Wartezeit eingestellt haben, wenn er ihre Andeutung nicht verstanden hatte.

„Nicht diese Art von Hunger“, kicherte sie.

Sie hatten die Haustür fast erreicht, bevor Tim es verstand. Sie merkte es daran, dass sein Atem stockte und an der vorsichtigen Art, wie er sie zurück in seine Arme zog.

„Du meinst...?“

Es war ein Flüstern mit dem Hauch eines Knurrens, was bedeutete, dass beide Seiten von ihm sprachen – der Mann und der Bär.

Sie grinste und neigte den Kopf, um sich mit den Fingern über den Hals zu streichen. „Ich dachte, vielleicht irgendwo hier.“

Tims Augen leuchteten auf und seine Nasenlöcher bebten. Und verdammt. Seine Erregung sprang direkt auf sie über und ihre Haut kribbelte. Es fühlte sich schon gut an, nur sich selbst zu berühren. Wie toll würde es sich dann anfühlen, wenn er es täte?

Sie musste nicht lange auf eine Antwort warten, denn Tim legte seine große schwielige Hand an ihren Hals und ließ sie langsam hinuntergleiten, als würde er nach einer bestimmten Stelle suchen.

Seine Stimme klang eine ganze Oktave tiefer, als er schließlich antwortete. „Eher ungefähr hier.“

Sie schloss die Augen, lehnte sich nach rechts und sehnte sich nach mehr von seiner Berührung. Ihr Körper reagierte mit einem stillen Tanz und als Tims Lippen ihren Hals berührten, krümmte sie sich vor Verlangen.

„In... etwa ... hier“, flüsterte er und visierte die Stelle genau an.

Mit seiner freien Hand umschloss er ihre Brust, was sie gierig nach mehr aufstöhnen ließ.

„Nicht fair“, flüsterte sie.

„Nicht fair?"

„Du bist schon nackt und ich bin immer noch angezogen."

Er grinste; sie konnte es am Schwung seiner Lippen auf ihrer Haut erkennen. „Das ist leicht zu beheben."

Sie fing seine Hände ein, bevor er etwas Unüberlegtes tun konnte. Wie zum Beispiel, ihr mit einer ausgefahrenen Klaue die Kleidung vom Leib zu reißen. „Warte! Das ist mein Lieblings-T-Shirt."

Er lehnte sich zurück und betrachtete es mit einer hochgezogenen Augenbraue. „Das hier?"

Sie berührte den mittleren Teil. „Ganz genau. Erkennst du es wieder?"

Es war das T-Shirt, das er ihr an jenem ersten Tagen in Waikiki gekauft hatte, bevor sie auch nur eine Ahnung von Schicksal, Gestaltwandlern oder Gefährten gehabt hatte. Im Nachhinein betrachtet eine bedauernswerte Existenz. Denn ihr Leben war jetzt um so vieles reicher. Jeder Morgen begann mit einer vielversprechenden neuen Morgendämmerung und jeder Sonnenuntergang krönte einen weiteren zufriedenstellenden Tag.

Er grinste. „Jetzt erinnere ich mich. Aber du musst es trotzdem ausziehen."

Er half ihr, es auszuziehen, während er die Haustür mit dem Fuß aufstieß. Einen Moment später waren sie bereits im Inneren, wo er das T-Shirt auf einen Stuhl warf.

„Die hier muss auch weg", hauchte er und schob seine Finger unter den Rand ihrer kurzen Hose.

Sie zog sie aus, nicht zu schnell und nicht zu langsam. Vorfreude war vielleicht nicht so gut wie die eigentliche Erfahrung, aber verdammt, sie war sehr nah dran.

„Und jetzt kommen wir hierzu… " Er packte ihren Hintern mit seinen großen Händen und bedeckte ihre Pobacken. Eine Minute lang neckte er sie, indem er ihr Höschen gerade so hin und her zog, dass der Stoff über ihre empfindlichste Stelle rieb. Dann schob er seine Finger in den Bund und zog es ihr aus. Er sank dabei auf die Knie hinunter. Als sie aus ihrem Höschen stieg, fing er ihren Fuß ein und sorgte dafür, dass ihre Beine geöffnet blieben. Ein Strahl des Mondlichts fiel durch die offene

Tür hinter ihm herein und als er zu ihr hinaufblickte, fühlte sie sich wie eine Statue auf dem Altar einer Göttin.

Ein tiefes, brummendes Geräusch stieg in seiner Kehle auf und er beugte sich vor, um ihren Bauch zu küssen. Dann rutschte er tiefer und hielt dabei ihren Hintern fest im Griff. Die Wand war nicht weit hinter ihr und sie lehnte sich dagegen, als die Vorfreude in ihr brannte.

„So wunderschön", flüsterte er und kam näher.

Sie spürte seinen Atem auf ihrer Weiblichkeit und seine Zunge folgte. Erst sanft, dann fester. Seine Finger kamen als Nächstes und es dauerte nicht lange, bis sie sich krümmte und verzweifelt an die Wand klammerte. Sie bewegte die Hüfte in langsamen Kreisen, was den Druck verstärkte.

„Hier hoch", flüsterte er und hakte ihr Bein über seine Schulter.

Sie riss die Augen weit auf, aber in der Sekunde, als er sie mit der Zunge berührte, warf sie den Kopf zurück. Es war einer dieser Momente, in denen sie froh war, dass sie keine unmittelbaren Nachbarn hatten. Es war unmöglich, keine Geräusche zu machen. Eine Menge Geräusche und je mehr sie davon ausstieß, desto heftiger drängte Tim sie. Höher und weiter, bis es sich anfühlte, als würde sie über dem Boden schweben. Schweben und seinen Namen schreien, bis sie sich schließlich an seine Schultern klammerte, als sie mit einem verzweifelten Schaudern zum Höhepunkt kam.

„Ja... ", keuchte sie und ließ sich langsam gegen die Wand sinken.

Sie registrierte nur mit halbem Verstand, wie Tim an ihrem Körper hinaufrutschte und dabei ihren BH abstreifte. Der Rest ihrer Gedanken wurde von einem Wirbelwind verschwommener Lust mitgerissen, bis seine Lippen die ihren bedeckten. Sie riss die Augen weit auf, denn dieser Geschmack war ihrer und seiner, alles zusammen.

„Bist du dir sicher, dass du bereit dafür bist?", brummte er.

Seine Brust hob und senkte sich, als stünde er selbst kurz vor dem Höhepunkt und seine steinharte Erektion stieß gegen ihre Seite. Sie schlang eine Hand darum und hob ihr Knie.

„Beantwortet das deine Frage?", hauchte sie.

Er grinste und folgte ihrem unausgesprochenen Befehl, sie vom Boden hochzuheben. Sie schloss ihre Beine um seine Taille, als er nach vorn drückte und mit Leichtigkeit in sie hineinglitt.

Er dehnte sie und sie schnappte nach Luft. Sie sehnte sich nach mehr. Er fing an, in sie zu stoßen und sie schrie vor Lust auf. Als er sie noch höher hochhob und gleichzeitig noch tiefer in sie stieß, warf sie hilflos den Kopf zurück und stöhnte.

„So gut. . . "

Er hielt sie mühelos mit einem Arm unter ihren Hintern fest und massierte mit der anderen Hand ihre Brüste. Sein leises Gemurmel ähnelte den Geräuschen, die sein Bär machte, wenn er an einem besonders duftenden Blumenbeet schnüffelte, und Hailey grinste. Nun, sie grinste innerlich. Nach außen hin musste sie angespannt wirken, als sie den Drang zu einem Jaulen unterdrückte.

„Mein Gefährte", flüsterte sie und sprach die Worte testend laut aus. Vor ein paar Wochen hatten sie sich noch rau und fremd angehört. Jetzt fühlten sie sich genau richtig an.

Tim beäugte ihren Hals, was ihr Blut in Wallung brachte. Er ließ seinen Daumen über ihre Haut gleiten und folgte seinem Instinkt zu der Stelle, die er zuvor gefunden hatte. Zunächst spürte sie nicht mehr als die übliche Erregung, aber plötzlich flackerten tausend kleine Lichter gleichzeitig auf.

„Genau da", keuchte sie.

Er nickte und sah ernster aus, als sie ihn je zuvor gesehen hatte. „Genau dort. Aber nicht genau hier."

Er schlang seine Arme um sie und hob sie von der Wand weg. Sie nahm an, dass er sie ins Bett tragen wollte, aber noch bevor sie den kleinen Raum halb durchquert hatten, rutschten ihre Beine zu Boden. Anscheinend waren Bären nicht die einzigen mit Instinkten. Denn ihre eigenen meldeten sich plötzlich laut und deutlich.

„Wie wäre es mit hier?", fragte sie und zog ihn auf den Boden. Als sie beide auf den Knien waren, wandte sie ihm den Rücken zu und schmiegte sich an seine Brust.

Sie konnte das Strahlen seiner Augen von dort aus zwar nicht sehen, aber die Hitze seines Blicks wärmte ihren Nacken.

Als er seine Arme um ihre Taille schloss, wusste sie, dass ihre Instinkte sie gut geführt hatten. Sex an die Wand gelehnt war eine besondere Art von Vergnügen, aber für die Verpaarung – und den Biss – brauchte sie eine stabilere Basis, wie auf allen vieren zu sein.

„Perfekt." Er schloss sie erneut in die Arme.

Sie blieben auf den Knien und Hailey neigt ihren Kopf nach hinten, während Tim sie berührte. Mit einer Hand streichelte er ihre Brüste, während die andere zwischen ihren Beinen auf Erkundungstour ging und sie dazu brachte, sich wiegend zu bewegen.

„So gut... ", flüsterte sie.

Tatsächlich war es fast zu gut und sie fragte sich, wie lange sie noch durchhalten würde.

„Tim", keuchte sie.

Es war fast so, als wäre sie diejenige mit einer tierischen Seite, als sie sich auf alle viere nach vorn fallen ließ. Sie streckte Tim ihr Hinterteil entgegen und jaulte praktisch wie eine läufige Hündin.

„Was du mit mir machst... ", flüsterte sie und schüttelte den Kopf. Dieser Mann verwandelte sie jedes Mal zu Wachs in seinen Händen.

„Was du mit *mir* machst." Seine Stimme war ein tiefes Brummen, als er sich hinter ihr in Position brachte. Eine Position, die ihr genau die Art von ungezügelter Lust versprach, nach der sie sich sehnte. Er drückte eine flache Hand auf ihr Kreuz, packte ihre Hüfte und zog sie nach hinten. Dann stieß er mit einem kräftigen Schwung seiner Hüfte in sie hinein.

„Ja", schrie sie auf und ließ den Kopf sinken. Sie konzentrierte sich vollends auf den perfekten Druck in ihrem Inneren.

Er murmelte etwas Unverständliches, zog sich langsam zurück und hämmerte wieder hinein.

Haileys Mund stand in einem endlosen Schrei der Lust offen, während er härter und tiefer in sie stieß. Ihre Halskette war der einzige Gegenstand, der ihren nackten Körper zierte, und sie schaukelte hypnotisch im Takt seiner Stöße. Ihre Brüste schwankten locker und frei wie der Rest von ihr. Wie war es möglich, dass eine Reihe von schrecklichen Umständen sie zu etwas so Gutem geführt hatte?

Sie haben dich zu deinem Gefährten geführt, flüsterte etwas in ihrem Kopf.

Sie schloss die Augen und bewegte sich energischer. Plötzlich sehnte sie sich verzweifelt danach, das Paarungsritual zu vollenden. Mit Tim zusammenzuleben machte ihn nicht zu ihrem Gefährten. Das konnte nur der Biss tun und sie wollte keinen Moment länger warten.

„Bitte", stöhnte sie und neigte ihren Kopf zur Seite.

Ihr Haar fiel in Wellen über ihre Schulter und Tim strich die letzten Strähnen zur Seite, während er sich immer weiter in ihr bewegte. Eine Schweißperle tropfte von seiner Stirn auf ihre Schulterblätter hinunter. Eine weitere folgte. Er beugte sich über sie, so nah, dass sein Atem ihren Hals wärmte.

„Ja", stöhnte sie, als er mit den Zähnen über ihre Haut kratzte.

Vor ein paar Wochen schien ihr ein Biss noch furchterregend zu sein. Jetzt war es alles, wonach sie Verlangen spürte.

Die Perle schwang hin und her und flüsterte von *Liebe* und *Ewigkeit,* alles zum Greifen nah.

Zuerst waren Tims Zähne noch eine gerade Reihe, aber je länger sich ihre Körper ineinander verwoben, desto mehr traten zwei Spitzen hervor. Seine Bärenzähne verlängerten sich. Der Rest seines Körpers blieb ganz Mann und völlig muskulös. All seine Kraft war darauf ausgerichtet, sich in ihr zu bewegen. Er trieb sie zu wilder Hemmungslosigkeit, bis sie wieder und wieder aufschrie.

„Ja ... ja... "

Gefährtin, hätte sie schwören können, Tim in ihrem Kopf flüstern zu hören. Oder vielleicht hatte er es geschrien. Sie konnte es nicht sagen, denn einen Sekundenbruchteil später biss er zu und ihr Körper zuckte, als stünde er in Flammen.

Sie erschauderte vom mächtigsten Orgasmus ihres Lebens und die Muskeln in ihrem Inneren spannten sich fest an. Eine Explosion von Hitze signalisierte Tims Höhepunkt tief in ihr. Ihr Hals brannte und Flammen rasten durch ihre Adern und entzündeten jeden Nerv.

Sie bewegte den Mund, aber es kam kein Ton heraus, während ein Dutzend unzusammenhängende Bilder ihren Geist durchfluteten. Tiefe, dunkle Wälder und rauschende Bäche. Springende Lachse. Duftende Wildblumen, die sich in einer alpinen Brise wiegten. Der Geschmack der ersten Beeren des Frühlings, die süß und sauer zugleich waren. Ein Himmel, der blauer war als alles, was sie jemals gesehen hatte. Ursprüngliche Bärenempfindungen, die alle von Tims Stimme untermauert wurden, die ganz deutlich in ihrem Kopf erklang.

Ich werde dich für immer lieben, meine Gefährtin. Ich werde dich beschützen und bis ans Ende meiner Tage verehren.

Sie wollte die Worte erwidern, aber ein Nachbeben der Lust erschütterte sie und sie wippte zurück und bettelte seinen Körper nach mehr an. Seine Zähne zogen an ihrem Hals, was ihr einen weiteren Rausch bescherte, und Tim versteifte sich und gab ihr einen letzten, harten Stoß.

„Ja... “

Ihr schriller Schrei verblasste zu einem Stöhnen, bis sie schließlich auf den Boden sank. Tim umarmte sie von hinten und keuchte schwer. Hailey schnappte nach Luft und umklammerte seine Hände mit ihren, um ihm so nah wie möglich zu sein.

„Das ... war ... überwältigend“, flüsterte sie zwischen zwei Atemzügen.

Tim stieß ein keuchendes Glucksen aus und zog sie fest an seine Brust. „Überwältigend ist ein gutes Wort. Zumindest um dich zu beschreiben.“

Sie schüttelte den Kopf. Er war der Überwältigende, aber sie konnte nicht klar genug denken, um ihm zu widersprechen. Sie schloss die Augen und schaute weiter den Bärenszenen in ihrem Kopf zu. Tief in ihrem Inneren gähnte sie und streckte sich.

Moment – das war gar nicht sie, die sich da drinnen streckte, oder?

Jeder – sogar jeder Mensch – hat eine verborgene, animalische Seite, hatte ihr Tim schon vor langer Zeit gesagt.

Sie blinzelte heftig und fühlte sich wie in eine andere Zeit und an einen anderen Ort versetzt. In einen anderen Körper.

Sie war auf allen vieren und kroch nach einem viel zu langen Winterschlaf langsam aus einer Höhle heraus. Sie blinzelte halb geblendet von der Sonne und saugte deren Wärme in sich auf.

Dann blinzelte sie noch einmal und befand sich wieder auf dem geflochtenen Läufer auf dem Boden und sicher in Tims Armen.

„Wow. Hast du das gesehen?", fragte sie im Flüsterton.

Tim nickte an ihrem Rücken.

„Wie lange dauert es?"

Die Frage war nicht völlig klar formuliert, aber Tim wusste trotzdem genau, was sie meinte. „Bis zu deiner ersten Verwandlung?" Er wartete eine Sekunde und drückte seine Hand auf ihr Herz. „So lange, wie du willst. So lange, wie du brauchst."

Sie griff nach der Perle und presste sie an ihre Brust. Dann zog sie Tims Hand über ihre, so dass sie sie beide festhielten. Die Perle fühlte sich warm und zufrieden an, genau wie die verschwommenen Bilder, Gerüche und Empfindungen, die ihr durch den Kopf gingen.

„Irgendetwas sagt mir, dass es nicht lange dauern wird." Sie drehte sich in seinen Armen um.

Zunächst dachte sie, Tims Augen würden doppelt so hell strahlen, aber dann wurde ihr bewusst, dass sie das Glühen ihrer eigenen Augen reflektierten. Das Glühen einer glücklich verpaarten Gestaltwandlerin, die ihren Gefährten ansah. Dann strömte eine weitere Welle von Bildern durch ihre Gedanken. Diese waren ein wenig heftiger als die zuvor. Bilder von Zähnen und Haut zusammen mit der Stimme eines Mannes, der immer wieder sagte *Ja. Ja. Ja...*

Sie riss die Augen weit auf, aber Tim nickte nur, als hätte er damit gerechnet.

„Hast du das auch gesehen?", fragte sie und starrte ihn an. „Warte. Was war das?"

Er schenkte ihr ein freches Grinsen. „Dein Biss. Der, den du mir geben wirst."

Sie starrte ihn an. „Du meinst, wir sind immer noch nicht verpaart?"

Er lachte und umarmte sie fester. „Oh doch, das sind wir. Ein Biss reicht. Aber man kann es jederzeit wiederholen und

Gestaltwandlerfrauen können ebenfalls beißen. Es ist so ähnlich wie die Erneuerung des Ehegelübdes, nehme ich an. Man muss es nicht tun... "

Ein leises Brummen ertönte und Hailey war schockiert, dass es ihr selbst entsprang – oder ihrer inneren Bärin.

„Oh doch, das muss ich. " Sie verlagerte ihr Gewicht, bis sie rittlings auf ihm saß.

Auf ihn herabzuschauen gab ihr ein lächerliches Gefühl von Macht und es war leicht, sich vorzustellen, den Biss zu erwidern. Sie würde ihren Gefährten erst eine Weile reiten und sie beide an den Rand der Ekstase und des Verlangens treiben. Dann würde sie sich über seinen Hals beugen, um selbst zuzubeißen, und...

„Wow. " Sie blinzelte die Vision weg. „Nicht, dass ich das gleich demnächst versuchen würde. Aber eines Tages... "

Tim schenkte ihr ein freches, jungenhaftes Grinsen. „Wann immer du bereit bist, meine Gefährtin. Ich werde hier sein. "

Sie beugte sich zu einem Kuss hinunter, der viel tiefer wurde und viel länger dauerte, als sie es beabsichtigt hatte. Wie es schien, weckte die Verpaarung alle Arten von zusätzlichen Begierden. Sie ließ ihre Hüfte über sein Becken gleiten und schaute Tim mit zusammengekniffenen Augen an. War es zu früh, ihn schon wieder zu begehren?

Seine Augen funkelten und sein Schwanz zuckte, was ihr die Antwort gab, nach der sie suchte.

„Ich bin vielleicht noch nicht bereit, dich zu beißen. " Sie versuchte, cool zu erscheinen, obwohl sie noch eine Minute zuvor völlig durcheinander gewesen war. „Aber ich könnte schon mal üben. "

Tim strich mit den Händen über die Rundung ihres Hinterns, um sie an Ort und Stelle festzuhalten. „Übung ist immer gut. "

Sie erhob sich leicht und senkte sich dann hinab, um ihn langsam in sich aufzunehmen. Dann lehnte sie sich zurück und fing an, sich zu bewegen wie ein Cowboy im sanften Galopp. Draußen flüsterte der Wind durch die Blätter und in der Ferne rollten die Wellen über den Strand und erinnerten sie daran, wo sie war.

„Wo bist du?“, flüsterte Tim und las ihre Gedanken.

Sie bewegte sich ein wenig heftiger, was sie erneut in einen wunderbaren Rausch versetzte. Bald schon würde die Leidenschaft die Oberhand gewinnen und sie würde sich und ihren Geliebten zu einem weiteren flammenden Höhepunkt treiben. Darauf würde eine weitere Runde seelenwärmenden Kuschelns im Schutz der Arme ihres Gefährten folgen. Also antwortete sie ihm, solange sie die Worte noch formulieren konnte.

„Zu Hause. Ich bin zu Hause, mein Gefährte.“

Sneak Peek: Löwenrebell

Hartgesottener Gestaltwandlerjunggeselle erlebt die Überraschung seines Lebens. Ist er der Herausforderung gewachsen?

Löwengestaltwandler Dell O'Roarke hat das Leben nie wirklich ernst genommen. Aber das Leben ist auf bestem Wege, es mit ihm ernst zu meinen. Die wunderschöne Fremde, die soeben auf Maui eingetroffen ist, sucht nicht nach irgendwem – sie sucht ihn. Und es ist auch nicht nur irgendeine Überraschung, die sie ihm mitgebracht hat – es ist ein Baby, das Dell verdammt ähnlich sieht.

Schon bald erkennt er, dass mehr auf dem Spiel steht als sein Lebensstil als freizügiger Junggeselle. Rachsüchtige Gestaltwandler sind der Fremden dicht auf den Fersen und Dell muss sich fragen... Sind sie hinter der Frau, dem Baby oder hinter ihm her?

Werbefachfrau Anjali Jain hat schon seit Jahren keinen Urlaub mehr gemacht – und sie hat auch jetzt ganz sicher keinen Urlaub. Sie hält lediglich ihr Versprechen und wird sich danach sofort wieder dem Erklimmen ihrer Karriereleiter widmen. Aber sich um ein Baby zu kümmern, ist überhaupt nicht einfach – genauso wenig, wie dieses Baby einem gut aussehenden, geheimnisvollen Fremden zu übergeben, der sich wie ein langverlorener Freund anfühlt.

Der lässige Dell ist überhaupt nicht ihr Typ, aber je mehr er widerwillig von seiner verborgenen, gefühlvollen Seite preisgibt, desto heftiger verliebt sie sich – und desto mehr Geheimnisse deckt sie auf. Wie kann ein einziger Mann so viele Begierden und Wünsche in ihr wecken? Welche bösen Mächte lauern hinter dem brutalen Mord an ihrer besten Freundin? Und warum

hat sie das Gefühl, dass an den Mördern – und an Dell – irgendetwas nicht ganz menschlich ist?

Weitere Titel von Anna Lowe

Aloha Shifters - Perlen des Verlangens

Drachenrebell (Buch 1)

Bärenrebell (Buch 2)

Löwenrebell (Buch 3)

Wolfsrebell (Buch 4)

Herzensrebell (Buch 5)

Alpharebell (Buch 6)

Aloha Shifters - Juwelen des Herzens

Der Ruf des Drachen (Buch 1)

Der Ruf des Wolfes (Buch 2)

Der Ruf des Bären (Buch 3)

Der Ruf des Tigers (Buch 4)

Die Verlockung des Drachen (Buch 5)

Der Ruf des Fuchses (Buch 6)

Töchter des Feuers - Billionaires & Bodyguards

Töchter des Feuers: Paris (Buch 1)

Töchter des Feuers: London (Buch 2)

Töchter des Feuers: Rom (Buch 3)

Töchter des Feuers: Portugal (Buch 4)

Töchter des Feuers: Irland (Buch 5)

Töchter des Feuers: Schottland (Buch 6)

Töchter des Feuers: Venedig (Buch 7)

Töchter des Feuers: Griechenland (Buch 8)

Töchter des Feuers: Schweiz (Buch 9)

The Wolves of Twin Moon Ranch

Desert Hunt (die Vorgeschichte)

Desert Moon (Buch 1)

Desert Blood (Buch 2)

Desert Fate (Buch 3)

Desert Heart (Buch 4)

Desert Rose (Buch 5)

Desert Roots (Buch 6)

Desert Yule (eine Kurzgeschichte)

Desert Wolf: Complete Collection (vier Kurzgeschichten)

Sasquatch Surprise (ein Ableger der Twin Moon Story)

Blue Moon Saloon

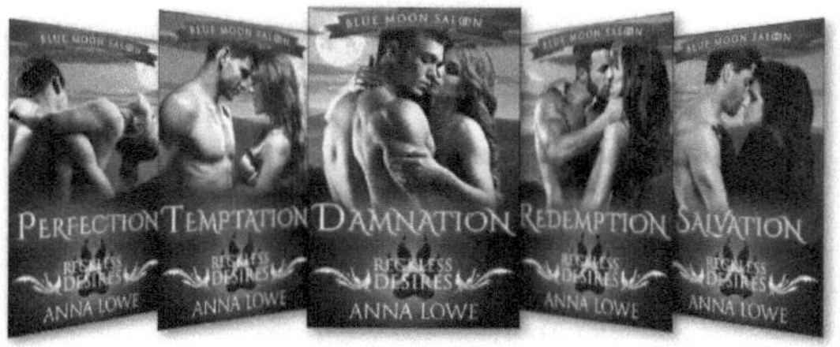

Perfection (die Vorgeschichte in Kurzform)

Damnation (Buch 1)

Temptation (Buch 2)

Redemption (Buch 3)

Salvation (Buch 4)

Deception (Buch 5)

Celebration (ein Festtagsschmaus)

Shifters in Vegas

Paranormal romance with a zany twist. Im englischen Original bei Amazon erhältlich.

Gambling on Trouble

Gambling on Her Dragon

Gambling on Her Bear

Serendipity Adventure Romance

Im englischen Original bei Amazon erhältlich.

Off the Charts

Uncharted

Entangled

Windswept

Adrift

Travel Romance

Im englischen Original bei Amazon erhältlich.

Veiled Fantasies

Island Fantasies

www.annalowe.de

Über Anna Lowe

USA Today und Amazon Bestseller Autorin Anna Lowe schreibt fesselnde Romane mit tatkräftigen Heldinnen und unwiderstehlichen Helden in exotischen Umgebung, mit jeder Menge Zündstoff für scharfe Romantik.

Sie liebt Hunde, Sport und Reisen, die auch die Inspiration für Ihre Bücher liefern. Wenn Anna nicht gerade in die Arbeit an ihrem nächsten Buch vertieft ist, kannst Du Sie am Wochenende beim Wandern in den Bergen antreffen. Egal wo und wie – sie wird den Tag mit einem leckeren Stück Zartbitterschokolade ausklingen lassen.

Einfach mal vorbeischauen, auf **www.annalowe.de**.